# Vom schönen Schein

Ein Bremer Gesellschaftsroman von Wilhelm Rocco

# Vom schönen Schein

Carl Schünemann Verlag

*Meine lieben Bremer Landsleute haben meiner Erzählung »Die Langmut der Liebe«*[1] *eine so unerwartet liebevolle Aufnahme entgegengebracht, dass ich mich gern entschloss, von dem noch weiter zu erzählen, was ich an Bremer Erinnerungen, Figuren und Bildern in Kopf und Herzen trage.*

*Möge die nachfolgende Geschichte derselben Nachsicht begegnen und in den Herzen meiner guten Bremerinnen und Bremer dann und wann die Saite der Erinnerung anschlagen, ihnen durch diese oder jene Figur die Zeiten und Verhältnisse zu vergegenwärtigen, die wir uns alle leider entschließen müssen, als vergangene, nimmer wiederkehrende anzusehen.*

*Halle an der Saale, 1881*
*Wilhelm Rocco*

1 Titel der Neuauflage von 2018, im Original: »Vor veertig Jahr«, erschienen 1880 im Carl Schünemann Verlag.

# *Heinrich schmeichelt sich ein*

»Noch zehn Minuten, nur noch zehn Minuten kann er wegbleiben …« Der Zug nämlich, der mittags von Bremerhaven kommt und später nach Hannover weiterfährt. Aber was sind zehn Minuten, wenn man Abschied nimmt, noch dazu, wenn ein Vater Abschied nimmt von seinem einzigen Kind?

So erging es heute dem alten Schuster Bruhns. Er war schon ein wenig unsicher auf den Beinen. Er saß im Wartesaal und nahm von dem ganzen Lärm und dem Spektakel, die um ihn herum tobten, nichts wahr. Er schaute über seine große Hornbrille hinweg direkt auf seine Tochter Marie, die vor ihm saß und die gleich abreisen sollte. Der Arzt hatte ihr eine Kur in Bad Rehburg verordnet, nachdem Marie sehr krank gewesen war. Ihre roten Wangen waren ganz verschwunden und die Kur sollte sie nun zurückholen. Weil aber der Doktor Bad Rehburg vorgeschlagen hatte, war dem alten Bruhns der Gedanke gekommen, dass etwas Schlimmes zurückgeblieben sein müsste. Das quälte ihn und es war ihm zumute, als würde er seine Tochter nicht wiedersehen. Auch Marie hatte nur noch Augen für ihren Vater. Still saß sie in ihrem einfachen Sommerkleid da, hielt die raue Hand ihres Vaters fest und schaute ihn mit ihren lieben, klugen Augen herzlich an.

»Vater«, sagte sie, »es ist doch nur für kurze Zeit. Die Kur ist nicht schlimm und sterben kann ich auch nicht daran!«

»Ich weiß ja«, sagte der alte Bruhns. »Wie kannst *du* nur ans Sterben denken? Aber *ich* bin ein alter Mann, der jeden Tag sterben kann.« Er drehte sein Gesicht zur Seite.
»Ach, Vater!«, rief Marie und schlang ihren Arm um seinen Hals. Weiter konnte sie nichts sagen. Sie legte ihren Kopf auf seine Schulter und helle Tränen kullerten auf die neue Sonntagsjacke des alten Bruhns.
Am Tisch daneben saß ein junger Bengel mit einem ziemlich braun gebrannten Gesicht. Was mochte das für ein Mensch sein? War er Matrose? Nein, seine Kleidung sah nicht danach aus. War er vielleicht Steuermann oder Kapitän? Auch nicht, dazu war er zu jung. So viel aber war klar, mit Schiffen musste er zu tun haben, ein richtiger Bremer sieht das doch auf den ersten Blick!
Gleichzeitig mit Marie und ihrem Vater war der junge Bursche in den Saal getreten und hatte sich einfach dazugesetzt. Nicht zu nahe, aber auch nicht zu weit entfernt. Und hinter seinem Bierglas machte er nun die schwersten Anstrengungen, so gleichgültig wie möglich zu erscheinen. Wie zufällig waren seine Augen wohl hundertmal über die beiden hinweggeglitten. Damit niemand etwas davon merkte, pfiff er leise das schöne Lied von »Prinz Eugen« vor sich hin und nahm ab und an einen Zug aus seiner Zigarre. Jeder, der es nur sehen wollte, erkannte jedoch, dass in diesem jungen Mann Wehmut und Leidenschaft mit der Standhaftigkeit einen schweren Streit ausfochten. Dicke Ringe von Tabakrauch pustete er in die Luft und mancher Seufzer mag wohl mit weggepustet worden sein, nur mit dem Unterschied, dass die Seufzer zu Marie hinflogen, wenn man sie auch nicht hören konnte, und die Tabakringe aus Anstand zur anderen Seite wehten.

Vor vier Wochen hatte der junge Mann Marie zum ersten Mal gesehen. Sie hatte mit einer Freundin im Bürgerpark beim Emmasee gesessen und er hatte von einem anderen Tisch aus ihre Unterhaltung mit angehört. Ihre Stimme, ihr Lachen, ihre Augen, ihr ganzes liebes Gesicht, die Worte, die er mit angehört hatte, all das wollte ihm nicht mehr aus dem Kopf und das zu einer Zeit, in der er seinen Kopf sowieso voll, sehr voll hatte. Und sein Herz und die Sterne und die kleinen Vögel und Blumen in seinem Garten, alle riefen ihm zu: »Die ist nur für dich auf der Welt. Wenn du sie nicht bekommst, wirst du unglücklich!«
Seit dem Tag hatte er sie nicht wiedergesehen und erst heute, vor einer Stunde, hatte er sie endlich wiedergefunden.
»Ist es auch wirklich wahr, ist sie es auch?«, hatte er sich gefragt. Und warm hatte er Gott gedankt, als er ganz bestimmt wusste, dass sie es war und dass der alte Mann ihr Vater sein musste. Und nun, nun sah er, dass das Schicksal ihn nur zum Besten hielt: Sie nahm Abschied! Niemand konnte wissen, für wie lange Zeit. Und was für ihn das Schwerste war, sie ging weg, ohne zu ahnen, dass ihr Bild abends mit ihm zu Bett ging und morgens mit ihm wieder erwachte!
Plötzlich knarrte die schwere alte Tür des Saales und ein Portier mit einer feuerroten Nase kam herein. Als ob er es richtig fühlte, welch mächtiges Amt es ist, die Herzen, die sich noch einmal zusammengeklammert haben, auseinanderzureißen, rief er, so laut er konnte und so schnell es nur hintereinander folgen wollte: »Nach Sebaldsbrück, Achim, Verden, Nienburg, Wunstorf, Hannover einsteigen!« So muss es einmal klingen, wenn der Erzengel Gabriel mit seiner Posaune den jüngsten Tag ankündigt!

Der Portier hatte es gerufen und da half nun kein Federlesen. Die Biergläser wurden noch einmal erhoben, damit ja kein Schluck zurückblieb, und nun drängte alles hinaus auf den Bahnsteig. Ein Sausen und Brausen, in dem Leid und Freude untergingen, noch ein Händedruck, noch einer, zwei, noch sieben Küsse und mit Schwung flogen die Wagentüren zu, als wollten sie das Band durchtrennen, das sich um Menschenherzen geschlungen hatte.

»Fertig!«, rief der Lokführer. Die große Maschine begann grässlich zu kreischen und zu pusten und es ging fort.

Der alte Bruhns sah dem Zug noch lange hinterher. Der junge Mann ging zu ihm hin und sprach ihn einfach wie beiläufig an, als sie vom Bahnhof weg und dem Ansgaritor zustrebten.

»Sie haben einen schweren Abschied gehabt«, sagte er.

»Jawohl«, sagte der alte Bruhns. »Haben Sie das gesehen? Das war meine Tochter, meine Marie. Sie geht ins Bad.«

»Wohl für lange Zeit?«, fragte der junge Mann so beiläufig, wie sein heißes Herz es zuließ.

»Das weiß ich nicht, die Ärzte meinen ja, dass es mit einer kleinen Milchkur in Rehburg erledigt ist. Wenn man aber so wackelig ist wie ich alter Mann, ist es ja leicht möglich, dass es ein Abschied für immer ist!«

Der Junge sprach ihm nun Trost zu, als sie so nebeneinander hergingen. Er hatte den gleichen Weg zu machen und der Alte, dem dies sehr wohltat und der nicht wusste, dass der andere mit seinen Gedanken auch bei seiner Marie war, erzählte ihm nun, welch prächtiges Mädchen sie war.

»Ich bin nur Schuster«, sagte er und blieb stehen, »aber meine selige Frau und mein Kind könnten beide aus einer ganz anderen Familie stammen als aus Schuster Bruhns' seiner.«

Wie wunderbar traf es sich! Der Alte war Schuster und der Junge benötigte Stiefel! Und, wie es im Leben manchmal geht, dass ein unscheinbares Ding zu etwas Großem helfen muss, er baute seinen Plan auf diese Stiefel. Er war ein heller Kopf und wenn die Liebe meistens auch dumm macht, ihn machte sie schlauer. Es dauerte auch gar nicht lange und er war genau da, wo er sein wollte, in Maries Wohnung, und der alte Bruhns wollte gleich Maß nehmen.

»Na, zuerst erholen Sie sich ein wenig! Das wäre wohl noch besser, dass ein alter Mann sich wegen meiner Stiefel abarbeiten sollte! Sie sind allein, wenn Sie es nicht übel nehmen, setze ich mich ein wenig hin. Damit Sie aber auch wissen, wer ich bin: Ich heiße Heinrich Scheermann und wohne Am Dobben.«

»Sind Sie ein Sohn vom Rentner Scheermann?«

»Jawohl! Kennen Sie meinen Vater?«

»Nur den Namen, aber seinen früheren Kompagnon Thießen kenne ich vom Sehen. Sind Sie auch ein Schiffszimmermann?«

»Ja!«, sagte Heinrich. Jemand anderer hätte vielleicht gesagt: »Nein, ich bin Schiffbauingenieur.« Heinrich aber wusste, dass der einfache Name seinen Beruf nicht schlechter machte, und sagte einfach Ja.

Der alte Bruhns hatte Maß genommen, er ließ Heinrich aber nicht weg. Er fühle sich so einsam, sagte er. Seine Marie sei ja nun nicht zu Hause, sodass es ihm eine wahre Freude wäre, Gesellschaft zu haben. Und Heinrich blieb nur zu gern! Der Alte führte ihn in eine andere Stube.

»Ja, hier muss Maries Zimmer sein!«, sagte Heinrich zu sich selbst. Wie war es auch anders möglich, als dass ihre kleine Hand dies so und das so gemacht und alles mit Geschmack eingerichtet hatte!

Bruhns fragte Heinrich, ob er wohl etwas von Musik verstünde, und als der sagte: »Ja, ein wenig«, meinte er: »Dann ist es ja schade, dass meine Marie nicht hier ist, sie spielt so schön.« Mit der Musik ist es eine besondere Sache. Ein richtig musikalischer Mensch bekommt Bauchschmerzen, wenn er hört, dass sich so ein Engel ans Klavier setzt und einen alten abgeleierten Hippelschottsch oder die Schlummerpolka herunterspielt. Heinrich hatte von klein auf Musik gemacht und nun wollte er gern wissen, was Marie spielte. Er nahm eines ihrer Notenbücher zur Hand. Es waren Lieder von Schumann, »Frauen, Liebe und Leben«, aus einem anderen Buch schaute ein Lesezeichen heraus. Er schlug es auf und las: »Variationen von Beethoven«.

Bruhns sah, dass Heinrich sich freute. »Nicht wahr, das ist schön«, meinte er. »Die alten Klavierstücke kosten aber auch sehr viel Geld, meine Marie spielt lauter teure Noten.«

In diesem Augenblick klopfte es an der Tür und herein kam, im vollen Sonntagsstaat und ausstaffiert wie ein Pfau, eine kleine Frau.

»Sieh da, Tante Leidjen!«, rief der alte Bruhns.

Ja, das war die Schwester von Bruhns' seliger Frau. Sie machte ein höllisches Spektakel, dass ihr niemand gesagt hatte, wann Marie abreisen wollte. Immer ginge es so, sie würde von niemandem informiert. Was solle nun wohl werden, wenn sie nicht nach dem Rechten schaue. Auf die Zugehfrau sei gar kein Verlass. Und dann war das Wetter an der Reihe und der warme Regen der letzten Nacht. Außerdem müsse die Butter doch wohl billiger werden. Alle Scheermanns, sagte sie, nachdem der alte Bruhns sie mit Heinrich bekannt gemacht hatte, würde sie kennen. Heinrich habe sie schon gekannt, als er

noch in der Windel herumgelaufen sei. »Sehen Sie mal, Herr Scheermann«, sagte sie, »ich habe soeben einen Rest Kattun gekauft, sollte der wohl echt sein?« Aber was wusste der nun schon davon? Darum sprach sie auch gleich weiter: »Ja, der Verkäufer hat mir gesagt, der sei echt wie Gold!«
Scheermann stimmte nun auch höflich zu.
»Sie sind ein netter Mensch«, sagte die Tante, »und wenn Sie nicht zu stolz sind, können Sie ja ab und an bei uns hereinschauen. Ich komme, so lange wie Marie weg ist, immer nachmittags her und da könnten Sie uns dann so einen kleinen Hopser vorspielen, dass es hier nicht gar zu still wird!«
Und genau so wurde es bald. Heinrich kam recht oft und spielte für die Tante und Bruhns Hopser. Die beiden Alten dachten sich nichts Schlimmes dabei. Er setzte sich bei ihnen so fest wie ein Spatz in einem Schwalbennest, nur hatte er mehr Glück, als die Spatzen zu haben pflegen.
An manchem Abend las Heinrich auch etwas vor. Bruhns und Tante Leidjen freuten sich immer schon während des ganzen Tages auf seinen Besuch, wenn sie wussten, dass er kam. Dem jungen Scheermann musste es auch gefallen, sonst wäre er wohl nicht wieder hingegangen. Es lief alles ganz natürlich ab. Und was machte der Alte seinem jungen Freund für eine große Freude, wenn er ihm die Briefe zu lesen gab, die seine Tochter ihm geschrieben hatte! Sie schrieb jeden zweiten Tag. Und was für Briefe waren das! Scheermann las die Briefe nicht einmal, nein, wohl zehnmal; er kannte sie schon auswendig. Dass Marie Briefe schreiben konnte, konnte er sich wohl denken, dass sie aber solche Briefe schreiben würde, das hätte er ihr nicht zugetraut. Welch ein Ton war darin, wie liebevoll sprach sie zu ihrem alten Vater und zu ihrer Tante! Das war

eine Sprache, die nicht jeder schreiben kann, zu einer solchen Engelssprache gehört auch ein Engelsherz.
Endlich war der Tag herangekommen, an dem Marie nachmittags zurückkommen sollte. Tante Leidjen hatte alles hergerichtet, um Marie bei ihrer Ankunft eine Freude zu machen. Sie hatte einen großen Pudding aus zwei Pfund Mehl gebacken, dabei mit Korinthen, Rosinen und was sonst noch dazugehört nicht gespart und auch eine große Schüssel roter Grütze mit Johannisbeersaft stand bereit. Vom Markt hatte sie einen mächtigen Blumenstrauß mitgebracht und auf den Tisch gestellt, alles für Marie.
Und was machte Scheermann? Er ging auch zum Bahnhof, er wollte Marie ankommen sehen, wenn auch nur von Weitem. Plötzlich hatte ihn eine Angst überfallen, die er nicht abschütteln konnte. Er fühlte, dass die Stunde bald schlagen musste, an der er wissen würde, ob er der glücklichste Mensch auf Gottes Erdboden oder der unglücklichste sein sollte. Um vier Uhr war er zum Bahnhof gegangen, hatte aber bei Bruhns nicht gesagt, dass er hingehen wollte. Als er ankam, standen Bruhns und seine Schwägerin schon bereit. Er ging aber nicht zu ihnen, er wollte sich nicht sehen lassen.
Endlich kam der Zug angebraust. Scheermanns Herz hatte noch nie so stark geklopft.
»Bremen!«, riefen die Schaffner, als der Zug stand, und öffneten die Wagentüren, damit die Leute mit ihren Kisten und Kästen in der Hand aussteigen konnten.
Marie flog zuerst ihrem Vater in den Arm, dann ihrer Tante. Die Küsse waren gar nicht zu zählen. Scheermann sah es. Einen einzigen, nur einen wünschte er sich davon! Lieber Gott, was hätte er wohl dafür gegeben! Und wenn er sich auch vor-

genommen hatte, nur von Weitem zuzusehen, er konnte es doch nicht lange aushalten. Er musste zu den dreien gehen, als sie nach der Droschke riefen.

»Sieh, Herr Scheermann«, sagte Vater Bruhns. »Sie sind auch hier? Na, das ist mir lieb. Sieh, Marie, das ist unser lieber Vorleser und Musikant, von dem Tante Leidjen dir geschrieben hat.«

Scheermann wollte etwas sagen, aber Tante Leidjen, die Quasselstrippe, ließ ihn nicht zu Wort kommen.

»Herr Scheermann«, sagte sie, »sehen Sie nur mal, welch rote Wangen unsere Marie bekommen hat, das Mädchen sieht wieder aus wie Milch und Blut.«

Wäre Marie noch nicht rot gewesen, so wurde sie es jetzt. Ja, sie wurde rot bis hinter ihre Ohren, puterrot.

»Kinners«, sagte die Tante, »ich sage es ja immer, nichts geht über eine Milchkur!«

Ganz verlegen wurde Marie von Tantes vielem Gerede. Sie schaffte es aber, Scheermann zu sagen, dass sie ihm sehr dankbar sei, weil er so freundlich ihre Stelle bei Vater und Tante vertreten habe. Er möge sich bitte durch ihre Rückkehr nicht abhalten lassen, seine Besuche fortzuführen.

Scheermann wiederum sagte, dass er selbst dankbar für die glücklichen Stunden sein müsse, die er bei ihrem Vater und ihrer Tante verlebt hatte, als die Droschke vorfuhr und die drei einstiegen. Scheermann riss seinen Hut vom Kopf und grüßte und Marie nickte ihm freundlich zu. Der Kutscher knallte mit seiner Peitsche und die drei fuhren der Stadt zu.

Die kleine Schwalbe, Bruhns' Nestküken, war zurückgekommen, warf aber den Spatzen nicht hinaus. Bei den Hopsern blieb es jetzt nicht, denn als der Frühling wieder ins Land zog und eines Abends bei Schuster Bruhns das Fenster offen stand, dass man in die Stube sehen konnte, saß ein junges Mädchen am Klavier und spielte und ein junger Mann stand hinter ihr und sang:

*»Über'm Garten durch die Lüfte*
*hör ich Wandervögel zieh'n,*
*das bedeutet Frühlingsdüfte,*
*unten fängt's schon an zu blüh'n.*
*Jauchzen möcht' ich, möchte weinen,*
*ist mir's doch, als könnt's nicht sein!*
*Alte Wunder wieder scheinen*
*mit dem Mondesglanz herein.*
*Und der Mond, die Sterne sagen's*
*und im Traume rauscht's der Hain*
*und die Nachtigallen schlagen's:*
*Sie ist deine, sie ist dein!«*

# *Die Familie Scheermann*

Heute Morgen hatte die dicke Becka, die bei Scheermanns diente, beinahe die Zeit verschlafen. Als sie erwachte, schlug die Uhr sieben und die Sonne schien ihr direkt ins Gesicht und als sie die Haustür aufschloss, stand die Brotfrau auf der Schwelle und hatte schon fünf Minuten gewartet.

»Meine beste Frau Kunkelmeyers«, hatte Becka zu der Brotfrau gesagt, »Sie müssen es mir nicht für übel nehmen, dass ich Sie einen Augenblick habe warten lassen, aber wenn einer, so wie ich, für die Kunst geboren ist und nicht dafür gewürdigt wird und Köchin spielen muss und über diesen Gedanken abends nicht in den Schlaf kommen kann, dann kann es wohl passieren, dass er nicht zur rechten Zeit erwacht.«

Diese Becka war ein närrisches Mädchen. Kummer nagte an ihrem Herzen, das stimmte, nur weiter war er nicht gekommen. Ihre Arme, ihr Hals, das ganze Mädchen war kugelrund. Wenn sie morgens so wehleidig war, konnte man annehmen, dass sie am Abend vorher grässliche Romanbücher oder Theaterstücke gelesen hatte. Nichts ging ihr über das Theater. Sie hielt sich selbst für eine große Schauspielerin. In den Himmel der Schauspielkunst, in dem nur talentierte Musensöhne und -töchter ihre Seligkeit suchen sollten, war Becka schon einmal ohne diesen Talentpass hineingerutscht. Sie war aber an der Pforte vom Theaterdirektor gleich wieder hinausgeworfen worden. Das hatte sie jedoch nicht abgeschreckt, sie machte gern noch einmal einen Versuch, um wieder hineinzukommen. Ihre zwei Herzenskammern waren vollgestopft, die eine mit Liebe zu ihrem früheren Schatz Theobald Flitzebogen, die andere mit der Schauspielerei und dem Theaterleben.

Heute Morgen hatte sie sich beeilen müssen, weil sie so lange geschlafen hatte, es war aber alles gut gegangen. Die Uhr hatte noch nicht acht geschlagen, als es im Haus sauber und nett war. Madam konnte nun, wenn sie Lust hatte, aufstehen. Das Frühstück stand parat und aus dem Stövchen, auf dem die Kaffeekanne stand, schien lustig das Licht. Becka war mit ihrer Arbeit fertig, nur den großen Spiegel wollte sie noch ein wenig nachputzen, weil es vorher so holterdiepolter gegangen war. Sie war noch nicht damit fertig, als sie ihr Vollmondgesicht im Spiegel erblickte. Nun war es mit dem Putzen vorbei, sie legte eine Hand aufs Herz und trug einen Text vor, als stände sie auf einer Theaterbühne:

»*Was ich denke, was ich treibe,*
*zwischen Freude, Lust und Schmerz,*
*wo ich wandle, wo ich bleibe,*
*ewig nur bei dir mein Herz!*«

Sie ließ die Worte kurz nachklingen, dann seufzte sie: »Und mit so einem Talent muss ich hier mit einem Wischlappen stehen? Das ist grässlich, das kann das Schicksal gar nicht verantworten!«

Ja, das Schicksal hatte ihr übel mitgespielt und sie auf Schritt und Tritt gepiesackt! Vor fünf Jahren, als ihre Mutter gestorben war, fielen ihr als Erbschaft 800 Taler zu und dann trieb der Hochmutsteufel mit ihr sein Spiel. Sie verließ ihren guten Dienst als Köchin, um unter die Komödianten zu gehen. Ein

altes hageres Choristenweib[2], die Nackhorst, die den Spitznamen »verwelkter Levkojenstängel« führte, gab ihr Unterricht und nahm ihr dafür jeden Tag 24 Grote ab.
Dieser »Levkojenstängel«, der so viel von der Kunst verstand wie der Ochse von der Musik, studierte mit ihr die »Preziosa« mit der nötigen Betonung und Gestik ein und dann ging das »Gastspiel« in Aurich los. In Bremen selbst wollte Becka noch nicht auftreten.
Nur zwei Tage später war sie von ihrer »Kunstreise« wieder zurück und gar nicht gut auf den Theaterdirektor in Aurich zu sprechen. Die Nackhorst war als Anstandsmutter in Aurich dabei gewesen und ließ nun, um Becka zu trösten, auch nicht ein gutes Haar an dem Kerl.
Wenn sie das erste Mal noch keine großen Triumphe gefeiert hätte, sagte sie ihr weiter, so hätte das nichts zu sagen, das könnte sie als Anfängerin nicht verlangen. Ihr erster Direktor, der selige Bethmann, habe immer gesagt: »Das Darstellungstalent eines Schauspielers sitzt tief im Innern verborgen. Erst durch die Transpiration vieler Lampenfieber wird es an die Oberfläche getrieben!«
Becka nahm sich nun fest vor, ihr Talent auszuschwitzen, und Fräulein Nackhorst machte ihr immer wieder Mut, wenn es mal nicht so klappen wollte. Sie meinte, sie solle nur noch ein paar Jahre weiter fleißig bei ihr studieren.
Becka studierte auch noch die »Maria Stuart«, »Hedwig, die Banditenbraut« und die »Jungfrau von Orleans« ein. Und wer weiß, wie weit sie es noch gebracht hätte, wenn nicht ihr Schatz Theobald Flitzebogen ihr 500 Taler abgeborgt hätte

2 Als »Choristen« bezeichnete man früher die Mitglieder eines Chors.

und damit, ohne ihr Adjüs zu sagen, nach Amerika weggeflitzt wäre. Als das übrige Geld bis auf 100 Taler verbraucht war, gab das Schicksal ihr wieder die Schaumkelle in die Hand. Die großen Rollen aber, die sie einstudiert hatte, konnte sie nicht vergessen, sie spukten noch immer in ihrem Kopf herum und kamen bei jeder Gelegenheit zum Vorschein.

»Das kann das Schicksal gar nicht verantworten!«, rief sie noch einmal aus und nun ging es weiter aus ihrer Preziosa-Rolle:

*»Was bleibt der trostlos Armen?*
*Verzweiflung, Wahnsinn, Tod! –*
*Nein – hold lächelnd wie Aurore*
*öffnest du die gold'nen Tore*
*der Verlass'nen, heil'ge Kunst!*
*Sang und Saitenspiel ertönen,*
*sanfter rinnt der Strom der Tränen*
*in der Sonne deiner Gunst.«*

Wenn ihre Gedanken nun nicht beim Theater gewesen wären, hätte sie merken müssen, dass der junge Herr Scheermann in die Stube getreten war. Er stand da und lächelte vor sich hin. Doch Becka hatte stattdessen zwei Rosen, die mit einem seidenen Band zusammengebunden waren, auf dem Marmortisch vor dem Spiegel entdeckt.

*»Ihr Blumen, stiller Wünsche Bild, erblüht*
*im Sonnenglanz, um in der Nacht zu sterben;*
*an diesem Busen weiht euch dem Verderben!«*

So trug sie vor und wollte sich die Rosen an den Busen stecken.

»Halt mal, stopp!«, rief der junge Scheermann hinter ihr nun aber. »Lass die Rosen mal liegen, die gehen dich gar nichts an, die sollen nicht mit Komödie spielen!«

Becka prallte zurück.

»Herrje, Herr Scheermann, wie haben Sie mich erschreckt. Die Blumen sind ja halb vertrocknet. Wenn die für Sie noch Wert haben, weiß ich Bescheid. Ich kenne das, dann sind sie aus lieber Hand.«

»Ja, das sind sie auch, da hast du recht«, antwortete der junge Herr, setzte sich an den Tisch, trank seinen Kaffee und ließ Becka reden.

»Ja, ja, Herr Scheermann, Sie können es mir glauben: Blumen sind aus zarten Händen stets der Liebe erste Spenden.«

»Sieh an, du wirst scheinbar selbst poetisch? Das ist wohl nicht aus ›Preziosa‹, sonst hätte ich es schon von dir gehört.«

»Nein, das sagte mein Theobald, als er mir die erste Rose schenkte.«

Der junge Herr schmierte Butter auf einen Zwieback und sagte: »Theobald? Ist das nicht der Schneider, der mit seinen zarten Händen deine 500 Taler genommen hat und damit durchgebrannt ist?«

»Durchgebrannt? Sie geben mir einen Dolchstoß, Herr Scheermann, nein, er sucht in Amerika eine Hütte für uns beide. Es ist wahr, er sucht ein bisschen lange, aber Sie sollen sehen, er holt mich nach, er muss mich holen.«

»Aber Becka, sei doch vernünftig! Seit drei Jahren hat der Lumpsack nichts von sich hören lassen und du denkst immer noch an ihn?«

»Ja, ich liebe ihn noch immer!«, trug Becka wieder vor. »Oh, Theobald, mein Theobald!«

Bei diesen Worten war ihre Madam in die Stube getreten und stand direkt hinter ihr. Sie sagte: »Du bist wohl schon wieder bei deinem Theobald angelangt? Das weiß der liebe Herrgott, morgens fängt es an und hört abends kaum wieder auf! Und

was hast du hier bei meinem Sohne zu suchen? Scher dich in die Küche!«
Becka nahm den Wischlappen und den Kammerbesen, den sie in der Ecke hatte stehen lassen, in die Hand und sprach leise die Worte vor sich hin, die sie als Hedwig gesprochen hätte: »Der raue Ton verscheucht mir das Vertrauen, der zarte Sinn verlangt nach zarten Worten.« Und stolz ging sie mit ihrem Besen aus der Tür, wie die Jungfrau von Orleans mit ihrer Fahne.
Frau Scheermann wandte sich nun an ihren Sohn: »Du lässt dich wohl eben von Becka über den Umgang mit dem Küchenpersonal instruieren? Ei, ei, mein Sohn, ich fange an, gewisse Seiten an dir zu entdecken, die mich sehr betrüben!«
»Aber, liebe Mutter«, sagte Heinrich, »du glaubst doch nicht im Ernst, ich hätte den berühmten Theobald auch nur einen Augenblick um Beckas Herz beneidet?« Dabei lachte er laut.
»Schweig!«, sagte Frau Scheermann. »Ich bin gar nicht zu Scherzen aufgelegt. Du ahnst freilich nicht, wie viele trübe Stunden du deiner Mutter in letzter Zeit bereitet hast.«
»Ich? Dir? Liebe Mutter, du sprichst nicht im Ernst!«
»Setze dich her zu mir, mein Sohn! Seit langer Zeit fällt mir dein unruhiges, unstetes Wesen auf. Du fühlst dich bei uns nicht wohl, nimmst dir kaum Zeit zum Essen und Trinken.«
»Du weißt doch recht gut, liebe Mutter, dass ich bis vor einigen Tagen mit meiner Preisaufgabe beschäftigt war.«
»Auch ich habe lange Zeit dein eigentümliches Betragen auf Rechnung eines Übereifers in deinem Berufe gesetzt, bis ich ganz plötzlich leider eines anderen belehrt worden bin. Heinrich, sieh deiner Mutter mal gerade ins Gesicht! So, nun sag mir, kennst du den Schuhmacher Bruhns in der Jakobistraße?«

Heinrich wurde verlegen. »Bruhns?«, fragte er. »Wie kommst du auf den Mann zu sprechen? Du meinst doch den, der mir die neuen Stiefel gemacht hat?«
»Ganz richtig, den meine ich. Und er soll außerdem noch eine sehr hübsche Tochter haben!« Den letzten Satz zog sie gewaltig in die Länge, jede einzelne Silbe kam mit einem ganz eigenartigen Zungenschlag heraus.
Heinrich erschrak. Er war gewiss ein braver Kerl, denn alles was er machte, tat er aus vollster Überzeugung, dass er es vor Gott und der Welt verantworten konnte. Aber er hatte einen Fehler gemacht. Er wusste recht gut und hatte das auch zu seiner Marie gesagt, dass bei seiner Liebesgeschichte noch Berge, gewaltig hohe Berge zu übersteigen wären, bis sie ans Heiraten denken könnten. Und weil er das wusste, hatte er sich gesagt, vielleicht ist es besser, wir warten, bis das Eis auf den Bergen geschmolzen ist, und steigen dann hinüber. Er hatte es gut machen wollen, hatte es aber schlecht gemacht. Da war nun die Bescherung, seine Mutter, die feine Frau Scheermann, die reiche Frau Scheermann, wusste plötzlich von seiner Liebe zu der Tochter des Schusters und darum war er ein wenig verdutzt.
»Mutter«, sagte er, »ich wollte, ich konnte …«
»Versuche nicht, mich zu täuschen!«, fiel sie ihm ins Wort. »Ich weiß von deiner Liebelei schon durch fremde Leute, auch durch Onkel Thießen, der mich in seiner plumpen Weise über die Geschmacksrichtung meines Sohnes beruhigen wollte. Du musst doch selbst zugeben, dass du mit der Tochter des Bruhns ein Liebesverhältnis, wie man sich ausdrückt, hattest.«
»Und noch habe und hoffentlich nie aufhören werde zu haben«, fiel ihr Heinrich ins Wort. Er hatte einen puterroten

Kopf bekommen und seine Hand bebte, aber er erholte sich bald und stand da, als wollte er sagen: »Nun mag kommen, was da will, ich weiß, was ich zu tun habe.«

»Ich habe bisher darüber geschwiegen«, sagte er, »weil ich den Zeitpunkt, mich dir zu erklären, noch nicht für gekommen hielt. Nun muss es aber heraus! Ich habe kein Liebesverhältnis in dem von dir angedeuteten Sinne, ich denke ganz ernsthaft daran, Marie Bruhns, die du achten lernen wirst, zu heiraten!«

»Du meinst, wenn du ernste Absichten vorgibst, verzeihe ich dir eher, törichter Junge! Ich vergebe dir deine Unklugheit, weil ich weiß, dass die Jugend von heute alle acht Tage eine andere verliebte Dummheit im Kopfe hat.«

»Mutter, hör auf!«, platzte Heinrich heraus. Seine Augen funkelten wie glühende Kohlen, aber seine Mutter hörte nicht auf.

»Hüte dich aber, noch weiter anzunehmen, dass du wie ein Handwerksgeselle Bekanntschaften am Küchenherd machen dürftest! Den Onkel Thießen, der dich in deiner Albernheit noch bestärkt, werde ich ernstlich zur Verantwortung ziehen.«

»Mutter, ich schwöre dir …« Sie ließ ihn jedoch nicht zu Wort kommen.

»Du hast gar nichts zu schwören, mir genügt dein fester Vorsatz, nicht wieder leichtsinnig zu sein! Und jetzt, mein Junge, ist die Sache abgetan.«

Sie war bis an die Stubentür gegangen, da kam sie wieder zurück und sagte: »Dass du mir nicht wieder so fortstürmst, ohne dich warm angezogen zu haben! Es ist draußen sehr kalt und du trägst weder Überzieher noch Tuch. Warte, Becka soll dir beides bringen.«

Dann nahm sie aus dem Schlüsselkorb, den sie gerade spazieren führte, einen Schlüssel heraus und wollte damit weggehen, als Heinrich sagte: »Mutter, es ist wahrhaftig mein Ernst. Höre noch ein Wort über mein Verhältnis zu Marie Bruhns!« Aber sie wollte nicht.

»Keines mehr!«, antwortete sie mit so eisiger Kälte, dass Heinrich eine Gänsehaut überkam. »Ich will darüber nichts mehr hören. Du solltest doch einsehen, dass es nicht angenehm ist, sich über die Pagenstreiche[3] des Herrn Sohnes unterrichten zu lassen!«

Damit ging sie.

Fräulein Dora, Heinrichs Schwester, hatte die Unterredung zwischen Mutter und Sohn mit angehört. Sie hatte sich in der Kammer nebenan die Haare geflochten und die Tür ein wenig geöffnet, ihr war kein Wort entgangen. In einem prachtvollen Morgenrock trat sie nun in die Stube.

»Ei, sieh«, sagte sie zu ihrem Bruder, »da bekommt man ja recht nette Geschichten zu hören! Also hat sich unser lieber sanfter Heinrich, der so hübsch Moral zu predigen weiß, fangen lassen?! Armer Junge, ich bedaure dich, dass du nun an einer alten bösen Liebesangel hin und her zappeln musst!«

»Schweig, Dora!«

»Und der guten Mama willst du zu allem Ärger noch etwas vormachen? Ha ha ha«, lachte sie laut auf. »Ernste Absichten! Dein Gesicht ist freilich ernst genug.«

»Dora, nie hätte ich geglaubt, dass meine Schwester es wagen würde …«

»Nun, nun, werde nur nicht gleich böse!«, fiel Dora ihm ins Wort, schenkte sich eine Tasse Kaffee ein und sprach weiter: »Mir tut das arme Schustermädchen leid. Das hat nun nichts

3 Ein altes Wort für »Dummejungenstreiche«.

als Ärger wegen des verliebten Tollpatsches, der gleich beichtet und die ganze Verwandtschaft in seinen Liebeskummer einweiht!«

»Ich verbiete dir, in diesem Ton fortzufahren!«, sagte Heinrich und sah dabei über die Schulter seine Schwester an. »Ich sage dir kurz und bündig, du hast in dem Mädchen meine zukünftige Frau, deine Schwägerin, zu respektieren. Das Übrige kannst du von Onkel Thießen erfahren, der meinen Entschluss vollkommen billigt.«

»Ich glaube, wenn du sie heiratest, Heinrich, tust du es nur, um deine arme Schwester totzuärgern! Aber nun Scherz beiseite. Bei allem Respekt vor deiner Schönen, du glaubst doch nicht, dass ich ruhig zusehen werde, wie mein Bruder aus unkluger Zärtlichkeit die Tochter irgendeines Flickschusters in unsere Familie einführt?«

Heinrich sprang von seinem Stuhl auf.

»Schweig endlich und bringe mich nicht noch mehr auf! Sind das die Resultate der Pensionserziehung, dass meine Schwester mir so etwas zu sagen wagt?«

»Gewiss«, sagte Dora, als wenn es sich von selbst verstand. »Was meinst du wohl, was sollte unter diesen Umständen aus meiner Heirat mit Herrn von Geeren werden?«

»Dora, ich kenne den Herrn von Geeren nicht. Wenn er sich aber an meiner Heirat stößt, dann lass ihn ruhig fahren, dann verdient er nicht, dass du seine Frau wirst.«

»Das sagst du«, meinte Dora, »der du vom Leben eine ganz falsche Ansicht hast.«

»Ach, lass mir meine Ansichten!«, erwiderte Heinrich. »Ich kümmere mich den Teufel um die Meinung deines künftigen Mannes!«

Nun sprang Dora aber hoch: »Auch nicht um die Zukunft und das Lebensglück deiner Schwester?«, rief sie und begann gleichzeitig laut zu weinen. »Du bist ein schlechter Bruder!«
»Und du bist eine leichtsinnige Schwester!«
Frau Scheermann kam in die Stube zurück.
»Was ist denn hier passiert? Dora weint? Heinrich! Darf man euch denn nicht einen Augenblick den Rücken wenden? Oh, ihr bösen Kinder, wisst ihr denn nicht, dass ich bei euren Streitigkeiten am meisten leide? Auf der Stelle versöhnt ihr euch! Gleich beichtest du, Heinrich!«
Dazu hatte er aber gar keine Lust.
»Lass mich«, sagte er, »es ist höchste Zeit, dass ich zur Arbeit komme!« Und schon war er verschwunden.
Dora weinte weiter.
»Oh«, sagte sie, »er hat sich nicht geschämt mir zuzumuten, ich solle meine Heirat wegen der seinigen aufgeben!«
Nun streichelte die Mutter ihr die Wangen und sagte: »Mein armes Kind, du glaubst doch nicht im Ernst, dass dein Bruder so hartherzig und unklug sein wird, sich einer so günstigen Partie wie der mit Herrn von Geeren zu widersetzen?«
»Nein, so unklug ist Heinrich nicht«, sagte Dora, »aber er wird auf eine andere Weise meine Hoffnungen zerstören, denkt er doch daran, die ärgerliche Geschichte mit dem Mädchen in der Jakobistraße ernst zu nehmen.«
Und nun begann sie noch schlimmer zu weinen, blanke Tränen schluchzte sie. »Ach, dann sind all meine stolzen Träume mit einem Schlag vernichtet. Oh, Mutter, ich bin sehr unglücklich!«
»Sei ruhig, sei ruhig, mein Kind, Heinrich soll seine alberne Liebelei nicht weitertreiben, dafür steht deine Mutter. Sei still!

Ich weiß wohl, dass mein gutes Mädchen ganz recht handelt, wenn es über sich hinausblickt. Ich habe es absichtlich in deine Erziehung hineingelegt, um dir vielen, vielen Kummer zu ersparen, der mir nach meiner Heirat steter Begleiter gewesen ist. Um wie viel glücklicher bist du als deine Mutter! Ich habe deinen Vater sehr lieb gehabt, Dora, aber das Ideal eines Freiers war er nicht. Welche Mühe hat es mich gekostet, ihn zu meinen Ansichten vom Leben zu erziehen. Ja, ja, das wisst ihr Kinder gar nicht. Wie hat mir's der sogenannte Onkel Thießen schwer gemacht, deinen Vater nur ein wenig für die Gesellschaft zurechtzustutzen! Heinrich hat auch unter dem Einfluss dieses Thießen zu leiden, zudem hat er als angehender Schiffbaumeister viel mit allem möglichen ungeschliffenen Schiffsvolk verkehrt. Daher sein unzartes Wesen, daher auch die unangenehme Liebesgeschichte, an die der alte Thießen aber zeitlebens denken soll, denn er allein bestärkt deinen Bruder in derlei albernen Gedanken.«

»Oh, der abscheuliche Thießen!«, schluchzte Dora und sie hätte wohl noch eine Zeit lang weitergeweint, wenn Becka nicht zur Tür hereingekommen wäre.

»Andersens Wagen ist eben vorgefahren, Fräulein Ernestine ist ausgestiegen. Soll ich sie hereinlassen?«

Dora sprang vom Stuhl.

»Mein Gott, Ernestine Andersen, so früh! Da ist jedenfalls von Geeren mit im Spiele, kannst dich drauf verlassen!«, sagte sie zu ihrer Mutter.

»Meinst du? Das wäre ja himmlisch!«, rief die Alte.

»Aber nun schnell, Mama! Wie sehe ich aus? Man sieht mir doch nicht an, dass ich geweint habe? Becka, führe Fräulein Andersen schnell ins Empfangszimmer!«

»Da sind doch die Tapezierer«, sagte Becka brummend.
Dora hatte in ihrer Freude gar nicht daran gedacht.
»Oh, wie unangenehm, gerade der gegenüber! Dann hilft es nichts, dann muss ich sie hier empfangen.«
Becka drehte sich um und ging hinaus.
»Und du, Mama?«
»Ich gehe unterdessen, mich anzukleiden.«
»Das ist recht, Mama. Es sieht besser aus, wenn ich dich später erst rufen lasse.«
In ihrem prächtigsten Staat trat nun Fräulein Andersen in die Tür. Dora hatte geschwind ein Buch in die Hand genommen und sich an ihren Schreibtisch gesetzt. Als sie nun Fräulein Ernestine sah, warf sie das Buch auf den Tisch, flog ihrer Freundin in die Arme und das Drücken und Küssen wollte gar kein Ende nehmen.
»Dora, meine liebe Dora!« und »Ernestine, meine süße Ernestine!«, so ging es nun immerzu.
»Dachte ich's doch«, sagte Dora, »dass ihr in dieser Jahreszeit und noch dazu bei diesem üblen Wetter nicht lange auf Norderney bleiben würdet. Warum hört ihr aber auch nicht, wenn man euch schlechtes Wetter prophezeit? Aber wie wohl du aussiehst, ordentlich bäuerlich! Wie geht es deinem Schatz?«
»Exzellent, liebe Dora! Aber was ist mit dir, du hast geweint?«
»Ach nichts, es ist schon vorüber. Ich habe die fürchterlichsten Zahnschmerzen gehabt und die ganze Nacht kein Auge zugetan. Sieh her, dieser kleine Kerl fängt an, hohl zu werden.«
»Ich bitte dich, warum lässt du ihn nicht plombieren? Aber nun berichte mir, was hier unterdessen alles passiert ist. Erzähle mir, was ihr so lange ohne uns getrieben habt. Freilich, du interessierst dich für nichts mehr, seit dir ein gewisser Je-

mand über den Weg gelaufen ist. Warum bist du denn gestern nicht im Privatkonzert gewesen? Ich habe mir beinahe die Augen ausgeguckt und auch mein Erich hat die verzweifeltsten Anstrengungen gemacht, dich zu finden.«

»Dein guter Erich! Kann man ihm denn gratulieren? Ist er avanciert? Nicht in deiner Gunst, das versteht sich von selbst, ich meine, ist er Premier geworden?«

»Denke dir, wie abscheulich! Er wurde wieder übergangen!«

»Oh, der Ärmste!«, sagte Dora. »Im Konzert soll es gestern ja ganz herrlich gewesen sein.«

»Wunderschön«, meinte Ernestine, »wunderschön! Ein Bariton war da, schwarzer Bart, schwarze Augen, ich sage dir, himmlisch hat er gesungen!«

»Und die Penelli soll auch recht gut gewesen sein.«

»Gerade die Penelli gefällt mir am allerwenigsten«, sagte Ernestine und warf ihren Kopf dabei in den Nacken. »Was unsere Herren an der gefunden haben, ich weiß es nicht! Nun ja, die Stimme, die mag noch hingehen. Aber diese Figur, ich bitte dich! Und eine Toilette hat sie gemacht, geradezu abscheulich! Beinahe hätte ich's vergessen, rate mal, wen ich von unseren alten Bekannten wiedergesehen habe. Du wirst staunen!«

»Ja, wie soll ich das raten? Doktor Schellert?«

»Nein!«

»Doch nicht Leutnant Baer?«

»Nein!«

»Hans von Bornewitz?«

»Na, du rätst es doch nicht. Denke dir, den Assessor Sennig aus Berlin!«

»Ah, den abscheulichen Kerl! Und darum spannst du mich so lange auf die Folter!«

»Und, denke dir, er ist verlobt und weißt du, mit wem? Mit Konsul Erbs Luise!«
»Nicht möglich! Hat das affektierte Ding doch noch einen gefischt. Da tut mir der arme Sennig eigentlich doch leid. Nun, er tut's wohl mehr des Geldes wegen!«
»So wird's wohl sein. Weißt du«, und dabei flüsterte sie ihr etwas ins Ohr und griff sich oben an den Kopf.
»Oh, das glaube ich nicht!«, meinte Dora.
»Da kannst du dich drauf verlassen, ich hab's vom Balkon aus ganz genau gesehen. Mein Erich meinte zwar, das käme vom Helmtragen, aber Sennig ist nie Soldat gewesen. Nun aber eine kleine freudige Überraschung! Denke dir, gestern ist von Geeren mit seiner Tante hier angekommen und in Hillmanns Hotel abgestiegen. Abends war er bei uns und, fühlst du nicht dein Herz erbeben? Rate, in welcher Absicht!«
»Ernestine, bitte, sag's schnell, bitte, bitte, sag es schnell!«
»Er hat meinen Papa gebeten, ihn bei euch einzuführen. Ja, ja, meine liebe Dora, jetzt wird's ernst. Pass auf, liebes Kind, der langweiligste Teil deiner Jugend ist vorüber.«
»Oh, Ernestine, ich bebe vor Schreck!«, sagte Dora und fiel dabei auf ihr Sofa. »Sieh her, ihr sagt immer, meine Nervosität sei Verstellung. Ich muss doch schnell meine Mama herzitieren.«
Sie erhob sich und klingelte. Becka trat in die Stube.
»Rufe meine Mama, Becka, sage, es ist Besuch da!«
»Och Gott, das weiß sie ja schon längst!«, murmelte Becka vor sich hin, ging aber doch, um Frau Scheermann Bescheid zu sagen.
Dora wedelte sich unterdessen mit einem Taschentuch Luft zu und sagte: »Ich kann mich immer noch nicht fassen! Er ließ in

seinem letzten Brief allerdings einen baldigen Entschluss ahnen. Aber dass er so rasch kommen würde, erzähle Ernestine, bitte, schwärmt er noch sehr für seine Dora? Und dann sag, hast du seine Tante gesehen?«

»Bis jetzt noch nicht, sie wird aber zu uns kommen, mein Vater kennt sie. Nun, liebe Dora, mit der werdet ihr wohl anfangs einen ziemlich schweren Stand haben. Die allerstrengste Etikette will sie gewahrt wissen. Also sei recht vorsichtig mit ihr, hörst du! Nach Papas Beschreibung ist sie, wie das Fräulein von Steinberg in unserer ersten Pension, hoch aristokratisch.«

»Großer Gott, du machst mir Angst. Nicht meinetwegen, aber du kennst ja unsere Verhältnisse. Ach, wenn wir doch erst verheiratet wären und all die schrecklichen Zeremonien wären überstanden!«

Die Kammertür öffnete sich und Frau Scheermann kam herein. Auf ihrem Gesicht, das vor Kurzem noch wie vierzehn Tage Regenwetter ausgesehen hatte, lag lauter Sonnenschein.

»Ach, guten Morgen, liebes Fräulein!«, sagte sie. »Seien Sie uns herzlich willkommen! So bald schon zurück aus Norderney? Wir haben Sie recht oft bedauert bei dem schlechten Wetter!«

»Unglücklicher hätten wir's aber auch nicht treffen können!«, sagte Ernestine. »Indessen gewöhnt man sich auch an das schlechte Wetter. Es war schließlich doch noch sehr hübsch.«

»Mama«, sagte Dora, »Ernestine ist gekommen, mir eine rechte Freude zu machen.«

»So? Da bin ich aber gespannt!«

Ernestine erzählte noch einmal, dass Herr von Geeren angekommen sei und ihren Vater gebeten habe, ihn bei Scheermanns einzuführen. Sie käme nun, um das Nötige vorzubereiten. Ihr Vater habe sie geschickt.

»Herr von Geeren?«, fragte Frau Scheermann. »Von Geeren … Ach, das ist der junge Mann, der meine Dora mehrfach ausgezeichnet hat. Ich bin dem Mädchen allerdings sehr böse gewesen, dass sie, ohne ihrer Mama etwas davon zu sagen, Bekanntschaften schließt. Ich werde mich indessen sehr freuen, den jungen Herrn Baron näher kennenzulernen. Wenn Sie übrigens meinen Mann selbst sprechen wollen …«

»Lass doch, Mama! Nicht wahr, Ernestine, du verzeihst, wenn ich meinen guten Papa in Ruhe lasse. Von ihm werden wir in dieser Angelegenheit sowieso nicht viel Rat holen können.«

Plötzlich begann es in Scheermanns Kammer zu rumoren.

»Wo, zum Donnerwetter«, rief der Alte, »hat die verdrehte Becka meine Jacke wieder hingehangen? Jeden Tag, den Gott werden lässt, dieselbe verdammte Schererei!«

»Bitte, Mama«, sagte Dora flehentlich, »beruhige den Vater!«

Aber der kam, halb in Hemdsärmeln, schon herein »Diese Becka«, schimpfte er, »werfe ich noch aus dem Haus!« Dabei ging er auf den Kaffeetisch los, ohne dass er Ernestine bemerkte. »Eine von euch könnte auch wohl mal danach sehen!«

»Papa!« und »Scheermann!«, riefen Mutter und Tochter zugleich. »Siehst du denn gar nicht, wer hier ist?«, fragte Frau Scheermann brüskiert.

»Was denn? Ah, sieh da, Stientjen! Wo zum Teufel kommen Sie denn schon wieder her? Ich denke, Sie patschen noch alle miteinander in der Nordsee herum?«

»Nein«, sagte Ernestine, »das schlechte Wetter zwang uns, unseren Aufenthalt im Bad abzukürzen. Wir sind vorgestern Abend wieder zurückgekommen.«

»Sieh einer an, vorgestern Abend! Na, das machen Sie richtig, dass Sie gleich mal bei den alten Scheermanns hereinschauen und noch dazu bei dem Sauwetter. Mutter, hol doch mal eine Flasche von dem Süßen! Ihr Frauen trinkt ja gern so ein bisschen was Leckeres. Oder so einen kleinen Angostura, das ist gut für den Magen«, meinte Scheermann.

»Aber Papa!« und »Aber Scheermann!«, riefen Mutter und Tochter wieder gleichzeitig.

»Fräulein Ernestine kommt im Auftrage ihres lieben Papas, um uns auf eine ganz unverhoffte Ehre vorzubereiten«, nahm Frau Scheermann wieder das Wort.

»So?«, sagte der Alte. »Na denn nur los damit!«

»Herr von Geeren hat uns einen Besuch zugedacht.«

»Von Geder?«, fragte der Alte. »Was ist das für ein Mensch?«

»Von *Geeren* aus Hannover«, sagte Frau Scheermann.

»Der, von dem ihr mir erzählt habt, dass er Dora heira…«

»Der eine Annäherung an unsere Familie wünscht«, fiel ihm seine Frau ins Wort.

»Das ist ein und dasselbe. Ja, ich habe nichts dagegen, lass ihn sich man nähern. Aber warum kommt der Musche[4] denn nicht gleich selbst her?«

»Ich habe Sie im Namen meines Papas auf den Besuch des Herrn von Geeren und wahrscheinlich auch auf den der gnädigen Tante des Herrn von Geeren, nebenbei gesagt einer hochadeligen Dame, vorzubereiten.«

»Vorbereiten? Was für ein Gerede! Vorbereiten ist nicht! So viel haben wir immer noch im Hause. Und Sie wissen ja, Stientjen, wir essen um ein Uhr. Wenn er zur rechten Zeit kommt, kann er mitessen. Morgen gibt es wohl noch einmal Speck und Birnen, nicht, Mutter?«

4 Altes Wort für »Herr«, abgewandelt vom französischen »Monsieur«.

»Scheermann!«, rief Frau Scheermann dieses Mal einen kleinen Augenblick bevor Dora »Papa!« schimpfen konnte.
Ernestine konnte das Lachen nicht unterdrücken und sagte: »Ich glaube wohl nicht, dass Herr von Geeren diese Stunde für geeignet halten wird, seinen Besuch zu machen.«
Nun nahm Frau Scheermann das Wort: »Sagen Sie Ihrem lieben Papa unseren herzlichsten Dank und bestellen Sie, dass wir zu jeder Stunde bereit sind, den Besuch in Empfang zu nehmen. Hören Sie, zu jeder Stunde. Ihnen, liebes Kind, aber danke ich noch ganz besonders.«
Ernestine nahm nun Abschied und die Küsserei unter den Frauen ging wieder los. Dann machte Ernestine noch nach allen Seiten einen Knicks, auch zu Scheermanns Seite, und sagte: »Guten Morgen allerseits.«
Scheermann hatte die Zeitung zur Hand genommen und sah und hörte nichts anderes mehr.
»Papa!« und »Scheermann!«, konnte man wieder von Mutter und Tochter hören und der Alte schaute auf.
»Ach so, Morgen, Morgen. Sie gehen schon wieder? Na, kommen Sie bald wieder, Mädchen!«, sagte er dann und las weiter.
Als Ernestine weg war, warf sich Dora in den großen Lehnstuhl und weinte. Frau Scheermann lief in der Stube hin und her und wedelte sich mit ihrem Taschentuch Luft zu.
Unter Tränen sagte Dora: »Papa, du fällst doch immer mit der Tür ins Haus! Was soll aus der ganzen Partie werden, wenn Ernestine erzählt, wie du dich heute wieder benommen hast?«
Die Alte fächelte noch heftiger mit ihrem Taschentuch und sagte: »Ich sage schon gar nichts mehr. Aber das glaube mir, meine Tochter, wenn deine Mutter frühzeitig stirbt, sind dein Vater und der alte Thießen schuld daran.«

Scheermann ließ sich bei seinem Lesen nicht stören und drehte Muttern den Rücken zu.
»Aber ich kann und darf und will nicht schweigen!«, ging es von ihr wieder los.
»Heute Abend: Großes Konzert der österreichisch-ungarischen Damenkapelle!«, las Scheermann. »Donner noch mal, da muss ich mit Thießen hin!«
»Scheermann, bringe deine Frau nicht zur Verzweiflung!«, rief die Alte.
»Alle Arten künstlicher Gebisse setzt schmerzlos ein …«, ging es weiter.
Nun aber sprang Frau Scheermann auf ihren Mann zu und riss ihm die Zeitung aus der Hand.
»Du willst nicht hören, aber du sollst hören. Alles, alles sollst du hören!«
»Na, dann leg mal los«, sagte er und lehnte sich in seinen Stuhl zurück, »mach deinem Herzen Luft.«
Frau Scheermann hatte von all dem Ärger rote Wangen bekommen und sagte: »Als ich euch beide kennenlernte, dich und den alten Thießen«, bei diesen Wort – wenn man den Wolf kennt, kommt er gerannt – stand plötzlich Thießen in der Tür, »war ich ein unerfahrenes Mädchen …«
»… und ihr wart armselige Zimmergesellen«, fiel Thießen ihr ins Wort, »nicht wahr, mein Mädchen, so geht der Sermon weiter? Diese Predigt kenne ich tatsächlich auswendig. Aber sagt mal, könnt ihr Racker denn nicht mal bei des lieben Gottes Frühstück Frieden halten?«
»Sieh, Hinnerk«, sagte Scheermann, »das ist prima, dass du zur rechten Zeit kommst. Setz dich hier bei mir nur gleich auf die Anklagebank.«

»Nun mal langsam«, sagte Thießen, »das läuft mir nicht weg. Sieh mal hier«, und dabei zog er einen mächtigen Speckaal unter dem Arm hervor und hielt ihn Scheermann unter die Nase. »Nun schau dir den Bengel an, den wollen wir beide uns nachher vorbinden. Hermann, ich sage dir, nichts geht über ein zufriedenes Herz, einen lustigen Sinn und so einen ellenlangen Elsflether Speckaal!«
»Und ein kleiner Genever!«, flüsterte Scheermann ihm zu.
»Mein Mann hat keine Zeit, mit Ihnen über Elsflether Speckaale zu sprechen, wir reden über die ernstesten Dinge.«
»Gottverdammt«, sagte Thießen zu Scheermann, »deine Frau fängt wieder an, mich zu siezen. Sie kommt *mich* heute ein bisschen patzig vor. Hermann, Hermann! Du hast doch dein Ehegesponst nicht wieder eifersüchtig gemacht?«
»Dora«, sagte Frau Scheermann zu ihrer Tochter, »entferne dich, Herr Thießen wird frivol!«
Dora schaute Thießen über die Schulter an, warf ihm im Vorübergehen einen Blick zu, mit dem man Mäuse hätte vergiften können, und ging erhobenen Hauptes zur Tür hinaus.
»Und Ihnen habe ich nur zu sagen«, sagte Frau Scheermann zu Thießen, »dass ich es für besser halte, wenn wir unsere Beziehungen etwas kühler gestalten, denn Sie benutzen unsere Freundschaft dazu, meinen Mann zu verderben und mir selbst bei der Erziehung meiner Kinder entgegenzuarbeiten.«
»Mach doch keinen Schnack, Mutter«, sagte Scheermann, »an mir ist nichts mehr zu verderben. Ärger dich nur nicht, Thießen! Komm, willst einen kleinen Genever trinken?«
»Ärgern ist nicht«, sagte Thießen. »Seid mal beide vernünftig. Ich denke eben darüber nach, ob wir unseren Speckaal vor oder nach der Predigt verzehren wollen.«

»Sie sollten sich schämen!«, schrie Frau Scheermann.
»Wer soll sich schämen?«, fragten Thießen und Scheermann zugleich.
»Alle beide! Sie und mein Mann sind mir in allen Stücken hinderlich. Ich gebe meiner Tochter eine Erziehung, die es ihr ermöglicht, in den ersten Kreisen unserer Stadt zu verkehren. Überall wird sie ausgezeichnet, noch mehr, der Sohn einer hochadeligen Familie, um den sich viele Mütter und Töchter vergeblich bemüht haben, bewirbt sich aus freien Stücken um meine Tochter, hören Sie, aus freien Stücken …«
»Herrje, Thießen, davon weißt du als Onkel noch nichts.«
»Lass doch deine Frau reden«, sagte Thießen zu Scheermann, »halt du doch dein –«
»Heute hat der junge Adelige den ersten offiziellen Versuch der Annäherung gemacht. Und was geschieht? Das tölpelhafte Benehmen meines Mannes hat wahrscheinlich schon wieder alles verdorben und Dora wird sehr unglücklich werden.«
»Du bist ja ein rechter Schlawiner!«, sagte Thießen zu Scheermann.
»Ach Gott, weißt du, Hinnerk, ich will dir mal etwas sagen, das ist ja nur wenig«, antwortete Scheermann, seine Frau ließ ihn aber nicht weiter zu Wort kommen.
»Mein Sohn«, sagte sie, »macht mir noch mehr Kummer. Leider hat man, trotz meiner Einreden, Ihnen nicht nur seine Ausbildung zum Schiffbauingenieur, sondern auch seine Erziehung zum Menschen überlassen. Und was ist dabei herausgekommen? Er bildet sich ganz nach euch!«
Thießen und Scheermann sahen einander an.
»Er sucht etwas darin, sich möglichst zum echten Bremer Spießbürger auszubilden. Er will ohne Rücksicht auf seine

Mutter eine Schusterstochter heiraten und Doras Verbindung mit Herrn von Geeren wäre dann eine Unmöglichkeit!«

»Was redest du da von einer Schusterstochter? Du bist wohl nicht recht klug. Davon weiß ich ja kein Sterbenswort!«, sagte Scheermann.

»Wovon wüsstest du überhaupt, wenn es sich um deine Kinder dreht? Nun, so höre es von mir, dein Sohn bewirbt sich um die Tochter eines Flickschusters und Herr Thießen ist sein Freiwerber!«

»Junge, Junge, was bekomme ich da zu hören«, rief Scheermann. »Thießen, ist das wahr?«

»Ja, es ist so, genau wie deine Frau sagt«, erwiderte Thießen. »Vorhin habe ich nichts von den adligen Verbindungen gewusst, nun weißt du als Vater nichts von unserer kleinen Schusterstochter. Hättest vielleicht auch in ein paar Wochen nichts davon zu hören bekommen. Da es nun so gekommen ist, will ich dir aber reinen Wein einschenken. Also, Heinrich ist zu mir gekommen und hat mir erzählt: ›Onkel, ich bin verliebt!‹ – ›Ach‹, sag ich, ›Heinrich, das macht nichts, ich bin früher auch verliebt gewesen. Die Hauptsache ist, in wen du verliebt bist?‹ Da hat er mir seine Marie gezeigt und ich habe vierzehn Tage wie ein Polizeikommissar rumspioniert, ob das Mädchen einen guten Ruf hat, ob sie von Herzen gut ist und was für ein Mann ihr Vater ist. Eine Mutter hat sie nicht mehr. Und als ich mir die Sache von allen Seiten überlegt hatte, habe ich gesagt: ›Heinrich, deine Wahl ist gut, mach dich an das Mädchen heran!‹ Und wenn ich das sage«, dabei schlug er mit der Hand auf den Tisch und seine Stimme bebte, »dann müsst ihr wissen, dass sich unser Heinrich nicht wegschmeißt!« Nun schlug er sich vor die Brust und sagte: »Ich habe euren Jungen

zu dem gemacht, was er ist, zu einem Kerl wie er im Buche steht und zu …«
»Und zu einem tüchtigen Zimmergesellen«, setzte Frau Scheermann schnippisch hinzu.
»Jawohl«, sagte Thießen, »zu einem tüchtigen Zimmergesellen und einem herzensguten Menschen. Ist das nichts? Das will heutzutage viel heißen.«
»Beruhigen Sie sich. Sie haben mit meinem Manne ein Vermögen zusammengearbeitet, mögen auch, wie die Leute sagen, das meiste zu unserem Wohlstande beigetragen haben, aber …«
»Die Leute allein sagen das nicht, das sage ich auch«, fiel ihr Mann ihr nun ins Wort, schlug Thießen auf die Schulter und sagte: »Ja, Hinnerk, es stimmt, nur durch dich haben wir unser Glück gemacht. Aber, das will ich dir sagen, die Geschichte mit der Tochter des Schusters passt mir dann doch nicht in den Kram. Nein, Hinnerk, nein, das passt mir nicht!«
Als Frau Scheermann sah, wie ihr Mann die Angelegenheit betrachtete, bekam sie gleich wieder Oberwasser und legte los: »Wie kommen Sie überhaupt dazu, in die Erziehung unserer Kinder einzugreifen? Heinrich ist unser Kind. Ich arbeite mit allen Kräften daran, ihn aus dem Schlamm herauszubringen, in dem ihr euch ja wohlfühlen mögt. Da kommt diese unglückliche Schusterliebschaft in den Weg, und zwar durch Ihre Hilfe. Ich bleibe aber dabei, wer Pech angreift, besudelt sich.«
»Was? Was ist das?«, fragte Thießen. »Wer wagt, mir so etwas zu sagen?« Dabei kam er so in Wallung, dass er mit dem Speckaal auf den Tisch schlug und die Tassen auf den Boden kullerten. »Soll das auf mich gehen? An dem alten Thießen hat sich noch kein Mensch schmutzig gemacht! Ich weiß, ihr

hört nicht gern von alten Zeiten reden, das ist mir aber ganz egal. Also, im Schlamm sind wir geblieben? Hörst du das, Kollege Scheermann? Kompagnon Scheermann, hörst du das? Im Schlamm sind wir geblieben, sagt deine Frau. Als Jungens von zehn Jahren haben wir unser Brot selbst verdienen müssen, du hast deinem Vater geholfen, wenn er Fußmatten machte, und ich meinem Alten, wenn er Wolle und Ziegenfelle von den Bauern zusammenkaufte. Wir sind beide in Manchesterhosen und mit einem halben Taler Geld in die Stadt gekommen. Damit sind wir in die Lehre gegangen, haben Tag und Nacht gearbeitet und haben ein Vermögen zusammengebracht, von dem wir auf unsere alten Tage nun zehren können. Und nun sollen wir im Schlamm geblieben sein? Im Schlamm geblieben, weil wir beide einfache Bürger sind? Deine Frau sollte doch wissen, dass es für dich und mich so besser ist, dass das ›Feine‹ nun mal nicht in uns reinwill und dass sie uns auslachen würden, wenn wir plötzlich piekfein daherkommen würden. Aber im Schlamm stecken, nein, das tue ich nicht! Wahrhaftig, die Zeit liegt noch nicht so weit zurück, wo selbst der Bremer Bürgermeister Plattdeutsch sprach und die Mütter mit den Töchtern am Herd standen und sie noch nicht in Pension schickten, wo man ihnen allerhand dummes Zeug in den Kopf setzte! Ich halte es mit der Zeit, in der noch ein einfaches Bremer Bürgerwort so viel galt wie ein Schwur. Und dir«, hier wandte er sich an Frau Scheermann, »war es doch gut genug, als mein Kompagnon um dich anhielt und aus der preußischen Schulmamsell seine Frau machte!«
»Hast du das gehört?«, sagte Frau Scheermann zu ihrem Mann. »Aber du scheinst nicht aufgelegt zu sein, deine Frau zu beschützen. Ich gehe!«

Mit großen Schritten ging sie davon und warf die Tür hinter sich zu, dass es nur so knallte.
»Verdammtes Weiberzeug!«, sagte Thießen und warf ihr den Speckaal hinterher, dass er an die Kammertür flog.
»Hinnerk, beruhige dich, weißt du, ich will dir mal etwas sagen, meine Frau hat das ja nicht so gemeint!«
»Ach was, dummes Gerede, hat das nicht so gemeint! Im Schlamm sitzen geblieben ...«
»Hinnerk, ich bitte dich, reg dich nicht auf. Komm, wollen wir einen kleinen Genever nehmen?«
»Ich huste dir was, verstehst du mich? Ich kam hier in meiner Unschuld her und will Speckaal essen und muss mir den Bauch voll Ärger holen!«
Scheermann hob den Speckaal auf und sagte: »Ach Gott, Hinnerk, weißt du, ich will dir mal etwas sagen, das ist ja nur eben so viel ...«
»Her mit meinem Aal!«, ranzte Thießen ihn an, nahm den Speckaal wieder unter den Arm und sagte: »Ich will mit euch nichts mehr zu tun haben, nur Heinrich nehme ich aus. Auf ihm und auf dem alten Thießen, dem alten Grobian, hackt ihr alle zusammen herum.«
»Ach Gott, weißt du, Hinnerk, ich will dir mal etwas sagen – weißt du, das ist ja –«
»Sei ruhig, du Schafskopf! Ja, sieh mich nur an wie die Kuh das bunte Tor! Am liebsten würde ich euch alle zusammen zum Doktor Hermann Engelken schicken. Deine Tochter hat einen Klapps, deine Frau hat zwei und das alte verdrehte Weibsbild«, er zeigte auf Becka, die gerade in die Tür kam, »hat drei!«
»Menschenskinder«, sagte Becka, »was ist hier los? Herr Thießen, was ist passiert?«

»Geh an deinen Platz!«, schrie er ihr zu und marschierte los.

Becka hatte sich so erschreckt, dass ihr die Knochen bebten.

»Ich bitte Sie, um Himmels willen, Herr Scheermann, was will Herr Thießen von mir?«, fragte sie, als Thießen draußen war.

»An deinen Platz sollst du gehen!«, schrie Scheermann. »Hast du das nicht verstanden?« Und dabei lief er hinter Thießen her.

Das war zu viel für Becka, zu viel. Mit drei großen Schritten ging sie bis in die Mitte der Stube, stellte sich in Positur und deklamierte wie Maria Stuart:

> *»Ich hab ertragen, was ein Mensch ertragen kann.*
> *Fahr hin, lammherzige Gelassenheit!«*

Sie sprach so laut, dass Schiller, der in Gips ausgegossen auf dem Sekretär stand, bebte, als sie zuletzt sagte:

> *»Regierte Recht, so läget* Ihr *vor mir*
> *im Staube jetzt, denn* ich *bin Euer König.«*

# *Bankier Andersen*

Der Bankier Andersen gehörte zu den glücklichen Menschen, die es so weit gebracht haben, dass sie von ihren Zinsen leben und ein großes Haus führen können. Vor vier Jahren war er von Hannover, wo er den Spitznamen »Vampir« bekommen hatte, nach Bremen gezogen, um sich hier zur Ruhe zu setzen und nur noch so ganz im Stillen mit seinem Geld zu spekulieren. In den Wintermonaten hielt er alle vier Wochen eine große Gesellschaft ab und hatte auch schon genug »gute Freunde« gefunden, die sich ein besonderes Vergnügen daraus machten, bei ihm zu essen und zu trinken, und die »taktvoll« genug waren, nicht zu fragen, auf welche Art und Weise ihr Gastgeber sein großes Vermögen erworben hatte.

Aber nicht alle, die Andersen einlud, kamen zu ihm. Es gibt zum Glück überall Menschen, die nicht nur fragen, wo sie etwas Gutes zu essen finden, nein, die zuerst fragen: »Was ist das für ein Mann, der uns einlädt, und was hat er für einen Ruf?« Solche legen die Einladung zuerst unter ein Vergrößerungsglas. Diese gute Art ist in Bremen nicht rar und daher hatten es viele mit seiner Einladung auch so gemacht, sie hatten sie unter ein Vergrößerungsglas gelegt. Und was sie dabei auch gefunden hatten, sie gingen nicht hin. Andersen hatte viele Karten wieder zurückbekommen, auf denen stand: »Bedaure, der freundlichen Einladung nicht Folge leisten zu können.«

Mit den besseren Sorten hatte er kein Glück gehabt. Er musste sich mit der zweiten und dritten Garde behelfen, die hielten ihn jedoch hoch in Ehren und nannten ihn »Rat«, vielleicht, weil er einmal in Hannover Verwaltungsrat einer Aktiengesellschaft gewesen war, die nun aber schon längst ausgespielt hatte. Doch Andersen ließ sich gern so nennen.
Andersens Bediensteter hatte heute den Auftrag bekommen, die besten Treppenläufer zu legen und vier große Lorbeerbäume an die Tür des Windfangs zu stellen. Das war für ihn zugleich ein Zeichen, dass Besuch zu vermuten war. Sein Herr hatte auch gesagt, dass er von drei Uhr an weiße Handschuhe tragen müsse. Seit zwei Stunden trug er sie nun, als eine Kutsche vorfuhr, aus der ein Herr und eine Dame stiegen, die er beide auf Befehl seines Herrn in den Empfangssaal führte.
»Die Einrichtung ist hier ja fürstlich«, erklärte die Dame, als sie in den Saal trat und sich nach allen Seiten umschaute, »aber man merkt doch, dass ein Parvenü[5] hier wohnt. Ein Empfangssalon und niemand, der die Honneurs[6] hier macht! Ich habe allerdings absichtlich auf mich warten lassen, aber wäre er Kavalier von echtem Gepräge, so wüsste er, dass ihn das nicht berechtigt, einer Dame meines Ranges gegenüber Gleiches mit Gleichem zu vergelten.«
»Aber gnädige Tante, unsere Nabobs[7] haben auch ihre Etikette, der Herr Rat hält sein Geld höher als einen Stammbaum.«
»Fi Donc[8]! Du scheinst auch dem goldenen Kalbe zu huldigen, aber ich will nicht hoffen, dass du darüber vergisst, was

5 Ein Emporkömmling.
6 Aufwartung, Ehrenbekundungen.
7 Meist abwertend für sehr reiche Männer.
8 Französisch: »Also pfui!«

du dem Stammbaume des Hauses von Geeren schuldest, dass seine Ahnen auf viele Jahrhunderte zurückführen kann! Ich kann dir übrigens kaum sagen, wie es mich kränkt, in diesem Hause erscheinen zu müssen. War es dir denn gar nicht möglich, eine andere Wahl zu treffen? Die Verbindung deines künftigen Schwagers mit der Tochter eines Schuhmachers, von der ich heute Kenntnis erhielt, ist mir sehr unsympathisch. Dazu kommt noch die Andeutung in dem Briefe Andersens, dass die Gerüchte das Vermögen der Scheermanns überschätzt haben.«

»Liebe Tante, meine Liebe zu Dora ist aufrichtig, deshalb …«

»Nun ja, Liebe«, das Fräulein zog das Wort »Liebe« ziemlich in die Länge, »aber der Gegensatz der Geburtsverhältnisse! Ich will gern zugeben, dass du dies Fräulein Scheermann durch die Heirat zu dir emporziehst, aber, das will ich dir sagen, jeder Kavalier, jede Dame von Stand wird sofort merken, welchem Kreise der Gesellschaft deine Frau entstammt.«

»Aber liebe Tante, Dora ist so fein gebildet wie jede andere junge Adelige. Sie ist belesen, sie malt und ist sehr musikalisch.«

»Du bist durch Liebe blind geworden. Alle Vorzüge, welche du aufzählst, verlange ich von einer Gouvernante. Führe Dora in cercles[9], führe sie zur Cour[10] und du wirst den Unterschied sehen zwischen dem, was angeboren und was anerzogen ist. Ist jemand fähig, ein kompetentes Urteil zu fällen, so bin ich es, deine Tante, die langjährige Hofdame.«

»Du vergisst, liebe Tante, dass ich Dora mit Herz und Seele zugetan bin und dass selbst ungünstige Vermögensverhältnisse mich nicht veranlassen könnten, anders zu handeln.«

9 Französisch: Kreise.
10 Französisch: Hof, Hofstaat.

»Du handelst dann aber sehr unklug!«
»Vielleicht!«, meinte der junge Mann. »Aber jedenfalls als Mann von Ehre!«
In diesem Augenblick trat Andersen in die Tür. Er ging auf die gnädige Tante zu, machte eine tiefe Verbeugung und küsste ihr die Hand.
»Hochgeschätztes gnädiges Fräulein«, sagte er und schmunzelte, »ich rechne es mir zu großer Ehre an, Sie bei mir zu sehen.«
Dann gab er dem Baron die Hand und sagte: »Nicht wahr, Herr Baron, dass ich Sie ersucht habe, die Verlobung in meinem Hause feiern zu wollen, werden Sie nicht als Aufdringlichkeit ansehen, sondern als einen aufrichtigen Liebesdienst des langjährigen Freundes des Hauses von Geeren.«
Während nun die beiden Herren einander Komplimente machten, ging das Fräulein im Saal hin und her, hatte ihre Lorgnette[11] vor den Augen und besah mit Kennermiene die Ölbilder an der Wand, dann küsste von Geeren seiner Tante die Hand und nahm von beiden Abschied.
Als Andersen mit dem Fräulein allein war, sagte er: »Tausendmal, meine Gnädige, muss ich noch um Entschuldigung bitten, dass ich unaufschiebbarer Geschäfte wegen nicht zu Ihnen in das Hotel kommen konnte.«
»Gehen wir mit Stillschweigen darüber hinweg, mein lieber Herr Rat, um sofort auf den Kern unserer Sache zu kommen. Ich kann Ihnen mein großes Erstaunen nicht verhehlen, dass Sie sich zu dem Schritte hinreißen ließen, mein Rittergut unter Zwangsversteigerung zu stellen. Es ist ja richtig, dass die von

11 Stielbrille ohne Bügel, die vor die Augen gehalten wird.

Ihnen gewährten Darlehen sich zu einer erheblichen Summe gesteigert haben, aber bei Berücksichtigung des Wertes des Ihnen zur Sicherheit gegebenen Unterpfandes, meines Rittergutes, kann ich nicht anders, als Ihren Schritt einen übereilten zu nennen, den Sie sofort wieder zurücknehmen müssen. Ihre Forderung an mich ist ja bei Ihren Vermögensverhältnissen nur eine Lappalie und ich bin imstande, Ihnen sofort gerecht zu werden, sobald unser Hof wieder zurückkehrt und Seine Majestät von der Verlegenheit der besten Freundin Ihrer Majestät Kenntnis genommen hat.«

»Erlauben Sie, mein gnädiges Fräulein! Mag auch meine Forderung an Sie für mein Vermögen eine Lappalie sein, so konnte ich doch als Geschäftsmann, der ehrlich und redlich durch die Welt will, nicht anders handeln. Das verpfändete Gut ist seit Jahren schlecht bewirtschaftet, ja verwüstet, das tote und lebende Inventar ist überall mangelhaft und dürftig. Und was man geschäftlich Sicherheit nennt, ist mir also durch Ihr Rittergut nicht gegeben, noch weniger aber durch die mir soeben in Aussicht gestellte baldige Rückkehr des königlichen Hofes.«

»Mag sein. Sie wissen, dass ich mich durch den von Ihnen ausgeübten Druck veranlasst sehe, meinem Neffen, dem Herrn Baron von Geeren, das Rittergut für einen Kaufpreis von 150.000 Taler zu übertragen. Ich ließ mich dazu bestimmen, als ich erfuhr, dass eine reiche Partie für ihn in Aussicht steht, denn Sie wissen es auch, er selbst besitzt kein Vermögen. Ich erkundigte mich nun bei Ihnen nach den Vermögensverhältnissen der Scheermanns und Sie schilderten mir diese in Ihrem ersten Briefe als sehr glänzende. Infolgedessen komme ich von Hannover hierher und heute hatten Sie zu meinem Schrecken in Ihrem Briefe nur die kurze Notiz für mich eingeschaltet: ›Vermögensverhältnisse sind nicht, wie wir uns gedacht‹. Außerdem fügen Sie, was gewissermaßen dem Ganzen die Krone aufsetzt, die Bemerkung hinzu, dass die Eltern der Braut mit dem jungen Ehepaar auf das Gut ziehen wollen.«

»Mein Fräulein, ich bedaure unendlich, wenn meine Auskunft Sie nicht angenehm berührt hat. Ich habe festgestellt, dass bei der vor einigen Jahren erfolgten Auseinandersetzung zwischen Scheermann und seinem Kompagnon jeder Teilhaber 80.000 Taler erhalten hat.«

»Entsetzlich! 80.000 Taler? Und das nennt man hier in Bremen reich? Das ist ja eine schlicht bürgerliche Vermögenssituation, um, beim Entbehren aller Lebensgenüsse, von den Zinsen leben zu können. Ich sehe hier kaum noch eine Möglichkeit der Überlassung meines Gutes. Sie wissen, dass 50.000 Taler als unkündbare Hypothek auf dem Kaiserhof stehen. Bei einer Anzahlung von 100.000 Talern vonseiten der Braut wäre die Sache schnell geregelt. Ich würde die Wechselschuld von 40.000 Talern, die Sie als zweite Hypothek haben eintragen lassen, damit tilgen und allen weiteren Ansprüchen entsagen. Aber 80.000 …«

»Ich betrachte die Sachlage doch mit anderen Augen, meine Gnädige. Ich halte diesen Verkauf für Sie für sehr günstig, selbst dann noch, wenn auch nur 60.000 Taler angezahlt werden könnten. 150.000 Taler ist ein enormer Preis, der weder durch eine Zwangsversteigerung noch durch einen Verkauf aus freier Hand zu erlangen ist.«

»Sie sprechen soeben von 60.000 Talern, vorher sagten Sie doch 80.000.«

»Ganz richtig, 80.000 Taler, das ist das ganze Vermögen der Scheermanns. Die Eltern würden es nicht hergeben, wenn sie nicht der festen Meinung wären, dass mit dem Ankauf des Gutes auch ihre Zukunft eine sorgenfreie sei. Daher schon ist es geboten, dass sie mit auf das Gut ziehen. Doch von diesen 80.000 Talern müssen den Eltern und dem jungen Herrn Baron doch mindestens 20.000 Taler als Betriebskapital in Händen bleiben, eine Summe, mit der sie eine Zeit lang lavieren können. Sie, meine Gnädige, erhalten vor der Verlobung 60.000 Taler. Nach Abzahlung der 40.000 an mich, für die von mir eingetragene Hypothek, behalten Sie demnach noch 20.000 Taler in Händen. Und somit wäre Ihr Kapital vollständig gesichert. Da Sie, wie Sie mir gütigst anvertrauten, in einigen Tagen die Summe von 10.000 Taler in Hannover durchaus zahlen müssen, so ist auch diese Verlegenheit beseitigt und es verbleiben in Ihren Händen immer noch 10.000 Taler.«

»Angenommen, eine höhere Summe wäre nicht zu erlangen, glauben Sie, die Sache in dieser Weise regeln zu können?«

»Ich denke, ja. Ich habe mit der Mutter der Braut die Sache besprochen und diese schien durchaus keine Bedenken zu haben, ihren Mann zur Unterschrift eines solchen Kontraktes bewegen zu können. Die Sache liegt insofern günstig für uns, als zwischen Scheermann und seinem früheren Kompagnon, der stets seine rechte Hand war, ein Zerwürfnis besteht und dieser alte Pfiffikus uns deshalb keinen Strich durch die Rechnung machen kann, der zu erwarten war, da sein Liebling, der Sohn Scheermanns, durch diesen Ankauf doch möglicherweise sehr in Nachteil kommen könnte. Ausdrücklich habe ich die Bedingung gestellt, dass 60.000 Taler gleich bei dem Kaufvertrag, der übermorgen in meinem Hause abgeschlossen wird, gezahlt werden und erst danach die offizielle Verlobung stattfindet. Ich glaube, in dieser Weise die Sache mit aller

Klugheit zu Ihrer Zufriedenheit geregelt zu haben. Um jedes Aufsehen bei den hiesigen Rechtsanwälten zu vermeiden, habe ich einen Schreiber, der lange im Justizfach gearbeitet hat und mir bei verschiedenen Abschlüssen zur Hand war, zu Hilfe genommen. Wenn Sie mit diesen besprochenen Bedingungen einverstanden sind, werde ich den Mann hereinrufen. Er mag den Vertrag aufsetzen, die Rechtsgültigkeit werde ich anderweitig zu erlangen wissen.«

Da sie schwieg, ging Andersen zur Tür und rief den Schreiber.

»Treten Sie näher, Schellbach«, sagte Andersen zu dem Mann, »füllen Sie diesen Vertrag nach dem beiliegenden Konzept aus. Sie können das gleich hier besorgen.«

Der Kerl setzte sich an Andersens Schreibtisch und machte sich an die Arbeit und Andersen ging nun zu dem gnädigen Fräulein zurück.

»Eine Frage, Herr Rat, möchte ich mir noch erlauben. Würde der Kompagnon nicht durch irgendein Mittel zu bewegen sein, die fehlende Summe zu ergänzen?«

»Um Gottes willen, lassen Sie den aus dem Spiel! Er darf von unserer Verhandlung überhaupt nichts wissen. Beruhigen Sie sich aber, gnädiges Fräulein, vielleicht wird noch alles besser als wir denken.«

Das adlige Fräulein warf sich auf den Diwan. Andersen ging mit seinem Konzept in der Stube auf und ab und diktierte. Immer, wenn er an eine Stelle kam, wo er den Käufer so richtig mit piesacken wollte, nickte ihm Fräulein von Geeren freundlich zu.

Der Schreiber hatte den Vertag aufgesetzt, er erhob sich und gab ihn Andersen. Der las die Schrift durch und gab sie an das gnädige Fräulein.

»Ich werde ihn der Frau Scheermann noch heute Abend übergeben. Die gute Frau kann die Zeit kaum erwarten, dass ihre Tochter zur Frau Baronin gemacht wird. Gnädiges Fräulein werden hoffentlich noch einige Zeit in unserer Stadt verweilen?«

»Oh nein, gleich nach der Verlobung reise ich ab. Ich werde froh sein, die Stadt hinter mir zu haben, in der so manches Widerwärtige mir in den Weg getreten ist.«

»Ich bedaure Ihre Gefühle. Aber auf Regen folgt Sonnenschein, meine Gnädige!«

»Und somit, Herr Rat, empfehle ich mich.«

»Mit Herz und Kopf der Ihrige, meine Gnädige!«

Er küsste ihr die Hand und sagte: »Auf Wiedersehen zur fröhlichen Verlobung!«

»Sie böser Spottvogel!«, antwortete die Gnädige, warf den Kopf in den Nacken und ging.

»Schellbach«, sagte Andersen zu dem Schreiber, als die Gnädige weg war, »Sie können noch eine zweite Abschrift anfertigen und mir zustellen!«

# *Die Schusterwerkstatt*

Meister Bruhns saß mit seinem Gesellen und einem dickköpfigen Lehrjungen am Schustertisch. Gesprochen wurde bei der Arbeit nicht viel. Zuweilen hörte man wohl Lederklopfen oder den Draht über den Pick quietschen, sonst aber ging es sehr still zu.

Der Meister machte ein ernstes Gesicht, vielerlei Gedanken gingen ihm heute durch den Kopf, er hatte Vatersorgen. Als der junge Scheermann um seine Marie anhielt, hatte er sein Jawort dazu gegeben. Er wusste aber nicht ganz genau, ob er sich darüber freuen oder ob er betrübt sein sollte. Sein zukünftiger Schwiegersohn gefiel ihm wohl, aber er entstammte einer Familie, die mit der Heirat nicht einverstanden war, und darum machte er sich Gedanken.

Seine Werkstatt befand sich neben der Stube seiner Tochter und zwischen Werkstatt und Stube befand sich ein großes Glasfenster. Er konnte bei seiner Arbeit genau beobachten, was in der Stube vorging. Seine Tochter saß dort mit ihrem Bräutigam. Er hörte beide lachen und sprechen, auf ihren freundlichen Gesichtern lag hell und klar das Glück, das sie in den Herzen trugen. Alle Augenblicke schaute der alte Mann von seiner Arbeit zu den jungen Leuten hinüber.

Er holte tief Luft, wenn er daran dachte, dass das Lebensglück von Marie auf dem Spiel stand und dass es verloren gehen könnte, wenn sich etwas zwischen die beiden stellen sollte. Er selbst fühlte sich krank und schwach und wusste recht gut, dass er ihr nicht mehr lange zur Seite stehen konnte. Er dachte auch an seine verstorbene Frau. Was hätte sie wohl zu der Heirat gesagt, wenn sie noch lebte? Und dabei fiel ihm ein Versprechen ein, dass er ihr auf dem Totenbett gegeben hatte: In früheren Zeiten hatte seine liebe Frau, die nun bereits fünf Jahre tot war, alle Schuhe, die in seiner Werkstatt gemacht wurden, selbst eingefasst und mit Band besetzt. Auch die Stepperei hatte sie besorgt und für jedes Paar von ihm 3 Grote bekommen. Nötig hätte sie es nicht gehabt, sie hatte aber immer gesagt: »Dieses Geld lege ich für Maries Aussteuer zurück, sie soll sich dafür Leinen kaufen.«

Im Laufe der Jahre hatte sie etwa 200 Taler zusammengespart und zur Sparkasse gebracht. Als das zweite Hundert voll war, hatte der Tod ihrer Arbeit und dem Sparen ein Ende gemacht und ihr Mann hatte ihr auf dem Sterbebett versprechen müssen, dass er das Geld so verwenden wollte, wie sie es bestimmt hatte. Er brauchte zwar für Leinen nicht mehr zu sorgen, alles lag fix und fertig parat. Marie hatte sich alles so nach und nach angeschafft und ihm war es nicht schwer geworden, denn Meister Bruhns hatte gute Zeiten gehabt.

Der alte Mann quälte sich nun mit dem Gedanken, ob er es richtig machte, das Geld noch auf der Sparkasse stehen zu lassen. Zuletzt war er zu dem Entschluss gekommen, dass er das Geld heute noch kündigen wollte, das auf Marie eingeschrieben war. Die Selige sollte ihren Willen haben.

Braut und Bräutigam saßen in der Stube und machten sich wohl keine allzu großen Sorgen um die Zukunft. Heinrich sah seiner kleinen Braut, die vor ihm saß und Garn abwickelte,

in die blauen Augen. Wenn sie ihren Kopf drehte, tanzten die blonden Locken wie goldene Sprungfedern auf ihrem weißen Nacken. Ihr Gesicht war wie Milch und Blut und ihre Stimme klang so rein wie silberne Glocken. Heinrich konnte seine Augen gar nicht von ihr wenden und geduldig half er ihr beim Garnwickeln. Eigentlich war es nur ein Spaß, als er zu seiner Allerliebsten sagte: »Aber, beste Marie, ich halte diese Wickelei wahrhaftig nicht länger aus! Wer hat euch junge Mädchen nur auf den Gedanken gebracht, dass gerade euer Schatz der geeignetste Garnhalter sei?«
»Der geeignetste gerade nicht«, meinte Marie, »jedenfalls aber der allerliebste. Mein guter Heinrich, ich bitte dich, halte nur noch eine kleine Viertelstunde aus!«
Heinrich holte tief Luft.
»Eine Viertelstunde!«, rief er. »Wenn wir erst verheiratet sind, gründe ich ganz gewiss einen Verein gegen das Strümpfe- und Sockenstricken.«
»Du Hans Ungeduld! Bedenke nur, was daraus werden sollte, wenn wir Mädchen und Frauen auch so sein wollten! Erzähle mir lieber eine Geschichte.«
»Gut«, begann Heinrich nun, »ich will erzählen. Du musst aber dabei auch raten können. Also, es war einmal eine große, große Stadt, die hatte zwei Weserbrücken und auf dem Marktplatz einen großen Roland stehen.«
»Nein, Heinrich«, fiel Marie ihm ins Wort, »das Rätsel ist zu schwer, das kann ich nicht lösen!«
»Höre nur weiter. In dieser Stadt lebte ein Schuhmachermeister, der hatte eine Tochter, die war schön – so schön, dass sich die ältesten Leute nicht erinnern konnten, je eine schönere gesehen zu haben. So schön sie aber war, so böse war sie auch,

denn sie hatte sich vorgenommen, ihren Liebsten mit Garnwickeln zur Verzweiflung zu bringen. Alle Augenblick schleppte sie ein großes Knäuel Garn an, das sollte er abwickeln helfen und dafür sollte er immer einen süßen, süßen Kuss als Belohnung haben. Nachher aber gab sie ihm keinen. Da riss dem Liebsten eines Nachmittags um drei Uhr die Geduld.« Mit einem Satz sprang Heinrich in die Höhe, Marie aber drückte ihn schnell wieder zurück auf den Stuhl und streichelte ihm die Wangen. »Und die Wickelei ging wieder von Neuem los!«, sagte Heinrich, holte wieder Luft und hielt geduldig aus.

»Nun erzähle du mir eine Geschichte, liebe Marie«, sagte Heinrich nach einer Weile.

»Kannst du Träume deuten?«, fragte Marie. »Dann will ich dir meinen Traum von vorletzter Nacht erzählen.«

»Gewiss, ich habe das früher immer getan, wenn ich bei meiner alten Tante Sophie eine Anleihe machen wollte.«

»Nun, die sind vielleicht leichter zu deuten gewesen, aber meiner ist gar nicht zu enträtseln, den hat selbst unsere Milchfrau nicht lösen können.«

»Was du geträumt hast«, sagte Heinrich, »kann ich natürlich nicht erraten, aber von wem du geträumt hast, glaube ich doch zu wissen.«

»Denke dir, wir fuhren auf einem großen Schiff weit, weit aufs Meer hinaus. Das Schiff war so lang, dass man von einem Ende aus das andere nicht sehen konnte, und hatte sechzehn himmelhohe Mastbäume.«

»Das muss ein wunderlich Ding gewesen sein«, lachte Heinrich.

»Und oben auf dem höchsten Mastbaum glänzte eine große goldene Kugel und du saßest im Mastkorb und wolltest immer höher und höher klettern. Plötzlich gab es einen furchtbaren Ruck, du ließest los, stürztest hinunter und ich fing dich noch glücklich in meiner neuen Moiréschürze auf. Vor Schreck bin ich dann erwacht.«

»Na, das ist eine schöne Bescherung«, sagte Heinrich und lächelte vor sich hin. »Ei, ei, liebes Kind, wer wird so etwas träumen? Aber klar ist der Traum doch wie kein anderer!«

Marie sah ihn verwundert an.

»Es wird doch nichts Schlimmes zu bedeuten haben?«

»Entsetzliches!«, sagte Heinrich. »Höre nur zu. Das Klettern am Mast bezieht sich auf meine Preisarbeit. Die goldene Kugel ist die Arbeitsstelle in Glasgow, die der Sieger als Preis erhalten soll, und was das Runterplumpsen bedeutet, das wirst du ahnen. Hättest du doch nur die Kugel mit heruntergeträumt!«

»Spotte nicht, Heinrich, ich tue sonst des Nachts kein Auge mehr zu, hängt doch für uns beide sehr viel von deiner Arbeit ab!«

»Ja«, sagte er, »ich hätte mich auch tüchtiger daransetzen sollen. Statt die ganze liebe Rosenzeit mit dir zu verträumen, statt allabendlich mit meinem kleinen Mädchen draußen auf unserem lauschigen Plätzchen von der Liebe zu schwatzen, hätte ich jede Viertelstunde mit Zirkel und Winkelmaß herumhantieren sollen, nicht wahr?«

Marie schaute vor sich hin, sie vergaß ganz, das Garn weiter aufzuwickeln. Dann sagte sie: »Gewiss, dann wärest du deines Erfolges sicher gewesen und außerdem wäre dir und deinen Eltern der viele Kummer über unsere Liebesgeschichte erspart geblieben. Oh, Heinrich, wenn deine Mutter recht daran tun sollte, zwischen uns zu treten, wenn es eine Sünde wäre, dass ich dich so lieb habe! Gott weiß, wie oft ich darüber nachgedacht und geweint habe. Wenn meine Liebe meinen Heinrich auch nur ein Fünkchen Lebensglück kosten sollte, wie könnte ich das verantworten? Seit ich weiß, dass deine Eltern unsere Verbindung nicht gerne sehen, kann ich mir gar nicht denken, dass die Zukunft so glücklich sein wird, wie die Vergangenheit es war.«

Nun warf Heinrich das Garn weg, drückte seine Marie fest an sich und aus vollem Herzen sagte er: »Meine liebe, gute Marie, dein Heinrich kennt ja kein anderes Glück, als was er hier in seinen Armen hält! Eher wollte ich die Liebe zu Vater und Mutter aus meinem Herzen reißen und alles, was ich habe, hingeben, ehe ich dich, meine Liebste, verlasse! Wenn meine Eltern wüssten, welch ein Mädchen ich liebe«, sagte er weiter und drückte Marie fest an seine Brust, »und wie es mich wiederliebt – wie stolz müssten sie auf uns sein! Aber, sie sollen es verstehen lernen!«

»Du versündigst dich an deinen Eltern!«

»Nein, Marie. Gott weiß, dass ich meine Eltern liebe und dass ich mich nicht rächen will, aber sie sollen kommen und dich umarmen und dich ihre liebe Tochter nennen. Sie sollen dich kennen- und lieben lernen!«

»Nein, Heinrich, sie sollen nicht kommen, lass uns, lass mich zu ihnen gehen!«

Heinrich wusste nicht recht, was er ihr darauf antworten sollte. In Marie war in diesem Augenblick ein Gedanke aufgestiegen, der ihr das Blut zum Herzen trieb, sie wollte ihm lieber nichts davon sagen.

»Warte die Zeit ab, sieh nicht so betrübt in die Zukunft«, sagte er. »Lass uns wieder fröhlich sein, denn noch ist die blühende, goldene Zeit, noch sind die Tage der Rosen! Und damit du nicht sagen kannst, du bekämest einen faulen, flatterhaften Mann, so lass uns dies unendliche Knäuel fertigwickeln!« Damit nahm er das Garn wieder in die Hände.

In diesem Augenblick kam Thießen in die Stube. Er hatte es ziemlich eilig und schaute in der Stube hin und her.

»Guten Tag, Kinners!«, sagte er. »Heinrich, ich glaube wahrhaftig, du hilfst hier Garn abzuwickeln. Das machst du richtig, meine Tochter! Krieg ihn beizeiten unter den Pantoffel, je eher, je leichter!«

»Habe ich nicht recht?«, fragte Heinrich. »Marie fängt viel zu früh damit an.«

»Nein, mein Junge«, sagte Thießen, »das ist ganz vernünftig von ihr. Ihr Scheermanns verdient das gar nicht besser, deine Mutter hat zu Hause ja auch die Hosen an!«

»Hast du dich noch nicht wieder mit Vater ausgesöhnt, lieber Onkel?«, fragte Heinrich. »Du weißt doch, dass er nicht ohne dich leben kann, wie unglücklich mag er sich fühlen!«

»Unglücklich fühlen, dummes Gerede! Meinst du denn, dass es mir Spaß gemacht hat, dass deine Mutter mich aus dem einzigen Winkel auf Gottes Erdboden, an dem ich zu Hause war, rausgeworfen hat? Und dein Vater hatte nichts dagegen, ja, er stimmte sogar mit zu!«

»Vergiss über die Mutter nicht deinen alten Zwillingsfreund! Bitte versöhnt euch wieder!«, sagte Heinrich.

Doch Thießen wurde nun noch ärgerlicher. »Ich will mit Scheermanns nichts zu tun haben. Dich, mein Junge, nehme ich aus. Ich soll wieder dahin gehen, wo sie mir die Tür gewiesen haben? Nein, da kennst du Onkel Thießen schlecht. Lass mich damit in Ruhe, ich habe meinen Kopf mit anderen Sachen voll genug.«

»Wo ist denn der Alte? So, ich sehe ihn schon – bleib nur sitzen!«, sagte er zu Marie und ging in die Werkstatt.

»Ich kenne den Onkel, er ist gewiss schon halb wieder ausgesöhnt«, sagte Heinrich, als Thießen weg war.

»Es wäre mir schrecklich«, sagte Marie, »auch dies Zerwürfnis auf dem Gewissen zu haben, denn dass er für uns Partei genommen hat, ist gewiss der Grund dafür gewesen.«

»Nein, Marie, das hätten sie ihm vergeben, aber dass er nicht für die von Geeren'sche Sache mit eingetreten ist, das vergeben sie ihm nie. Dass meine Mutter und Dora nicht so hartherzig sind, einem Mann, dem wir alle so viel verdanken und der uns lieb hat, die Türe zu weisen, kannst du glauben. Aber sind die Frauen einmal auf eine Lieblingsidee versessen und ist dabei wie hier eine vornehme Heirat im Spiele, ich glaube, der liebe Herrgott könnte vom Himmel kommen und dagegen sprechen, sie jagten ihn zum Tempel hinaus. Aber Onkel Thießen tut mir aufrichtig leid. Viele, viele Jahre hat er um seine verstorbene Jugendliebe getrauert. Nach großem Kummer, nach einem Leben voller Arbeit war er bei uns wieder der fidele Thießen. Und nun ist mit einem Male das heitere Zusammensein gestört.«

»Wenn wir erst einen eigenen Herd haben, soll er zu uns kommen, nicht wahr? Bei uns mag er ganz so leben, wie es ihm gefällt. Wir werden ihn recht lieb haben und, wie er, einfache Menschen bleiben.«

»Gewiss! Vorläufig ist es aber nicht möglich, zumal wir noch keinen eigenen Herd haben. Ich wüsste auch nicht, woher der so schnell kommen sollte. Die Stelle in Glasgow kam gerade zur rechten Zeit, da musst du nun mit deinem schlimmen Traum alle Hoffnungen zu Wasser machen!«

In diesem Augenblick trat ein Bursche mit einem Korb voller Weinflaschen in die Tür.
»Wohnt hier Herr Bruhns?«
»Gewiss wohnt der hier«, sagte Heinrich. »Wer schickt dich denn, mein Sohn?«
»Wer soll mich schicken? Mein Herr schickt mich.«
»Du bist hier aber wohl nicht richtig. Hier wohnt der Schuster Bruhns.«
»Ja, kann der Schuster denn keinen Wein vertragen?«
Nun kam Thießen aus der Werkstatt zurück. »Habe ich dir Dummbacke nicht gesagt, du solltest draußen bleiben?«
»Ja, aber die Musikanten sagten, ich sollte ihnen die Flaschen geben, sie wüssten damit Bescheid, und das wollte ich nicht.«
»Nein, das ist recht, ich nehme mein Wort wieder zurück, du bist ein resoluter Bengel. Nun mal her mit den Flaschen! Richtig – Château Leoville. Marie, hol mal Gläser herein!«
»Onkel, was soll das bedeuten, was hast du vor?«
Thießen hatte sein Messer aus der Tasche gezogen und bohrte mit dem Korkenzieher an der Flasche herum.
»Lass Marie nur erst mit den Gläsern kommen und mich diesen verdammten Korken herausgepult haben! Bei Scheermanns trinken sie in diesen Tagen viel Wein, da wird wohl bald Verlobung sein, na, meinetwegen! Mich haben sie an die Luft gesetzt, ich geh da nicht wieder hin. Sie brauchen den alten Thießen nicht mehr! Ich kann darum doch Wein trinken, hier ist ja auch ein Brautpaar!«
Endlich hatte er den Korken gezogen und Marie war mit den Gläsern gekommen.
»Onkel, wir haben unsere Verlobung doch schon gefeiert«, sagte Marie.

»Schadet nicht, die kann gar nicht oft genug gefeiert werden. Bruhns, komm herein, alter Junge! Wir sind hier alle Hauptpersonen.«
»Onkel, was hat das aber alles zu bedeuten?«, fragte Heinrich.
»Das ist noch gar nichts. Die Hauptsache kommt noch!«, sagte Thießen. Er ging ans Fenster, nahm sein Taschentuch und winkte damit und plötzlich begann draußen im Hof eine Art Hornquartett zu spielen.
»Hörst du, Heinrich? Hörst du, Marie? Das ist mein Lieblingsstück!« Und nun sang er das Lied mit, das die Musikanten spielten: »Zimmermann zu sein ist eine Lust!«
»Und nun hört mal zu, Kinners, ich will eine Rede halten! Ich bin ein alter Schiffszimmermann«, dabei nahm er sein Glas, »und bin, wie deine Mutter sagt, wie ein Frosch im Schlamm stecken geblieben. Dass du auch Zimmermann bist, wissen wir alle, aber was für einer du bist, das habe ich bisher allein gewusst.«
Nun zog er einen Brief aus der Tasche und gab ihn Heinrich.
»Hier, lies es selbst, du hast den Preis gewonnen und die Stelle in Glasgow ist deine! Hurra!«, rief er und lief ans Fenster und winkte wieder mit dem Taschentuch und die Musik blies einen Tusch.
»Hurra! Und noch einmal: Hurra!«
Nun ging er auf Marie zu und drückte das Mädchen so fest an sich, dass Heinrich sie ihm wegriss und sagte: »Onkel, du drückst ja meine Marie zuschanden!«
Dann ging Thießen zu dem alten Bruhns und schüttelte ihm die Hand. Zuletzt nahm er Heinrich in den Arm.
»Ja, mein Junge, nun weiß ich doch, wozu ich auf der Welt gewesen bin. Ich habe aus dir einen tüchtigen Kerl gemacht,

wenn ich schon keine eigenen Kinder habe – oder mir zumindest keiner bewusst bin! Als ich vor 26 Jahren meinen anderen ›Heinrich‹, meinen Dreimaster ›Heinrich‹ vom Stapel ließ, da kam gerade bei der Taufe die Nachricht, dass ein kleiner Scheermann angekommen war, und der wurde nun auch Heinrich genannt. Damals habe ich zum lieben Gott gebetet, er solle mir die beiden Heinrichs nicht aus den Augen lassen. Und Gott hat mich gehört! Ich habe damals noch extra für dich dreimal mit einer Kanone schießen lassen, dass es nur so knallte, und nach ein paar Stunden konnte keine Katze auf Deck mehr gerade stehen. Heute ist die Welt zivilisierter geworden, so toll können wir es nicht mehr treiben. Fidel wollen wir aber doch sein und feiern. Komm, Bruhns, trink doch auch noch mal!«

Bruhns ging nun auf Heinrich zu und sagte: »Mein Sohn, dass meine Tochter deine Braut geworden ist, dagegen konnte und wollte ich nichts tun, als Frau führe ich sie dir selbst zu, sie wird eine brave Frau werden. Sei glücklich mit ihr, der liebe Gott gebe euch seinen Segen!«

»So, Heinrich«, sagte Thießen, »nun trinke erst noch ein Glas Wein und dann gehst du auf der Stelle zu deinen Eltern und bringst ihnen die gute Nachricht, denn das gehört sich so. Meinetwegen kannst du deiner Mutter auch sagen, dass du angefangen hättest, dich aus der Kleie herauszupaddeln.«

»Onkel, vergiss, was meine Mutter gesagt hat. Komm, geh mit mir!«

Aber das wollte der Alte nicht. »Nein, mein Junge, so weit sind wir noch nicht! Mir klingt es noch immer in den Ohren, was ich hier nicht wiederholen will. Du aber machst gleich, dass du hinkommst!«

»Nun denn, adieu, liebe Marie«, sagte Heinrich, »bald bin ich wieder hier. Adjüs, Vater Bruhns, adjüs, Onkel Thießen. Ich komme gleich wieder!«

»Nein«, sagte Thießen. »Du gehst erst zum Konsul, ich habe schon mit ihm gesprochen.«

Heinrich versprach es und ging.

Bruhns sagte zu Thießen, als Heinrich weg war: »Sag mal, Thießen, willst du wohl einen Augenblick auf das Haus aufpassen? Ich habe mit Marie einen kleinen Gang zu machen. Ich will mit ihr zur neuen Sparkasse, wir kommen gerade noch rechtzeitig hin. Kommen wird inzwischen wohl niemand, ich bin auch bald wieder zurück.«

»Geht nur in Gottes Namen«, sagte Thießen. »Ich lege mich unterdessen ein wenig hin, ich muss wieder zu mir selbst kommen.« Und damit legte er sich schon aufs Kanapee. »Macht nur, dass ihr wegkommt!«, und da lag er dann.

Einen Augenblick lag er still, als er allein war. Dann dachte er an die Kränkung, die ihm bei Scheermanns widerfahren war und die ihn nun abhielt, dabei zu sein, wenn Heinrich seinem Vater die Nachricht brachte, und es begann wieder mächtig in ihm zu arbeiten. Er hielt das Liegen nicht länger aus und sprang auf.

»Ich kann nicht schlafen! Wo soll der Schlaf auch herkommen? Wenn man den Bauch voller Ärger hat, findet man für die Freude keinen Platz mehr. Seit diesem Krawall schmeckt mir kein Essen und Trinken. Über das dumme Mädchen, die Dora, habe ich mich am meisten geärgert. Sie sagte nichts, aber angesehen hat sie mich, dass mir die Galle ins Blut schießen wollte. Als sie aus der Schweizer Pension kam, merkte ich schon, dass sie sich verändert hatte. Und als sie nun noch in Hannover gewesen war, war der Hochmutsteufel noch schlimmer geworden. Ich hatte mich damals wie ein Kind auf ihr Kommen gefreut, aber als ich ihr einen Kuss aufdrücken wollte, hielt sie mir nur die Wange hin und sagte, ich solle ihr Kleid nicht kraus machen. Meinetwegen können sie nun tun, was sie wollen, mir ist alles egal. – Herein!«, rief er dann, weil jemand an die Tür klopfte.

Andersens Schreiber trat in die Tür, machte einen Diener und sagte: »Ich komme doch nicht etwa zu ungelegener Zeit?«

»Das kommt ganz darauf an«, sagte Thießen, der den Mann zu kennen glaubte. »Wenn Sie mir etwas bringen wollen, kommen Sie zur rechten Zeit. Wollen Sie etwas holen, dann passt mir das heute nicht. Wollen Sie sich aber ein Paar Stiefel anmessen lassen, dann stehe ich zu Diensten.«

»Wenn Sie die Gewogenheit haben wollten …«

»Gott bewahre«, dachte Thießen, »wie ist der Mensch höflich, der will am Ende pumpen. Na, wir werden ja sehen. Ist gut, dass ich dich in den Klauen habe, ich will mal so lange Vater Bruhns spielen, bis ich weiß, was der Kerl will«, und laut sagte er: »Na, dann setzen Sie sich mal hin, ich will gleich Maß bei Ihnen nehmen. – Krischan!«, rief er dann in die Werkstatt hinein und zwinkerte dem zu, dass er ihn nicht verraten sollte: »Krischan, bring mir mal den Maßstock, ein Stück Papier und einen Bleistift!«

Krischan brachte alles und machte dazu ein ganz listiges Gesicht. Thießen zog seine Jacke aus, band Bruhns Schoßfell vor und begann Maß zu nehmen.

»Ein hübscher Fuß«, sagte er und drehte Schellbachs Säbelbeine hin und her, »ein bisschen platt an den Sohlen, aber das gibt sich wohl noch.«

»Meinen Sie wirklich, dass es richtige Plattfüße sind?«, fragte der Schreiber.
»Ja«, sagte Thießen, »so eine Art ist es. Das ist für Sie wohl recht fatal?«
»Das kann ich gerade nicht behaupten«, sagte der Schiefköpfige, »aber Sie wissen ja, die Frauen – die Frauen, die sehen nach allem!«
»Nun fängt das Untier auch noch an, von den Weibern zu sprechen!«, dachte Thießen.
»Sie sind sehr hübsch eingerichtet«, begann Schellbach wieder. »Man sieht doch gleich, dass hier Frauenhände – oder besser: zarte Mädchenhände ordnend walten!«, und dabei warf der Kerl seine Augen in alle Ecken und Winkel. »Ihr Fräulein Tochter ist wohl nicht sichtbar?«
»Ach, sieh mal an«, sagte Thießen zu sich selbst, »will doch mal sehen, worauf das Lästermaul hinauswill!«
»Nein, meine Marie ist ausgegangen. Kennen Sie sie denn?«
»Ich kenne sie nicht nur, ich verehre sie auch, wenn Sie mir diesen Ausdruck gestatten.«
»Warum wohl nicht?«, sagte Thießen. »Im Gegenteil, ich freue mich immer, wenn die Leute meine Tochter leiden mögen!«
»Sie wissen«, sagte der Sünder wieder, »in meinen Jahren, wenn man jeden Tag ans Heiraten denkt, kommen einem die schmucken Dingerchen gar nicht aus dem Kopfe.«
»Na, welch verliebte Maikatze«, dachte Thießen. »Sieh mal, wie nett!«, sagte er dann. »Und dabei haben Sie auch an meine Marie gedacht? Sie sind ja ein famoser Kerl!«
»Bitte, bitte, Herr Bruhns!«, erwiderte Schellbach und machte, so gut es in seiner Lage ging – Thießen fummelte immer noch an seinem linken Fuß herum –, eine Verbeugung. »Ich bin üb-

rigens in Ihre Familienangelegenheiten mehr eingeweiht, als Sie vielleicht glauben!«, sagte er mit leiser Stimme und zeigte mit dem Ellbogen auf ein Aktenheft, das er bei sich auf den Tisch gelegt hatte.

Thießen dachte schon, dass er nun mit allerlei »Enthüllungen« losplatzen würde, und wartete wie eine Katze am Taubenschlag. Der Kerl hielt sich aber plötzlich zurück, sprach von Geheimnissen und bat um Verzeihung, dass er das einfach so erzählt hätte. Sein Herz sei schuld daran gewesen, das ginge immer mit seinem Verstand durch, sagte er.

Aber Thießen ließ ihn nicht so einfach wieder weg. »Auf keinen Fall kommt der Kerl mit seinem weichen Herz und seinen Geheimnissen von hier weg!«, sagte er zu sich und riss ihm den Stiefel, den Schellbach bei seinem Gerede schon wieder halb angezogen hatte, weg. »Sie wollen doch mit diesen schiefen Hacken nicht weggehen?«, sagte er und warf die Schlappen in die Werkstatt.

»Krischan«, rief Thießen, »setz hier hinten mal schnell einen Flicken drauf!«

»So, so«, sagte er dann zu Schellbach, »Sie haben wohl von der Verlobung meiner Tochter gehört?«

»Zu dienen! Ich bin beim Rat Andersen gewesen und da war die Rede davon.«

»Habe ich mich also doch nicht geirrt«, dachte Thießen. Laut sagte er: »Ja, ja, das ist so eine Sache mit der Geschichte. Ich hatte mir einen ganz anderen Plan gemacht. Aber wenn sich so ein Mädchen etwas in den Kopf setzt, wer kann ihr das wieder austreiben? Der junge Scheermann ist ja auch nur einer von unserer Art. Ich hätte für meine Marie gern ein wenig was anderes gehabt, so einen Kerl, der in die Welt passt, der

schnell mit der Feder Bescheid weiß und nicht auf den Kopf gefallen ist, ein Kaufmann, ein Anwalt oder so etwas!«
Schellbach spitzte die Ohren. »Mhm«, meinte er, »und doch haben Sie sich, in der Meinung recht schlau zu handeln, schließlich gesagt: Ach was – Geld ist Geld!«
»Jawohl, ganz recht«, sagte Thießen, »das habe ich getan. Geld ist heutzutage die Hauptsache und Geld hat er ja auch.«
Schellbach rutschte auf seinem Stuhl hin und her.
»Herr Bruhns«, sagte er und nahm plötzlich einen ganz feierlichen Ton an, »Sie sind ein vernünftiger Mann und ich bin ein guter Kerl, wahrhaftig, ich bin ein guter Kerl! Sie werden es richtig auffassen und mir nicht übel deuten, wenn ich Ihnen so einen kleinen Wink gebe – betreffs dieser Heiratsgeschichte.«
»Nur zu, nur zu!«, rief Thießen und trat vor Ungeduld auf dem Fußboden herum.
Der alte Schleicher hatte es nun aber wieder gar nicht so eilig und begann zuerst mit so einer Art Einleitung – von leben und leben lassen, von den schlechten Zeiten und den hohen Kartoffelpreisen und dass eine Liebe die andere wert wäre.
Thießen verstand ihn. »Nur keinen langen Senf!«, sagte er, »die Stiefel mache ich Ihnen umsonst.«
»Sehr liebenswürdig, Herr Bruhns, aber Sie werden einsehen, dass man von Stiefeln nicht leben kann.«
»Hier sind 5 Taler!«, sagte Thießen. »Was, noch nicht genug? Teufel auch, Sie sind ziemlich teuer! Hier ist noch einer!«
Damit war der Pakt gemacht und der Vortrag konnte beginnen. Schellbach fühlte in diesem Augenblick die Wichtigkeit seiner Person doppelt, wenn er auch nur in Socken dasaß, als er nun die Talerstücke in seine rechte Hosentasche hatte gleiten lassen, setzte er sich in Positur.

»Sie wissen«, begann er und hustete einige Male, wie er es in Hannover immer vom Gerichtspräsidenten gehört hatte, »Sie wissen, dass gleichzeitig mit der Heirat Ihrer Tochter mit dem jungen Scheermann eine Heirat der Scheermann'schen Tochter mit einem hannöverschen Adligen geplant wird? Dieser Herr Baron steht im Begriff, das stark verschuldete Gut seiner Tante zu kaufen, und zwar mit Scheermanns Geld. Die Familie Scheermann ist durch den Hauptgläubiger der adeligen Dame, durch Andersen, zu diesem Heiratsplan bewogen worden. Vonseiten der Familie Scheermann geht man auf alles ein, denn der alte Scheermann wird, im Vertrauen gesagt, von seiner Frau Gemahlin vollständig unter dem Pantoffel gehalten. Der Sohn ist seiner Mutter gegenüber machtlos und der einzige gefürchtete Gegner, der frühere Kompagnon Scheermanns, ein gewisser Thießen, hat sich durch ein halb zufälliges, halb beabsichtigtes Zerwürfnis noch zur rechten Zeit vom Kriegsschauplatz entfernen lassen. Ohne eine Ahnung davon zu haben, hat sich der alte Esel auf diese Weise selbst die Hände gebunden.«

Bei dieser Stelle von Schellbachs Rede sah Onkel Thießen wirklich ein wenig dämlich aus.

»Andersen«, sagte der Winkeladvokat nun weiter, »der mit dem Geld der Braut sein Guthaben decken will, ist geschickt genug, die Scheermann'sche Familie nicht nur zur Herausgabe des Erbteils der Tochter, sondern auch des dem Sohne zustehenden Vermögens zu bewegen, und hat mit den beiden Familien, wegen der Regelung der Geldangelegenheiten nach der Heirat, den hier in Abschrift vorliegenden Vertrag geschlossen, zu dessen Verlesung wir unter dankbarer Bestätigung der dafür geleisteten Zahlung sogleich schreiten werden.«

Er hatte sich das Aktenheft genommen und begann zu lesen: »Zwischen dem Bankier Andersen einerseits«, weiter kam er nicht, denn – ratsch – hatte Thießen ihm das Schriftstück entrissen.
»Was?«, sagte der nun. »6 Taler und nur vorlesen? Sie sind wohl nicht recht klug! Das Ding bleibt bei mir.«
»Herr Bruhns!«, rief Schellbach.
»Ach was, Herr Bruhns hin, Herr Bruhns her«, sagte Thießen. »Krischan, wirf mal die Stiefel von dem Musche wieder herein! – So, und nun schnell auf die Socken!«
Schellbach konnte machen, was er wollte, vom Himmel zur Erde bitten und flehen, er bekam den Vertrag nicht zurück. Als er noch nicht halb in seinen Stiefeln war, krempelte Thießen sich schon die Hemdsärmel auf, öffnete die Stubentür und sagte: »Nun passen Sie mal genau auf. Ich zähle bis drei, und wenn wir dann noch alle beide hier sind, will ich Ihnen die Ambosspolka vorspielen!«
Und nun ging es los. Aber als Thießen die »Eins« noch kaum ausgesprochen hatte, war Schellbach, der den zweiten Stiefel nur halb angezogen hatte, schon an der Tür und bei »Zwei!« war der alte Schleicher schon draußen.
Thießen stand eine Weile in Gedanken, dann setzte er sich auf einen Stuhl und las den Vertrag durch.
»Großer Gott«, rief er, als er damit fertig war, »was habe ich da gelesen! Davon kann man ja rammdösig im Kopf werden! Ist das nicht Halsabschneiderei? Zwei Fliegen wollen sie mit einer Klappe schlagen, wollen die Familie um ihr Geld bringen und dem guten Jungen, dem Heinrich, glauben sie, das Liebste, was er auf der Welt hat, nehmen zu können! Und dieser Schleicher, dieser Andersen, ich habe dem hannöverschen

Filou nie getraut, hat den ganzen Kram ausgeheckt! Was ist dabei aber zu tun? Meinetwegen lass sie ins Verderben laufen, wer nicht hören will, muss fühlen!« Er seufzte. »Aber Thießen, du bist ja ein ganz niederträchtiger Kerl, du bist ja noch schlechter als Andersen! Du fragst noch lange, was dabei zu tun ist? Mit einem Donnerwetter musst du dazwischenfahren!« Und dabei lief er in der Stube hin und her, als hätten ihn die Bienen gestochen. »Nein«, sagte er dann und blieb stehen, »das geht doch nicht! Im Guten wird das besser abgemacht.« Er legte die Hand auf sein Herz.

»Allmächtiger Gott, wie ein solch altes Herz noch rumoren kann! Mag unser Herrgott mir den richtigen Gedanken eingeben. Scheermann ist ein ehrlicher braver Kerl, er soll nicht unglücklich werden! Und seine Frau? Nein, gut ist sie auch, dass ich alter Grobsack nicht mit ihr auskommen kann, das heißt nichts. Sie ist für ihre Kinder auf ihre Art doch eine Mutter gewesen, wie sie im Buche steht, nur dass sie immer zu hoch hinauswollte. Aber wenn wir beide uns mal gekabbelt haben, dann hatte ich wohl meistens die Schuld. Und was sie da gesagt hat vom Pechanfassen, das war ja nur ein altes Sprichwort und Sprichwörter hört man ja jeden Tag, sie sind meist nicht so gemeint. Und das im Schlamm stecken bleiben, ach Gott, das ist auch so böse nicht gemeint gewesen. Und Dora? Das dumme Mädchen ist ja noch ganz grün hinter den Ohren und hat noch nicht den richtigen Verstand, sie ist ja noch ein halbes Kind. Wie viele Tausend Küsse habe ich ihr schon gegeben und wie oft ist sie auf meinem Arm eingeschlafen. Und warum bist du vierzehn Tage und Nächte nicht von ihrem Bett weggekommen, als sie krank war? Besinn dich mal, Thießen! Hast du schlechter Kerl ihr darum das Leben erhalten wollen, um nun stillschweigend zuzusehen, dass sie sich unglücklich macht? Und nun erst Heinrich. Der Bengel hat mir in seinem Leben noch keinen Ärger gemacht und seine Eltern soll ich zugrunde richten lassen? Und meine gute, kleine Marie, der wollen sie dein Alles nehmen? Ich muss zu Scheermann hin, das steht fest. Da hilft kein Besinnen mehr und im Guten muss ich ihnen kommen. Der Stich, den sie mir ins Herz gegeben haben, hat geschmerzt, ich will mir aber die Pein verbieten. Mag unser Herrgott meinen Worten Kraft geben! Hin muss ich und wenn die alte Scheermann der Teufel selbst wäre!«

Marie Bruhns kam herein. »Da bin ich wieder, mein lieber Onkel. Aber du siehst ja ziemlich verdrießlich aus! Nicht wahr, ich bin dir zu lange weggeblieben? Vater bekam wieder sein Herzklopfen und da mussten wir langsam gehen.«

»Nein, mein Mädchen, ich habe mich inzwischen ganz gut amüsiert, mach dir um mich keine Sorgen!«

Er nahm nun seinen Hut und wollte gehen.

»Morgen kommst du doch wieder, Onkel?«

»Nein, morgen früh wohl nicht, aber morgen Mittag vielleicht. Ich habe morgen früh einen schweren Weg zu gehen, ich will zu Scheermanns! Adjüs, Marie!«

Marie setzte sich an ihren Tisch und nahm den Kopf in die Hand.

»Was sagt der Onkel? Er hat morgen einen schweren Weg zu gehen, er will zu Scheermanns? Dasselbe hätte ich ihm auch sagen können. Auch ich habe einen schweren Weg, auch ich will Scheermanns besuchen.«

# *Ein ehrlicher Makler*

Heute Morgen blieb es in Scheermanns Haus recht lange still, denn sie hatten am Abend Gesellschaft gehabt. Fräulein Scheermanns Bräutigam war mit seiner Tante zu Besuch gewesen. Die »Gnädige« war aber schon beizeiten nach Hause gegangen, weil sie Kopfschmerzen bekommen hatte. Danach hatte die alte Madam ihrem Mann noch eine ganze Stunde etwas vorgepredigt, weil er sich zu schlecht benommen und immer begonnen hatte, von seinem Freund Thießen zu sprechen. So viel hatte Becka im Hin- und Hergehen gehört.
Von der Herrschaft war nun jedenfalls noch nichts zu sehen und zu hören und Becka fuhrwerkte wieder mit dem Wischlappen in der Wohnstube herum. Solche Augenblicke hatte sie nicht oft, sie konnte sich mal wieder ungestört die »Jungfrau von Orleans« durch den Kopf gehen lassen. Sie stellte sich auch bald wieder vor den großen Spiegel und deklamierte.
Plötzlich steckte so ein kleiner dicker Kerl sein feuerrotes Gesicht durch die Stubentür und fragte: »Bin ich hier richtig bei Fräulein Scheermann?«
Becka konnte nicht so schnell aus der »Jungfrau« herausfinden. Sie sprach weiter und starrte stur auf das Kupferbergwerk, dass der Kerl im Gesicht mit sich herumtrug. Ohne sich stören zu lassen, deklamierte sie:

*»Wer bist du, den sein böser Engel mir entgegenschickt? Gleich eines Fürsten ist dein Anstand, auch kein Brite scheinst du mir!«*

»Nein«, sagte er, »ich bin der Dienstmann Meier aus dem Kakeltimpengang und wollte hier etwas für Fräulein Scheermann bringen, eine Schachtel von Fräulein Wacker.«

»Gut, stellen Sie sie dahin!«

Der Mann tat wie geheißen und ging wieder. Und gerade wollte Becka erneut beginnen, da regte sich etwas in der Kammer. Gleich darauf trat Frau Scheermann in die Stube.

»War hier jemand? Ich glaubte, hier laut sprechen zu hören.«

»Ja, ein Dienstmann hat von der Wacker was gebracht.«

Frau Scheermann holte die Schachtel, nahm eine weiße seidene Schärpe heraus, besah die Stickerei und legte sie wieder zurück. Zu Becka sagte sie: »Sollte mein Mann dich zu Herrn Thießen schicken, so wirst du mir das melden. Ich werde dir dann schon sagen, was du zu tun oder zu lassen hast!«

»Jawoll, Madame«, sagte Becka und ging hinaus.

Frau Scheermann lief nun in der Stube hin und her und wischte sich dabei mit der Hand über die Stirn. Irgendetwas musste mit ihrem Kopf nicht in Ordnung sein.

»Liebe Mama«, sagte Dora, die nun auch hereinkam, »du hast mich so lange schlafen lassen und weißt doch, was ich noch alles zu meiner heutigen Toilette besorgen muss!« Dann gab sie ihrer Mutter einen Kuss und fragte: »Mama, sag, was hattest du gestern Abend noch mit Papa vor? Ich habe euch beide noch lange reden hören.«

»Denke, Dora, diese fixe Idee vom Papa. Er wollte bei dem Kaufvertrag des Guts, den er zu unterzeichnen hat, Thießen zurate ziehen!«

»Unsinn!«, sagte Dora. »Du hast es ihm doch hoffentlich ausgeredet?« Und dann schaute sie sich auch die Schärpe an, die in der Schachtel lag.
»Ja, aber erst nach einem langen Kampfe, mein Kind. Erst meinen bitteren Tränen gab er nach. Es ist entsetzlich. Wie die Kletten hängen diese beiden Menschen aneinander! Wenn man eben glaubt, es sei gelungen, sie voneinander zu trennen, bei der geringsten Berührung hängen sie wiederum fest zusammen. Nichts ist mir fataler, als dass Papa noch des Hauses wegen mit diesem Thießen abrechnen muss. Wenn du erst verheiratet bist und wir auf unserem Gut wohnen, werden wir uns gar nicht mehr um diesen Thießen kümmern. Der Mann ist ja ganz gut, er passt aber nicht in unsere Gesellschaft. Außerdem habe ich es schon seit Jahren herzlich satt, dass er sich stets in unsere Angelegenheiten mischt.«
»Zur Hochzeit wollen wir ihn auch nicht einladen«, meinte Dora.
»Dem habe ich schon jetzt einen Riegel vorgeschoben.«
Nun kam Becka wieder herein und brachte einen Brief. Dora lief ihr entgegen und riss ihr den Brief aus der Hand und ritsch war auch der Umschlag herunter.
»Das ist vortrefflich, das ist köstlich!«, sagte sie, als sie ein paar Zeilen gelesen hatte. »Weißt du schon das Neueste, Mama? Rate mal! Nein, du kannst es nicht raten. Denk dir, die Herren von Robinsky und von Präsick sind in Bremen, sie wohnen beide bei Hillmann.« Sie las noch immer an ihrem Brief. »Kuno macht mit ihnen einen Spazierritt nach Horn. Es sind feine Leute, Freunde von Andersen, du wirst sie dort kennenlernen. Von Präsick ist ein stattlicher Mann und von Robinsky ein gewandter und äußerst liebenswürdiger Kavalier. Nicht

wahr, Mama, in solcher Gesellschaft fühlt man sich doch recht gehoben. Adel bleibt doch Adel!«

»Da hast du recht, meine Tochter! Und Sackleinwand wird nie Batist[12]!«, sagte Frau Scheermann mit einem Seufzer und wollte nun in ihre Kammer gehen.

»Ach bitte, Mama, nimm die Schachtel mit. Abscheulich, es ist schon zehn Uhr vorüber und um neun Uhr wollte die Schneiderin mein Kleid bringen! Und wo nur die Friseurin wieder bleibt, sie versprach mir doch, ganz in der Frühe das Haar wickeln zu wollen!«

»Werde nur nicht gleich nervös, mein Kind, es sind noch viele Stunden bis zum Abend«, sagte Frau Scheermann und ging mit der Schachtel hinaus.

»Da ist eine Mamsell draußen«, rief Becka in der Tür.

»Ah, das wird die Schneiderin sein«, sagte Dora, »lass sie hereinkommen!«

Ein junges, hübsches Mädchen trat in die Stube und blieb bescheiden an der Tür stehen. Fräulein Dora ging auf sie zu und sagte: »Sie bringen mir wohl mein Kleid?«

»Nein«, war die Antwort, »ich möchte mit Frau Scheermann einige Worte sprechen, nur eine Frage an sie richten.«

»So, ich weiß aber nicht, ob meine Mama jetzt für Sie zu sprechen ist. Wer sind Sie und wie heißen Sie denn?«

»Marie Bruhns.«

Das fuhr Dora durch alle Glieder, sie zog die Oberlippe spöttisch in die Höhe und sagte: »Vielleicht kann ich Ihnen eine Antwort auf Ihre Frage geben, dann brauchen wir meine Mama nicht zu belästigen.«

12 Ein Stoff aus feinem Gewebe.

»Ich wünsche die Antwort von Ihrer Mutter«, sagte Marie bestimmt.
Dora klingelte, Becka kam herein.
»Frage meine Mutter, ob sie sich jetzt sprechen ließe.«
Dora setzte sich in den Lehnstuhl, nahm ein Modejournal in die Hand und las. Sie hatte aber kaum begonnen, als Frau Scheermann auch schon hereinkam.
»Es will mich jemand sprechen?«
»Ja, Mama, Fräulein Marie Bruhns.«
Frau Scheermann trat einen Schritt zurück, warf den Kopf in den Nacken und sagte stolz: »Ich wüsste nicht, was die mit mir zu besprechen hätte.«
»Ich bitte, mich zu entschuldigen, aber da das, was ich zu sagen habe, auch das Lebensglück Ihres Sohnes betrifft, so …«
»Hoffentlich werden Sie meine Zeit nicht allzu lange in Anspruch nehmen«, sagte Frau Scheermann, schaute nach ihrer Uhr und setzte sich in ihren Schaukelstuhl. »Bitte, fassen Sie sich kurz!«
Marie war blass geworden, denn wenn sie auch gerade nicht mit einer freundlichen Aufnahme gerechnet hatte, so eisig kalt hatte sie sich den Empfang nicht gedacht. Die Mutter saß da wie eine Gipsfigur.
»Ich lernte Ihren Sohn kennen, er kam oft zu meinem Vater. Nach längerer Bekanntschaft gestand er mir seine Liebe. Lange wich ich einer Antwort aus, aber je mehr ich ihn zu meiden suchte, desto drängender wurden seine Bitten, bis ich nicht mehr ausweichen konnte, weil ich ihn auch liebte. Leider habe ich erfahren müssen, dass sowohl Sie wie auch Ihr Gemahl Heinrichs Wahl nicht billigen. Was kann ich dagegen tun? Nur eins kann ich und muss ich Ihnen sagen: Ihr Sohn wird keine

Unwürdige heiraten. Und eins darf ich tun: Sie herzlich bitten, zu dem Preise, den ihm soeben Fleiß und Talent gebracht haben, den Segen zu unserem Bunde hinzuzufügen! Machen Sie Ihren Sohn und mich glücklich, erhalten Sie sich Ihren Sohn und schenken Sie mir wieder eine Mutter, da ich die meine leider so früh verloren habe!«

So weit war Marie gekommen, als Becka hereinkam. Diesmal hatte sie einen Korb in der Hand, über den ein weißes Laken geschlagen war.

»Hier ist das Kleid«, sagte sie.

Dora lief ihr entgegen, riss ihr den Korb aus der Hand und nahm ein hellseidenes Kleid heraus.

Unterdes sagte ihre Mutter zu Marie: »Lassen Sie sich von meinem Sohn über meinen und meines Mannes Willen unterrichten, er kennt ihn. Übrigens ist mein Sohn ja nun selbstständig, sodass er eine Frau ernähren kann. Er mag tun, was er nicht lassen kann.«

»Diese Schleife, liebe Mama, hat sie ganz falsch angenäht«, rief Dora dazwischen, die sich nun nur noch um ihr Kleid kümmerte. »Du hast doch selbst gehört, dass ich ausdrücklich sagte, die Schleife solle hier ganz oben angebracht werden!«

Aber die Scheermann hörte nicht auf Dora, sie musste zuerst noch Marie Bruhns ein wenig piesacken.

»Mein Mann und ich geben ihm, wie gesagt, vollständige Freiheit. Mag er in dem Netz bleiben, in das er – wer weiß wie – gelockt wurde.«

»Mama, ärgere dich doch nicht über diese aufdringliche Person! Sieh mal, den Blumenstrauß hat sie auch nicht geteilt, sie sollte drei kleinere daraus machen.«

»Weiter habe ich Ihnen nichts zu sagen«, sagte die Alte.

Marie hielt sich am Stuhl fest, die Füße wollten sie nicht mehr tragen, dann holte sie tief Luft und sagte: »Nach dem, was ich soeben gehört habe, habe auch ich nichts mehr zu sagen. Nur für das Fräulein, das mich eine ›aufdringliche Person‹ nannte, erlauben Sie mir noch ein Wort!«
Dann war sie eine Weile still, das Herz jagte zu stark in ihrer Brust. Doch schließlich fand sie die Ruhe wieder.
»Es ist wahr, ich bin die Tochter eines Schuhmachers, eines braven Schuhmachermeisters. Doch nicht eines armen, nein, eines wohlhabenden, der durch seiner Hände Fleiß so viel erworben hat, dass er nicht mehr zu arbeiten bräuchte, wenn er es nicht wollte. Ein junger Ingenieur bietet mir nun seine Hand und ich nehme diese liebe Hand an. Das ist alles, was ich getan habe. Darf ich deswegen beschimpft, eine«, tief holte sie Luft, »eine ›aufdringliche Person‹ genannt werden? Sehen Sie: Ein Mann von altem Adel, ein Herr von Geeren, wie ich höre, ein reicher Mann, bittet um die Hand der Tochter eines bürgerlichen Mannes, der sich ebenfalls durch eisernen Fleiß eine ruhige Lebensstellung verschafft hat. Die Tochter fühlt sich dadurch beglückt. Kann man ihr das verargen? Dürfte man sie etwa eine ›aufdringliche Person‹ nennen, weil sie aus unserem guten bürgerlichen Stande in den anderswo als höher geltenden Adelsstand treten will? Das hielten Sie doch wohl kaum für angemessen, oder?«
»Impertinent!«, rief Dora dazwischen.
»Nun«, sagte Marie, »ich werde die Kränkung, die Sie mir zugefügt haben, Ihrem Bruder verschweigen.«
»Mir wäre das Gegenteil lieber«, sagte Dora.
Marie war einen Augenblick still, dann sagte sie: »Ein Beweis, dass ich ihn viel, viel lieber habe als Sie!«

Sie fühlte nun, dass sie nicht mehr die Kraft hatte, das Gespräch weiterzuführen, und wankte zur Tür. Gerade als sie die Tür öffnete, kam Thießen herein.

»Ach was, anmelden!«, schalt er. »Das alte dumme Weibsbild will mich anmelden. Ich brauche nicht angemeldet zu werden, das wäre wohl eine neue Mode!«

Da sah er Marie. »Sieh da, wie kommst du hierher?« Und nun gab er ihr die Hand und sagte: »Mein Mädchen, was ist dir passiert, du bebst ja, wer hat dir etwas getan?«

»Bester Onkel! Heinrich weiß nicht, dass ich hier bin, ich bitte dich herzlich, sage ihm nichts davon!«

»Nun weiß ich Bescheid!«, sagte Thießen. »Armes Mädchen, nun weiß ich, was dich hergeführt hat und was hier passiert ist. Wie mögen die beiden dich wohl gekränkt haben, dass deine Lippen so blau geworden sind. Aber, sei ruhig, meine Tochter«, rief er Marie nach, die nun fortging, »eine Mutter hast du hier nicht gefunden, dafür hast du aber zwei Väter!«

»Auch dieser Mensch noch!«, sagte Frau Scheermann, als Thießen näher kam und Marie wegging. Dora wollte mit ihrem Kleid in die Nebenstube gehen.

»Guten Tag, Kinners! Bleib mal hier, Dora! Brauchst dich um mich nicht zu schämen! Wo ist dein Vater? Holt ihn hier mal her. Ich habe mit euch allen dreien ein Freundschaftswort zu reden. Ich habe heute den Grobsack zu Hause gelassen, der Topf soll nicht überkochen, alles soll in Freundschaft besprochen werden, alles. Und zuerst habe ich mal eine Frage an dich, Dora: Sag, kennst du deinen Bräutigam? Ich frage nicht, ob er dir gefällt, ich frage, ob du ihn kennst?«

»Gewiss kennt sie ihn«, sagte Frau Scheermann ziemlich schnippisch und von oben herab.

Thießen drehte sich zu ihr um und sagte: »Ich frage Dora, ihretwegen bin ich gekommen. Und du, du solltest lieber nicht in solch einem schnippischen Ton mit mir sprechen, das wäre besser. Nein, lass uns wie früher als Freunde zusammen reden! Es handelt sich hier nicht allein um Doras und um euer aller Lebensglück, auch meines ist dabei im Spiel. Ich habe euch alle lieber, als ihr es verdient. Und wenn ihr unglücklich werdet, wird der alte Grobsack Thießen mit unglücklich. Hör du mich als vernünftige Mutter an, du hast es früher auch getan. Später kannst du mich ja wieder siezen. Ich habe gehört, heute soll bei Andersen eine großartige Verlobung sein und vorher soll ein Kaufvertrag abgeschlossen werden. Warum wird der Kauf in Andersens Haus abgeschlossen? Und warum ist die Verlobung nicht in eurem eigenen Hause? Vielleicht will er vor meinem Hinkommen sicher sein, da hat er sich aber gewaltig verrechnet. Wenn ihr mich nun noch ein wenig lieb habt, dann schiebt die Geschichte noch etwa acht Tage hinaus!«

»Dora liebt ernstlich«, sagte Frau Scheermann, »und wird wiedergeliebt. Seit gestern Abend ist sie versprochen und ihr Bräutigam drängt auf die offizielle Verlobung. Was haben Sie für Gründe, die Sache hinauszuschieben?«

»Um zu untersuchen, ob die Heirat ein Glück für Dora ist. Mir ist es verdächtig, dass Andersens Hand dabei im Spiel ist, dem traue ich nicht! Das ist und bleibt für mich ein Filou!«

»Abscheulich!«, sagte die Scheermann. »Leute bloß darum hart zu beurteilen, weil sie sich in der feineren Welt bewegen!«

»Nicht so viel feine Welt und mehr Ehrlichkeit wären mir lieber!«

»Andersen ist …«

»Ein Geldmensch«, sagte Thießen, »der sich nächstens wohl Gummiräder anschaffen wird, weil der Stein, den solche Art da trägt, wo andere Menschen ein Herz haben, durch das Fahren gar zu schlimm herumgeschüttelt wird.«

»Thießen, ich kenne Herrn Andersen besser. Andersen ist ein feiner Mann und ein guter Mann, der seine hilfreiche Hand nicht zu dieser Verbindung bieten würde, wenn er für Dora kein Glück darin erblickte.«

»Ich weiß! Er ist einer der Feinen, die für alle ein freundliches Gesicht haben, nur ein ehrliches Herz haben diese Leute für niemanden.«

»Hochgestellte Leute gehen mit ihm um!«

»Hochgestellte Leute sind oft schlechte Menschenkenner. Und dann weiß man wohl auch, warum diese Art oft mit solchen Geldmenschen umgeht, umgehen muss!«

Wie es schien, verstand ihn Frau Scheermann gar nicht.

»Sie sähen wohl lieber, dass Dora statt eine Frau Baronin eine Schustersfrau würde!«

»Wie viele Schustersfrauen sind wohl glücklicher als so manche Baronin!«

»Ihr ewiger Widerspruch ist nicht zu ertragen, Thießen! Er drängt mir das Blut zum Herzen!«

»Bleib ruhig, Luise. Möge doch dein guter Engel dir die Binde von den Augen nehmen und dich klar sehen lassen! Überlege dir, Luise, was ich sage! Du willst doch deine Tochter nicht aus den Händen geben wie ein junges Mädchen ihr abgelegtes Spielzeug. Und du, Dora, sieh mich mal an, komm, dreh mir nicht den Rücken zu, das gehört sich nicht. Sag mal, bist du auch überzeugt, dass dich dieser Baron lieb hat, dass er dich nicht nur deines Geldes wegen nimmt?«

»Gewiss liebt er mich! Er hat mir noch gestern gesagt, er würde mich heiraten, auch wenn ich ein ganz armes Mädchen wäre.«

»So, wenn er das gesagt hat, mag es wohl auch stimmen. Hast du denn auch den Mut, in diese adlige Familie einzutreten? Werden dein Mann und seine Tante und die ganze vornehme Sippschaft dich nicht bei jeder Gelegenheit fühlen lassen, dass sie von Adel sind und du nicht? Überleg es dir gut, über jeder unüberlegten Tat hängt das Richtschwert. Muss ich es dir noch sagen, dass ich es gut mit dir meine? Du und dein Bruder, ihr seid immer mein Lebensglück gewesen, für euch lebe ich, für euch sterbe ich, Dora! Wie habe ich mich auf deinen Hochzeitstag gefreut – und heute möchte ich weinen! Ich frage dich nun noch einmal, wollen wir die Verlobung nicht noch acht Tage hinausschieben?«

»Warum verschieben, Onkel, was nach unserer Prüfung für gut befunden ist?«

»Nach unserer Prüfung!«, sagte Thießen, schaute vor sich hin und schüttelte seinen Kopf.

»Die Friseurin ist hinten in der Stube!«, rief Becka in der Tür.

»Ich komme!«, sagte Dora und wollte gehen.

»Wo willst du hin? Bleib hier!«, sagte Thießen.

»Die Friseurin wartet, sie muss mir die Haare wickeln«, sagte Dora ärgerlich.

»Hat das nicht noch ein wenig Zeit?«

Nun kam Frau Scheermann dazwischen.

»Es scheint mir, dass Sie aus purem Eigensinn und ohne Grund Dora zum Entsagen ihres guten Glückes bereden und uns dem Gelächter der Welt preisgeben wollen. Geh, Dora, lass dem alten Mann seine Ansichten vom Leben. Sie stimmen nun einmal nicht zu unserer Lebensanschauung. Geh, lass die Friseurin nicht warten, du weißt, sie hat es heute sehr eilig.«

Dora war ganz damit einverstanden und wollte fort.

»Dora, bleib hier!«, sagte Thießen streng und sah ihr scharf in die Augen. »Ich frage dich noch einmal, bestehst du auf deiner Verlobung heute Abend?«

Dora sah ihre Mutter an, dann sagte sie: »Ja, Onkel, ich bestehe darauf.«

»So«, sagte Thießen, »dann geh hin und lass dir die Haare wickeln, mit dir bin ich fertig!«

Nun machte er die Tür auf und rief: »Becka!«

Becka kam.

»Becka, ruf mal deinen Herrn!«

Dann wandte er sich an Frau Scheermann: »Luise, ich bin hierhergekommen, um zu versuchen, ob ich euch mit meinem Rat zur Seite stehen kann und, wenn es sein muss, auch mit meinem Geldbeutel. Ich weiß nun leider im Voraus, du hörst meinen Rat nicht gern. Seit ihr mit so vornehmen Leuten umgeht, bin ich dir und deiner Tochter nicht mehr gut genug. Ich bin einfach weg und du willst höher hinaus. Unser Herrgott aber weiß dafür zu sorgen, dass die Bäume nicht in den Himmel wachsen.«

»Sie werden bitter«, fiel ihm Frau Scheermann ins Wort.

»Nein, mein Mädchen, weiß Gott, das will ich nicht werden, aber sagen muss ich, was ich denke. Mein Herz war so voll, als ich hierher ging, und nun ist mir, als könnte ich nicht die richtigen Worte finden. Du willst deine Tochter und deine Familie durch eine Heirat in die Höhe bringen. Du bist da aber schief gewickelt, wenn du glaubst, dass der Abglanz von fremdem Flitterkram dich auch nur einen Zoll größer machen kann. Du stehst heute mit deiner Familie geehrt und geachtet da, hast als Bremer Bürgersfrau dein gutes Auskommen, kannst tun und lassen, was du willst. Pass mal auf, da draußen wird es anders! Ich weiß es schon, dass ihr beide, du und dein Mann, mit auf das Gut ziehen wollt. Und nach meinem dummen Verstand wirst du, aber noch mehr dein Mann, diesen Adeligen überall im Weg stehen, wirst von der ganzen Bagage über die Schulter angesehen werden!«

»Wenn Ihre Reden darauf hinzielen, diese Heirat zu hintertreiben, so bitte ich, mich damit zu verschonen.«

»So? Auch gut, des Menschen Wille ist sein Himmelreich! Also über die Heirat kein Wort mehr. Nun komme ich aber auf den zweiten Punkt. Ich weiß, ihr kratzt alle euer Geld für diesen Baron von Geeren zusammen, damit er von seiner Tante das Gut kaufen kann. Ist euer Geld bei dieser Sache aber so angelegt, dass ihr es nicht verlieren könnt? Dein Mann soll den Vertrag unterschreiben, hast du diesen Vertrag auch schon gelesen und passt du auch auf, dass dein Mann durch seine Unterschrift keine dummen Sachen macht?«

»Wir stecken unser Vermögen in ein Gut, das 200.000 Taler wert ist und das für 150.000 Taler in die Hände unseres Schwiegersohnes übergeht. Ist demnach in dem Gut selbst nicht Sicherheit genug für uns?«

»Ich will noch nicht Nein sagen und will auch noch nicht Ja sagen. Hör erst noch ein paar Worte von mir an. Das Gut ist seit mehr als zwölf Jahren immer mehr heruntergekommen und ist nun kaum noch halb so viel wert wie damals. Das alte Fräulein liegt vor dem letzten Anker. Sie hat sich mit der Oppositionspartei gegen Preußen eingelassen, was sie viel Geld gekostet hat, so viel, dass sie nun eine Schuldenlast von

40.000 Taler an diesen Andersen zu bezahlen hat, der ihr das nach und nach besorgt und die Zinsen immer im Voraus zum Kapital geschlagen hat. Das Geld, was ihr heute bezahlt, liegt wahrscheinlich morgen in Andersens Geldschrank. Ich will dir noch mehr sagen, wenn dein Mann den Vertrag so, wie er nun ist, unterschreibt, könnt ihr euer Geld auf dem Mond suchen!«

»Kümmern Sie sich doch nicht weiter darum, ob mein Mann unterschreibt oder nicht. Was er tut, ist Sache unserer Überlegung und geht aus unserem Geldbeutel!«

»So!«, sagte Thießen. »Bei Nummer zwei bin ich auch abgeblitzt, nun kommt Nummer drei an die Reihe. Wo ist Scheermann? Ich muss ihn sprechen.«

»Sie haben ihn ja rufen lassen. Er wird kommen, wenn er hört, dass sein guter Freund da ist. Doch muss ich Ihnen im Voraus sagen, dass mein Mann vollkommen mit mir einverstanden ist und Ihre Redekunst auf ihn keinen Einfluss mehr haben wird. Die Zeiten sind gottlob vorüber, da er Ihr Kompagnon war und nach Ihrer Pfeife tanzen musste. Die Firma Scheermann und Kompagnie ist erloschen. Merken Sie sich das ein für alle Mal, Herr Thießen!«, und damit ging sie aus der Stube.

Thießen sah ihr sinnierend hinterher: »Die Firma Scheermann und Kompagnie ist erloschen. Kann sein, dass er nicht mehr auf mich hört. Wen das Schicksal verderben will, den schlägt es zuerst mit Blindheit! Aber freu dich nicht zu früh, Luise, man soll den Tag nicht vor dem Abend loben.«

Nun kam Scheermann hereingestürzt.

»Hinnerk! Sieh da, alter Junge! Gottlob, dass du wieder da bist. Ich hätte es auch wahrhaftig nicht länger ohne dich ausgehalten. Heute wäre ich zu dir gekommen, es freut mich aber, dass du von selbst zurückgekommen bist! Soll ich dir einen kleinen Genever einschenken, Hinnerk?«

»Nein, wenn ich mich geärgert habe, trinke ich nicht. Das weißt du ja!«

»Hast du dich geärgert, Hinnerk? Ach was, dummes Zeug, wer wird sich ärgern! Warte, ich hole dir doch einen Kleinen, spüle lieber den Ärger hinunter!«

»Nein, nein, lass nur! Bleib nur hier! Setz dich mal zu mir!«

»Ja, das ist recht, ich habe mit dir auch etwas zu bereden. Hast du es schon gehört, dass wir mit Dora auf das Gut im Hannöverschen ziehen wollen?«

»Ja!«

»Na, und was sagst du dazu, Hinnerk?«

»Gott, was soll ich dazu sagen? Ich wundere mich, dass ihr euch im Alter noch aufs Eis wagt. Schlittschuhlaufen lernt ihr doch nicht mehr und ich habe Angst, ihr fallt dabei auf die Nase.«

»Ach Gott, Hinnerk, weißt du, mir war es zuerst auch nicht recht, aber meine Frau wollte es so und nun versetz dich mal in meine Lage!«

»In deine Lage? Nein, zum Donnerwetter, das passt mir nicht!«

»Sieh mal«, sagte Scheermann, »meine Dora hat Glück, sie kriegt einen fixen, braven Mann, seine Tante gibt ihm das Gut, was ...«

»Zweimal 100.000 Taler wert sein soll, 50.000 Taler billiger! Die Geschichte kenne ich schon«, fiel Thießen ihm ins Wort: »Nur weiter!«

»Er ist Offizier gewesen und hofft ...«

»Dass der König von Hannover wiederkommt und die Preußen rauswirft! Darauf kann er aber lange warten! Das weiß ich auch schon, ich weiß nur noch nicht, auf die wievielte Hypothek dein Geld zu stehen kommt.«

»Ja, mein bester Junge, das weiß ich auch nicht. Das hat meine Frau alles mit dem Fräulein besprochen.«

»Hast du den Kaufvertrag denn nicht gelesen?«

»Ja, gelesen habe ich ihn wohl.«

»Und willst du ihn unterschreiben?«

»Ja, warum nicht? Meine Frau sagt, er wäre ganz gut für die Kinder.«

»Ja, da hat sie recht, für Kinder ist er gut, aber nicht für verständige Leute. Hast du den Vertrag zur Hand?«

»Nein, den hat meine Frau eingeschlossen. Heute Abend gehen wir zu Andersen, da soll er unterschrieben werden.«

Thießen hatte sich nach vorne hinübergebeugt und schaute angestrengt auf den Boden.

»Hinnerk«, sagte Scheermann, »ich merke, du bist schlechter Laune, dann will ich lieber schweigen. Ich hätte sonst ein Anliegen an dich gehabt.«

»Wenn ich dir einen Gefallen tun kann, wird meine schlechte Laune mich nicht davon abhalten. Sag, was willst du von mir?«

»Weißt du, Hinnerk, als wir dies Haus kauften, haben wir jeder 10.000 Taler dazugegeben und du hast mir damals gesagt, wenn ich das Haus mal aus meinen Händen geben wollte, wolltest du mir 10.000 Taler ausbezahlen und das Haus allein behalten. Bist du nun noch willens, das Haus zu nehmen und mir das Geld zu geben? Ich könnte es gerade gut gebrauchen. Verlangen kann ich es nicht, wir haben ja keinen Vertrag darüber abgeschlossen.«

»Ach was«, sagte Thießen, »Wort ist Wort, was versprochen ist, ist versprochen. Wann willst du das Geld haben?«

»Ja, dann je eher desto besser!«
»Ich kann es dir schon heute Abend geben.«
»Das ist mir lieb, ich habe bei dem Kaufvertrag viel Geld zu bezahlen.«
Thießen saß da, trommelte auf seine Beine und besah sich noch immer den Boden, als wollte er sich aus dem Fußboden Rat holen.
»Sag mal, Scheermann«, begann er dann, »weißt du noch, wer uns durch seine Dummheit um die ersten 5.000 Taler gebracht hat, die wir bei unserem Anfang damals so schwer verdient hatten?«
»Sei ruhig, Hinnerk, das bin ich gewesen. Ich habe den Vertrag mit den Spitzbuben, den Holzlieferanten, unterschrieben. Willst du mir das nun abziehen?«
»Was für ein Blödsinn! Davon ist nicht die Rede, aber sag mal, habe ich es dir seit damals auch nur einmal vorgeworfen?«
»Nein, Hinnerk, nicht ein einziges Mal«, sagte Scheermann. »Aber ich habe auch ohne dich nie wieder etwas unterschrieben.«
»Warum denn nicht?«
»Weil ich damals hoch und heilig geschworen habe, so lange du am Leben wärst, ohne deinen Willen nichts wieder zu unterschreiben!«
»Heute Abend machst du aber eine Ausnahme, heute willst du ja ohne mich etwas unterschreiben!«
Scheermann wurde verlegen.
»Ja, Hinnerk, weißt du, ach Gott, ich will dir mal etwas sagen: Gedacht habe ich wohl daran, meine Frau sagte aber, ich bräuchte keinen Vormund mehr. Sie sagte, sie müsse sich schämen, dass ihr Mann bei seinen grauen Haaren noch einen

Vormund nötig hätte, und zwischen uns beiden ist das mit dem Kompaniegeschäft ja nun vorbei.«
»Hör mich an«, sagte Thießen, »nun lass dir mal einen Spiegel vorhalten. Du bist zeitlebens ein guter Mensch gewesen, aber ohne festen Willen. Ein Mensch, der lieber gibt, als dass er Klagen anhört, so ein Kerl, der lieber in Zukunft zugrunde geht, als zur richtigen Zeit einen ernsthaften Schritt zu wagen. Du bist mir oft vorgekommen wie ein Blinder, den man führen und vor dem Abgrund bewahren muss. Sei ruhig, mein Junge, hör noch einen Augenblick zu, ich bin noch nicht fertig. Vor dem Steffenstor steht ein großes Haus und durch Hunderte von Jahren wohnen alte Leute darin. Unter ihnen sind auch solch gutmütige Seelen, wie du eine bist. Nachmittags kommen sie zusammen. Sie stehen dann beieinander, schauen still vor sich hin in die Weser und einige sehen betrübt die Sonne untergehen. Dabei wischen sie sich Tränen von den Wangen und dann erzählen sie sich ihre Geschichten. Sie erzählen sich, auf welche Art sie in das große Haus gekommen sind. Sieh, Scheermann, wenn du Dussel heute den Vertrag unterschreibst, dann ist dein Geld in ein paar Jahren futsch und dann kannst du Gott danken, wenn sie dich in dem großen Haus noch aufnehmen. Dann kannst du dich zu den alten Leuten stellen und die Geschichte von der großartigen Verlobung und dem Gutskauf erzählen, kannst erzählen, auf welch dämliche Art du um dein Geld und in das große Haus gekommen bist. Ja, sieh mich nur an, es ist mein voller Ernst und du wirst noch oft an meine Prophezeiung denken. Das Schlimme dabei ist nur, dass sie dich auslachen und sagen werden, in deinem Alter hättest du es doch schon wissen sollen, dass man sich nicht eher auszieht, als man ins Bett geht!«

Scheermann war in tiefen Gedanken versunken. Dann endlich fragte er: »Kennst du den Vertrag, Hinnerk?«
»Ja!«
»Und hältst du ihn nicht für gut?«
»Nein, zum Donnerwetter, ich halte ihn nicht für gut. Komm mit mir zum Notar, wir wollen einen anderen aufsetzen lassen. Dein Geld muss sichergestellt werden, das muss nach der ersten Hypothek von 50.000 Talern kommen!«
Nun sprang Scheermann in die Höhe und rief: »Hinnerk, du hast recht! Ich unterschreibe Andersens Vertrag nicht. Hier hast du meine Hand darauf, ich halte meinen Schwur!«
Thießens Gesicht strahlte einen Augenblick vor lauter Freude und Glück und als er die Hand nahm und drückte, sagte er: »Ich wusste es ja, dass es so kommen musste, deinen Schwur wirst du halten und ich, ich bleibe dein Freund in Not und Tod. Und wenn du mal wieder nach Bremen kommst, findest du hier immer deinen Kompagnon, deinen Thießen, deinen Freund wieder! Wenn du aber heute Abend blindlings unterschreiben würdest, ohne mein Jawort, dann wäre es mit uns vorbei. Solltest du dann mal wieder nach Bremen kommen, egal ob mit oder ohne Geld, einen Freund und Bruder hättest du nicht mehr an mir. Ja, wenn du deine guten Freunde, mich und die anderen alten Jungens im Ratskeller oder bei Kaune aufsuchen und dich an unseren Tisch setzen wolltest bei einer Flasche Wein oder einem Glas Bier, ich würde aufstehen und zu den anderen sagen: ›Kinners, lasst uns an einen anderen Tisch gehen. Scheermann hat sich zu uns gesetzt, bei dem wollen wir doch nicht sitzen, der Kerl hat ja falsch geschworen!‹«
»Hinnerk, hör auf! Das wirst du nicht sagen!«, rief Scheermann und weinte wie ein Kind. »Hinnerk, lass mich heute

nicht allein! Du gehst heute Abend mit oder ich gehe auch nicht hin, so wahr mir Gott helfe!«

Thießen schlang seinen Arm um ihn und sagte laut: »Mensch, Kollege, Bruder, Freund! Ich kenne dich doch besser als deine Frau dich kennt!« Und beide hielten sich noch immer fest umschlungen, als Frau Scheermann wieder hereinkam.

»Mein Gott, was schreien Sie denn so? Was sollen die Leute denken, die hier vorbeigehen!«

»Lass sie denken, was sie wollen, Luise«, sagte Thießen. »Ich bin so vergnügt, ich könnte die ganze Welt umarmen, meine Brust ist viel zu eng für die Freude. Denk dir mal an, ich komme heute Abend mit zur Verlobung zu Andersen und, denke dir mal, dein Mann unterschreibt Andersens Vertrag nicht!«

Frau Scheermann fiel vor Schreck auf den nächsten Stuhl.

»Nun fall nur nicht um vor Freude! Komm, Scheermann, wir wollen uns gleich weiße Handschuhe besorgen!«

# *Da hat eine Eule gesessen*

In Andersens Haus ging es heute hoch her. Wer über den Wall ging und an dem Haus vorüberkam, merkte gleich, dass darinnen etwas los sein musste. Die großen Messinghandgriffe an der Haustür blitzten wie lauter Gold, die großen Fenster aus Spiegelglas waren klar wie Kristall und Myrten- und Lorbeerbäume waren vorm und im Hause aufgestellt.

Konnte man das alles schon vom Wall aus entdecken, so ging es hinter dem Wall, wo das Haus auch einen Ein- und Ausgang hatte, noch viel besser. Das Laufen hatte hinten schon frühmorgens begonnen: Schlachtergesellen mit ihren weißen Schürzen und Mollen, Fischweiber, Konditorjungen, Dienstmänner, Gärtner und Lohndiener, die sie wegen des gnädigen Fräuleins extra aus Hannover hatten kommen lassen, gingen ein und aus. Am allerbesten aber konnte sich jemand überzeugen, wenn er das Recht dazu hatte und in die Küche gehen durfte, die sich unten im Hause befand. Doch wer nicht dorthin gehörte, der bekam es mit Frau Bahrmann zu tun. Die Köchin führte ein strenges Regiment.

Außerdem war sie heute nicht bei bester Laune. Sie hatte auf dem Markt noch etwas besorgen müssen, hatte eine gute Freundin getroffen und mit der ein wenig zu lange geredet. Schnacken tat sie zwar immer auf dem Markt, das dauerte normalerweise eine Stunde, heute hatte es aber anderthalb

Stunden gedauert. Deshalb geriet sie in arge Zustände und musste plötzlich doppelt so schnell sein.
Frau Bahrmann war wohl einmal sehr hübsch gewesen. Das war aber schon lange her, denn zu sehen war davon nichts mehr. Ein Sprichwort sagt: »Spitze Nase und spitzes Kinn, da steckt der Teufel drin!« Und eine spitze Nase und ein spitzes Kinn hatte Frau Bahrmann zweifelsohne. Doch sie war die beste Köchin der ganzen Stadt.
»Was gibt es denn heute Abend alles zu essen?«, fragte die Näherin, die in die Küche kam, um, wenn es gewünscht wäre, ein wenig zu helfen.
»Pluckte Finken und hackte Müse!«, war die kurze Antwort.
Zu dem Schoßhund, der in der Küche herumschnüffelte und dem sie dabei auf den Fuß getreten war, sagte sie: »Zieh Holzschuhe an!«
Kurz und gut, heute hatte sie einfach ihre Zustände. Das Mädchen hatte schon eine geschlagene halbe Stunde geweint, weil sie die Kartoffeln alle noch einmal schälen musste. Frau Bahrmann hatte gesagt, die hätten noch Augen und seien auch nicht rund genug geschält. Das Mädchen durfte sich beim Schälen nicht einmal hinsetzen. Als sie es machen wollte, hatte die Bahrmannsche nur gesagt: »Warte, mein Mädchen, ich will dir einen Großvaterstuhl und ein Feuerstövchen holen!«
Und der Bedienstete bekam auch sein Fett weg, weil er das Laufmädchen küssen wollte.
»Was fällt dir Schwerenöter ein? Lässt du das Mädchen nicht zufrieden, dann schlage ich dir das Schüsseltuch um die Ohren! Danach ist dein Bart noch nicht gewachsen, du altes Apothekerlieschen.« Der Bengel hatte früher mal in einer Apotheke gearbeitet.

Die Näherin, Mamsell Zipzig, der sie gleich ganz kurz Bescheid gesagt hatte, die aber doch in der Küche geblieben war, ärgerte sich gewaltig über Frau Bahrmann. Als sie die Petersilie und den Salat verlesen wollte, riss die Bahrmann ihr alles aus der Hand: »Sie fummelt mir da viel zu lange dran herum. Gehen Sie nur nach oben. Sie stehen mir hier nur im Wege!«
Dann ging es an die Ochsenzungen, die auf dem Feuer standen. Darüber ärgerte sich Frau Bahrmann auch, sie wollten absolut nicht mürbe werden. »Der alte Ochse muss schon lange gelebt haben«, sagte sie und steckte ihre große Gabel in die Zunge, »die ist so zäh wie nur was.«
Dann fiel ihr plötzlich etwas anderes ein: »Kinners, ich muss ja noch Kalbsmilch holen lassen und auch noch ein Pfund Zwiebeln! Komm schnell«, sagte sie zu dem Bediensteten. »Steh nicht so dusselig herum, du alter Dummkopf, bestell das mal beim Schlachter und schleich nicht, als ob du auf Eiern gehst! Geh auch zu Klewenhusen, damit wir noch vor acht Uhr den Steinbutt kriegen!«
Nun ging sie auf die Köchin los, die das Eiweiß nicht zu Schnee schlagen konnte, weil ihre Arme sie schmerzten. Die bekam auch ihr Teil: »Ich kann es nicht länger mit ansehen, wie Sie damit herumklehen! Her damit!«, und nun schlug sie selbst drauflos.
Die Lohndiener hatten oben im Saal das Nötigste besorgt. Sie hatten sich jeder zwei Flaschen Wein an die Seite geschafft und auch eine viertel Kiste mit guten Zigarren. Auch hatten sie die Bonbons, die Makronen und Apfelsinen, die nicht mehr in ihre Taschen passten, auf den Tafelaufsätzen allerliebst zurechtgelegt, mit einem Wort, sie hatten alles getan, was zu ihrer Funktion gehörte.

Oben waren sie fertig, nun gingen sie in die Küche und fragten Frau Bahrmann, ob sie unten auch helfen sollten.
»Nein, nicht nötig, kommt mir vor heute Abend nicht in die Küche!«, wobei sie sie aus dem Raum scheuchte. »Diese Tellerlecker«, schalt sie, als sie wieder weg waren, »graben einem alles unter den Händen weg, überall wollen sie herumschlickern. So etwas kann ich auf den Tod nicht ausstehen.« Und dabei schenkte sie sich ein Glas Madeira ein. Der Wein war eben getrunken, er sollte an die Soße gegossen werden, dazu kam er aber noch viel zu früh, nur zum Frühstück kam er gerade zur rechten Zeit. Wie musste sich die Frau plagen!
Das Laufmädchen stand am Herd und rührte mit einem hölzernen Löffel das Sauerkraut um. Frau Bahrmann hatte ihr gesagt, sie solle das Kraut rühren und hin und wieder einen Schuss Champagner dazugießen. Und das Mädchen rührte wohl auch das Kraut um. Wenn Frau Bahrmann ihr aber den Rücken zuwandte, hatte sie die Flasche am Mund und ließ den Schuss immer in ihren Hals laufen. Ja, wenn das Essen fix und fertig auf dem Tisch steht, denken die Gäste gar nicht daran, wie die armen Dienstleute sich vorher damit abgeplagt haben. Und dass viele Schürzen am Herd anbrennen, das vergessen zurzeit auch die meisten.
Der Konditorjunge brachte Torten und Eis. Das Laufmädchen brachte die Torten nach oben. Sie fand unterwegs, dass der Aufsatz mit der Makronenverzierung ein wenig zu überladen war und pulte die Makronenblätter, die nach ihrer Ansicht zu viel daran waren, heimlich wieder ab.
So hatte jeder im Hause genug zu tun.
Das Eis musste der Konditorjunge aber wieder mitnehmen. Frau Bahrmann schalt fürchterlich mit dem Bengel: »Ich habe

im Laden an die Mamsell mit dem Milchgesicht das Eis doch zu heute Abend um zehn Uhr bestellt, was soll ich nun schon damit machen? Das muss ja eine schwere Notwirtschaft bei euch sein!«

Der Junge griff hinten aus der Jacke eine Zuckertüte heraus und sagte, die schicke sein Herr für Frau Bahrmann.

»Für mich? Ach Gott, wie nett. Was machen sie denn zu Hause? Ist deine Madam schon wieder auf den Beinen? Ist der kleine Junge schon getauft? Nein, das freut mich. Bestelle ein schönes Kompliment zu Hause und ich ließe auch vielmals danken!«

»Bring noch eine Flasche Madeira mit!«, rief sie dann dem Bediensteten zu, als der eben wieder zurückkam. »An einer Flasche habe ich nicht genug.«

Ja, so eine Köchin hat wahrhaftig ihre Not, denn so ging es heute hinter dem Wall in einem fort, vom frühen Morgen bis zum späten Abend!

Als die Uhr sieben geschlagen hatte, begann es auch oben auf dem Wall lebendig zu werden. Der erste Wagen war schon vorgefahren. Von den Damen waren Frau Scheermann und ihre Tochter die ersten gewesen, sie saßen bereits in der besten Stube.

Der alte Scheermann und Thießen waren zu Fuß gekommen. Sie waren länger als eine Stunde in Andersens Büro gewesen.

Der zweite Wagen fuhr vor das Haus, das war Heeders beste Kutsche. Neugierig drängten sich die Leute, die vor Andersens Tür standen, an den Wagen heran. Sie wollten die aufgeputzten Damen mit den seidenen Kleidern aussteigen sehen.

Die meisten, die da standen, waren Näherinnen und Putzmacherinnen, die es recht eilig hatten. Wenn ein Kleid zum

Vorschein kam, an das sie vielleicht nur die Haken und Ösen angesetzt hatten, sagte die eine zur anderen: »Sieh, das Kleid habe ich gemacht.«

Fräulein von Geeren stieg aus. Sie trug ein weißes seidenes Moirékleid und eine ganz breite gelbe Schärpe hing über ihre linke Schulter. Sie reichte quer über die Brust zur anderen Seite, wo sie wie eine große Schleife zusammengefasst war, und beide Enden hingen beinahe auf dem Boden.

Als sie ausgestiegen war, warf sie ihren Kopf in den Nacken und schüttelte ihre Kleider, wie ein Huhn seine Federn schüttelt, wenn es aus dem Hühnerstall kommt. Zu dem Bediensteten, der den Wagen öffnete, sagte sie: »Von zwölf Uhr ab den Wagen für mich bereithalten!«, und stolzierte wie eine Königin ins Haus.

Nun ging vor dem Hause das Gerede über die Damengarderobe los: »Die sieht ja aus wie ein Fahnenträger aus dem Schützenverein.«

»Auf dem Kopf wie ein Klosterochse!«

»Ist das eine Fremde?«, fragten manche.

»Ja«, sagte die Köchin des Nachbarn, »das ist die Prinzessin Bumfia!«

Das Wagenvorfahren wurde nun immer toller und je mehr Wagen kamen, umso mehr Menschen drängten sich vor der Tür zusammen, um die Gäste aussteigen zu sehen.

Die Lichter im Saal waren angesteckt, der Parkettfußboden war blank wie ein Spiegel, in allen Ecken standen mächtige Myrtenbäume und zwischen den Bäumen paradierte Polly, der Papagei. Er machte sich heute Abend recht mausig, zuweilen krähte er wie ein Hahn und lachte wie ein Kind. Sprechen konnte er auch: »Schafskopf« und »Donnerschlag« hatte er

schon auf einem Schiff von den Matrosen gelernt. Er rief aber auch: »Wollen S' auch Eier? Eier?« und »Erbsen und Wurzeln!«
Polly plusterte sich heute mächtig auf, besah sich von allen Seiten und riss sich Federn aus seinem Frack, die aus der Reihe gekommen waren. Stolz reckte er den Kopf aus dem Nacken. Er konnte aber auch stolz sein, sein Bauer war das beste in der ganzen Stadt, sein Herr hatte es auf der Pariser Ausstellung gekauft. Er saß in seinem Ring, schaukelte sich und wartete auf die Dinge, die da kommen sollten.
Er hatte noch nicht lange gesessen, als Andersen mit Fräulein von Geeren in den Saal trat.
»Es freut mich ungemein, mein gnädiges Fräulein, Sie einen Augenblick hier allein sprechen zu können«, sagte er. »Was ich Ihnen mitzuteilen habe, wird Sie ohne Zweifel ebenso unangenehm berühren, wie es mich überrascht hat.«
»Der Anfang ist nicht günstig. Sprechen Sie, was ist geschehen?«
»Ich glaubte, alles zu Ihrer völligen Zufriedenheit geordnet zu haben, und hoffte, den unterschriebenen Vertrag heute überreichen zu können, aber, denken Sie, gnädiges Fräulein, es fehlte …«
»Doch nicht das Geld?«
»Nein, das Geld ist da, aber es fehlte Scheermanns Unterschrift! Stattdessen bringen die beiden Kerle, Thießen und Scheermann, mir einen anderen Vertrag, von einem hiesigen Rechtsanwalt aufgesetzt, wonach Sie, gnädiges Fräulein, sich verpflichten sollen, die einzuzahlenden 60.000 Taler als zweite Hypothek eintragen zu lassen.«
»Unmöglich! Niemals werde ich darauf eingehen!«

»Seit einer Stunde habe ich in Gegenwart des Rechtsanwalts, den sie mitbrachten, dagegen protestiert, aber all mein Reden gleitet spurlos an diesen beiden Felsblöcken ab. Scheermann unterschreibt keinen anderen Vertrag als den von Thießen gutgeheißenen. Derselbe enthält aber auch noch eine Klausel, auf welche ich aufmerksam machen möchte, weil dieselbe uns beiden oder ich sollte wohl sagen: Ihnen für die Zukunft höchst unangenehm sein könnte.«

»Und die lautet?«

Andersen zeigte ihr die Stelle. Fräulein von Geeren schaute in den Vertrag und ihre Lippen begannen zu beben.

»Diese Hypothek darf in den ersten fünf Jahren ohne die Zustimmung des Herrn Thießen weder verkauft noch verpfändet werden«, erläuterte Andersen.

»Abscheulich!«, sagte das Fräulein. »Raten Sie mir, was ist dagegen zu tun? Raten Sie, helfen Sie! Sie sprachen ja so oft von Ihrem schlauen Kopf! Ich stehe allein, auf meinen ungeschickten Neffen kann ich hierbei gar nicht zählen. Der ist in das Mädchen vernarrt und wäre imstande sich zu verloben, ohne sich weiter um seine Tante und ihr Gut zu kümmern!«

»Gnädiges Fräulein, hier ist nichts zu machen. Entweder Sie unterschreiben oder aus dem Verkauf wird nichts.«

»Das wäre entsetzlich! Ich habe Ihnen schon gesagt, ich kann ohne 10.000 Taler nicht nach Hannover zurückkehren. Ein ungeduldiger, gefährlicher Gläubiger droht mit der Pfändung meiner Sachen, wenn ich nicht binnen drei Tagen Zahlung leiste. Ich wollte diesen Thießen ignorieren. Wenn Sie aber glauben, dass mein Wort von Nutzen sein kann, so werde ich auch dieses Opfer noch bringen und zu ihm gehen.«

»Schafskopf!«, rief Polly dazwischen.

»Sie würden sich nur echauffieren, meine Gnädige! Thießen wird Ihnen stets erwidern, dass Ihr Geld auch bei der letzten Hypothek gesichert ist, da er in ironischer Weise behauptet, das Gut sei 200.000 Taler wert. Ich möchte nur in aller Welt wissen, woher der Mann so genaue Kenntnis von allem hat? Er besitzt eine Zeichnung Ihres ganzen Grundstücks. Er kennt die Hypothekenschulden, die darauf ruhen, er weiß, wie hoch die Gebäude gegen Feuer versichert sind, alles, alles weiß er. Auch Ihre momentane Geldverlegenheit kennt er, kurz, nichts ist ihm unbekannt. Es ist keine Zeit zu verlieren, was geschehen soll, muss bald geschehen. Auch darf ich den Thießen nicht aus den Augen lassen, geht er mit dem Rechtsanwalt fort, scheitert möglicherweise der ganze Plan.«

»Ha ha ha ha!«, lachte Polly wieder.

»Die Gäste warten im Nebenzimmer, auch der Herr Baron mit Fräulein Dora erwarten mit Ungeduld den Augenblick, dass die gnädige Tante das Brautpaar als Verlobte vorstellt.«

»Lassen Sie die beiden nur warten, das ist Nebensache. Verlieren Sie nur den Alten nicht aus den Augen! Auf keinen Fall darf der Verkauf hinausgeschoben werden, ich muss heute Geld haben, lieber Herr Rat.«

»Die 20.000 Taler, die nach Abzahlung Ihrer Schuld an mich noch übrig bleiben, würden dann sogleich zu Ihrer Verfügung stehen!«

»Ich rechne damit, denn morgen früh reise ich ab. Zuvor will ich mit Frau Scheermann sprechen und sondieren, ob nicht doch noch eine Änderung des Vertrages möglich ist. Wo ist sie?«

»Wenn das gnädige Fräulein erlauben, werde ich sie zu Ihnen führen.«

»Ich bin entsetzlich aufgeregt. Gehen Sie, tun Sie das Ihrige!«
»Hoffentlich bringe ich auch den alten Thießen mit, obgleich er sich vorhin sehr dagegen sträubte.«
In diesem Augenblick traten Gäste in den Saal, auch der junge Scheermann und seine Mutter kamen und nun gab es ein Vorstellen und Verbeugen an allen Ecken. Der Saal wurde von Minute zu Minute voller und zum Schluss kamen auch noch Thießen und Scheermann.
Dann begann die Musik zu spielen, alles setzte sich in Bewegung und machte einen Rundgang durch den Saal. Das wirkte wie ein lebendiges Karussell. Polly ärgerte sich über die vielen bunten Farben, die er heute zu sehen bekam. Er plusterte sich auf und ließ alle an seinem Bauer vorbeispazieren. Und dabei zeigte er sich von seiner schlechtesten Seite.
Zuerst kamen Scheermann und Thießen, die beiden mochte er leiden. Die Mädchen mit ihrer Gouvernante konnte er nicht ausstehen, die hielten ihn zum Narren. Zwei Leutnants, die vorüberkamen, hätte er gern in die Finger gebissen, wenn er nur gekonnt hätte. Die älteren Damen, die sich anschlossen, waren auch nicht nach seinem Geschmack.
Er steckte seinen Kopf durch die Stangen und lauschte, ob er nicht bei dem Rundgang ein Wort aufschnappen könnte. Und das klappte zuletzt auch ganz gut, er hörte allerlei:

»Halte dich nur an das elfte Gebot. Lass dich nur nicht übertölpeln! Der Art geht es wie den Katzen, je mehr man sie streichelt, je höher halten sie ihren Hintern. Keinen Buchstaben lässt du ändern!«, sagte Thießen.
»Ja, weißt du Hinnerk, das ist wohl so. Und das will ich dir sagen …«

Dann kamen die zwei Leutnants: »Um eine halbe Kopflänge war der ›Pascha‹ vorn. Da auf einmal musste dem Tier …«

Nun kamen die jungen Mädchen.
»Das sagt meine Mama auch, sie meint, die wäre sehr naiv.«
»Nein, dumm ist sie! Sie wusste nicht einmal, dass erst Chaine anglaise und dann Balancez aux dames kommt. Cottillon, sagt sie, habe sie noch gar nicht gesehen. Ha ha ha!«
Die Gouvernante stieß das Mädchen an, weil es so laut lachte.

Gleich dahinter gingen zwei alte Damen.
»Bildung steht bei uns obenan. Wir haben ja man nur den einen Jungen und der soll auf die Schule bleiben. Wenn er erst sein Examen gemacht hat, kann er jede beliebige Karriere einschlagen, sagt mein Mann immer.«

»Ich versichere Sie, ich erkenne am Geruch aus der Küche so ziemlich die Speisekarte im Voraus«, sagte Herr von Harries stolz.
»Sie haben gewiss eine feine Nase. Haben Sie heute auch Austern gerochen?«, meinte der andere.
»Nein, Verehrtester, gerochen nicht, aber ich weiß, es gibt welche. Sie wurden heute Morgen im Ratskeller bestellt, als ich dort einen Frühschoppen trank.«

Und weiter folgte eine Dame: »Ja, das sagen Sie man, das sagt mein Mann auch, ich bin immer viel zu gut mit die Mädchens. Wissen Sie, wenn ich gewusst hätte, dass sie uns zu Neujahr den Dienst aufsagt, denn hätte ich ihr nicht so reichlich beschenkt: zum Freimarkt die schönen baumwollenen Küchenschürzen, so recht vollkommene, und zu Weihnachten den Klaben und das gedruckte Kleid und von meiner Tochter hat sie ein alten Muff dazugekriegt, der noch fast wie neu war.«

»Nun, was ist der langen Rede kurzer Sinn? Werden Sie ihn umstimmen können oder nicht?«
»Nein, meine Gnädigste, ich vermag es nicht. Alle Mittel, die ich in Bewegung gesetzt habe, blieben bei meinem Mann fruchtlos. Thießen, dieser Störenfried, ist an allem schuld.«
Als die beiden, die Gnädige und Frau Scheermann, an die Eingangstür gekommen waren, verließen sie den Saal.

»Ja, weißt du, Thießen, ich will dir mal was sagen: Wenn das alte Putrett[13] nicht will, dann lässt sie es eben bleiben. Die kann mir gestohlen bleiben, die …«

»Nachher wurde noch ein kleines Spiel gemacht …«
»Worin Sie Glückskind natürlich wieder viel gewannen!«
»Eine Kleinigkeit, nicht mehr als 100 Friedrich d'ors[14].«

»Wenn ich mich verheiratet habe, mache ich mit meinem Mann eine Reise nach Italien, dafür will meine Mama sorgen«, sagte eines der Mädchen.

»So isst ihn mein Mann ja wieder nich. Ich lasse ihn immer erst n büschen in Salzwasser abkochen und denn setz ich ihn gleich mit Fett aufs Feuer, tue etwas Hafergrütze, ein paar Zwiebeln, ein paar Nelken und n büschen Wunderpfeffer

13 Liederliche Person, verkommenes Weibsbild.
14 Preußische Goldmünzen, nach Friedrich dem Großen.

dran. Dann lass ich ihn langsam gar kochen. Wissen Sie, nur so schmoren. Ich lege immer nur ganz wenig Torf unter, dass er so wegpruddelt. Dann schmeckt er aber auch …«

»Nachmittags gingen wir nach den zoologischen Garten. Die Hitze war aber man zu groß für mich und denn lief mein Mann mit seinem Panamahut immer eine halbe Meile vorneweg …«

»Ja, Hinnerk, weißt wohl, die Zeiten sind anders geworden. Die jungen Leute momentan, ehe sie mal einen Taler Geld verdienen, wollen sie schon Champagner trinken. Wir gingen als Jungs sonntags zu der Mullerschen und aßen eine Schale dicke Milch für 3 Grote. Und weißt du noch: Wenn die Zeit danach war, gab die Alte uns noch einen Teller gelber Pflaumen überher. Aber heute …«, sagte Scheermann kopfschüttelnd.

»Lächerlich, höchst lächerlich, auf Ehre, von Annektieren zu fabeln, wir sind auch noch da, um ein Wort mitzusprechen.«

»Ich bin schon zu allen Tänzen engagiert, ich bin auch in der Tanzstunde noch niemals sitzen geblieben.«
»Manchmal kommt das erst nach der Tanzstunde!«
»Gewisse Leute müssen es wissen, die sprechen aus Erfahrung.«

»Nein, wissen Sie wohl, das schmeckt mir zu strenge. Ich tu nur n büschen Petersilien und ein ganz kleines Stück Thymian daran.«

So ging es immer weiter mit dem Gerede. Endlich kam Thießen wieder, diesmal mit dem jungen Scheermann.

»Wenn wir den Vertrag haben, gehe ich nach Haus. Das soll ja der Teufel hier aushalten. Mit dir ist das etwas anderes, Heinrich, du bist der Bruder der Braut, du musst bleiben, sonst gibt es Gerede. Das Pack hier hat ja nichts Besseres zu tun, als andere Leute schlechtzumachen. Und dann sind das meistens alles Vögel der gleichen Feder, die fliegen gern zusammen.«

»Es zieht sich ungeheuer in die Länge. Es soll um zehn Uhr gegessen werden. Wenn nun vorher noch getanzt werden soll, so wäre es Zeit, dass die Geschichte losgeht.«

»Wenn ich ihn für uns durchfiltriert habe, gebe ich für die Mädchens noch n büschen Zichorien dazu und lass ihn damit wieder aufkochen. Das schmeckt ganz gut und man verwöhnt ja sonst auch die Mädchens zu sehr.«
»Filou«, rief Polly.

»Ja, ich weiß! Aber die Großschnute ist nicht mal ein tagenbarer Bremer, das ist noch das Tollste. Ich habe es ihm vor ein paar Tagen mal ordentlich gesteckt, ich sagte: ›Sie wollen sich dicketun als Bremer Bürger und wissen nicht einmal, was Babbeler[15] sind? Sie sind ja ein echter Blaustrumpf[16]!‹«

»Aber Apfelmus muss dabei sein.«
»Das sagt mein Mann mich auch immer, und denn auch so n büschen …«

15 Eine bremische Spezialität, eine pfefferminzig schmeckende Zuckerstange, deren Name sich vom plattdeutschen »Hol dien Babbel« (»Halt deinen Mund«) ableitet.
16 Eigentlich ein Wort, mit dem früher scherzhaft eine emanzipierte Frau bezeichnet wurde (die als nicht sehr weiblich galt).

»Erbsen und Wurzeln!«, rief Polly so laut dazwischen, dass die dicke Dame gewaltig erschrak und beleidigt war.

In diesem Moment kam Andersen in den Saal zurück. Er winkte Thießen zu, ging mit ihm in die Ecke, in der Polly stand, und gab ihm den Vertrag. Thießen zog sein Brillenetui aus der Tasche, putzte die Gläser und begann zu lesen. Polly hatte es gar nicht nötig, immer »Pass auf!« zu rufen, Thießen wusste ganz gut, was er zu tun hatte. Er las und nickte dazu. Er hatte seinen Willen bekommen, Scheermanns Geld wurde nach den ersten 50.000 Talern auf die zweite Hypothek eingetragen.
Plötzlich blies die Musik einen Tusch und kaum war er zu Ende, kam das Fräulein von Geeren, die sich wie ein Frosch gewaltig aufgeblasen hatte, in den Saal herein, an der einen Hand hielt sie Dora, an der anderen Doras Bräutigam. Sie führte sie bis in die Mitte des Saales und das Karussell blieb plötzlich stehen und alles Gerede hatte ein Ende. Dann begann die »Gnädige« zu sprechen: »Meine verehrten Herrschaften«, sagte sie. »Sie alle sind unterrichtet von der freudigen Veranlassung unseres heutigen Beisammenseins und ich genüge nur der Form, wenn ich Ihnen hiermit Fräulein Dora Scheermann und Herrn Baron Kuno von Geeren als Verlobte vorstelle.«
Von allen Seiten wurden größte Komplimente gemacht, nur Thießen schien es nicht gerade für nötig zu halten, er blieb bei Polly stehen und schüttelte den Kopf.
»Fräulein Dora Scheermann«, sprach sie dann weiter, »darf sich bald als Mitglied des Hauses von Geeren betrachten. Möge die junge Braut stets eingedenk sein der Pflichten, welche die Ehre dieses uralten Hauses an seine Mitglieder immer gestellt hat und immer stellen wird!«

Dora und der Baron von Geeren küssten ihr die Hand und von allen Seiten kamen nun die Gäste auf sie zu, um zu gratulieren. Heinrich Scheermann ging zuerst auf seinen Schwager zu und beide schüttelten sich die Hand.

»Warte nur«, sagte Klara, der kleine Backfisch, zu Dora, »das finde ich abscheulich, mir nicht eine Silbe davon vorher zu sagen! Warte nur, ich revanchiere mich. Wenn ich mich verlobe, sollst du vorher auch keine Silbe davon erfahren!«

Dora lachte laut auf und ging zu ihrer Mutter, die bei dem gnädigen Fräulein auf dem Diwan saß.

»Dora«, sprach nun das »gnädige« Fräulein, »lachen Sie nicht so laut! Für unseren Stand, in den Sie jetzt erhoben sind, liebes Kind, passt sich das nicht.«

»Siehst du«, sagte ihre Mutter, »habe ich dir nicht schon oft gesagt, dass das laute Lachen unanständig ist.«

Dora küsste wieder die Hand des Fräuleins und ging zurück zu ihrem Bräutigam und ihrem Bruder, die noch immer beisammenstanden.

»Ach, gnädiges Fräulein werden noch oft Nachsicht mit meiner Tochter haben müssen«, sagte Frau Scheermann. »Von Ihnen, von einer Dame, die in einer so strengen Konvenienzschule[17] erzogen ist und bei Hofe eine so hervorragende Stellung innegehabt hat, wird meine Dora noch viel lernen können.«

»Gewiss, gnädige Frau, das Korrigieren wird nicht ausbleiben«, sagte der Hauptmann von Robinsky, der das gehört hatte. »Das gnädige Fräulein ist eine Lehrmeisterin comme il faut, der es weder an Routine noch an Geist fehlt.«

17 Eine Benimmschule.

»Und Sie«, sagte das Fräulein, »waren von jeher das Muster eines Kavaliers. Ich werde Ihnen meine Erkenntlichkeit erweisen, sobald unser Schiff wieder im sicheren Hafen ist.«

Nun kamen die Lohndiener herein. Einige trugen Tabletts, auf denen Gläser mit Wein standen, andere trugen große silberne Kuchenteller mit Senatskringeln. Es sollte erst so ein kleiner Imbiss gereicht werden, dann wollten sie tanzen und danach sollte es zu Tisch gehen.

Die Gesellschaft teilte sich nun in etwa sechs Parteien und setzte oder stellte sich um kleine Tische. Das adlige Fräulein und Frau Scheermanns blieben auf dem Diwan sitzen und um sie herum sammelten sich die Freunde des Fräuleins. Zweimal hatte Frau Scheermann ihren Sohn schon durch einen Lohndiener rufen lassen, damit er sich auch an die noble Gesellschaft halten sollte, und gerade wollte sie ihn zum dritten Mal herbitten lassen, als er erschien. Nur kam er nicht allein, er zog Onkel Thießen hinter sich her und auch der alte Scheermann kam näher. Heinrich musste bei Thießen ordentlich Gewalt anwenden, da der dazu gar keine Lust hatte. Heinrich würde ihn auch wohl nicht so gedrängt haben, wenn er nicht so herzlich gern gesehen hätte, dass Thießen sich wieder mit seiner Mutter versöhnen sollte. So kam es, dass Thießen mit an den vornehmen Tisch kam.

»Ich bitte die Herrschaften, die Gläser zur Hand zu nehmen«, sagte nun der Hauptmann zu den Adligen, die um ihn herumstanden und zwischen denen Onkel Thießen wie die Eule unter Krähen saß. Alle miteinander nahmen ihre Gläser in die Hand, nur mit der Rede ging es nicht so schnell. Der Hauptmann musste erst sein Gleichgewicht wiederfinden, das ihm bei dem vielen Champagnertrinken abhandengekommen war.

»Meine verehrten Herrschaften«, sagte er dann – hup! – da bekam er einen kleinen Schluckauf, »liebe Festgenossen – ich schätze mich glücklich – glücklicher – am glücklichsten – Zeuge zu sein der Umwandlung – der Metamorphose – sozusagen – die sich mit der geehrten Braut heute voll- – na! – voll- – -zogen hat. Wie der Schmetterling, ehe er sich im Sonnenlichte freut, erst eine schwarze Raupenhülle abzuwerfen hat, so – richtig – so hat die geehrte Braut heute auch die Vergangenheit abgestreift und ist nun in ein schöneres Dasein eingetreten. – Möge sie nun beim Biskuit der Gegenwart den schwarzen – Pumpernickel der Vergangenheit vergessen und darauf – meine verehrten Herrschaften«, dabei goss er sein Glas Wein auf das Tischtuch, »darauf wollen wir anstoßen und trinken!«

»Charmant!«, sagte das gnädige Fräulein.

»Nein, nicht einen Tropfen«, sagte Thießen, »darauf kann ich nicht mit anstoßen!«, und warf sein Glas auf den Boden.

Die Adligen stoben auseinander, als das Glas scheppernd zerbrach, und das gnädige Fräulein und Frau Scheermann sprangen von ihrem Diwan. Nun wurden auch die Bürgerlichen, die bis dahin noch nichts von dem Spektakel gehört hatten, stutzig und kamen heran. Andersen wollte die Geschichte schnell vertuschen und rief: »Meine Herrschaften, der Walzer beginnt!«

Die jungen Leute gingen in den Nebensaal, in dem getanzt werden sollte. Thießen ließ sich aber nicht irremachen. Man konnte ihm ansehen, dass er noch etwas auf dem Herzen hatte, was unbedingt gesagt werden musste. Er setzte sich in Positur und begann zu sprechen: »Meine Herrschaften! Ich verstehe nicht, große Reden zu halten.«

»Das weiß Gott«, fiel ihm Frau Scheermann ins Wort, »darum ist es besser, man schweigt. Heinrich«, rief sie ihrem Sohn zu, »unterbrich ihn – ich zittere vor Scham!«
»Er spricht gut, Mama«, antwortete Heinrich.
»Aber er sagt alles, was er denkt!«
»Was er denkt, ist aber nicht übel, Mama!«
Thießen fuhr in seiner Rede weiter fort: »Das kann ich aber wohl sagen, eine bessere Rede als einen solch infamen Schnickschnack hätte ich doch wohl zustande gebracht.«
»Lieber Onkel, ich bitte dich, schweig!«, flüsterte Heinrich.
»Lass mich nur zufrieden, Heinrich! Ich habe geglaubt, mein Blut hätte sich abgekühlt, ich wollte ruhig bleiben, aber sie haben es mir doch zu schwer gemacht.«
»Hinnerk, ich bitt dich, um Gottes willen, sei still, reg dich nicht auf«, sagte der alte Scheermann.
»Wer ist dieser närrische Kauz?«, fragte von Robinsky.
»Mein Herr«, sagte Heinrich und trat nahe an den Hauptmann heran, »ich werde nicht zusehen, wie man einen Mann kränkt, den ich meiner innigsten Dankbarkeit wert halte.«
»Sei still, Heinrich«, sagte Thießen, »mit dem Burschen werde ich noch ganz alleine fertig. Dieser ›närrische Kauz‹ ist ein Schiffszimmermann, der in seinem Leben manchen Klotz bearbeitet hat und der auch bis auf den heutigen Tag sein Handwerk noch nicht verlernt hat.«
»Bei Gott, als Polterabendscherz nicht übel, aber zu früh, mein Lieber, wahrhaftig zu früh!«
Frau Scheermann wusste sich keinen Rat, sie schlug in ihrer Angst die Hände vors Gesicht.
»Der Mann«, sagte das Fräulein zu ihr, »erlaubt sich einen Ton, der mir deutlich genug sagt, wer er ist.«

Thießen ließ sich auch dadurch nicht stören.
»Glauben Sie, dass wir so dumm sind und solche spöttischen Redensarten nicht verstehen? Dora, unser Kind, soll bei Champagner mitleidsvoll auf das Gewürm hinuntersehen, das ihr im ›Raupenstand‹ zur Seite war? Sie soll das Elternhaus, wenn sie im ›Schmetterlingsstande‹ ist, wie einen Traum vergessen? So ein Unfug ist zum Lachen, nur über die Gesinnungsart, die so etwas aushecken kann, sage ich: Pfui Teufel, pfui Teufel und noch einmal pfui Teufel.«
Die adeligen Herren begannen zu lachen.
»Lacht nur zu! Einer, der Religion hat, ich meine nicht so einer, der da glaubt, dass er Religion hat, wenn er Bibel und Gesangbuch in der Kommode liegen hat, ich meine so einen, den Sie hier sitzen haben«, dabei schlug er sich vor die Brust, »der sagt ebenso wie ich: Pfui Teufel!«
»Nun kann ich begreifen, meine Liebe, was Sie mit dem Manne ausgestanden haben«, sagte das Fräulein zu der Scheermann, die bald weiß, bald puterrot im Gesicht wurde.
Thießen ließ sich aber nicht beirren: »Es ist ein schlechter Vogel, der sein eigenes Nest beschmutzt oder ruhig zusieht, wenn fremdes Vogelvolk, das er gutmütig bei sich aufgenommen und gefüttert hat, dies Geschäft besorgt! Und es ist ein schlechtes Kind, das seine Eltern vergessen kann, wenn die Eltern ehrlich und brav sind, egal ob es in Wohlstand oder in Armut groß geworden ist. Die Eltern, arme und reiche, haben ein Recht, Liebe von ihren Kindern zu fordern, wenn sie sie mit Liebe großgezogen haben. Und wo wäre das nicht der Fall? Die Waschfrau, die sich den ganzen Tag um das liebe Brot abgequält hat, bringt abends ihr Butterbrot für ihre Kinder mit und sie selbst geht hungrig ins Bett. Wenn eines

ihrer Kinder krank ist, legt sie sich vielleicht gar nicht ins Bett, sie wacht mit ihren von der Arbeit müden Knochen die ganze lange Nacht bei ihrem Kind. Und wenn ihr die Augen vor Müdigkeit zufallen wollen, schaut sie auf das kranke Kind und fühlt sich wieder stark genug! Soll so eine brave Mutter nicht das Recht haben, Liebe von ihren Kindern zu fordern? Und so wie diese Waschfrau gibt es Tausende Mütter, arme und reiche, die nur für ihre Kinder leben und arbeiten. Und wer das anders lehren will, über den rufe ich: Pfui Teufel! So, nun wissen Sie Bescheid, nun gehe ich und schlage mir den Staub von den Füßen. Adjüs!«

Die vornehme Sippschaft brach in Gelächter aus, nur einzelne Bürgersleute steckten die Köpfe zusammen und sagten: »Thießen hat ganz recht.«

»Hinnerk, wo willst du hin?«, rief der alte Scheermann und ging ihm nach.

»Onkel, warte, ich gehe mit dir!«, sagte der junge Scheermann.

»Heinrich, du bleibst hier! Halt auch den Vater zurück!«, rief Frau Scheermann.

»Nein, ich gehe mit dem Onkel! Siehst du nicht ein, dass es unverantwortlich wäre, ihn in dieser Stimmung allein zu lassen? Hältst du es denn für richtig, einen alten Mann, der sein Leben lang für uns gewirkt und geschafft hat, dem die Sorge um dich, um den Vater, um seine Pflegekinder den Angstschweiß auf die Stirn treibt, der sich nun nach jahrelanger Mühe verhöhnt sieht, so fortgehen zu lassen? Ich lasse ihn nicht allein, ich gehe dahin, wohin die Dankbarkeit mich treibt. Möge es euch wohlergehen! Mein Schiff trägt mich vielleicht schon binnen weniger Tage übers Meer. Lebt wohl!«

# *Ein Rendezvous beim Emmasee*

Der Himmel machte heute ein ganz verdrießliches Gesicht und es konnte auch gar nicht anders sein, denn in der Neustadt war Pferdemarkt. Den ganzen Tag hatte es geregnet, als gösse es aus Kübeln vom Himmel herab. Es war ein Wetter, bei dem man keinen Hund aus dem Hause jagen mochte. Auf dem ganzen Herdentorsteinweg sah man niemanden gehen, selbst die Granatfrauen hatten sich in die Hauseingänge zurückgezogen, um besseres Wetter abzuwarten.

Da standen sie nun und warteten und pulten aus lauter Langeweile den Granat aus und warfen die Köpfe wieder in die Körbe. Bei gutem Wetter kam es nur vereinzelt vor, dass man unter dem Granat einen Kopf ohne Schwanz und Fleisch fand, heute konnten sich die Leute freuen, wenn sie zwischen den Köpfen so viel Granat fanden, dem sie das Genick noch nicht umgedreht hatten, um eben auf den Geschmack zu kommen.

Selbst die Melkermädchen, die sich doch sonst nicht anfechten ließen, hatten sich unter ein Scheunendach gestellt, um den Regen abzuwarten. Sie hatten nur ihre Milcheimer draußen im Regen stehen lassen, um ihren Schaden wieder ein wenig zu relativieren.

Doch, dass ich nicht lüge, eine stramme Dame störte sich nicht an dem Regen, sie platschte unbeirrt durch die Pfützen. Auf ihren gelben Hut hatte sie ein Taschentuch gelegt und ihr himmelblaues Kleid hatte sie, so weit es irgend schicklich war, in die Höhe genommen. Wenn sich die Melkermädchen über ihre roten Strumpfbänder, die ein ganz klein wenig zu sehen waren, lustig machten und lachten, konnte sie nichts dafür. Das waren ja nur Bauernmädchen und was kann man von denen verlangen? Wir Stadtleute schauen da gar nicht hin.

Diese Dame mit dem himmelblauen Kleid und dem gelben Hut war unsere Becka. Sie hatte morgens mit der Stadtpost einen Brief erhalten. In ihm stand geschrieben, dass ein Herr gern etwas mit ihr besprechen wollte. Seinen Namen hatte er nicht aufgeschrieben, er teilte nur mit, dass er jeden Nachmittag im Bürgerpark spazieren ginge. Sie sollte an einem ihr gelegenen Tag kurz nach vier Uhr zur Otternkuhle kommen, er käme immer dort vorbei und wolle sich nach ihr umsehen. In dem Schreiben stand auch, dass es sich um ein Familienglück handele und dass sie nicht glauben solle, dass sich jemand einen Spaß mit ihr machen wolle. Ein in die Jahre gekommener, vernünftiger Mann hatte den Schritt, den er tat, wohl überlegt, er wollte mit ihr ein Bündnis schließen. Darum hatte sie es so eilig und ließ sich nicht durch den Regen abhalten. Sie hatte ein gutes Herz und wusste aus Erfahrung, wie ärgerlich es ist, wenn man auf jemanden warten muss. Dabei dachte sie an ihren Theobald Flitzebogen, der sie schon so ewig lange hatte warten lassen, und darum machte sie so große Schritte.

Es dauerte lange, bis sie die Otternkuhle und die Schwaneninsel gefunden hatte, denn sie hatte sich im Bürgerpark total verlaufen. Es kam, weil sie den Kopf so voll hatte und aus dem Brief noch nicht richtig klug werden konnte. Endlich war sie zur Stelle. Die Uhr musste schon vier geschlagen haben. Auf der Schwaneninsel war aber kein Mensch zu sehen, sie ging wieder die paar Schritte bis zur Otternkuhle zurück. Die Fischotter patschten auf dem Rand des Bassins herum und schauten Becka mit ihren klaren Augen an, als wollten sie fragen, ob sie ihnen etwas mitgebracht hatte. Becka hatte aber ganz andere Sachen im Kopf als die Tiere zu füttern.

Der Regen hatte Gottlob aufgehört und sie konnte nun noch einmal den Brief durchlesen, den sie an ihrem Busen verwahrt hatte: »›Liebe Rebecka!‹«, las sie. »Och Gott, er nennt mich schon ›liebe‹ – Kinners, wie süß! Das ist doch deutlich genug. ›Es handelt sich um ein Familienglück‹ – Ganz richtig, was soll es sonst sein als eine Hochzeit? Das ist ja das größte Familienglück, das ich kenne! – ›ein bejahrter, vernünftiger Mann‹ – Das ist mir viel lieber, als wenn es so ein junger Bengel wäre! – ›hat den Schritt wohl überlegt und will mit Dir ein Bündnis eingehen.‹ – Ja, dass er vernünftig ist, das merke ich aus allem heraus, er kann ja auch gar nichts Vernünftigeres tun, als dass er mich nimmt. Na, wie Gott will, ich halte still, ich kann mich nicht länger dagegen wehren, lange genug habe ich auf meinen Theobald gewartet!«

Sie steckte den Brief wieder an ihren Busen und schaute in die Otternkuhle. Als sie so eine Weile gestanden hatte, warf sie ihre Augen zum Himmel auf und mit einem tiefen Seufzer sagte sie: »Glück und Unglück wechseln doch im Leben, ohne dass man es sich versieht. Vor acht Tagen habe ich Scheermanns den Dienst aufgesagt, weil ich nicht mit in das Hannöversche will. Dann schrieb ich voller Hoffnung an den Direktor in Stade, ob ich als Preziosa bei ihm auftreten könnte, und der erbärmliche Kerl schreibt mir gestern zurück, dass er keine Preziosa mehr nötig hat, von dem Artikel hätte er noch genug auf Lager. Gestern fühlte ich mich recht unglücklich …

*Da plötzlich hehr und mild,*
*naht ihr des Freundes Bild,*
*und mit gefühlten Schlägen*
*klopft ihm ihr Herz entgegen.*
*Was sie in guten Stunden*
*geträumt, gehofft, empfunden;*
*was sie entbehrt, beweint;*
*in ihm ist es vereint.«*

Ein Fischotter, der eine Zeit lang zugehört hatte, schlug kopfüber ins Wasser. Becka erschrak, aber noch mehr, als plötzlich Thießen vor ihren geöffneten Armen stand.

»Herrje, Herr Thießen, wie haben Sie mich erschreckt!«

»Becka«, sagte Thießen, »nimm es mir nicht übel, dass ich dich hierherkommen lassen habe und dass ich meinen Namen nicht unter den Brief gesetzt habe. Ich wollte nicht, dass du schon vorher etwas von mir ausplapperst. Was ich mit dir zu besprechen habe, können wir auch hier machen und brauchen nicht auf die Schwaneninsel zu gehen. Bei einem solchen Pferdemarktswetter ist sowieso niemand im Park, der mithören könnte. Also nimm es mir nicht übel.«

»Nein, Herr Thießen, nicht ein bisschen! Sie haben also an mich geschrieben?«, und dabei hielt sie den Kopf ganz schief und sah ihn schrecklich verliebt an.

»Weißt du«, sagte Thießen, »Scheermanns sollen von der Geschichte nichts erfahren.«

»Ach, ich kann schweigen.«

»Das hoffe ich auch, verschwiegen musst du sein. Sieh mal, du weißt, dass ich ganz allein in der Welt stehe.«

»Glauben Sie das nicht, Herr Thießen, es gibt noch gute Seelen, die sich gern an Ihre Seite stellen.«

»Ja, wenn ich noch jung wäre …«
»Ihr Herz ist noch jung genug.«
»Nein, mein Mädchen, damit ist es vorbei …«
Becka hatte zuerst tief Luft geholt, als sie ihm ins Wort fiel: »Herr Thießen, seien Sie nicht ängstlich. Wenn man jemanden mag, findet sich die Liebe von allein.«
»Hör zu, Becka«, sagte Thießen, »was zwischen mir und Scheermanns vorgefallen ist, weißt du ja. Wir sind auseinander. Aus den Augen will ich sie aber nicht verlieren. Darum muss ich jemanden haben, der mir ab und zu schreibt, wie es ihnen geht. Ich sehe es schon kommen, dass ich auch in Zukunft nach dem Rechten sehen muss. Ich will es auch gerne tun, aber dazu brauche ich dich, Becka, du sollst mir dabei helfen.«
»Sprechen Sie sich ruhig aus, Herr Thießen, halten Sie nicht hinterm Berg. Ich habe alles in meinem Herzen überlegt!«
»Leider habe ich gehört, dass du wieder wunderliche Ideen in den Kopf bekommen hast, dass du wieder ans Theater gehen willst. Kannst du mir wohl den Gefallen tun und von dem dummen Theater wegbleiben?«
»Unter diesen Umständen, Herr Thießen, ja! Aber haben Sie sich den wichtigen Schritt auch wohl überlegt?«, und dabei schaute sie verschämt auf die Erde.
»Was ist dabei zu überlegen? Was ich mir einmal vorgenommen habe, setze ich durch.«
»Ja, Sie wissen doch, ich habe kein Vermögen.«
»Was brauchst du Vermögen, das habe ich.«
»Herr Thießen, ich bin zwar noch jung und unerfahren …«
»Du tust ja gerade, als wärest du noch nicht konfirmiert!«
»Aber wenn ich es mir richtig überlege«, sagte Becka, ohne sich um Thießens Gerede zu kümmern, »komme ich zu der

Einsicht, dass mit meinem Theobald wohl doch nicht mehr zu rechnen ist.«

»Na, nun sprichst du mal ein vernünftiges Wort! Also, willst du die Stelle annehmen, die ich dir vorschlage, dann sage: ›Ja, ich will!‹«

»Ja!«, schrie Becka mehr als sie sprach. »Ja, ich will!«

Ihre Brust bebte. Man konnte sehen, wie es darin rumorte. Plötzlich öffnete sie die Arme und deklamierte:

*»Nun, so spend er Glück und Segen*
*Eurem männlichen Entschluss:*
*Und so nehmt den ersten Kuss*
*von Preziosas Lippen!«*

Thießen war aber gar nicht zum Küssen aufgelegt. Er wehrte sie mit beiden Händen ab und sagte: »Verrücktes Mädchen, was ist mit dir? Bekommst du schon wieder deinen Rappel?«

»Herr Thießen! Mein Gott, was soll ich von Ihnen denken. Machten Sie mir nicht eben einen Heiratsantrag?«

»Das fällt mir gar nicht ein!«, sagte Thießen.

»Also haben Sie mich nur zum Narren gehalten? – Oh!«, stöhnte sie, dass man es über den ganzen Emmasee hören konnte und – bums! – fiel sie in Ohnmacht. Sie stürzte direkt auf Thießen zu, dass er sie in seinem Arm auffangen musste, sie wäre sonst wohl der Länge nach auf den Boden geschlagen. Doch lange konnte Thießen die schwere Person nicht halten. Er zog sie zu einer Bank und wollte sie hinsetzen. In ihrer Ohnmacht ließ sie ihn aber nicht los und setzte sich auch nicht auf die Bank. Sie überlegte, ob sie zu der Ohnmacht eine Portion Krämpfe dazugeben sollte, Thießen machte aber kurzen Prozess.

»Dummes Mädchen, setz dich jetzt auf die Bank«, schrie er, »oder ich lass dich wahrhaftig fallen wie ein Stück Holz!«

Also ließ Becka ihn los und sagte: »Die Bank ist ja klatschnass! Überhaupt, was denken Sie von mir, Herr Thießen?«
Nun machte sie den Versuch zu weinen. Heute klappte es aber partout nicht, ihre Augen waren so wasserdicht wie Lepperts Hut.
»Das ist sehr unrecht von Ihnen, Herr Thießen, dass Sie meine Jugend und Unerfahrenheit so ausnutzen und mich von meinem Theobald abbringen wollen. So ein alter Mann wie Sie, Sie sollten sich schämen! Wenn Sie mich nicht heiraten wollen, dann sagen Sie, was wollen Sie denn von mir?«
»Du lässt mich ja gar nicht zu Wort kommen, sonst wären wir schon längst miteinander fertig. Hör mir doch mal vernünftig zu, lass dir sagen, was ich von dir will! Du weißt, Scheermanns reisen mit Dora auf das Gut. Doch ich glaube, dass dort die Glückseligkeit nicht lange dauern wird. Ich möchte nun gern von Zeit zu Zeit Nachricht haben, wie es ihnen geht. Du wärest genau die richtige Person, die mir darüber Bescheid geben könnte. Du wohnst bei ihnen und könntest, ohne dass sie es merken, an mich schreiben. Wenn du es machst, will ich für dich jedes Jahr 100 Taler auf ein Sparbuch bei der Sparkasse einzahlen. So hast du einen Notgroschen für spätere Zeiten. Du bist ein herzensgutes Mädchen, schnell bei der Arbeit, ich weiß, Scheermanns behalten dich gern. Du musst dir aber den verdammten Theaterkram aus dem Kopf schlagen und nicht wieder vom Dienst weglaufen, um Komödie zu spielen. Sage zu deiner Madam, du hättest es dir überlegt, du wolltest bleiben.«
»Herr Thießen, Sie verlangen ein großes Opfer von mir. So oft ich mir auch die Karten habe legen lassen, so oft hat mir die alte Peymannsche gesagt, dass ich beim Theater noch mal

aufsteigen werde. Bedenken Sie, gute Schauspieler sind heutzutage rar! Und doch wollen Sie mich vom Theater wegholen, wofür ich geboren bin.«

»Das bildest du dir nur ein! Hör zu. Wenn du bei Scheermanns bleibst, will ich auch nach Amerika, London und Amsterdam schreiben und deinen Theobald durch Zeitungen suchen lassen. Pass auf, wenn er noch lebt und noch keine Frau hat, bringe ich ihn dir lebendig auf das hannöversche Gut.«

»Herr Thießen, Sie sind ein Ehrenmann, Sie werden Ihr Wort halten. Meine Hand darauf, ich bleibe bei Scheermanns!«

»So«, sagte Thießen, »das ist doch endlich mal ein vernünftiger Gedanke von dir! Hier hast du meine Adresse, an die du die Briefe schickst. Ich verreise für längere Zeit, die Briefe kommen aber trotzdem in meine Hand.«

»Nicht wahr, Herr Thießen, Sie vergessen meinen Theobald nicht?«, fragte Becka und hielt den Kopf wieder ganz schief.

»Nein, Mädchen, was werde ich den vergessen, aber mit Gewissheit kann ich ja nicht sagen, dass ich ihn finde. Wir wollen das Beste hoffen!«

Nun ging es bei Becka wieder mit Preziosa los:

> *»Auf den Himmel muss man bauen,*
> *Nur der Himmel –«*

»Gott soll mich bewahren«, sagte Thießen, »es geht wahrhaftig schon wieder los! – Adjüs!«, sagte er und flüchtete, als wäre der Teufel hinter ihm her.

Becka ließ sich aber nicht stören, sie rief ihm nach: »*Nur der Himmel fügt das Ende!*«, und machte sich auf die Socken, um noch vor der Dunkelheit aus dem Park zu kommen.

# *Ein seliges Ende*

Am Sonnabendnachmittag sehen die meisten Häuser ganz anders aus als am Morgen. Nachmittags ist alles für den Sonntag in Ordnung gebracht. So war es auch heute in Bruhns' Haus in der Jakobistraße. Alles war proper und sauber, die blanken Fensterscheiben schauten klar wie Eichhörnchenaugen über die Straße und die Gardinen dahinter sahen schneeweiß aus. Sie waren gerade neu aufgesteckt, die Blumen vor dem Fenster in den weißen Töpfen sahen so saftig und grün aus, als wären sie eben aus dem Gewächshaus geholt worden. In der Küche blinkte und blitzte es wie Gold und Silber, all das Kupfer- und Messinggeschirr war erst am Tag vorher spiegelblank geputzt, weil Marie den Schornsteinfeger im Haus gehabt hatte. Am besten sah der große Messingkessel auf dem Feuerherd aus, der jeden Tag ein paarmal geputzt wurde. Die Steine auf der Diele und die Schwelle vor dem Haus waren mit Steingruß weiß gescheuert, kurz: Es war alles in Ordnung, der Sonntag konnte kommen. Im Haus und in der Nachbarschaft roch es nach den Kaffeebohnen, die Marie eben gebrannt hatte, und der Kanarienvogel, der schon frischen Sand, Wasser, Futter, auch einen Fingerhut voll Glanzsaat bekommen hatte, piepste vor lauter Freude. Er wusste ganz gut, dass morgen Sonntag war.

Marie saß in der Stube vor ihrem Reisekoffer und packte mit ihren kleinen Händen hunderterlei kleine und große Sachen ein, die sie unterwegs nötig hatte, denn es war nun ausgemacht, sie und Thießen reisten mit Heinrich nach Glasgow. Sie überlegte sich, ob nicht noch etwas fehlte, aber sie wusste nun nichts mehr. Sie war mit der Packerei fertig und hatte so morgen Zeit, um mit ihrem Vater noch einmal in die Kirche zu gehen.

Wie klopfte ihr kleines Herz, wenn sie an die Reise dachte! Sie war noch nicht oft aus Bremen herausgekommen. Bremerhaven und Rehburg waren ihre weitesten Reisen gewesen und nun sollte sie eine Seereise nach Glasgow machen. Ihr guter Vater hatte seine Einwilligung dazu gegeben, weil Onkel Thießen mitfahren wollte.

Als sie den Koffer abschloss, brachte die Nachbarin, Frau Wichelmanns, einen großen Klaben in die Stube.

»Sehen Sie mal, wie wunderschön der Teig aufgegangen ist. Es ist eine wahre Lust, der Bäcker hat sich darüber gefreut!«

»Ich freue mich auch«, sagte Marie, »weil ich die Hälfte davon mit auf die Reise nehmen will!« Und dabei schaute sie, wie das eine echte Bremer Hausfrau um Weihnachten, Ostern und Pfingsten immer zu tun pflegt, mit Wohlgefallen auf den Riesenklaben, den sie selbst angerührt hatte und der nun so gut geraten vor ihr auf dem Tisch lag. Ja, das weiß mancher nicht, was das heißen soll. Doch ist der Klaben missraten, ist das ganze Fest verdorben. Es hilft dann gar nichts, die Frau bleibt verdrießlich, so lange das Fest dauert, egal was es für ein Fest ist. Alle Bekannten erfahren es und an dem Bäcker bleibt kein gutes Haar.

Frau Wichelmanns hatte schon seit Jahren das Aufpassen bei Bruhns besorgt und sollte nun auch eine Zeit lang aushelfen, obgleich Tante Leidjen sich angeboten hatte, drei Wochen bei ihrem Schwager den Haushalt zu führen. Frau Wichelmanns wurde nun von Marie noch einmal instruiert, wie viel Lot Kaffeebohnen sie jedes Mal nehmen sollte, wo der Zucker, die Wurst, der Schinken, die Eier, die Butter und allerhand von dem Kram zu finden war. Sie sagte ihr auch noch, dass sie ja ihren Vater gut pflegen, aber auch sich selbst nicht vergessen solle. Die Nachbarin versprach alles, sie wolle es an nichts fehlen lassen und Marie brauche sich unterwegs keine Sorgen zu machen.

Als sie noch so zusammen sprachen und die alte Wichelmannsche Marie noch gute Ratschläge für die Reise geben wollte, trat der Altgeselle in die Stube. Er sah ein wenig verbiestert und ängstlich aus und flüsterte Marie zu, dass ihr Vater bei der Arbeit eingeschlafen sei, der alte Mann schien plötzlich krank geworden zu sein.

Marie erschrak und trat schnell in die Werkstatt.

Da saß der alte Mann, in der Hand hatte er den Hammer und auf dem Schoß einen Stein, auf dem ein Stück Leder lag. Sein Gesicht war noch bleicher als sonst und sein Kopf hing so schlapp vornüber, als wäre er tot.

Marie nahm ihn in den Arm.

»Vater, mein lieber Vater, was ist mit dir? Erhole dich doch! Was ist dir passiert?«

Bruhns schlug die Augen auf. Sein Mund hatte sich an einer Seite ganz schief gezogen.

»Ich?«, fragte der alte Mann langsam, als wäre ihm die Zunge zu schwer. »Mir fehlt nichts, mein Mädchen, mir ist nur so sonderbar. Bring mich ins Bett, es ist heute schon so früh dunkel geworden.«

Als Marie und Frau Wichelmanns ihn nach oben in sein Bett

gebracht hatten, wollte er Licht haben. Obwohl es noch Tag war, steckte Marie ihm die Lampe an und setzte sie ihm vor das Bett. Dann nahm sie die Nachbarin zur Seite und sagte leise, sie solle schnell zum Arzt laufen.

Gleich darauf hörte sie unten im Hause Onkel Thießen, der von dem Rendezvous im Bürgerpark zurückkam. Er schüttelte sich noch vor Lachen, als er daran dachte, und vergnügt wie er war, sang er lauthals, was die Lunge hergab:

*»Auf, Matrosen, die Anker gelichtet,*
*Segel gespannt, den Kompass gerichtet.*
*Liebchen, Ade! Scheiden tut weh!*
*Morgen da geht's in die wogende …«*

»Still, Onkel, bitte, bitte, sei ganz still!«, rief Marie ihm von oben entgegen. »Mein Vater ist schwer krank geworden!«

»Was für ein Gerede«, sagte Thießen, »bist wohl nicht klug!«

»Doch, Onkel, er ist schlimm krank, Frau Wichelmanns will soeben zum Doktor laufen.«

»Wenn es nötig ist«, sagte Thießen, »gehe ich selbst hin, lass sie nur hier!« Er ging nun zuerst in Bruhns' Kammer. Der alte Mann lag ganz ruhig da, als schliefe er. Nur zuweilen holte er recht tief Luft.

Thießen kam bald wieder aus der Kammer, um nun tatsächlich schnell den Arzt zu holen. Als er aus dem Haus trat, hatte er es sehr eilig. Ein Bauernmädchen, das ihm in der Tür im Weg stand, ranzte er mächtig an. Sie hatte immer ins Haus gerufen: »Wollen Sie weichen Käse?«

»Geh mir, zum Donnerwetter, mit deinem weichen Käse aus dem Weg! Damit komme, wie es sich gehört, morgens früh in die Stadt«, sagte er, schob das Mädchen zur Seite und ging auf die Straße.

Maries Vorfreude auf die Reise war ins Wasser gefallen und dafür war tiefes Leid in ihr Herz gezogen. Es stand fest, nun konnte sie die Reise nach Glasgow nicht mitmachen. Unter diesen Umständen musste sie ihren Heinrich mit Thießen alleine reisen lassen. Sie wollte auch ganz gern zu Haus bleiben, wenn nur ihr lieber Vater wieder gesund würde, doch sie ahnte das Allerschlimmste. Immer und immer wieder sah sie zur Tür, ob Thießen noch nicht mit dem Arzt kam. Die Minuten wurden ihr zu Stunden, bis sie endlich, endlich kamen.

»Na, Vater Bruhns, was ist denn mit Ihnen passiert?«, fragte der Arzt. »Was machen Sie für Geschichten?«

Vater Bruhns schwieg. Während Marie dem Doktor erzählte, was sie wusste, befühlte dieser den Puls des Alten. Nun verschrieb er Medizin, von der Marie ihrem Vater jede halbe Stunde einen Esslöffel geben sollte. Beim Weggehen sagte er noch, dass er hoffe, den Kranken auch dieses Mal, wie vor acht Jahren, durchzubringen. Am nächsten Morgen wollte er wieder vorbeikommen, sollte etwas Besonderes passieren, solle sie ihn jedoch zu jeder Uhrzeit rufen lassen.

Thießen gab dem Arzt das Geleit bis zur Haustür und hörte von ihm, dass sich der Schlaganfall von vor acht Jahren wiederholt hatte.

Viel hatte der Doktor zu Marie nicht gesagt. Seinen Worten konnte sie nichts entnehmen. Sie hatte aber ängstlich auf das Gesicht des Arztes geschaut und dabei herausgelesen, dass ihr Vater schwer, ja sogar todkrank war. Betrübt und traurig sah sie nach ihrem kranken Vater und helle Tränen liefen ihr über die Wangen.

Als Thießen wieder hereinkam, ging es ihm ebenso wie dem Doktor. Auch auf seinem Gesicht stand etwas anderes zu lesen als die Trostworte, die sein Mund sagte. Er nahm bald danach seinen Hut und ließ beide allein.

Der Mensch denkt, Gott im Himmel lenkt! Heinrich war gerade dabei, sich Luftschlösser zu bauen, als Thießen zu ihm in die Stube kam und ihm die Nachricht von Bruhns' Erkrankung brachte.

Heinrich hatte gerade daran gedacht, wie schön es sein würde, mit seiner Marie auf dem Deck zu sitzen oder ihr die Maschinerie eines solch großen Dampfschiffes zeigen zu können. Seine Braut sollte auf der Reise auch kennenlernen, was es hieß, Schiffsbaumeister zu sein, wovon sie jetzt noch gar keinen rechten Begriff hatte. Er lachte vor sich hin, als er sich dachte, welchen Respekt sie wohl für sein Handwerk, nein, für seine Kunst und hinterher auch für seine Person kriegen würde. Die Seifenblasen, die er fliegen ließ, spielten in den schönsten Farben, Thießen aber blies sie mit seiner Nachricht plötzlich alle davon – nichts blieb zurück.

Keine Stunde war vergangen, da standen Heinrich und Thießen an Bruhns' Bett, wo sie auch Marie mit verweinten Augen fanden.

Marie in Tränen! Maries fromme Augen in Tränen! So sah Heinrich diese Augen, die um ihren guten Vater weinten, zum ersten Mal, aber sie kamen ihm heute doch noch viel, viel schöner vor als sonst. Sagen konnte er nichts, still drückte er seine Marie an die Brust und küsste ihr Stirn und Augen.

Mitreisen konnte Marie nun nicht, das war ihm klar. Dies Freudenlicht war vor ihm ausgepustet und doch küsste er seine Marie tröstend und drückte ihr treu die kleine Hand. Marie verstand ihren Heinrich, sie wusste, was er mit diesem Händedruck sagen wollte.

Thießen stand hinter dem Ofen. Er musste wohl einen Schnupfen bekommen haben, denn er schnäuzte sich andauernd die Nase und wischte sich die Augen.
Zur Freude aller erholte sich der Kranke ein wenig. Wenn er auch nicht aufstehen konnte, so konnte er doch nach ein paar Stunden eine Tasse Tee und einen kleinen Zwieback zu sich nehmen. Auch war er ziemlich munter und redete ganz vernünftig, als wäre ihm nichts passiert.
Heinrich war zwar noch jung, aber doch war er ein Menschenkenner. Seine unschuldige Marie stand vor ihm im vollsten Glanz, er sah in der guten Tochter seine zukünftige Frau und sagte sich, dass sie auch ihm in Freud und Leid zur Seite stehen würde. Wenn Gott es so wollte, würde sie auch einmal eine tüchtige brave Mutter für die Kinder werden. Nun schloss er mit einem etwas leichteren Herzen noch allerlei Geschäfte ab, die für die Reise nötig waren. Thießen wollte unbedingt die Nacht bei Bruhns bleiben, Marie wollte es aber nicht. Sie hatte Tante Leidjen Bescheid geben lassen und die war auch gleich gekommen. Doch nun musste Marie auch noch die alte Mamsell steuern, damit sie den Kranken mit ihrem Gerede und Gestöhne nicht noch beunruhigte.
Die Nacht war ziemlich gut vorübergegangen. Der Vater hatte geschlafen und meinte am Morgen, er fühle sich viel besser und er würde auch wohl nicht im Bett bleiben, wenn seine Füße nur nicht so angeschwollen wären.
Heinrich reiste am Montag alleine ab, Onkel Thießen blieb in Bremen. Der Abschied wurde allen recht schwer, keiner aber wollte es den anderen merken lassen.
Nach einigen Tagen schien alles wieder in Ordnung zu sein. Tante Leidjen war wieder in ihr Heim zurückgekehrt und On-

kel Thießen kam nur noch vormittags und nachmittags, um Vater Bruhns einen Augenblick zu besuchen. So war der Donnerstagabend herangekommen. Marie saß am Krankenbett, in Gedanken segelte sie jeden Augenblick mit ihrem Heinrich auf See, der nun schon drei Tage unterwegs war. Sie errechnete die Stunde, in der das Schiff in Glasgow ankommen konnte. Dem Anschein nach schlief der Kranke, wenn auch nicht so still und sanft wie tagsüber. Seit ein paar Stunden röchelte es in seiner Brust und dann griff er jeden Augenblick nach der Decke und knüllte mit den Händen das Bettlaken zusammen, was er vorher nicht getan hatte. Marie hatte mal davon gehört, dass das kein gutes Zeichen sei. Sie bekam Angst und wollte gerade zum Arzt schicken, als ihr Vater zu sprechen begann:
»Bist du bei mir, Marie?«
»Ja, ich sitz an deinem Bett, Vater!«
»Mein gutes Mädchen!«, sagte er und suchte mit seiner Hand ihre Wangen. Die Hand war kalt und fiel schwer auf Maries Kopf. »Ich freue mich, dass du nicht allein stehst, wenn unser Herrgott mich zu sich genommen hat. Du hast deinen Heinrich, Onkel Thießen und unsere Tante Leidjen. Der beste Trost für mich ist aber, dass du den lieben Gott hast! An dem halte fest, meine Tochter, er wird dir bleiben bis an dein seliges Ende!«
»Mach mir nicht Angst, mein lieber Vater!«, sagte Marie und ihre Tränen liefen auf seine Hand, die sie an ihre Wange gedrückt hatte. »Du willst doch nicht von mir gehen, mein lieber Vater?«
»Sei standhaft, Marie! Vielleicht schlägt meine letzte Stunde bald.«
»Soll ich nicht den Doktor holen?«

»Nein, bleib du bei mir, du ganz allein, mir kann sonst kein Mensch mehr nutzen! Ich bitte dich noch mal: Sei standhaft und weine nicht mehr! Und nun lies mal den Gesang vor, den du unserer Mutter an ihrem Todestag vorgelesen hast. Du weißt wohl noch, danach wurde sie so ruhig und zufrieden. Vielleicht vergeht mein Schmerz dann auch, er steht bei Nummer 444: ›Jesus meine Zuversicht‹.«

Das brauchte er Marie nicht zu sagen. An der Stelle ihres lutherischen Gesangbuches lagen getrocknete Blätter von Efeu und Immergrün, die sie vom Grab ihrer Mutter gepflückt hatte.

Als Marie unter Schluchzen zu Ende gelesen hatte, sagte ihr Vater: »Ich danke dir – mein gutes Mädchen – und nun – nun – lass mich schlafen, – recht lange schlafen, – ich bin müde – recht müde!«

Dann legte der alte Mann sich auf seinem Kissen zurück und schloss die Augen.

»Tick tack, tick tack!«, machte das Pendel der alten Wanduhr. Draußen auf der Straße war es still, alles lag in tiefem Schlaf. Die Uhr schlug elf, dann zwölf – immer das alte Einerlei: »Tick tack, tick tack!« Marie selbst war elend und schwach von den vielen Nachtwachen, auch sie war recht müde. Wenn aber der Schlaf sie überfallen wollte, kämpfte sie dagegen an. Der Anblick ihres kranken Vaters gab ihr immer wieder neue Kraft. Sie nahm erneut das Gesangbuch zur Hand und las.

»Tick tack, tick tack«, ging es immer weiter und zwischendurch hörte man tiefe schwere Seufzer des Mannes, der nun im Sterben lag, der sich alt und müde einen langen, langen Schlaf wünschte.

»Tick tack, tick tack«, sagte die Uhr noch einmal, dann blieb sie stehen! Sachte, ganz sachte war der Todesengel an das

Krankenbett getreten und hatte mit einem einzigen Kuss der Qual und Not des alten Mannes ein Ende gemacht.
Marie war mit ihrem Gesang zu Ende und aus tiefster Seele sagte sie: »Amen!«
In der Kammer war es plötzlich so still, so bang geworden. Voller Angst nahm Marie die Lampe vom Tisch und trat damit an das Bett, der Atem blieb ihr aus. Es war, als schiene der Mond in das liebe bleiche Gesicht.
»Allmächtiger Gott, mein Vater ist tot!« – Ihr guter, frommer Vater mit seinem Silberhaar, der jeden Morgen mit ihr gebetet hatte, war von ihr gegangen, hatte seine Marie allein gelassen. Nun hatte sie keine Mutter, nun hatte sie keinen Vater mehr! Sie küsste und streichelte das liebe Gesicht, aber es war kalt, sie schlang ihren Arm um ihren Vater, als könne er an ihrem Herzen wieder warm und lebendig werden, als könnte sie damit sein Leben zurückholen.
Sie war traurig, traurig bis tief in ihre Seele. Die Zukunft lag plötzlich so schwarz vor ihr, ihr war zumute, als müsse sie nun den langen Weg durch das Leben allein, mutterseelenallein gehen, als hätte sie kein Herz auf Gottes Welt, wo sie ihre Freude und ihr Leid ausschütten konnte. Sie dachte nicht daran, dass sie Braut war und dass sie noch einen Onkel und eine Tante hatte, sie dachte nur an ihren Vater, der vor ihr auf seinem Totenbett lag. Sein Mund konnte ihr keinen Trost mehr geben, er war auf ewig verstummt!
Schon eine Stunde war vergangen, Marie saß noch immer regungslos vor dem Bett in dem altmodischen Großvaterstuhl. Sie hatte ihren Kopf angelehnt und weinte still vor sich hin. Grässlich lange währte diese Nacht in Schmerzen, die unter Tränen dahinschlich.

Endlich graute der Tag, – Gottlob, die schwarze, schreckliche Nacht war vorüber! Allein mit ihrem Herrgott hatte Marie den Kampf durchgekämpft und in ihrer Seele war es wieder hell geworden. Als Frau Wichelmanns ins Haus kam, konnte sie ihr den Todesfall gefasst und ohne Tränen melden.
Die Frau sagte Thießen Bescheid und nicht lange danach sah Marie sich an seiner alten guten Brust getröstet.
»Sei still, meine liebe Marie«, sagte Thießen und schlang seinen Arm fest um sie. »Du stehst nicht allein in der Welt! Es sind ja nicht alle tot, die du lieb hast. Auch dein Vater bleibt bei dir und steht dir mit seinem Segen zur Seite, mit den guten Lehren, die er dir gegeben hat, und weil du in seinem Sinn und seinem Geist leben wirst, wird es dir an guten Menschen und Beistand im Leben nicht fehlen. Nun sei vernünftig, mein Mädchen, und trockne deine Tränen, du machst mich sonst auch ganz weichherzig und dann – dann …«
Er kam nicht weiter, er musste sich die Augen wischen, die Tränen liefen ihm über die Wangen.
Da brachte die Wichelmannsche den Kaffee herein.
»Sieh«, sagte Thießen, »das kommt mir gerade recht, ich trinke eine Tasse mit!«
Er tat so, als wäre er ganz ruhig.
»Komm, Marie, schenk uns ein!«
Nach einer Weile kam Tante Leidjen angestürzt. Sie jammerte ganz gewaltig und schrie so laut wegen ihres Schwagers, dass man es im Nachbarhaus hören konnte. Allerdings dauerte es nicht lange. Sie weinte ihren Stremel herunter und als sie damit fertig war, probierte sie den Klaben. Wie sie sagte, konnte sie ihn viel besser vertragen, da er ein paar Tage alt war und nicht mehr ganz so frisch.

Die traurige Nachricht konnte sie nicht früh genug unter die Leute bringen. Darum wollte sie gleich loslaufen und sie verbreiten. Marie wollte aber nicht, dass sie an Heinrich telegrafierte, auch nicht, dass sie Anzeige bei der Schuster-Totenlade machte. Marie meinte, alles hätte noch keine große Eile, das sollte wohl noch besorgt werden. So blieb ihr nichts anderes übrig, als nach Hause zu gehen, sich schnell das schwarze Kleid anzuziehen und ihren intimsten Freundinnen, so etwa fünfundzwanzig an der Zahl, den Todesfall zu melden.
Schlimme acht Tage hatte Marie durchzustehen und es war ein Glück für sie, dass sie Onkel Thießen hatte. Er stand ihr treu zur Seite und besorgte alles, was bei diesem Todesfall zu besorgen nötig war.
Erst als die Sonne ein Grab beschien, auf dem frische Blumen gepflanzt waren und wo auf einem Kreuz zu lesen stand:

*»Hier ruht in Gott Georg Bruhns.*
*Jesaja 57, V. 2:*
*›Und die, die richtig vor sich gewandelt haben,*
*kommen zum Frieden,*
*und ruhen in ihren Kammern.‹«*

kam die gewohnte Ruhe wieder in Maries Haus und in ihr Herz.

# *Preziosa und die Feuerwehr*

Seit Becka dem alten Thießen das Versprechen gegeben hatte, wieder bei Scheermanns in Dienst zu treten und sich nicht mehr um das Theater zu kümmern, war sie zuerst richtig unzufrieden geworden. Dass sie dem alten Kerl so schnell ihr Wort gegeben hatte, konnte sie sich nicht vergeben. Doch Scheermanns waren sehr zufrieden, dass sie wieder bei ihnen war, denn sie war bei ihrer Arbeit immer schnell und zuverlässig. Nur heute passierte ihr andauernd ein Missgeschick. Als sie glaubte, sie hätte den Kaffee fertig, waren die Bohnen noch in der Mühle. Und als sie die Haut der Mettwurst getrocknet hatte, warf sie in Gedanken die Wurst ins Feuer und behielt die Haut in der Hand. Ein Lichtstrahl fiel erst wieder in ihr Herz, als der »Levkojenstängel«, ihre Kunsthebamme, der sie es nur zu verdanken hatte, dass sie das Licht der Kulissen zu sehen bekam, bei ihr vorsprach und ihr sagte, dass sie sich über ein solches Versprechen nur keine Sorgen machen solle. Bei einem solchen Genie und einem solchen Talent würde der liebe Gott wohl ein Auge zudrücken. Sie selbst, der Levkojenstängel, wolle für die Kunst recht gern ein Opfer bringen und auf Beckas Kosten mal nach Vegesack fahren. Dort sei gerade eine Theatergesellschaft angekommen und sie wolle mit dem Direktor über Becka sprechen. Sie wolle ihn fragen, ob es nicht ginge, dass Becka mal heimlich da hinfahren und als Preziosa gastieren könnte. Eine Preziosa-Aufführung kann man jedoch nicht so einfach aus dem Ärmel schütteln. Dazu gehört nicht nur Talent, dazu gehört auch eine Probe und woher sollte Becka dazu die Zeit nehmen?!

Nun traf es sich hervorragend, dass Frau Scheermann Becka erzählte, dass am nächsten Sonntag die ganze Familie Scheermann, auch der zukünftige Schwiegersohn, nach Bremerhaven fahren wolle. Herr von Geeren sollte die vier großen Dampfschiffe des Norddeutschen Lloyd, die gerade im Hafen lagen, ansehen.

Das kam Becka gerade recht. Sie nahm sich vor, an diesem Sonntagnachmittag im Speisesaal eine Art Generalprobe ganz für sich allein zu halten. Jeden Augenblick, den sie neben ihrer Arbeit erübrigen konnte, fummelte sie an ihrem Preziosa-Kostüm herum und nähte da, so gut es ging, noch Flitter und Perlen dran.

Der Sonntagmorgen war herangekommen und Becka war mutterseelenallein im Haus. Sie schloss die Haustür von innen ab und machte oben im Speisesaal alles für die Vorstellung bereit. Alle Stühle, die sie im Haus finden konnte, hatte sie zusammengetragen und in Reihen aufgestellt, auf dem Boden markierte ein aufgespannter Regenschirm den Souffleurkasten.

Weil sie nun wusste, dass ihre Herrschaft erst spätabends von Bremerhaven zurückkommen konnte, ging sie in das Schlafzimmer von Fräulein Dora. Dort stand der große Spiegel, in dem sie beim Anziehen ihre ganze Figur sehen konnte. Sechs Kerzen entzündete sie, weil das Tageslicht beim Schminken nicht optimal war, und pinselte so lange in ihrem Gesicht herum, bis sie aussah wie eine Weihnachtspuppe, die gerade aus der Fabrik gekommen ist. Dann nahm sie die Uhr vom Tisch und klingelte, das war das erste Zeichen. Nun malte sie sich noch schnell zwei Halbränder über die Augen. Das sah aus, als hätte sie sich ein Paar Hufeisen vor den Kopf genagelt. Zum Schluss betrachtete sie sich noch einmal von allen Seiten, ob nicht irgendwo ein Unterrock oder ein Band herausschaute. Nein, alles war in Ordnung. Sie sah recht zigeunerisch aus und war mit sich selbst zufrieden. Nun klingelte sie zum zweiten Mal, gerade wie es im Theater auch gemacht wird.

So weit war alles geregelt, nur die Kopfbedeckung fehlte, die war noch bei der Putzmacherin. Als gute Schauspielerin wusste sie sich aber zu helfen. Sie nahm eine alte Mullgardine und wickelte sie sich wie einen türkischen Bund um den Kopf. Obendrauf band sie sich den großen Blumenstrauß, den Fräulein Dora heute Morgen von ihrem Bräutigam geschenkt bekommen hatte.

»Wundervoll!«, rief sie aus, als sie sich noch einmal in ihrer Kostümierung von unten bis oben betrachtet hatte, setzte den Leuchter auf das Fensterbrett, klingelte zum dritten Mal und nun musste die Geschichte beginnen.

Sie ging nach oben in den Speisesaal. Die großen Flügeltüren standen offen, nur im Saal war es still.

So konnte sie nicht auftreten, nein, sie wollte mit Applaus empfangen werden. Sie schlug nun ihre beiden Hände zusammen wie ein Schlachtergeselle vor seiner Tür, wenn er nachts nicht ins Haus kommen kann. Dann trat sie in den Saal, machte nach allen Seiten tiefe Knickse, ganz so, als bedanke sie sich für den Applaus, und steuerte, wie es die meisten Schauspieler machen, auf den Souffleurkasten, den aufgespannten Regenschirm, zu. In der Hand trug sie eine kleine Gitarre, die sie auf dem Boden gefunden hatte, ein abgelegtes Spielzeug von Fräulein Scheermann. Sie fingerte daran herum, als würde sie spielen. Was sie als Preziosa zu sprechen hatte, war ein Melodram. Zum Melodram gehört Musik, die hatte unsere Becka aber nicht. Sie musste also selbst ans Werk gehen, dann begann sie:

»*Lächelnd sinkt der Abend nieder,*
tüdelit – tüdelit.
*Rings erschallen Jubellieder,*
*alles jauchzt in froher Luft;*
Schrumm!
*Und sich liebend zu vereinen*
*zählt das Vateraug' die Seinen,*
*sucht das Kind der Mutter Brust! –*
tüdelit – tüdelit.«

Plötzlich ballerte jemand draußen an die Haustür. Das ganze Haus erbebte und dass das kein Applaudieren war, konnte sie sich sofort denken.

»Mein Gott«, rief Becka, »was ist da los?«

Bum – bum – bum ging es wieder, Fensterscheiben wurden zerschlagen und »Feuer!«, »Feuer!«, schrien die Leute auf der Straße. »Feuer!«, »Feuer!«, ging es weiter.

Halbtot vor Schreck stürzte Becka die Treppen hinunter. Ja, das Feuer war in ihrem eigenen Haus, der Rauch kam ganz dick aus Fräulein Scheermanns Kammer. Das Himmelbett mit den langen Gardinen stand in Flammen! Becka musste wohl, als sie den Leuchter auf das Fensterbrett gesetzt hatte, die Kerzen an die Gardinen gestellt haben und dadurch waren sie in Brand geraten. Nun half es aber nichts, sie musste die Haustür aufschließen und viele Menschen kamen ins Haus gestürzt.

Sie liefen die Treppen hinauf und hinab und Becka befand sich in ihrem Preziosa-Kostüm und mit dem Blumenstrauß auf dem Kopf mittendrin.
Vor Schreck war sie so aufgewühlt, dass sie an sich selbst gar nicht dachte. Sie wollte nur beim Retten helfen und statt nun wertvolle Sachen zu nehmen, war sie so durcheinander, dass sie nur die Unterhose des alten Scheermann, die an der Wand hing, in die Hand bekam. Die hatte sie unter den Arm geklemmt und raste damit zwischen den Leuten herum.
War das ein Spektakel auf der Straße! Die neue Feuerwehr war damals gerade eingerichtet worden und fast sofort zur Stelle. Der Schusterjunge, der das Feuer zuerst gesehen hatte, war schnell zur Wache gerannt, um sich einen Taler zu verdienen. Das Pfeifen der Feuerwehr und das Geschrei der Menschen, die sich in und vor Scheermanns Haus versammelt hatten, waren furchtbar anzuhören. Der Feuerwehrdirektor kam in seinem besten Sonntagsanzug angestürzt. An der Seite hing ihm ein langer Schleppsäbel und auf den Schultern sah man dicke Majors-Epauletten. Er war gerade irgendwo zu Besuch gewesen und hatte nicht mehr nach Hause laufen und sich umziehen können. Er schimpfte und räsonierte laut über das unnütze Gesindel, das ihm durchs Zuschauen den Weg versperrte. Nur, je mehr er schimpfte, je schlimmer wurde das ganze Geschrei. Jetzt verstand der Direktor keinen Spaß mehr. Er rief die Polizei und nun dauerte es nicht lange, da waren etwa zwölf Krachmacher festgenommen und ins Gefängnis gesteckt worden.
Das schien ein wenig zu helfen, nur die Windmeyersche ließ sich nicht verblüffen, sie schimpfte ganz laut weiter. Es wollte ihr gar nicht gefallen, dass anständige Bürgerfrauen nicht ein-

mal das Recht haben sollten, den Spritzenleuten im Weg zu stehen. Daran hatte nur der neue Branddirektor Schuld. Sonst hatten sie doch wenigstens, wenn Feuer ausgebrochen war, mit den Glocken geläutet, nun erfuhr man kaum etwas! Nein, der neue Kram passte ihr gar nicht. So ging es weiter und die Windmeyersche würde heute noch dastehen und räsonieren, wenn nicht ein mitleidiger Polizist sie beim Arm genommen und aufs Polizeirevier am Steintor gebracht hätte.
Die Menschenmenge, die sich vor Scheermanns Haus angesammelt hatte, war nach beiden Seiten auseinandergetrieben worden. Nun war das Haus vorne frei und die Feuerwehr konnte arbeiten. Niemand durfte mehr ins Haus hinein und selbst unsere Becka wollten sie nicht passieren lassen. Sie hatte sich in ein Nachbarhaus geflüchtet. Auf der einen Seite des Scheermann'schen Hauses waren die Menschen, die da hingedrängt worden waren, gar nicht gut auf Becka zu sprechen. Die Frau vom Kutscher Steinkopf, die Becka noch nie hatte leiden können, erzählte jedem, der es hören wollte, das ahnungslose Mädchen habe in ihrer Tollheit das Haus angezündet und sich selbst auch verbrennen wollen. Andere Frauen meinten, sie hätte es aus purer Niederträchtigkeit getan, und wünschten Becka zehn Jahre Zuchthaus. Nein, meinte die Drieselmannsche, diese Strafe sei zu wenig, so eine Person müsse von Rechts wegen von unten bis oben gerädert werden, denn sie habe die ganze Stadt in Gefahr gebracht. Es sei nicht auszudenken, was hätte geschehen können, wenn der Wind nicht noch rechtzeitig vor dem Brand umgeschlagen wäre.
Plötzlich erkannten sie Becka im Nachbarhaus und nun hielt es die Denkersche nicht länger aus. Sie ging geradewegs in das Haus, ging auf Becka los und bekam sie am Arm zu fassen.

»Das können Sie gar nicht wieder gutmachen«, sagte sie, »der Schrecken, den Sie schlechte Person mir eingejagt haben, ist mir so in die Knochen gefahren. Ich habe ein Kind an der Brust und der arme Wurm muss nun all den Ärger wegsaugen!«
Die Stumpernagelsche kam noch dazu und rechnete aus, wie viele Häuser hätten abbrennen können. »Aber warte nur«, sagte sie, »die Polizei wird dir den dicken Rücken wohl versohlen!«
Becka war mehr tot als lebendig.
Der Spektakel wurde immer toller, bis endlich der Polizist Meyer, dem die anderen Weiber erzählt hatten, was passiert war, an Becka herantrat und ihr sagte, dass sie gleich mit ihm ins Stadthaus kommen müsse.
Becka bekam einen Todesschreck und nun erst kam sie richtig zur Besinnung. Sie wollte sich andere Kleider anziehen, das gestattete Meyer aber nicht. Er sprach davon, dass er sein »Corpus Delicti« so abliefern müsse, wie er es gefunden habe. In seiner Brust aber war menschliches Gefühl, darum ließ er die Droschke holen.
Der Blumenstrauß war Becka vom Kopf nach hinten gerutscht. Er hing ihr wie ein Zopf im Nacken und nicht eine der Frauen hatte so viel Lebensart, ihr den Strauß zurechtzustecken. Becka musste mit diesem Zopf im Nacken losrollen.
Als sich Becka in ihren weißen Atlasschuhen durch die Menschen durchgearbeitet hatte und in die Droschke gestiegen war, griff Meyer, bevor er selbst in den Wagen stieg, hinten in seine Rocktasche. Er fühlte, ob er auch einen Strick dabeihatte, womit er im Notfall Becka festbinden könnte. Ja, einen Strick hatte er. Er stieg nun auch in die Droschke und warf die Tür zu.

Der Wagen rollte mit der Preziosa und ihrem neumodischen Alonso über den Ostertorsteinweg dem Stadthause zu.
Als Meyer mit seiner Preziosa in das Polizeibüro trat, wusste der Kommissar nicht, ob er wachte oder träumte. Becka aber war dickfellig geworden und trumpfte ordentlich auf. Sie hatte sich bei der Droschkenfahrt etwas erholt. Stramm stand sie vor ihm wie ein Soldat vor seinem Leutnant. Der Kommissar besah Becka vom Kopf bis zu den Füßen, als Meyer ihm den Rapport zugeflüstert hatte. Er wollte nun ein Protokoll aufnehmen und legte einen sauberen Bogen Papier vor sich hin. Dann fragte er Becka: »Was ist das für ein sonderbarer Anzug, in dem Sie hier ankommen?«
»Das ist die Preziosa!«, antwortete Becka.
»Wie kommen Sie denn in so einen Anzug?«
»Den habe ich mir angezogen!«
»Das kann ich mir wohl denken, aber warum haben Sie ihn angezogen?«
»Weil ich die Preziosa gespielt habe, Herr Kommissar, Sie werden doch das Stück kennen – Preziosa?«
»Nein, das kenne ich nicht!«, sagte er.
Dadurch sank er in Beckas Ansehen ein beträchtliches Stück und sie nahm sich vor, ihn entsprechend zu behandeln.
»Soviel ich höre, sind Sie als Köchin in Diensten und nicht als Komödiantin. Kochen und Theaterspielen passt doch schlecht zusammen!«
Das ärgerte Becka, sie sagte ganz schnippisch: »Oh, man kann auch als Köchin eine große Schauspielerin sein!«
Der Kommissar drehte sich nach Meyer um und sagte etwas von »Größenwahnsinn!« und »Die arme Person ist doch zu bedauern!«.

»Wie heißen Sie?«, fragte er weiter.
»Rebecka Nickel, aber mein Künstlername ist Fräulein Nickelsberg.«
Der Kommissar schüttelte den Kopf. »Wie alt sind Sie?«
»Muss ich das sagen?«, fragte Becka.
»Jawohl, das müssen Sie!«
»Ich bin Anfang zwanzig, genau weiß ich es nicht. Sie können sich ja meinen Geburtsschein kommen lassen.«
»Also, Sie haben Komödie gespielt?«
»Ja!«
»Kommt denn in dem Stück etwas vom Feuerwerk vor oder brennt darin ein Haus ab?«
»Nein – nur Illumination ist darin.«
»So, darum haben Sie wohl die Gardinen angesteckt, damit es recht natürlich aussehen sollte?«
»Wenn durch mich das Feuer ausgebrochen ist, Herr Kommissar, dann mag es davon gekommen sein, dass ich die Kerzen zu weit an die Gardinen gestellt habe, als zum dritten Mal geklingelt wurde. Mit Absicht habe ich es nicht getan!«
»Was haben Sie da unterm Arm?«, fragte nun der Kommissar.
Becka wusste gar nicht, dass sie etwas unter dem Arm trug. Der Kommissar nahm es ihr ab und schlug es auseinander. Es war Scheermanns Unterhose! – Becka erschrak. Sie wisse nicht, sagte sie, wie sie dazu gekommen sei.
Der Kommissar überlegte hin und her, was er mit Becka machen sollte. Er glaubte ganz bestimmt, dass das Mädchen übergeschnappt war, und sagte treuherzig zu ihr, sie solle sich das Komödiespielen aus dem Kopf schlagen. Am Herd könne die Kunst nicht gedeihen. Und dann sei das Kochen ja auch eine Kunst, bei der sie es zu etwas bringen könne.

Das war Wasser auf Beckas Mühlen. Sie begann vor dem Kommissar ihre Preziosa-Rolle zu deklamieren und schwenkte dabei die Hände nach unten und nach oben:

»*Was dem Wesen angeboren,*
*davon trägt es das Gepräge,*
*und entbehrend auch der Pflege,*
*bleibt sein Wert doch unverloren.*«

»Nun schweigen Sie bitte«, sagte der Kommissar, »nun weiß ich genug!«

Er klingelte und Meyer, der gerade eben vom Flur aus ein wenig nach draußen gegangen war, kam wieder zurück. Der Kommissar flüsterte ihm etwas zu.

»Ich verstehe«, sagte Meyer. Dann drehte sich der Kommissar wieder zu Becka um und sagte: »Gehen Sie nur mit diesem Mann, er wird Sie zurechtweisen. Bei ihm sind Sie in guten Händen.«

Meyer nahm seine Preziosa wieder am Arm und noch einmal ging es in die Droschke. Ihre zweite Visite machten sie im Irrenhaus in der Wisch. Als Meyer Becka dort abgeliefert hatte, steckte er sich eine Zigarre an und fuhr allein zurück.

Die Ärzte im Irrenhause haben aber einen schärferen Blick als ein Kommissar. Sie schauen nicht, welche Kleider die Kranken tragen, sie schauen ihnen in die Augen und dann wissen sie Bescheid. Am nächsten Morgen ließ der Direktor für Becka andere Kleider von Scheermanns holen und schickte das Mädchen wieder in die Stadt. Er hielt sie nicht für krank. Wenn alle Menschen, sagte er, die in dem Wahn seien, Komödie spielen zu können, ins Tollhaus sollten, dann könnten sie an allen Ecken und Enden noch neue Irrenhäuser bauen und sie würden trotzdem bald wieder zu klein sein.

Becka hatte ein gutes Herz, sie sah in allem, was ihr zustieß, die Hand des Schicksals. Sie kam sich vor wie eine Märtyrerin der Schauspielkunst. Sie war auch gar nicht mehr so traurig, dass es so mit ihr gekommen war. Sie sagte, das Schicksal hätte ihr damit nur wieder den rechten Weg gezeigt – und der führe sie wieder direkt auf das Theater zu.

Am Dobben konnte sie sich nicht wieder sehen lassen und in den Dienst wollte sie nun nicht wieder zurückkehren. Nein, sie würde wohl so leicht auch keinen neuen finden.

Hinter dem Herdentorswall wohnte eine alte Frau. Sie gehörte mit zur Kunst, wie sie selbst sagte, denn sie hatte schon viele Jahre abends die Garderobenkörbe für die Schauspieler ins Theater getragen. Bei dieser Frau wohnten in jedem Winter Choristen und zwischendurch auch zeitweise »verkannte Genies«, für die sie jederzeit Trostworte zur Hand haben musste. Alle nannten die alte Frau »Mutter« und sie kochte für ihre »Kinner« oft Pellkartoffeln mit Hering und gab ihnen auch eine Speck- und Zwiebelsoße dazu. Zu ihr ging unsere Becka und klagte ihre Not. Die alte Frau nahm Becka gleich bei sich auf und am selben Abend schon hatte sie gehört, dass der Direktor Blaubein in Verden Schauspieler suchte. An den schrieb Becka. Sie schrieb in ihrem Brief, dass sie weniger auf hohe Gage als auf gute Rollen achte, dass sie zu all ihren Hauptrollen das Kostüm mitbrächte und dass sie zuerst am liebsten als Hedwig in der »Banditenbraut« auftreten wolle.

Der Direktor, dem das in seinen Kram passte, freute sich über den guten Fang und schrieb ihr einen Brief – »einen süßen Brief«, wie Becka sagte. Er schickte ihr einen Vertrag und die Nachricht, dass sie in der nächsten Woche am Donnerstag als Hedwig auftreten sollte.

Nun war Becka nicht mehr zu halten. Es kam wohl ein wenig holterdiepolter, aber sie musste hin. In ihrer Freude gab sie sich das heilige Gelübde, dass sie in jedem Ort, in dem sie gastierte, eine Vorstellung für die Armen geben wollte und eine Fotografie von sich dazu.
Acht Tage waren vergangen, als Becka sich zur Reise nach Verden fertigmachte. Scheermanns hatten ihr Lohn geschickt, obgleich sie es nicht gemusst hätten, und bei der Polizei war sie wegen »Fahrlässigkeit« mit 5 Talern Strafe davongekommen.
Voller Hoffnung stieg Becka frühmorgens um sieben in die Droschke, um zum Bahnhof zu fahren. Die Nachbarn schauten aus Türen und Fenstern und die einäugige Krepelmeyersche konnte es nicht lassen, an die Droschke zu treten, als Becka sich darin zurechtgesetzt hatte, um ihr zu sagen, was die Leute in der Stadt von ihr für ein Gerede gemacht hatten. Becka wollte aber nichts hören, sie gab dem Kutscher einen Wink, dass er abfahren sollte, und rief aus dem Wagen zurück:

*»Das Ärgste weiß die Welt von mir, und ich*
*kann sagen, ich bin besser als mein Ruf!«*

Der Kutscher knallte mit der Peitsche und schon sauste der Wagen hin zum Bahnhof.

## *Die Reise zum Kaiserhof*

Noch Tage nach dem Brand ging es in Scheermanns Haus zu wie in einem Bienenkorb, in dem die Revolution ausgebrochen ist. Maurer, Tischler, Maler und Glaser liefen aus und ein, um wiedergutzumachen, was das Feuer und auch etwas Wasser ruiniert hatten.

Ein eigentlicher Verlust war Scheermanns durch das Feuer nicht entstanden. Sie hatten den Schaden voll ersetzt bekommen. Inspektor Böhmken von der Magdeburger Assekuranz hatte alles kulant abgewickelt und einen ordentlich gefüllten Beutel mit Geld auf dem Tisch liegen lassen – und dass nun der Maurerpolier und die Tischlergesellen, die Maler und Glaser dafür sorgten, dass dies Geld auch ordentlich verbraucht wurde, kann man ihnen wohl nicht verdenken.

Wenn Scheermanns auch keinen geldlichen Verlust hatten, so war ihnen allen doch ein ordentlicher Schrecken in die Glieder gefahren, als sie am Sonntagabend gegen elf Uhr nach Hause kamen und statt von Becka vom Rittmeister Nolze und einem Polizeidiener empfangen wurden. Diesen Schreck konnte ihnen niemand wieder aus den Gliedern holen. Es half nun nichts, er musste mit der Zeit von selbst gehen.

Herr von Geeren, der schon am Montagmorgen zu seinem Gut hatte reisen wollen, um die nötigen Anordnungen zu treffen, hatte wegen des Feuers seine Reise noch ein paar Tage aufgeschoben. Heute aber musste er fahren, mochte kommen, was da wollte. Er war mit der Droschke zuerst noch einmal bei Scheermanns vorgefahren, um Abschied zu nehmen. Um ein Haar hätte er sich bei diesem Besuch verspätet, weil ihm Scheermann, als es losgehen sollte, noch partout eine Flasche vom hundertjährigen Cognac, den er mal von einem alten Freund aus Brake als Präsent bekommen hatte, mit auf die Reise geben wollte, damit er sich unterwegs nicht erkältete. Außerdem hielt Dora ihn auf und meinte, dass er ganz gut noch fünf Minuten bleiben könne. Doch dann musste es schließlich losgehen, seine Braut und seine Schwiegereltern gaben ihm das Geleit bis zur Tür und Dora winkte mit einem Taschentuch hinter der Droschke her, so lange sie sie sehen konnte.

Es war aber auch höchste Zeit gewesen, dass er bei Scheermanns wegkam, denn als er seine Fahrkarte genommen hatte und noch bei den Zöllnern stand, um seinen Handkoffer durchsehen zu lassen, läutete es schon zum dritten Mal und nur einem freundlichen Zollbeamten hatte er es zu verdanken, dass er noch mitkam. Hals über Kopf war er in das Abteil gestürzt und hätte dabei fast einer alten Dame seinen Koffer auf die Füße geworfen.

Er hatte aber Glück, nicht nur hier am Bahnhof, nein, auch als er nach anderthalb Stunden Eisenbahnfahrt den Wagen wieder verließ und nun noch nicht wusste, wie er weiterkommen sollte. Vor dem Bahnhof hielt soeben ein Kutscher mit einem Stuhlwagen[18]. Er hatte just Reisende zum Bahnhof gebracht und ließ nun mit sich über eine Tour zum Kaiserhof handeln. Die Tour sei wohl ein bisschen lang, meinte der Kutscher,

18 Ein leichtes Fuhrwerk, eine Kutsche.

aber für Geld und gute Worte müsse der Mensch heutzutage schließlich viel tun.

Herr von Geeren besann sich. Thießen hatte ihn kurz vor dem Ärger in Andersens Haus auf einen alten Freund aufmerksam gemacht, der in einem Dorf wohnte, das eine kleine Stunde vom Kaiserhof entfernt lag. Thießen hatte versprochen, diesen Freund, Kolwey hatte Thießen ihn genannt, aufzusuchen. Er fragte nun den Kutscher, ob er Kolwey in Bücken kenne und wie weit es vom Kaiserhof weg lag. Der Kutscher sagte, der Ort läge an ihrem Weg und dass sie an Kolweys Haus vorüberfahren müssten. Das gefiel dem jungen Herrn sehr gut und er erklärte dem Kutscher, dass er bei Kolwey anhalten solle.

Herr von Geeren achtete nicht auf die Gegend, durch die sie fuhren, er schaute auch nicht auf die Uhr. Er war ganz in Gedanken versunken und hörte auch nicht, wenn der Kutscher zu ihm sprach. Plötzlich hielt der Wagen vor einem großen stattlichen Haus, direkt vor Kolweys Tür. Zwei große Schaufenster zeigten, was bei ihm alles für Geld zu haben war: Kaffee und Zucker, eiserne Töpfe und Porzellan, bunte Taschentücher, Tischdecken, Seidenstoffe, kurze und lange Pfeifen – und alles lag wie Kraut und Rüben kunterbunt durcheinander.

Ein großer, breitschultriger Mann mit einem runden ehrlichen Gesicht trat an den Wagen und streckte seine Hand aus, um von Geeren herauszuhelfen. Das war eine Hand, aus der man bequem drei hätte machen können. Und eben dieser Goliath stellte sich mit einer richtigen Eisbärenstimme als Kolwey vor. Das war der Mann, von dem Thießen ihm gesagt hatte, dass er überall bekannt sei und in der ganzen Gegend in hohem Ansehen stehe.

Von Geeren wurde nun in die beste Stube geführt und stellte sich hier als Käufer vom Kaiserhof vor. Es dauerte nur eine kleine Weile, da war das Gespräch im besten Gange. Je länger von Geeren mit Kolwey sprach, je mehr fühlte er, dass er es mit einem rechtschaffenen und aufgeweckten Kerl zu tun hatte. Kolwey sagte nicht viel, aber was er sagte, hatte offensichtlich Hand und Fuß. Was er von dem Kauf hörte, schien ihn gar nicht zu wundern, sodass von Geeren auf den Gedanken kam, dass Thießen ihm wohl etwas davon geschrieben hatte.

»Hier in unserem Ort«, sagte Kolwey, »lebt ein alter Mann, dessen Tochter mit einem Tagelöhner verheiratet ist. Es sind arme Leute und sie haben viele Kinder, trotzdem haben sie ihren alten Vater doch zu sich genommen. Dieser alte Mann ist nun lange Jahre auf dem Gut so eine Art Verwalter gewesen und er soll die Wirtschaft von Grund auf kennen. Ich habe schon oft über diesen Mann reden gehört, er könnte uns vielleicht viele der Fragen beantworten, die Sie an mich gestellt haben. Ich kann ihn rufen lassen, er wohnt gleich hier hintenherum in einem kleinen Haus.«

Das war von Geeren gerade recht und Kolwey schickte einen Jungen, der eben mit einer Flasche Wein hereinkam, um den alten Wehmeyer zu holen. Es dauerte auch nicht lange, kaum hatten sie in der Stube mit ihren Gläsern auf eine gute Zukunft angestoßen, als ein alter Mann mit weißen Haaren hereinkam. Die Mütze in der Hand, blieb er an der Tür stehen. Man konnte seiner blauen Leinenhose, auf der Flicken aus allen Farben aufgenäht waren, wohl ansehen, dass er arm war und sich als Tagelöhner plagen musste.

»Wehmeyer«, fragte Kolwey, »ist Er nicht früher auf dem von Geeren'schen Gut gewesen?«

»Jawohl, Herr«, antwortete er. »Siebenundzwanzig Jahre bin ich da gewesen.«
»Wie lange ist Er schon da weg?«
»Schon zwölf Jahre, als der alte Herr aufhörte zu wirtschaften und sein Land an die Bauern verpachtete. Soviel ich gehört habe, soll das Gut verkauft werden. Ich glaube aber, so leicht wird sich wohl kein Käufer dafür finden. Der es jetzt kauft, muss viel Geld haben.«
»Es ist schon verkauft für 150.000 Taler«, sagte Kolwey.
»Sie machen wohl Spaß, Herr! Ein vernünftiger Mensch kann für das Gut, so wie es heute liegt und steht, nicht so viel Geld ausgeben. Er könnte die Zinsen gar nicht verdienen oder er müsste Dukaten darauf säen. Da muss einer mindestens noch 25.000 Taler hineinstecken, damit es wieder so ein bisschen in Ordnung kommt.«
Von Geeren war es, als wollte ihm die Luft wegbleiben, als er den einfachen Mann so sprechen hörte. Kolwey hatte den Mann ruhig erzählen lassen, dann sagte er: »Das Gut wird wieder instand gesetzt, dieser Herr ist der Käufer. – Und nun noch eines, Wehmeyer: Sage Er mir mal, fühlt Er sich wohl noch kräftig genug und hat Er Lust, dort wieder eine Stelle anzunehmen? Ich glaube, der Herr wird darauf eingehen.«
»Meine Herren«, sagte der alte Mann und dabei legte er beide Hände vor die Brust und die Tränen traten ihm in die Augen, »gern, recht gern nehme ich eine Stelle an! Tag und Nacht will ich arbeiten, um mein Brot zu verdienen. Schwer ist es, bei seinen Kindern das Gnadenbrot zu essen, besonders, wenn sie selbst Not leiden …«
»Geh Er nun nur nach Haus, Wehmeyer, und komme Er morgen mal wieder, wir wollen es uns überlegen. Sag Er zu mei-

nem Kutscher, dass er den Jagdwagen anschirrt, in einer Stunde wollen wir zum Kaiserhof fahren. Ihren Fuhrwagen wollen wir fahren lassen«, sagte er dann zu von Geeren.

Von Geeren bedankte sich bei Kolwey, als der alte Wehmeyer draußen war, dass er ihm zu diesem Mann verholfen hatte, und meinte, Wehmeyer habe ein ehrliches Gesicht und wohl auch einen guten Willen.

»Ja«, sagte Kolwey, »ehrlich ist das geringe Volk hier meistenteils, aber dumm. Wehmeyer ist aber ehrlich und klug.«

Eine Zeit lang hatten sie noch zusammen gesprochen, als Kolwey begann: »Gibt es kein Mittel, den Kauf wieder rückgängig zu machen?«

Von Geeren wusste keines.

»Hat Ihre Tante Sie in dem Glauben gelassen, dass das Gut noch in dem früheren Zustand war, so wie Sie es als Kind gesehen haben, oder hat sie gewusst, dass Sie in dem Glauben kauften, dass das Gut noch bewirtschaftet würde? Hat Ihre Tante Sie vielleicht stillschweigend in dem Glauben gelassen? Nur in einem dieser Fälle sehe ich eine Möglichkeit, wieder aus dem Vertrag herauszukommen. Ist es so, dann müssen Sie Ihre Tante wegen Betruges verklagen.«

Von Geeren erschrak, als er das Wort »Betrug« hörte. Sollte er seine eigene Tante – ein Fräulein von Geeren – wegen Betruges anklagen? Von Geerens Antwort war kein klares Ja und kein Nein. Und als Kolwey sein verlegenes Gesicht sah, schwieg er.

Der Kutscher hatte angespannt, von Geeren und Kolwey stiegen ein und machten sich auf zum Kaiserhof. Als sie in das Dorf hineinfuhren und die langweilige Straße hinter sich hatten, kamen sie an der Kirche vorüber. Gegenüber lag das

freundliche Pastorenhaus und der alte Mann, der über die Blumentöpfe hinweg aus den blanken Fensterscheiben schaute, war der Pastor. Als er Kolwey sah, nahm er die Mütze vom weißen Kopf und nickte den beiden freundlich zu.
Nun kam eine lange Reihe Häuser, alle in jämmerlichem Zustand. Die Wände waren aus Lehm und Stroh zusammengeschmiert und an vielen Stellen waren Stücke aus dem Fachwerk herausgefallen. Um Wind und Wetter abzuhalten, waren die Löcher mit Brettern zugenagelt oder mit alten Lumpen zugestopft. Die Fensterscheiben waren an vielen Stellen mit Papierstreifen verklebt. Hinter den Häusern waren Schweine- und Ziegenställe angebaut und vorne lagen große Misthaufen. Es waren die Häuser, in denen früher die Tagelöhner vom Kaiserhof gewohnt hatten. Doch wenn diese Häuser auch noch zu dem Gut gehörten, so wohnten momentan nur arme Leute darin, die kein Unterkommen finden konnten. Wer zuerst kam, mahlte zuerst, Miete wurde nicht gezahlt.
An der rechten Seite das nette weiße Haus mit den grünen Fensterläden, einem Lindenbaum und einer Pferdekrippe davor war der »Goldene Hirsch« und da kehrten die beiden Männer nun ein.

# *Schloss Kaiserhof*

Das Schloss, wo vor langen, langen Jahren der soundsovielte Herr von Geeren sein adeliges Wappen über das große Portal hatte einhauen lassen, lag auf einem kleinen Berg. Und wenn auch seit Jahren keine Hand angelegt worden war, sah es von Weitem noch immer stolz und vornehm aus. Man konnte vom Schloss aus über den Tannenwald hinwegschauen, der sich wie ein grüner Mantel um den Berg gelegt hatte. Genau wie eine Festung lag es hinter einem Eisengitter, das mannshoch war, als ob es Ritter und Edelfrauen und einen Schatz von Gold und Edelsteinen bewahrte.

Nur ebenso wenig wie das nun verrostete und verbogene Gitter einen verlaufenen Hirsch oder gar einen Menschen abhalten konnte, weil das Tor ausgehängt war und verrenkt und verrostet am Boden lag, gab das Schloss heute noch Schätzen und Menschen Schutz. Kein Eingang war verschlossen und bis auf die Schwalben- und Spatzennester, die an den spitzen Fenstergiebeln angeklebt waren, merkte man kein Leben. Die breite Freitreppe mit dem baufälligen Steingeländer, auf der man in das Schloss gelangte, wenn man den gepflasterten Vorplatz, auf dem nun Gras, Brennnesseln und Unkraut wuchsen, überklettert hatte, war mit Mauerabfall und Dachpfannen übersät. Kröten und Eidechsen krabbelten darauf herum. So war es von außen, von innen sah es noch viel trauriger aus.

Vor der Freitreppe lagen zwei steinerne Biester, nur schade, dass man nicht mehr sehen konnte, ob es Hunde, Löwen oder Hyänen sein sollten, möglich auch, dass seinerzeit der Bildhauer selbst nicht daraus hatte klug werden können. Auf der Diele war es feucht und dunkel. Eine Wendeltreppe aus Eichenholz führte nach oben bis zu dem kleinen Turm, der auf dem Schloss stand.
Von den Kindern, die in der Nähe im Wald trockenes Holz und Bickbeeren suchten, hatten einige wohl mal den Mut und gingen Hand in Hand bis zur Pforte und die Jungen schrien dann hinein: »Maximilian!« Und wenn nach einer Weile das Echo zurückkam, flohen sie Hals über Kopf. Maximilian schrien die Jungen deshalb, weil im Dorf die Sage umging, Kaiser Maximilian sei einmal mit einem großen Gefolge eingekehrt und habe im Schloss gefrühstückt. Er solle nun noch immer darin spuken gehen, wahrscheinlich weil es ein unverschämt leckeres Frühstück gewesen war. Die Bauern wussten auch ganz bestimmt, dass Kaiser Maximilian schon die anderen Schlossgeister, die mit ihm spuken gingen, kommandierte. Von dem Kaiserfrühstück musste es wohl auch kommen, dass das Gut der Kaiserhof genannt wurde.
Die kleine Lene mit den klugen Augen und der hellen Stimme war nicht so ein Angsthase wie die großen Jungen und Mädchen. Sie ging oft ganz allein in das Schloss, stellte sich unter die große Treppe und sang: »Putthühnchen, Putthühnchen, was machst auf unserm Hof?«, oder was ihr sonst gerade einfiel. Wenn sich oben etwas regte, hielt sie ihre Schürze auf und ab und an kamen ein Apfel oder eine Birne von oben herabgeflogen. Sie kamen aber nicht von einem Geist, es musste tatsächlich doch noch jemand anderer im Schloss hausen.

In alten, alten Zeiten hatte zum Kaiserhof sehr viel Land gehört. Die Bauern aus der Umgebung sagten, so viel, wie man oben vom Turm aus übersehen konnte. Aber das war schon lange her. Seit ein paar Hundert Jahren war ein Stück Land nach dem anderen an die Bauern verkauft worden und was nun noch zum Schloss gehörte, war seit Jahren stückweise verpachtet. Kürzlich, gleich nach dem Verkauf, war den Bauern gekündigt worden. Die Pächter dieser Landstücke rechneten alle in der Erntezeit mit einem Notar aus der Stadt ab und der schickte das Geld nach Abzug seiner Gebühren an Fräulein von Geeren, die sich in Hannover aufhielt und ohne große Mühe das Geld verjubelte. Und ihre Freunde halfen ihr nur zu willig und gern dabei.
Damit nun die alte adlige Tante, die doch so viel auf ihren Stammbaum und so wenig auf Ordnung hielt, besser mit ihrem »Stammsitz«, ihrem »Schloss« und ihrem »Kaiserhof« angeben konnte, musste der alte schwache Gärtner Friedrich, der kein anderes Unterkommen gefunden hatte und sich um die wenigen nicht verpachteten Apfelbäume kümmern musste, im Schloss selbst wohnen. Das hieß, er konnte für sich und seine Frau im Haus das Loch aussuchen, das der Wind am wenigsten durchpustete. 50 Taler Lohn bekam der alte Mann jedes Jahr für das Aufpassen auf Haus und Hof und außerdem war ihm der Titel »Schlossvogt« angehängt worden. Eine Kuh und einen Hund konnte er sich zur Gesellschaft holen. Doch der Viehbestand des stolzen Kaiserhofs bestand nicht nur aus diesen beiden vierbeinigen Biestern. Eine graue Katze und zwei Hühner gehörten auch noch dazu! Die zwei alten Glucken saßen da, zusammengeduckt und die Köpfe zwischen den Flügeln. Sie saßen so wehleidig da, als dächten sie über

die Vergänglichkeit der Welt nach. Alle beide hatten schon seit Jahren keine Eier mehr gelegt, über solche Torheiten waren sie hinaus. Ihr Mann, der rotbunte dickfellige Hahn, trieb sich auf der Nachbarschaft herum. Schon seit drei Wochen war er nicht nach Hause gekommen. Nur einen Trost hatten beide Hühner noch, sie wussten, dass sie zu alt und zu mager für einen Sonntagsbraten waren. Und sie hatten sich fest vorgenommen, wenn es doch mal ans Messer gehen sollte, ganz bestimmt nicht gar zu werden, auch wenn sie schon um sieben Uhr aufs Feuer kämen.

Die graue Katze hatte es eigentlich am besten, denn Mäuse und Ratten gab es so viele, dass sie gar nicht dagegen anfressen konnte und andauernd die Katzen der Nachbarschaft zum Mittagessen bei sich sah. Diese Katze saß nun da und striegelte sich. Etwa zehnmal hatte sie ihre Pfoten nass gemacht und sich blank geputzt. Um von Geeren kümmerte sie sich aber ganz und gar nicht. »Mäuse«, dachte sie, »kann der Kerl ja doch nicht fangen helfen.«

Man hätte nichts dagegen gehabt, wenn der alte Schlossvogt seinen ganzen Viehbestand im Schloss, im großen Ahnensaal oder anderswo, untergebracht hätte. Der alte Mann hielt aber hohe Stücke auf die gute Ordnung. »Jeder in seinen eigenen Stall«, hatte er befunden und die Kuh in den Kuhstall gesteckt. Die alten von Geeren'schen Ahnen ließ er unbelästigt hängen, wo sie hingen. An Ställen, das hieß an leeren Ställen, war auf dem Kaiserhof schließlich auch kein Mangel, denn hinter dem Schloss lag als ein großes Quadrat der ehemalige Wirtschaftshof mit seinen halb zusammengefallenen Kuh- und Pferdestallruinen. Auch hier war alles feucht, verlassen und tot, gerade wie im Schloss selbst.

Der junge von Geeren, der heute auf dem Grund und Boden seiner Ahnen angekommen war und noch im Mondenschein das alte verfallene Nest vor sich liegen sah, wusste sich nicht zu raten und zu helfen. Seit Stunden schon lief er im Schloss und im Viehhof herum, wischte sich den Schweiß vom Gesicht und sah aus, als wäre er imstande sich zu erschießen.
Er war ein einziges Mal in seinem Leben als Junge da gewesen, das hieß, nicht auf von Geeren'schem Grund und Boden, bei einem Pächter war er in der Ferienzeit gewesen. Das Schloss und den Schlosshof hatte er noch nie betreten.
Er war nicht an der Hand eines sorgenden Vaters aufgewachsen, der Dornen von seinem Herzen hätte abwehren können. Arbeiten hatte er wohl gelernt, aber kein Ratgeber hatte seinen Charakter mit Sorgfalt gebildet. Ohne Beistand hatten ihn seine Verwandten blind ins Leben tappen lassen. Und doch war etwas aus ihm geworden, ein Offizier, ein schmucker, lustiger Offizier, nur ohne Geld. Da hatte sich, mit Andersens Hilfe, diese gute Partie mit Dora Scheermann gefunden. Sein Glück sollte beginnen, nun hatte er eine Braut und plötzlich gingen ihm die Augen auf!
Der alte Thießen war der Erste gewesen, der ihn gewarnt hatte. Was der gesagt hatte, war eingetroffen. Das Unglück lag klar und deutlich vor ihm, es hatte schon auf ihn gewartet. Wenn ein Hungriger, der tagelang nichts zu essen gehabt hat, träumt, dass er einen Pfannkuchen in der Hand hat, und wenn er dann aufwacht und erfährt, dass es nur ein Strumpf ist, dann ist das schrecklich genug, hier lag die Sache aber noch viel schlimmer. Was sollte er zu seiner Braut, was zu seinen Schwiegereltern sagen? – »Betrüger!« – »Schwindler!« – »Lump!«, rief es ihm aus allen Ecken und Fenstern entgegen.

Langsam stieg er die Freitreppe hinauf und schaute durch die Fenster in die große, düstere Hausdiele. Es war aber kein Mensch zu hören und zu sehen und doch musste der alte Friedrich da wohnen.
»Heda!«, rief er in das Haus hinein und »Heda!«, kam das Echo zurück. Nichts regte sich. Der alte Friedrich war schwerhörig, er hörte nur gut, wenn sein Enkelkind, die kleine Lene, ihr »Putthühnchen« sang, und mit solchen Liedern konnte von Geeren nicht dienen. Dafür trug er aber große Kanonenstiefel und als Friedrich gar nicht hören wollte, ballerte er mit dem rechten Absatz gegen die alte Eichentür. Endlich rief es von oben: »Wer ist da unten?«
»Bringen Sie Licht!«, antwortete von Geeren.
»Wer ist da?«, rief Friedrich wieder.
»Herr von Geeren, Ihr neuer Gutsherr!«
Langsam kam nun Licht die Treppen hinunter.
»Mein bester Herr«, sagte Friedrich, »mir fällt das Gehen so schwer. Nehmen Sie es mir nicht übel, wenn es ein wenig lange gedauert hat.«
»Es sieht schlimm bei euch aus!«, sagte von Geeren.
»Was?«, fragte Friedrich.
»Schlimm sieht es hier aus!«, rief von Geeren recht laut.
»Das hat schon lange so ausgesehen«, meinte Friedrich.
Nun schrie von Geeren ihm zu, dass er sein künftiger Herr sei und sich morgen früh im Kaiserhof einquartieren wolle.
»Herr, das wird so leicht nicht gehen. Es ist nur die Dachkammer bewohnbar und darin leben meine Frau und ich.«
»Wird hoffentlich bald besser werden!«, schrie von Geeren ihm ins Ohr. Er hatte größte Probleme, dem alten Mann klarzumachen, warum er gekommen war.

Kolwey machte der Not schließlich ein Ende. Er war nicht gleich mit zum Kaiserhof gegangen, er war im goldenen Hirsch geblieben, weil er nicht dabei sein wollte, wenn von Geeren seinen Kauf bei Licht besah. Er selbst kannte das Gut in- und auswendig. Die Unruhe hatte ihn nun aber doch hingezogen, weil von Geeren ihm zu lange wegblieb.
Von Geeren wurde anderen Sinnes, als er Kolweys Gesicht wiedersah. Er ging mit ihm zurück zum Hirsch und kam hier bei einem Glas Bier bald wieder auf andere Gedanken. Danach fuhren sie zurück nach Bücken, denn von Geeren sollte die Nacht bei Kolwey bleiben.
Lange, lange – bis in die tiefe Nacht – saßen beide noch zusammen und beratschlagten, was nun werden solle. Kolwey sprach von Geeren Mut zu und versprach auch, ihm mit Rat und Tat jederzeit zur Seite zu stehen.
Acht Tage später waren auf dem Kaiserhof Maurer- und Zimmerleute, Steinsetzer, Tischler und Glaser, Schornsteinfeger, Erdarbeiter und Tagelöhner an der Arbeit – wohl an die fünfzig Menschen. Selbst ein tüchtiger Kammerjäger war geholt worden, damit er Jagd auf Ratten, Mäuse und anderes Zeug machte. Von Geeren war den ganzen Tag mittendrin. Er war der Offizier, der das Kommando führte, und der alte Wehmeyer, der rein wieder jung wurde, war sein Feldwebel. Kolwey kam ab und an, sich mit von Geeren zu besprechen und als erfahrener Mann den Arbeitern auf die Finger zu sehen. So war plötzlich wieder Leben in den Kaiserhof gekommen!

## *Die Banditenbraut in Verden*

An einem Donnerstagmorgen gegen neun Uhr spazierten zwei Herren, ein alter und ein junger, auf dem Bahnsteig des Verdener Bahnhofs auf und ab. Dass diese beiden keine normalen Alltagsmenschen waren, konnte man auf den ersten Blick erkennen. Sie mussten etwas Besonderes sein.

Der kurze Dicke mit dem schwarzen Frack, mit der weißen Weste und dem hohen Hut auf dem Kopf war der Direktor Blaubein vom Theater. Trotz der heutigen Kälte musste es ihm doch sehr heiß sein, denn er wischte sich fortwährend den Schweiß von der Stirn und pustete wie ein Stör.

Der andere, der hagere, dünnbeinige Schlagtot, der eben den Kragen seiner grasgrünen Jägerjoppe in die Höhe klappte, weil er in seiner grau karierten Sommerhose fror, war der Herr von Schrappinsky. Er war, wie die Leute sagten, ein ziemlicher Spieler, der sich für das Theater schon heftig abgearbeitet hatte – denn es gab Stücke, in denen er an einem Abend vier Rollen auf einmal spielen musste. Früher war er mal bei einem Hoftheater gewesen, wo er, wie er gern erzählte, andauernd die schwersten Rollen bekommen hatte. Und das war nicht gelogen, denn er hatte immer alle Tische und Stühle auf die Bühne tragen müssen.

»Der Zug hat sich wohl verspätet?«, fragte Direktor Blaubein den Bahnbeamten, der eben aus dem Gepäckraum trat.

»Nein«, entgegnete dieser, »er muss gleich kommen, das Signal steht für ihn schon auf freie Einfahrt.«

Und richtig, man hörte die Lokomotive bereits pfeifen. Der Direktor griff nun hinten in die Tasche seines Fracks, holte ein Paar dunkelweiße Glacéhandschuhe heraus und zog sie an, Herr von Schrappinsky machte es ebenso. Er zog auch Handschuhe an, die waren aber schlohweiß und aus Baumwolle, dann setzte er sich seinen Klemmer auf die Nase und warf seinen Künstlerkopf in den Nacken, als wollte er den Klemmer auf seiner Nase balancieren.

Als nun aus dem Zug, wie damals aus der Arche Noah, Männlein und Weiblein ausgestiegen waren, mussten beide lange nach Becka suchen, obwohl sie schon mehrere Male an ihr vorbeigelaufen waren. Becka war aber resolut, sie hatte sich den Direktor auch anders vorgestellt, fand ihn aber doch und ging direkt auf ihn zu.

Das war nun für den Direktor tatsächlich ein Schreck, als die dicke Person an ihn herantrat und sich ihm vorstellte. Er hatte Becka eher für eine Art Riesendame gehalten, die sich für Geld sehen ließ, als für seine neue Primadonna! Wenn Direktor Blaubein für seine Person auch nicht gerade für das Magere schwärmte, so hätte er doch etwas darum gegeben, wenn seine Banditenbraut einen halben Zentner leichter gewesen wäre, denn er wusste recht gut, dass sich die Dickleibigkeit auf keinen Fall wegschminken ließ.

Je mehr er Beckas Oberweite betrachtete, desto länger wurde sein Gesicht. Er zog seine Handschuhe auch gleich wieder aus und ärgerte sich, dass er ihretwegen seinen neuen hohen Hut aufgesetzt hatte. Und nun musste zu allem Übel noch ein heftiger Regenschauer einsetzen und er hatte keinen Regen-

schirm dabei. Aber was half es alles? Er musste seinen Ärger hinunterwürgen, die Werbeplakate von Fräulein Nickelsbergs Gastspiel waren an allen Ecken ausgehängt.
Herr von Schrappinsky stellte sich mit einem Gesicht so süß wie Sirup der neuen Künstlerin und Kollegin vor. Er schlenkerte mit seiner Mütze, die aussah wie ein Klingelbeutel, vor Becka herum und machte einen Diener, wie ihn die Kautschukmänner im Zirkus nicht tiefer machen können. Danach bot er Becka seinen verknöcherten Arm an und erzählte ihr unterwegs, dass er das Vergnügen haben würde, mit ihr gemeinsam auf der Bühne zu stehen, er hatte den »Rudolf« bekommen.
Alle drei zuckelten nun in Richtung Theater, Becka mit ihrem hageren Rudolf voraus, der Direktor mit dem dicken Kopf hinterher. Er konnte sich gar nicht sattsehen an den beiden. Es schien ihm, als hätte er mit dieser »Hedwig« eine fette Kalbshaxe gekauft und als Knochenbeilage hätte ihm der Schlachter das lange Eisbein, den »Rudolf«, dazugelegt.
Nun waren sie im Theater angekommen, die Souffleuse kroch in ihr Loch und die Probe begann. Das musste man wirklich sagen, Becka hatte ihre Rolle gut gelernt, sie schnurrte den Text nur so herunter! Und trotzdem wischte sich der Direktor hinter den Kulissen den Angstschweiß vom Gesicht.
Nun kam die Szene dran, bei der Hedwig den Rudolf erschießen muss. Der Direktor, der Becka wohl zehnmal zurechtgestellt hatte, weil sie ihren dicken Rücken immer wieder zur Seite des Publikums drehte, fragte in seinem Jammer ganz kläglich, ob sie denn auch schießen könne?
»Jawohl«, sagte Becka, »das kann ich! Warum sollte ich nicht schießen können?«

Das log sie ihm aber vor, denn sie hatte das Schießen noch nie probiert, bei Fräulein Levkojenstängel hatte sie immer mit der Elle[19] blind »geschossen«.
Dann sei es gut, sagte der Direktor, dann solle sie heute Abend bei der Vorstellung ganz frech schießen, das Schießen sei nämlich der Höhepunkt der ganzen Vorstellung. Wenn sie es aber nicht könne, solle sie den Rudolf mit dem Flintenkolben »niederschmettern«, wie es in der Rolle vorgeschrieben war. Er zeigte ihr auch, aus welcher Kulisse sie die Flinte wegnehmen sollte, und instruierte sie, sobald Rudolf den Schlüssel in die Kellerluke stecke und die Gräfin das Stichwort »Himmel, erbarme dich mein!« sagen würde, solle sie losballern.
Nun war die Probe zu Ende. Die Akteure machten Becka Komplimente und lobten sie, in ihrem ganzen Leben hätten sie so etwas noch nicht gesehen. Die Frauen lästerten aber untereinander ganz gewaltig und stießen sich gegenseitig immer wieder an.
Becka ging mit ihrem »Liebhaber«, dem Rudolf, ins Wirtshaus, wo die Schauspieler zu Mittag aßen und wo sich auch das Theaterbüro befand. Sie war gerade an einem Gagentag angekommen und da traf es sich nun, dass alle Kolleginnen und Kollegen, die als Priesterinnen und Priester in Thalias Tempel die größten Meisterwerke unserer Dichter verarbeiteten, zusammenkamen. Alle bekamen »Asche«, wie sie es nannten. Der Direktor besaß Geld, viel Geld! Er hatte für drei Monate Abonnementsgelder kassieren lassen und da konnte es den Schauspielern wohl passieren, dass sie diesen ersten Monat richtig mit preußischen Talern entlohnt wurden. Meis-

19 Gemeint ist hier der Maßstock für das alte Längenmaß »Elle«.

tens weinte er an einem Gagentag jedoch und bezahlte lieber mit Tränen, statt mit Silbergeld.
Einer der Kollegen der Truppe fiel Becka besonders auf und gerade dieser Kerl hielt es nicht der Mühe wert, sich ihr vorstellen zu lassen. Sein Gesicht war quittengelb und seine Figur lang wie eine Bohnenstange. Seine schwarzen Haare trug er in der Mitte gescheitelt und nach beiden Seiten hinter die Ohren gesteckt. Er hatte stierende Augen und buschige Augenbrauen, die in der Mitte zusammengewachsen waren. Einen langen spanischen Mantel hatte er sich umgehängt und den rechten Flügel davon so über die linke Schulter geschlagen, dass sein Gesicht nur noch gerade eben herausschaute. Mit großen Schritten stolzierte er in seinem Mantel in der Stube auf und ab, sprach mit keinem Menschen und schaute mehr auf den Fußboden als nach vorn.
Die Kollegen erzählten Becka, er sei der große Charakterschauspieler Jean Linkert, und wunderten sich, dass sie von ihm noch nichts gehört hatte.
Wohl eine halbe Stunde war Jean Linkert so auf und ab gegangen, als er sich an den Tisch setzte und seinen Kopf in die Hand nahm, dass die Haare bis auf den Tisch hinunterhingen. Nach einer Weile nahm er all sein Geld aus der Tasche, wohl etwa 12 preußische Taler, seine halbe Monatsgage, und legte es vor sich hin. Dann schob er 4 Taler davon in die Mitte des Tisches. »4 Taler bekommt die Wirtin!«, sagte er. Dann nahm er 2 Taler in die Hand, legte sie zu den vieren und rief: »2 Taler der Schuster! – Skandal!«, stöhnte er. »3 Taler der Schneider! – Himmeldonnerwetter!« Noch einmal nahm er 2 Taler weg. »2 Taler der Theateragent! – Toledo! Ihr seid ein Mann, schützt mich vor diesem Priester! – Einen

Taler der Stiefelputzer! Jesus Maria!« Nun waren die 12 Taler alle. Er schlug sich mit der Hand vor den Kopf und grölte so laut, als spielte er den Othello: »Und was kriegt Jean Linkert? Nichts! – Nichts! – Jean Linkert – kriegt nichts!« Da erhob er sich, strich den ganzen Krempel wieder in seine Tasche und sagte: »Unsinn! – Jean Linkert behält alles! Die andern kriegen nichts!« Dann schlug er seinen Mantel wieder über die Schulter, setzte seinen großen Hut auf und ging zur Tür hinaus.

Auch an Spektakel fehlte es am Theater nicht. Die Souffleuse, die dicke Suse, wie sie genannt wurde, wurde vom Direktor heftig beschimpft, weil sie mit einem dicken Strauß Wachsblumen durch die Stadt lief, den sie selbst gebunden hatte und den sie verlosen wollte. Schön waren die Blumen nicht, die Rosen sahen aus wie Zwiebeln!

Der Direktor kündigte ihr im Beisein aller Schauspieler den Dienst auf. Er sagte, das Verlosen sei Betteln, sie verunglimpfe damit seine ganze noble Gesellschaft. In vier Wochen solle sie mitsamt ihrem Bräutigam, dem versoffenen Theatermeister, weggehen.

Bei Tisch machte Herr von Schrappinsky in rasender Geschwindigkeit bei seiner neuen Freundin und Kollegin eine Anleihe von 5 Talern. Kaum hatte sie ihm den Betrag übergeben, nahm er Abschied von ihr und ließ sie sitzen.

Der Abend kam heran.

Becka hatte ihren neuen Anzug angezogen. Sie hatte sich sowieso gewaltig zurechtgemacht und doch sprach die Soubrette[20] hinter ihrem Rücken, sie hätte eine Taille wie eine Bremer Mettwurst!

20 Sopranistin, die auf naiv-heitere, komische Rollen in Operetten und Singspielen spezialisiert ist.

Das Haus war bis auf den letzten Platz gefüllt. Die Ouvertüre begann und die Ulanenoffiziere[21] und die Primaner auf den ersten Plätzen wippten gleich aufgeregt hin und her, so neugierig waren sie auf die Primadonna aus Bremen. Sie putzten mit ihren Taschentüchern, bevor der Vorhang in die Höhe gegangen war, ihre Operngläser. Endlich! – Klingelingeling – er fuhr in die Höhe. Hedwig stand schon bereit. Die Offiziere auf den ersten Plätzen sagten »Ah!« Die Zuschauer auf den zweiten machten es nach und sagten auch »Ah!« und von der Galerie kam das Echo »Aaah!« Manche riefen dazwischen: »Reizend!« und manche: »Himmlisch!«

Kaum hatte Becka ein paar Szenen heruntergespult, schrien sie schon »Bravo!« und klatschten in die Hände. Der Direktor hinter den Kulissen war inzwischen ganz in Schweiß gebadet. Er lief vor Angst hin und her wie die Maus in einer Falle; der Segen, das Bravorufen, kam ihm zu früh und zu dicke.

Als der zweite Akt gespielt wurde, schwitzte er noch heftiger. Der Kerl, der Rudolf, wusste von seiner Rolle kein Sterbenswort, er musste alles aus dem Souffleurkasten herausholen und die Kunstpausen machte er immer zur falschen Zeit. Das Beste sollte aber erst noch kommen! Als er in seinem Monolog an die Stelle kam, die so gedruckt steht:

*»O, Hedwig, Hedwig!*

(Er greift nach dem Gewehr)

*– Komm du altes Rohr.*

*Du bist gewohnt das warme Herz zu treffen!«*,

da vergaß er die Gedankenstriche und brüllte in die Kulissen:

*»Hedwig, Hedwig, komm du altes Rohr!«*

21 Ein Ulan ist ein mit einer Lanze bewaffneter Reiter, also Teil der Kavallerie.

Nun wollte das Bravorufen gar kein Ende nehmen und die Leute sagten, dass sie sich schon lange nicht mehr so gut amüsiert hätten wie heute.
Als nun Beckas größte Szene und der Augenblick herankam, in dem sie schießen musste, wollte es ihr Unglück, dass sie den verrückten Flintenhahn nicht aufmachen konnte. Rudolf steckte den Schlüssel in die Kellerluke, das Stichwort war da, die Gräfin sagte: »Himmel, erbarme dich mein!«, nur der Hahn der Flinte kümmerte sich nicht um das Stichwort, er saß fest. Vor Angst ging Becka mit ihrer Flinte an die Seite und flüsterte verzweifelt in die Kulissen: »Kinners, ich krieg den Hahn nicht auf.«
»Himmel, erbarme dich mein!«, sagte die Gräfin noch einmal recht eindringlich und Rudolf rackelte wie verrückt mit seinem Schlüssel an der Kellerluke.
»Ich krieg, weiß Gott, den Hahn nicht auf!«, sagte Becka wieder in Richtung der Kulissen.
»Himmel, erbarme dich mein!«, brachte die Gräfin zum dritten Mal. Die Souffleuse klopfte ein paarmal mit ihrem Bleistift auf den Fußboden und schrie ganz laut aus ihrem Loch: »Himmel, erbarme dich mein!« Der Direktor hinter den Kulissen hatte sich mit beiden Händen in seine Perücke gefasst und brüllte auch dazwischen: »Himmel, erbarme dich mein!«, aber nichts rührte sich, der verdammte Hahn wollte absolut nicht in die Höhe und der Himmel wollte sich auch nicht erbarmen!
Nun brüllte ihr der Direktor aus den Kulissen zu: »Herrgott, so schlagen Sie ihn doch mit dem Kolben tot.«
Das hatte geholfen. Bautz, schlug Becka mit dem Kolben auf Rudolfs Kopf, dass ihm Hören und Sehen verging und er laut-

hals aufschrie. Das Publikum klopfte sich johlend fast die Hände zuschanden.
Auf der Bühne ging nun alles drunter und drüber und der Vorhang musste fallen!
Unsere Becka stand mit ihrer Flinte hinter dem Vorhang und konnte ganz und gar nicht begreifen, warum der Direktor so viel Aufstand machte und wie ein wild gewordener Hahn herumsprang und wie er sich unterstehen konnte, ihr so viele Grobheiten an den Kopf zu werfen. Das Stück hatte doch so gut gefallen und die Leute wollten noch gar nicht nach Hause gehen. Sie klatschten noch immer wie verrückt in die Hände.
Nun kam auch noch Rudolf angestürzt, der sich gerade ein wenig von dem Schlag erholt hatte, aber noch ganz benommen war und kaum stehen konnte. Er wollte ihr sogar eine Backpfeife für die dicke Beule verpassen, die sie ihm an den Kopf geschlagen hatte. Becka versprach ihm als Schmerzensgeld die 5 Taler, die sie ihm geliehen hatte; er solle nur nicht so einen Krach machen.
Das war unserer Beckas, oder wie sie nun hieß, Fräulein Nickelsbergs zweiter theatralischer Versuch!
Am anderen Morgen saß sie wieder im Wartesaal zweiter Klasse auf dem Verdener Bahnhof und wartete auf den Zug, der von Hannover kam. Mutterseelenallein saß sie da. Keiner hatte ihr das Geleit gegeben, nicht einmal der alte hagere Rudolf. Dem armen Mädchen liefen große blanke Tränen über die Wangen.
»Das Künstlerleben«, sprach sie vor sich hin, »hat doch auch seine Schattenseiten, aber eine echte Künstlernatur muss alles mit Geduld überwinden.«

Sie erinnerte sich an das, was der alte Bethmann gesagt hatte: »Nur durch die Transpiration vieler Lampenfieber wird das Darstellungstalent eines Schauspielers an die Oberfläche getrieben.« Und sie nahm sich vor, weiter zu schwitzen.
Am Nachmittag saß sie wieder bei der alten Frau hinter dem Herdentorswall am Kaffeetisch und die gab ihr recht damit: »An dem ganzen Unglück war nur der alte verrückte Flintenhahn schuld.«
Die Reise nach Verden hatte viel Geld gekostet und sie hatte nichts mit zurückgebracht als einen großen Haufen Zettel vom Theater, auf denen ihr Name groß aufgedruckt war. Diese Zettel alleine waren Balsam auf die Wunde, die der Direktor Blaubein ihr geschlagen hatte.

# *Wer ist der Verrückte?*

Wenn Gesche, Thießens alte Haushälterin, abends mit ihrer Hausarbeit fertig war, pflegte sie sich in ihre Kammer, die hinten zum Hof lag, zu setzen und zu stricken. Steif wie eine Wachspuppe saß sie dann da und nichts anderes war in Bewegung als ihre dünnen, knochigen Hände. Die flitzten und wuselten aber so schnell durcheinander, dass es aussah, als befände sich an jeder Hand die doppelte Anzahl Finger. Sie zeigte immer vollen Einsatz, außer sie hatte mal einen Fehler gemacht oder sie musste abnehmen, weil sie gerade beim Hacken war. Dann konnte es passieren, dass sie mal stoppte. Das dauerte jedoch nur einen kurzen Augenblick und schon ging es weiter, wobei sie den grauen Kopf in den Nacken warf.
So hatte sie es nun schon gehandhabt, seit sie als junges Mädchen in den Dienst gekommen war, und eine Veränderung schien gar nicht denkbar. Passte ihr einmal etwas nicht so ganz, dann begann ihr Mund zu beben. Ihre Lippen regten sich dann, als wollten sie ihre Gedanken aussprechen und mit in den Strumpf hineinstricken.
Seit der unglücklichen Geschichte mit Scheermanns hatte Gesche manchen Ärger hinunterschlucken müssen und oft hatte ihr der Kopf ganz quer gestanden. Und heute war es wieder einmal gar zu toll gewesen und bei der Strickerei kamen ihr allerhand Gedanken in den Sinn, die sie gerne verjagt hätte,

wenn es nur möglich gewesen wäre. Sie versuchte alles, sie schalt innerlich wie die Ziegen, ihr Mund bebte stärker als sonst, aber nichts wollte helfen. Dann versuchte sie ein Mittel, das ihr schon oft geholfen hatte, wenn sie über ihren Gedankengang nicht hinwegkam. Sie ließ die Lippen noch ein wenig forscher arbeiten und redete vor sich hin wie die kleinen Mädchen, wenn sie das Stricken lernen: »Reinstechen, umschlagen, durchholen, abgleiten lassen! Reinstechen, umschlagen, durchholen, abgleiten lassen!« Dabei wurde sie so eifrig, dass sich zuletzt ihre Nasenspitze fast beim Stricken beteiligte. Aber auch das wollte partout nicht helfen. Ihr Kummer war zu schlimm, er saß zu tief, und so griff sie zu ihrem letzten Mittel: Sie begann, gewaltig zu schimpfen!

»So ein schlechter Kerl!«, redete sie vor sich hin. »Vierundzwanzig Jahre habe ich ihm gedient und nun macht er mir so einen Radau! Müsste er sich nicht erst einmal ordentlich anziehen, bevor er mich hereinruft? Nicht schlafen kann er? Ja, was weiß ich denn, warum er nicht schlafen kann? Mein Gewissen ist rein, ich kann schlafen! Sein Bett sei kein Bett, sagte er, es sei ein Sack mit Kartoffeln, ich müsse wohl Gänseköpfe und Hühnerpfoten in die Decke gestopft haben! Und dann will er für sein Bett eine Tagesdecke haben, eine Tagesdecke! Und die Nächte sind schon so kalt!«

Lauter solche Sachen redete Gesche vor sich hin und dies Mittel musste wohl besser helfen. Denn als sie eine Zeit lang so herumgeredet hatte, wurde es in ihrem Herzen langsam stiller. Sie warf ihren Strickstrumpf zur Seite, zog ihr Taschentuch hervor und machte das, was andere Frauen im lieben Bremer Land und anderswo auch machen, wenn etwas nicht nach ihrer Mütze gehen will: Sie weinte eine ganze Weile.

Mit unserer alten Gesche war es nun wirklich kein Vergnügen und es waren ganz gewiss keine Krokodilstränen, die sie weinte, nein, sie hatte keine Zwiebeln dazu nötig, es bedeutete etwas Schlimmes. Thießen, ihr guter alter Herr, war verrückt geworden! Nicht plötzlich, nein, es hatte langsam begonnen und dann war es von Tag zu Tag schlimmer geworden. Vor vierzehn Tagen hatte er schon, als er nachmittags auf dem Sofa schlafen wollte, die allerbeste Häkelei, die Möbelschoner, die Schlummerrollen und alles, was sonst noch für ein richtiges Sofa nötig ist, alles worauf Gesche so stolz war, aus dem Fenster geworfen. Das sei unnützer Firlefanz, hatte er gesagt, die alte Takelei bliebe ihm nur an den Knöpfen hängen und er wolle sich nicht länger darüber ärgern!

»Nun pass auf«, hatte Gesche damals gleich zu ihrer Freundin, der Klostermannschen vom Stavendamm, gesagt, »das ist ein böses Zeichen! Und wenn es nun, wonach es mir ganz aussieht, reell medizinisch schlimm wird, dann kommt es in neun Tagen, neun Wochen oder neun Monaten zum Ausbruch!«

Mit den Gedanken, was sie auf ihre alten Tage noch alles erleben könnte, ging Gesche jeden Abend ins Bett und kroch tief unter ihr dickes warmes Federbett, das so prall und dick war, wie die besten Timmschen Räucherwürste. Es dauerte trotzdem noch eine lange Zeit, bis sie zum Einschlafen kam.

Und in der Tat: Es stand wirklich schlimm, sogar furchtbar schlimm um den alten Thießen. Verrückt war er noch nicht, so richtig in Ordnung war er aber schon lange nicht mehr. Er konnte das Leben ganz allein nicht ertragen und allein war er ja nun, ganz allein.

Als Thießen am nächsten Tag erwachte, war es noch früh am Tag. Gesche musste wohl noch schlafen. Das glaubte er, weil er aus der Ferne so etwas wie Holzsägen hörte. Er erhob sich, setzte seine lange Pfeife in Brand und begann seine Wanderung heute früher als sonst. Er ging in seiner Stube hin und her, durch den dicksten Tabaksqualm, den er aber gar nicht spürte. Seinen Kopf hatte er voller Gedanken und er paffte drauflos, als wäre sein Mund ein Schornstein.

»So ein Junggesellenleben«, überlegte er, »ist wahrhaftig nichts. Und das Rentnerspielen ist erst recht, um in schwere Not zu kommen. Ärger in allen Ecken!«

Zum Soloclub, in den er sonst immer mit dem alten Scheermann gegangen war, ging er auch nicht mehr. Einige Male hatte er es wohl noch getan und hatte seinen Senf zur Politik dazugegeben. Er hatte aber Europas Schicksal in solch schwarzen Farben gemalt, dass ihm niemand recht gegeben hatte. Schneidermeister Schinkel hatte gesagt: »Hinnerk«, hatte er gesagt, »du bist ein guter Kerl, nur verstehst du nichts von der spanischen Frage. Überlass das lieber mir.«

Da hatte der alte Thießen seinen Hut genommen und hatte zu seinen Solobrüdern gesagt, sie könnten ihm alle miteinander mit ihrer spanischen Frage den Buckel runterrutschen. Und mit Scheermann war es ganz vorbei. Er sah nun erst ein, wie lieb er den alten Schafskopf Scheermann gehabt hatte. Heinrich war nicht mehr da und mit der adligen Sippschaft wollte Thießen nichts zu tun haben. »Und wenn sie auf Knien angerutscht kämen, ich bleibe steinhart!«, sagte er immer zu sich selbst. »Nur was habe ich jetzt? Langeweile! Bruhns ist tot und bei Marie kann ich mich auch nicht den ganzen Tag auf den Stuhl setzen. Nun kann ich in meiner Stube Fliegen fangen oder mit dem alten Kühtmann auf dem Wall die Enten füttern. Nein, das ist nichts für mich, ich bleibe dabei, ich fange wieder an zu arbeiten! Aber wo finde ich Arbeit und welche Arbeit passt noch für mich alten Kerl?«

Die Geschichte vom Brand bei Scheermanns kam ihm auch in den Kopf. Halb war er darüber verärgert und halb musste er lachen, wenn er an die verrückte Becka dachte. Ärgerlich war er, weil ihm das Mädchen einen Strich durch seine Rechnung gemacht hatte. Welch wichtige Rolle hatte er ihr zugedacht! Wer sollte ihm nun Bescheid geben, wenn seine Hilfe bei Scheermanns nötig wäre? Das sah er ein, dass Scheermanns Becka nun nicht behalten konnten. Er freute sich, dass Becka für ihr Komödiespielen mal einen Denkzettel bekommen hatte. Er glaubte, das würde sie wohl auf den richtigen Weg bringen. Und dann freute er sich auch, dass seine Haushälterin, seine alte brave Gesche, nicht Komödie spielte. »Mit der kann mir so etwas nicht passieren«, sprach er vor sich hin.

Zwei Stunden war er nun schon auf, als sich Gesche aus den Federn und aus ihrem sorgenvollen Nest herausgearbeitet hatte. Er wunderte sich, dass ein Menschenkind so lange schlafen konnte, sagte aber nichts, als Gesche ihm den Kaffee brachte.

Als sein Kaffeetrinken vorüber war, war ein halber Zwieback übrig geblieben, denn mit seinem Appetit war es seit Kurzem nicht gut bestellt. Gesche hatte, als sie das Kaffeegeschirr aufwusch, das Stück Zwieback gefunden und es Schollie, so nannte Thießen seinen Hund, hingeworfen. Schollie, der ziemlich stolz darauf war, dass er noch Zwieback fressen konnte ohne Butter oder sonst etwas darauf, wollte seinem Herrn mit seinem bescheidenen Wesen eine Freude machen und schwänzelte mit dem Zwieback in die Stube hinein.

»Gesche! Gesche!«, rief es plötzlich und das alte Mädchen stürzte in die Stube.

Thießen saß im Schlafanzug auf dem Sofa. In der linken Hand hielt er seine lange Pfeife, in der anderen den halben Zwieback, den er Schollie wieder abgenommen hatte, in die Höhe.
»6 Taler und 24 Grote«, rief er.
Gesche war verdutzt und ihr Gesicht wurde kreideweiß.
»6 Taler 24 Grote kostet der Weizen!«, rief Thießen noch einmal. In Kleinigkeiten war er ziemlich sparsam und war der Meinung, dass er mit diesem Bericht von der Kornbörse Gesche am besten auf ihre verschwenderische Haushaltung hinweisen konnte.
Gesche hatte aber leider nur wenig von dem, was man Kombinationsvermögen nennt, und glaubte, weil es gerade der neunte Tag war, dass die medizinische Tollheit bei Thießen zum Ausbruch gekommen wäre.
»Ach, du lieber Gott«, sagte sie und rang die Hände. »Mein armer Herr! Sprechen Sie doch mal mit einem Doktor.«
»Bist du krank?«, fragte Thießen.
»Nein«, sagte Gesche, »ich nicht, aber Sie. Ich meine es gut mit Ihnen, Herr Thießen. Gehen Sie doch mal zu einem Doktor, lassen Sie sich mal untersuchen. Es ist ja möglich, dass er Ihnen helfen kann, vielleicht ist es mit ein paar Stücken Eis auf dem Kopf erledigt!«
Nun war bei Onkel Thießen die Verwunderung groß. »Zum Doktor? Was hat der Doktor mit meinem Zwieback zu tun? Und Eis auf den Kopf? Auf meinen Kopf? Herrgott im Himmel, sollte die Alte wohl verrückt geworden sein?«, dachte er bei sich. Er hatte doch bisher noch nichts Absonderliches an ihr wahrgenommen, wenn sie auch in der letzten Zeit ein wenig übellaunig gewesen war. Er bekam Angst und wurde plötzlich ganz weich.

»Was ist mit dir, mein bestes Mädchen?«, fragte er freundlich, stand auf und wollte auf sie zugehen.
Gesche hatte aber seine Freundlichkeit missverstanden und dachte, dass er in seiner Tollheit sich an ihr vergreifen wollte. Mit einem Satz war sie draußen und – eins, zwei, drei – schloss sie hinter sich ab. Nun war der alte Thießen eingesperrt.
»Muss auch dieses arme, gute Wesen noch zu meinem Unglück beitragen?«, sprach er zu sich und ging wieder in seiner Stube auf und ab. »Es ist bei ihr hier oben wahrhaftig nicht ganz in Ordnung und ich Schafskopf habe immer gesagt, mir könne das mit meiner Haushälterin gar nicht passieren. Bin ich etwa mit schuld daran? Nein, hätte ich davon etwas geahnt, hätte ich wahrhaftig bei Zeiten etwas dagegen unternommen. Aber wer kann auch gleich so etwas vermuten? Lieber Gott, ich will hoffen, dass es nur so ein vorübergehender Rappel ist.«
»Großer Gott«, sprach er nach einer Weile zu sich, stellte seine Pfeife weg und legte sich der Länge nach auf sein Sofa, »nichts als Malheur, nichts als Ärger, keine Freude mehr, und früher war ich doch so ein lustiger Kerl! Nun habe ich mich mein Leben lang abgeplagt und dachte, meine alten Tage in Ruhe und Frieden genießen zu können, und nun ist es nichts damit, nun hat da eine Eule gesessen. Nein, allzu lange wird es mit mir altem Kerl wohl nicht mehr dauern. Mir wäre es auch ganz recht, wenn es gleich vorbei wäre. Wie schön müsste es sein, wenn ich nun, statt auf dem alten Sofa in meinem stillen Grab läge, ein paar Rosenbäume und ein wenig Reseden obendrauf, und könnte nun so hundert, zweihundert, tausend Jahre schlafen!«
»Poch, poch!«, ging es plötzlich draußen an der Tür. Nicht einmal in seiner ewigen Seligkeit ließen sie ihn in Ruhe.

»Herein!«, schrie er, aber nicht als Engel, nein, wie ein Bremer Zimmermannsmeister, den sie in seinem Schlaf stören. »Herein, zum Donnerwetter noch mal, wer ist da draußen?«
Jemand drehte und rackelte draußen am Türgriff herum, nur die Tür öffnete sich nicht, Gesche hatte sie ja abgeschlossen.
»Auch das noch!«, rief Thießen. »Und auch kein Schlüssel da.« Er sprang vom Sofa, ging näher an die Tür heran und rief: »Wer ist denn da draußen und was wollen Sie von mir?« Jetzt bellte Schollie so laut, dass Thießen sein eigenes Wort nicht verstehen konnte. Dass unter solchen Umständen derjenige draußen vor der Tür erst recht nichts verstand, war keine Frage. Thießen schrie sofort hinterher: »Kusch dich, Schollie«. Heute schien sich aber alles gegen ihn verschworen zu haben. Schollie bellte weiter, als ob er die Hundesteuer mit Bellen verdienen müsste. Thießen rief noch einmal »Kusch dich!«, und hob einen Fuß, als wollte er Schollie treten. Das half. Schollie wusste wohl, dass sein Herr ihn nicht treten würde. Aber Schollie war ein einsichtiger Hund, er merkte, dass sein Stillschweigen von Wichtigkeit sein musste, und verzog sich. Endlich war es nun wieder ruhig.
»Ich bitte um Entschuldigung«, rief es nun hinter der Tür, »wenn ich Sie in Ihrer Ruhe störe. Ich habe Wichtiges mit Ihnen zu besprechen und da ich nur für zwei Tage in Bremen bin, so war es mir unmöglich, eine andere Zeit zu wählen.«
»So! Aber wer sind Sie denn eigentlich? Ich weiß Sie immer noch nicht unterzubringen.«
»Ich bin von Geeren, der zukünftige Schwiegersohn Ihres früheren Kompagnons.«
Schlimmeres hätte Onkel Thießen gar nicht passieren können. Da war nun die beste Gelegenheit, sich wieder um Wohl

und Wehe des irdischen Jammertals zu kümmern. Vielleicht brauchten ihn die anderen schon wieder, vielleicht hatten sie auch schon eingesehen, dass es ohne den alten Thießen nicht ging, und nun musste er hier eingesperrt sein.

»Das ist ja ziemlich fatal«, rief er durch die Tür, »ich kann wirklich nicht öffnen. Mein Mädchen, die alte Gesche, ist vor einer Stunde verrückt geworden und hat mich in ihrem Rappel eingeschlossen.«

»Höchst unangenehm, in der Tat«, sagte Herr von Geeren.

»Warten Sie«, rief Thießen, »mir fällt etwas ein. Gehen Sie in unsere Küche. Rechts über dem Herd hängt ein Schlüssel, der zu der Speisekammer passt. Dahinein gehen Sie und ziehen den zweituntersten Kasten im Schrank links auf, an dem ›Ingwer‹ steht. In diesem Kasten liegt ein Schlüsselbund und daran muss so etwas wie ein Hauptschlüssel sein!«

Herr von Geeren musste wohl eine wichtige Frage mit Thießen zu besprechen haben, denn er ging gleich auf diesen Vorschlag ein. Er begann, in der Küche zu suchen, und wunderte sich nicht schlecht, wie heiß die Milch bei Thießens gekocht wurde. Sie war übergelaufen und es roch nach Angebranntem und nach Feuer. Fünf Minuten später kam er zurück, er hatte das Schlüsselbund gefunden.

Thießen hatte sich unterdessen fest vorgenommen, seine Haushälterin noch heute ins Tollhaus zu schicken, nötigenfalls in einer Zwangsjacke.

Herr von Geeren probierte nun das Schlüsselbund bereits zum dritten Mal durch und das Schloss war noch immer nicht offen.

»Von der Schlosserei versteht der Kerl also auch nichts«, brummte Thießen vor sich hin, da ging – schnapp – die Tür auf.

»Es wird einiger Worte bedürfen, Herr Thießen, um Sie über den Zweck meines Besuches aufzuklären«, sagte Herr von Geeren und wischte sich dabei mit der rechten Hand, die beim Schlüsselsuchen über dem Küchenherd ganz schwarz geworden war, so unglücklich über sein Gesicht, dass er wie ein Schornsteinfeger aussah.
»Scheuen Sie sich nicht, sagen Sie nur gleich, was Sie von mir wollen«, sagte Thießen, knöpfte sich den Schlafrock bis unter das Kinn zu und machte mit der Hand eine Bewegung wie ein Fürst, der einen Bittsteller zum Sitzen einlädt. Oh ja, er konnte auch aristokratisch sein, der alte Thießen!
»Vor allen Dingen«, sagte von Geeren und sah Thießen forsch an, »komme ich nicht, um etwas zu erbitten, ich komme, um etwas von Ihnen zu fordern.«
Thießen hielt einen Moment mit dem Rauchen inne und sah aus wie einer, der einen falschen Wechsel unterschreiben soll, von dem er sein ganzes Leben nichts gehört und gesehen hat, oder wie ein Menschenfresser, der nicht recht weiß, von welchem Ende er seinen lebendigen Sonntagsbraten zuerst anbeißen soll.
»Da bin ich doch ziemlich gespannt!«, meinte er und die Ader an seiner Stirn schwoll dick an. »Ich habe immer gemeint, dass all das, was einem Menschen Liebes genommen werden kann, mir durch Ihre Heiratsgeschichte schon genommen ist und nun kommen Sie und wollen noch etwas von mir fordern?«
»Ich verstehe, was Sie damit sagen wollen, weiß aber auch, dass ich mir dieserhalb keine Vorwürfe zu machen habe. Herr Thießen, wir haben uns bislang erst einmal und noch dazu unter den denkbar ungünstigsten Verhältnissen gesprochen. Wenn Sie mich heute hier sehen, so bin ich für mich allein und aus

eigenem Antrieb gekommen, um eine Erklärung von Ihnen zu fordern. Sie sind der Ratgeber der Familie Scheermann …«

»Gewesen!«, rief Thießen dazwischen.

»Sie widersetzen sich«, sprach von Geeren weiter, »mit Händen und Füßen meiner Heirat mit Fräulein Scheermann. Ich weiß, dass Sie ein Ehrenmann sind und mir eine Erklärung nicht schuldig bleiben werden. Ich ersuche Sie, mir Ihre Gründe anzugeben.«

»Gut!«, sagte Thießen, der den jungen Mann fest ansah. »Meine Gründe sollen sie erfahren. Mein erster Grund ist der, dass ich bisher noch gar nicht erfahren habe, welchen Charakter Doras Bräutigam hat. Für die Scheermannsche, was sage ich, für Ihren Waschlappen von Schwiegermutter, ist ja nur der Adel, das ›Herauspaddeln aus dem Schlamm‹, wie sie es nennt, die Hauptsache. Der zweite Grund ist, dass der Halsabschneider Andersen mit dahintersteckt und dass Ihre Tante, von Ihnen will ich gar nicht reden, nur das Geld und nicht das Mädchen lieb hat. Und dann Grund drei bis neununddreißig, dass ich verteufelt viel auf unseren Bremer Bürgerstand gebe!«

»Nicht mehr«, sagte Herr von Geeren, »als ich auf meinen Adel. Ich schwöre Ihnen, dass mir bei meiner Heirat meine zukünftige Frau tausendmal höher steht als ihre Mitgift!«

»Das ist alles recht schön und gut«, sagte Thießen, »nur bei alledem, was ich von der Geschichte gehört habe, konnte ich davon nichts merken. Wenn mein Urteil nicht richtig ist, hätten Sie das alte Inventar von Ihrem Onkel zur rechten Zeit ein wenig aufklären sollen. Ich will es Ihnen wohl glauben, dass Sie bei der Geschichte selbst übers Ohr gehauen wurden. Der Andersen, das ist eine Kanaille von der schlimmsten Art. Und

Sie sollen sehen, der barbiert Sie und die ganze Gesellschaft über den Löffel[22]!«

»Herr Thießen!«

»Ja, das ist wahr! Alle miteinander werden Sie barbiert! Und dann, was Ihre Tante betrifft, so ist mir ganz egal, ob die mich leiden mag oder nicht, nur unter uns, Herr von Geeren, Ihre Tante ist auch eine Kanaille!«

»Herr Thießen«, fiel von Geeren ein, »wenn ich nicht wüsste, dass Sie es nicht so schlimm meinen, was Sie da sagen …«

»Ich!«, sagte Thießen. »Ich meine es gerade doppelt so schlimm, wie ich es gesagt habe!« Und nun kam er erst ins richtige Fahrwasser. Alles was ihm auf dem Magen lag, kam nun heraus und er demonstrierte Herrn von Geeren, dass der von seinen eigenen Vermögensangelegenheiten nur ziemlich wenig verstand, dass er ja ein fixer Offizier sein mochte, nur kein Rechenmensch, und dass seine Tante ihn an der Nase herumführte und dass der Bankier Andersen wieder seiner Tante das Fell über die Ohren zöge. Und alles, was er aus dem Vertrag und den Schriftstücken herausstudiert hätte, und die Zahlen, die er so oft in seinem Bett durchgerechnet hätte, wenn ihn die Hühnerpfoten nicht hatten schlafen lassen, all das warf er in Hypotheken und Zinsen und Zinseszinsen dem jungen Mann so lange um die Ohren, bis der von seiner Unerfahrenheit überzeugt war und sich mit seinen Schornsteinfegerfingern immer wieder über seine heiße Stirn fuhr. Thießen hantierte mit seiner Fliegenklappe herum und immer, wenn er ein Kraftwort an Andersen, Scheermanns oder die alte Tante adressierte, knallte er damit auf den Tisch.

22 Jemanden über den Löffel barbieren: jemanden betrügen.

Als er nun gerade auf dem Andenken seines ehemaligen Freundes und Kompagnons Scheermann herumtrommelte, ließen sich draußen Stimmen hören.

»Er poltert schon wieder!«, sagte jemand und, ohne anzuklopfen, wurde die Tür geöffnet. Ein kleiner, kugelrunder Kerl mit gerötetem Gesicht, kleinen Augen und einer platten Nase, die Lippen aufeinandergekniffen und mit einem grauen Zylinder auf dem Kopf, kam herein. Hinter ihm standen zwei Kerle in blauen Leinenkitteln, die aussahen, als wären sie aus Eisen, und mit Fäusten so groß wie Kinderköpfe.

Am Eingang, an der Tür, stand Gesche. Sie hatte ihren neuen Sonntagshut auf dem Kopf und war in ihrer Herzensangst um ihren verrückten Herrn mit diesem teuren Hut im dicksten Regen zum Doktor gelaufen, hatte aber niemand anderen finden können als den Barbier Zeudler.

Zeudler stand wegen seiner Kaltblütigkeit, mit der er Schropfköpfe setzte und auch Hühneraugen operierte, bei den Frauen in großem Ansehen. In allen Fällen, wo es ging, wurde Zeudler um Rat gefragt und der gab dann alles, was er nicht selbst behalten wollte, an andere Ärzte ab, damit die auch etwas zu tun und zu leben hatten. Diesen Fall mit Thießen wollte er sich auf Gesches Bitten aber erst selbst ansehen.

»In zweifelhaften Fällen dieser Art oder wenn ich Simulation vermute, pflege ich mich hierauf zu beschränken«, sagte er und hielt Gesche dabei ein langes Etui hin. Welches Instrument darin war, mochte der liebe Gott wissen.

Die beiden blauen Kerle hatte er unterwegs aufgegriffen für den Fall, dass Thießen sich auf nichts einlassen wollte. Die ganze Gesellschaft schob nun in die Stube hinein und Krischan, einer der beiden Hafenarbeiter, spuckte schon in seine Hände.

»Was ist das?«, fragte Thießen und riss die Augen auf.
»Wer von diesen beiden ist der Tolle?«, fragte der andere Hafenarbeiter, auf den von Geerens schwarzes Gesicht einen verdächtigen Eindruck gemacht hatte.
»Will mir, zum Donnerwetter, jemand sagen, was das zu bedeuten hat?«, schrie Thießen und sprang auf. Auch von Geeren stellte sich in Positur, als der eine Hafenarbeiter ihm von hinten an den Kragen gekommen war.
»Ruhig – ruhig!«, sagte Zeudler zu Thießen, als wollte er ein unartiges Pferd beschwichtigen. »So ist es schön – so ist's schön – das wird alles wieder gut!« Zu sich sprach er aber: »Wenn ich dich nur erst unter habe, dann wollen wir den Dreh wohl kriegen.«
Jetzt war es mit Thießens Geduld vorbei. Er packte Zeudler vorn an der Jacke und bei dem Herumschütteln, das nun folgte, merkte der kluge Pferdedoktor bald, dass er sich wohl doch irren musste und dass er es mit einem ziemlich klaren Kopf zu tun hatte. Er kroch zu Kreuze und erzählte nun, warum, wieso und zu welch »höchst menschenfreundlichem Werk« er hergekommen sei, und dabei zeigte er immer auf das lange Etui.
»Was?«, rief Thießen. »Sie wollen Doktor sein und Sie sehen nicht, wo der wahre Patient ist? Da hinten«, und dabei zeigte er auf Gesche, »dahin gehen Sie mit Ihrem Etui.«
Aber als hätte der Sturmwind eine verwelkte Rose über die Stoppeln geweht, hatten diese Worte Gesche fortgejagt. Sie sauste mit ihrem nassen Sonntagshut bis in ihre Kammer. Sie musste wohl große Angst haben, dass Zeudler ihren Fall für »zweifelhaft« und »simuliert« halten könnte, denn sie schloss nun nicht nur die Türe ab, sie schob auch noch ihren Waschtisch quer davor, damit niemand hineinkommen konnte.

Unten war es noch lange nicht zu Ende. Zeudler hielt zuerst noch einen Vortrag über die Unannehmlichkeiten seines hohen Berufes. Die beiden Hafenarbeiter konnten sich aber nur schwach dafür interessieren und wollten bezahlt sein.
»Von mir kriegt ihr keinen Schwaren«, sagte Thießen und Zeudler wollte auch nichts geben.
Herr von Geeren konnte das Lachen nicht unterdrücken und darüber geriet der alte Pferdedoktor gewaltig in Wut. Er war rot angelaufen wie ein Puter. Nur: Je mehr er herumredete, je mehr mussten die anderen lachen.
Als der Krach zu schlimm wurde, erklärte Thießen, er wolle morgen seine Haushälterin zu ihm schicken. Die könnte selbst für ihre Dummheit bezahlen und damit brachte er den Doktor und seine beiden Gehilfen zur Tür.
»So etwas ist mir doch in meinem ganzen Leben noch nicht vorgekommen«, sagte Thießen und Herr von Geeren meinte, dass ihm 10 Taler nicht so lieb wären wie dieser Spaß.
Die Unterbrechung passte eigentlich nicht in die Heiratsgeschichte der beiden, es hatte aber doch sein Gutes gehabt. Beide hatten noch lange über den Doktor und Gesche lachen müssen und so war ihre Unterhaltung freundlicher geworden.
Wenn man mit jemandem gelacht hat, ist es schwer, danach wieder knurrig zu sein. Onkel Thießen sagte sich bald, dass der junge Adlige doch wohl anders war, als er ihn sich vorher vorgestellt hatte. Er sah gar nicht ein, warum der junge Mann nicht ein Glas Wein trinken sollte. Er holte also aus dem Eckschrank Gläser und eine Flasche Rotwein.
»Nun heben Sie Ihr Glas«, sagte er, »und lassen Sie uns auf eine glückliche Zukunft anstoßen!«

Von der Zukunft kam nun das Gespräch auf die Vergangenheit und Onkel Thießen gab nicht nach, von Geeren musste ihm seinen Lebenslauf von A bis Z erzählen.
Seinen Vater und seine Mutter hatte von Geeren nicht gekannt. Er hatte seinen Vater verloren, als er drei Jahre alt gewesen war. Der hatte als Leutnant in hannöverschen Diensten gestanden und seine Mutter war schon ein Jahr vorher gestorben. So war es gekommen, dass die Kinderjahre, an die glückliche Menschen die unter den Augen guter Eltern groß geworden sind, so gern zurückdenken, für ihn recht traurige Jahre gewesen waren. Er wünschte sich davon keinen Tag zurück.
Als seine Eltern starben, hatte ihn ein Freund seines Vaters, der Hauptmann von Hermsdorf, aus Gnade und Barmherzigkeit in sein Haus genommen und ihn fünf Jahre bei sich behalten. Das waren schlimme Jahre gewesen. Der Hauptmann war zu ihm zwar recht gut gewesen, die Frau des Hauptmanns aber hatte ihn umso schlechter behandelt. Sie hatte ihn immer fühlen lassen, dass er das Gnadenbrot aß. Ja, traurige Kinderjahre hatte er da verlebt.
Von seinem achten Jahr an, als die Frau Hauptmannin ihn durchaus nicht länger haben wollte, nahm sich der Onkel vom Kaiserhof seiner an und gab ihn in Pension auf das Rittergut Kranäne beim Pächter Sternberg. Der hatte für seine beiden Jungen einen Hauslehrer und dieser sollte auch von Geeren mit unterrichten. Gut hatte er es dort aber auch nicht gehabt, er war vom Regen in die Traufe gekommen. Er musste aber zufrieden sein, weil sein Onkel nur wenig Kostgeld für ihn bezahlte. Als er älter wurde, freute er sich sogar, dass er so und nicht anders untergebracht war, denn er sah ein, dass er in dieser Familie etwas gelernt hatte und noch mehr lernen konnte.

Bis zu seinem siebzehnten Jahr blieb er in Kranäne, da starb sein Onkel. Als er die Todesnachricht bekommen hatte, kam vom Vormundschaftsgericht in Hannover der Bescheid, dass der Onkel ihn als Universalerben eingesetzt hatte. Dankbaren Herzens nahm er die Nachricht auf und gelobte sich, dass, wenn nun auch alle Not ihn verlassen hatte, er umso tüchtiger an der Bewirtschaftung des Gutes arbeiten wollte. Für ihn schien ein glücklicheres Leben zu beginnen.

Aber kaum acht Tage dauerte die Herrlichkeit, da wurde ihm vom selben Gericht mitgeteilt, dass seine Tante, das Fräulein von Geeren, das Testament anfechten wolle und einen Prozess eingeleitet habe. Acht Monate schwebte der Prozess, dann wurde das Testament für null und nichtig erklärt, einesteils, weil ein Formfehler dabei passiert war, und anderenteils, weil der Onkel, als er das Testament gemacht hatte, krank gewesen war. Seine Tante hatte nachweisen können, dass er das Delirium gehabt hatte. Der Kaiserhof fiel an Fräulein von Geeren, die Schwester des verstorbenen Major von Geeren.

Als er nach diesem Verlust eine Zeit lang verlassen dagestanden hatte, fand er durch Vermittlung seiner Tante, die versprochen hatte, wegen seiner Zugehörigkeit zum Hause von Geeren, etwas für ihn zu tun, Aufnahme in einer Militärschule. Das Leben, das er da führte, war auch nur verzuckertes Elend. Keine Zuschüsse von zu Hause, immer unter reichen, hochnäsigen Bengeln, fühlte er seine Armut sogar noch doppelt schwer. Bitten um Unterstützung an seine Tante beantwortete diese zuerst gar nicht, dann verbat sie sich solch unverschämte Forderungen, wie sie schrieb. Ein echter von Geeren dürfe keine Bettelbriefe schreiben und sie würde ihre Hand ganz von ihm ziehen, wenn es noch einmal passieren sollte.

Thießen war bei dem Erzählen auf und ab gegangen. Man konnte ihm anmerken, dass ihm das Schicksal von Doras Bräutigam zu Herzen ging. Er hatte die Pfeife in die Ecke gestellt, als sie ausgeraucht war, hatte sich eine Zigarre angezündet und paffte nun von Neuem drauflos.
»Was nun kommt«, unterbrach er von Geeren, »das kann ich mir denken. Erzählen Sie mir nur, wodurch sind Sie mit dem Karnickel von Tante wieder zusammengekommen, die Sie doch sozusagen von Haus und Hof gejagt hat, und was Sie von ihrer Wirtschaft erfahren haben.«
»Solange mein Onkel lebte«, erzählte von Geeren weiter, »bezeichnete man ihn als reichen Mann, dessen Gut allein Hunderttausende wert sei, auch wenn während seiner letzten Lebensjahre die Wirtschaft sehr zurückgegangen sein mag. Meiner Tante mag damals die Erbschaft sehr gelegen gekommen sein, denn, wie ich später hörte, hatte sie durch ein luxuriöses, ja verschwenderisches Leben ihr eigenes Vermögen fast gänzlich vergeudet und zehrte bereits vom letzten Rest und von der königlichen Gnade. Um mich, den armen Neffen, hatte sie sich vordem gar nicht gekümmert und nachdem sie Gut und Vermögen des Onkels in Besitz genommen hatte, auch nur so weit, dass sie mir die Stelle in der Offiziersschule besorgte. Sie zwang mich gewissermaßen, die Offizierskarriere einzuschlagen. Und einmal dabei, durfte ich es mir trotz meiner elenden Lage nicht mit ihr verderben. Sie war einflussreich, verkehrte viel bei Hofe und ihr Name verbreitete auch über mich seinen Glanz. Das war der einzige zweifelhafte Sonnenstrahl, den ich ihr zu danken hatte.
Dann kamen die Tage von 1866. Ich kämpfte als Offizier mit bei Langensalza und wäre danach vielleicht in preußische Dienste

getreten, allein meine Tante und ihr Anhang wussten dies zu verhindern. Sie machten mir für die Zukunft glänzende Aussichten und da mir die Mittel zum Lebensunterhalt gewährt wurden, lebte ich einige Jahre ohne bestimmte Beschäftigung in Hannover. Hier führte mich mein glücklicher Stern bei Andersen, welcher damals Hannover noch nicht verlassen hatte und bei den Anhängern unserer Königsfamilie eine Menge galt, mit meiner Dora zusammen. Wir lernten uns kennen und lieben. Dann erhielt ich eines Tages von meiner Tante ein Schreiben, in dem sie mir mitteilte, sie wünsche, dass das Gut Kaiserhof, welches über dreihundert Jahre in Händen der Familie von Geeren gewesen sei, auf mich überginge. Sie versprach, mir in jeder Beziehung entgegenkommen zu wollen, und hielt es für zweckmäßig, wenn ich das Gut schon bald übernehmen würde. Damit eröffnete sie mir einen Wirkungskreis, wie ich ihn oft für mich gewünscht hatte, denn halb war ich ja Landwirt und hatte bei meinem harten Pflegevater auf Kranäne von der Pike auf gedient. Dort hatte ich arbeiten gelernt, die Schwielen meiner Hände, die ich im ersten Jahre meines Militärstandes durch weiße Glacéhandschuhe vorsichtig verhüllen musste, waren Zeugen davon. Kurz: Der Plan meiner Tante gefiel mir. Ich kam nach Bremen, sprach mit meinen zukünftigen Schwiegereltern über den Ankauf des Gutes und war glücklich über die Einwilligung der Familie Scheermann, bis Sie mit Ihrem Einspruch dazwischentraten. Doch trotz Ihrer Einmischung – und heute muss ich sagen: leider! – wurde das Gut gekauft. Ich muss gestehen, auch ich hielt vor Kurzem noch Ihre Vorsicht betreffs der Kaufgelder für überflüssig. Erst heute, nachdem ich meinen Kauf besehen habe, ist mir klar geworden, wie recht Sie hatten.«

»Das heißt auf gut Deutsch doch wohl: ›Erst heute habe ich eingesehen, dass meine Tante mich betrogen hat.‹ Nicht wahr?«, fragte Thießen.

»Das wollte ich damit gerade nicht sagen. Meine Tante, die mir allerdings ein Verzeichnis des vorhandenen Inventars vorenthielt und nichts davon sagte, dass der größte und beste Teil desselben, des lebenden wie des toten, längst verkauft ist, mag sich ja auch getäuscht haben. Sie war ja ganz und gar von ihrem Anwalt abhängig und hat das Gut wahrscheinlich, seit es in ihrem Besitz ist, nie gesehen.«

»Das mag nun sein, wie es will«, sagte Thießen, »so viel steht fest, Sie haben ein Ei gekauft und merken jetzt erst, dass es schon ausgeblasen ist. Sagen Sie mal, ist denn an der Sache nichts mehr zu ändern?«

»Nein! Ich habe das Gut gekauft mit dem Inventar, ›wie es liegt und steht‹. Ich muss also zufrieden sein mit dem, was ich vorgefunden habe, und werde in den ersten Jahren hart kämpfen müssen. Doch mein Mut ist nicht gesunken. Ich weiß, ich habe einen großen Fehler gemacht, ich habe mich täuschen lassen, aber ich kann arbeiten und werde durchkommen!«

Thießen war schon wieder die Zigarre ausgegangen. Er wanderte in der Stube hin und her, dann blieb er stehen und sagte: »Nun erzählen Sie mir, wie Sie das Gut vorgefunden haben.«

Von Geeren erzählte ihm alles, seine Zusammenkunft mit Kolwey, seine Ankunft auf dem Kaiserhof und was er auf Rat von Kolwey, dem er sehr viel Dank schuldig war, bis jetzt getan hatte und noch weiter tun wollte.

Thießen wurde beim Erzählen bald ärgerlich über den schändlichen Betrug, der hier vorlag, bald freute er sich, dass dieser von Geeren ein Mensch war, aus dem sich mit der Zeit noch

ein ganz fixer Kerl machen ließ. Und dafür würde Kolwey wohl ebenfalls sorgen. Als von Geeren zu Ende war, steckte Thießen sich eine andere Zigarre an, die erste hatte er in seiner Wut ganz breit gekaut, und gab auch von Geeren eine. Dann sagte er und gab dabei von Geeren die Hand: »Ich habe eine Bitte an Sie, die Sie mir nicht abschlagen dürfen. Ich reise nach England, wie Sie vielleicht schon gehört haben, und ob ich wiederkomme und wann, das mag der liebe Gott wissen, das hängt alles von Umständen ab. Während ich nun in England bin, halten Sie Hochzeit mit Dora. Das Mädchen sitzt noch immer tief in meinem Herzen. Ich bin, aufrichtig gesagt, selbst ärgerlich darüber, kann mir aber nicht helfen und darum kann ich auch den Hochzeitstag nicht gut vorübergehen lassen, ohne ihr ein Geschenk zu machen. Sehen Sie, wozu habe ich denn das bisschen Vermögen? Was ich zusammengetragen habe, das soll ja doch mal für Heinrich und seine Schwester sein. Wenn es nun anders gekommen ist, so wollen wir heute nicht darüber reden. Genug, ich, ihr zweiter Vater, will Dora ein Hochzeitsgeschenk machen und Sie sollen es heute noch von mir annehmen und mir das Versprechen geben, nichts darüber zu sagen. Keiner von Scheermanns, auch Dora nicht, darf etwas davon erfahren, dass das Geschenk von mir gekommen ist. Wollen Sie mir die Hand darauf geben?«
»Herr Thießen«, erwiderte von Geeren, »erlassen Sie mir das. Soll ich der Überbringer eines Geschenkes sein und den Geber nicht nennen dürfen?«
»Sieh«, sagte Thießen und wurde wieder ganz mürrisch, »so sind die jungen Leute, das Geringste, was ihnen unbequem ist, wollen sie sich abschütteln. Ist gut, lassen Sie es bleiben, dann sind wir ja zu Ende.«

»Bitte, werden Sie nicht ungehalten, Herr Thießen«, sagte von Geeren. »Ich habe natürlich nicht das Recht, das zurückzuweisen, was Sie Ihrer und meiner Dora zugedacht haben, und wenn Sie durchaus wollen …«

»Ja, ich will durchaus!«, meinte Onkel Thießen. »Ich selbst kann für junge Leute nichts aussuchen, davon verstehe ich nichts, das sollen Sie für mich tun. Mein Rat ist der: Kaufen Sie sich Pferde, Kühe und was sonst noch dazugehört, denn ohne Viehbestand ist ein Ökonom das, was ein Fuhrmann ohne Wagen ist. Meinetwegen können Sie sich aber auch Klaviere oder anderen Kram dafür kaufen, mir kann es egal sein. Haben Sie mich nun verstanden?«

»Ja, ich verstehe Sie«, sagte von Geeren, »und ich verstehe auch, dass meine Braut einen trefflichen, guten Onkel hat.«

»Ach was – ›guten Onkel‹, das hat sich was mit ›gut‹ sein, davon schweigen Sie mir!«

Damit ging Thießen an sein Schreibpult, holte ein Papier heraus, einen Rentenbrief über 5.000 Taler, und hielt es von Geeren hin.

»Hier, das nehmen Sie mal, das ist mein Hochzeitsgeschenk.«

Von Geeren war stumm, er wagte gar nicht, das Papier anzufassen, aber Thießen drückte es ihm in die Hand.

»Nun machen Sie mir nur keine Umstände! Aber das sage ich Ihnen, wenn Sie mir ein Wort zu Scheermanns sagen, dass das Geld von mir ist, dann holt Sie das Donnerwetter, dann seh ich Sie mein Lebtag nicht wieder an. Madam Scheermann soll von mir nicht sagen, dass ich mich bei ihr für Geld wieder einschmeicheln will. Nein, das fällt mir gar nicht ein.«

Von Geeren wollte sprechen, Thießen ließ ihn aber nicht zu Wort kommen. »Was Sie mir sagen wollen«, meinte er, »das weiß ich schon längst. Trinken Sie nur erst ihren Wein aus! So! – Ich schenke uns noch einmal ein, die Gottlosen bekommen den Rest!« Und damit schenkte er sich selbst den Rest in sein Glas. Zum letzten Mal klangen die Gläser aneinander.

Das hätte von Geeren sich nicht gedacht, dass er einen so braven Onkel bekommen hatte. Er war von der Unterredung so angetan, dass er, selbst wenn Thießen ihn damit zufrieden gelassen hätte, doch nicht die richtigen Worte gefunden hätte, seinen Dank auszusprechen. Darum sagte er auch nichts und drückte Thießen nur die Hand.

In dem Augenblick, in dem von Geeren das Haus verließ, trat der Briefträger in die Tür und brachte einen dicken Brief für Thießen. Voller Freude griff er danach, der Brief kam ja von Heinrich aus Glasgow. Eigentlich waren es aber zwei Briefe, im Umschlag lag noch ein zweiter mit einem schwarzen Rand, der war für Marie. Das war die Antwort auf die Todesnachricht, die sie ihrem Heinrich geschickt hatte.

Thießen konnte nicht schnell genug seine Brille aufsetzen, um den Brief zu lesen, und dass gute Nachrichten darin standen, konnte man an seinem Gesicht ablesen. Welchen Glanz bekamen plötzlich seine Augen und welch heller Sonnenschein zog urplötzlich über sein liebes altes Gesicht!

# *Allerlei Menschen*

*»Deine Zunge halte fest und lass deinem Ärger*
*nicht die Zügel schießen,*
*ein einzig Wort zu viel kann dir, hast du es mal gesagt,*
*dein Lebenlang verdrießen.«*

Wenn Dora von diesem Vers etwas gewusst hätte, wäre vielleicht der Brief, den sie gerade schrieb, nicht so spitzfindig ausgefallen. So aber ließ sie, ohne lange zu überlegen, ihre Feder über das Papier gleiten, große Umstände machte sie mit diesem Brief jedenfalls nicht. Er war ja nur an Marie gerichtet und sollte eine Antwort sein auf die Nachricht von ihres Vaters Tod. Sie hatte Wochen vergehen lassen, bevor sie zurückschrieb.

Als Marie ihrem alten Vater die Augen zugedrückt hatte, hielt sie es für recht und billig, auch Scheermanns diesen Todesfall mitzuteilen, obwohl sie so hart gegen sie gewesen waren. Marie wusste ja, dass Herzen, die in Feindschaft leben, leichter wieder zusammenfinden, wenn der Tod mit seinen Knochenfingern an die Tür klopft und mit seinem grässlichen Gesicht zur Stube hineingrinst. Was sie an Dora geschrieben hatte, war aus tiefstem Herzen gekommen. Sie hatte sich eingebildet, dieser Brief könne eine Brücke werden und ihre Herzen miteinander verbinden. Nun sollte sie aber erfahren, dass ihr Wunsch nicht erfüllt wurde, dass die Antwort auf ihren Brief erst recht noch eine hohe Wand zwischen ihnen aufbaute, vielleicht für

immer und ewig. So kalt und so teilnahmslos wie Dora in ihrem Brief die Worte gesetzt hatte, brachte das jemand anderer so leicht nicht fertig. Wenn Marie ihr geschrieben hätte, dass ihr Papagei oder dass ihr Schoßhund oder die Katze gestorben sei, hätte die Antwort von Dora genau gepasst.
Noch hatte kein Todesfall in der Familie Dora ins Herz getroffen. Sie wusste noch nicht, wie schwer es für eine Tochter ist, wenn die Totenbahre vor das Haus getragen wird, um ihren lieben Vater abzuholen. Für Dora war mit Bruhns nur ein Schuster gestorben und Schuster gibt es ja Tausende. Ob nun einer mehr auf der Welt war oder einer weniger, darauf kam es doch wohl nicht an. Das Alte, so klang es in ihrem Brief an Marie, müsse für das Neue Platz machen. Das wäre von der Natur so eingerichtet. Sie solle sich damit trösten, dass gegen den Tod kein Kraut gewachsen sei. Das war aber noch nicht das Schlimmste, was sie geschrieben hatte. Das Bitterste lag noch auf dem Boden des Kelches, aus dem sie Marie trinken ließ. Es war ein Postskriptum unten am Rand: Da sie in Zukunft schwerlich Gelegenheit haben würde, wieder an Marie zu schreiben, so wolle sie nun gleich eine Bitte an sie richten, die sie wohl nicht abschlagen würde. Wenn sie wahrhaftig so zartfühlend sei, wie sie schrieb, so möge sie, wenn da nun doch etwas daraus werden sollte mit ihrem Bruder, Aufgebot und Trauung doch so lange hinauszuschieben suchen, bis Dora mit von Geeren verheiratet sei und mit ihm und ihren Eltern Bremen auf immer verlassen habe.
Als Marie diesen Brief gelesen hatte, stand sie da, als hätte sie ein Blitz getroffen. Sie wurde bleich wie der Tod, aber keine Träne trat ihr in die Augen. Der Wunsch, dass es ihr doch noch glücken möge, künftig mit ihrer Schwägerin in Freundschaft

zu verkehren, war plötzlich verschwunden. Ein Mädchen, sagte sie sich, das imstande war, in ein krankes Herz noch Wermut zu gießen, konnte nie und nimmer ihre Freundin werden. Wie anders war es mit Heinrichs Brief, er war Balsam für sie. Wohl zehnmal hatte sie ihn schon gelesen und sie fand in jeder Zeile Trost. Wie groß war der Unterschied zwischen diesen beiden Briefen – und doch kamen sie von Bruder und Schwester. Sie las noch einmal, was Heinrich ihr auf die Todesanzeige geantwortet hatte, und je mehr sie las, desto mehr war ihr, als würden seine Worte ihr wundes Herz aufrichten. Dann las sie Heinrichs letzten Brief, er hatte über die Hochzeit geschrieben. Er wollte nach Bremen kommen, um sich mit ihr trauen zu lassen, und sie dann als seine Frau nach Glasgow mitnehmen und das so schnell wie möglich. Wie süß klang das! – Und doch war Marie heute nicht mehr ganz und gar damit einverstanden und daran war nur Doras Brief schuld.
In Glasgow, schrieb Marie in ihrer Antwort an Heinrich, wolle sie sich trauen lassen, nicht in Bremen, und mit Onkel Thießen wolle sie, wenn die Zeit herangekommen war, nach Glasgow reisen. Von Doras Brief schrieb sie nichts, von dem sollte niemand etwas erfahren.
Wochen waren darüber hingegangen, Briefe waren gekommen und abgeschickt worden. Heinrich schrieb, dass er mit Maries Vorschlag, die Hochzeit in Glasgow zu halten, einverstanden sei. Er musste aber wohl doch gemerkt haben, dass diesem Vorschlag noch etwas anderes zugrunde liegen musste, wenn Marie, die früher selbst den Wunsch ausgesprochen hatte, im Bremer Dom getraut zu werden, so plötzlich in den Sinn gekommen war, die Hochzeit nicht in Bremen zu feiern. Er schrieb an Marie, dass es ihm vorkäme, als würde sie ihm

etwas verheimlichen, und wenn sie ihn lieb hätte, solle sie ihm gleich die volle Wahrheit schreiben.

Nun konnte sie nicht anders, sie schickte Doras Brief nach Glasgow und band Heinrich auf die Seele, dass er Onkel Thießen nichts davon sagen solle. Sie wollte den Riss zwischen ihm und Scheermanns nicht noch größer machen.

Heinrich hielt Wort. Er schrieb an den guten Onkel Thießen, dass er bald herüberkommen und ihm seine Marie mitbringen solle, und schärfte ihm ein, dass er auf sein Herzblatt auf der Reise ja gut achtgeben möge.

Thießen passte es mit der Trauung in Glasgow ganz gut in den Kram. Nur, ihm ging alles nicht schnell genug. Was sollte er, da er nicht mehr zu Scheermanns ging, wohl bis dahin anfangen? Er hatte seine Koffer gepackt und hatte sonst auch rein gar nichts mehr zu tun. Aus Langeweile machte er Krach und räsonierte den ganzen Tag über die Dummheit und Schlechtigkeit der Welt. Heute war er zu Hause und schnürte seine Wertsachen, seine Handfesten[23], seine Aktien und Ähnliches in einem Paket zusammen. »Ja, ja«, gähnte er dabei, »so ist es in der Welt.« Dann setzte er sich ganz still auf sein Sofa, gähnte noch einmal und begann einzuschlummern.

Von außen sah er nun aus, als sei er eingeschlafen, innen aber war er munter geblieben und hunderterlei Gedanken flogen durch seinen Kopf.

»Das ist momentan eine undankbare Zeit«, sagte er sich in seinem Traum. »Klüger sind die Menschen wohl geworden mit ihrem ewigen Rumoren mit Eisenbahnen, Dampfmaschinen und mit ihrer langen Reihe von Telegrafenstangen, nur – wie

23 (Besitz-)Urkunden.

ich sage – undankbar sind sie auch geworden, undankbar gegen so manches Gute! Die Grünschnäbel heutzutage werfen doch gar zu viel in die Rumpelkammern, an dem wir mit Leib und Seele gehangen haben. Wenn ich so zurückdenke, wo sind unsere guten Nachtwächter mit ihren Schnurrädern hingekommen? Nicht einmal die Zeit wird angesagt. Wo ist das Spinnrad meiner Großmutter geblieben, das so lieb schnurrte und nur mal anhielt, wenn sie mir einen gebratenen Apfel aus dem Ofen holte? Wie prächtig passte das zu den schönen Geschichten, die sie mir erzählte! Wo sind die blanken goldenen Stirnbänder hin, die dazumal die Köpfe der Mädchen zusammenhalten mussten, damit sie vor lauter Klugheit nicht auseinanderplatzten? Wo sind sie hin und wo sind die fixen Mädchen selbst geblieben? Wenn auch niemand daran schuld ist, weg sind sie auch! Das ist eine Sünde und eine Schande! Kinners, Kinners, wie anders sieht es heute in der Welt aus! Menschen und Dinge, alles ist umgekrempelt! In jedem anständigen Haus, in dem es einen großen Boden, eine Rumpelkammer oder einen langen Keller gab, gab es früher auch Gespenster. Nun haben sie auch diese guten uralten Kumpane, über die wir so viele lange Winterabende geredet haben, mit Maschinenqualm aus ihren dunklen Ecken hinausgeräuchert. Jawohl, die Spukgeister sind aus Bremen vertrieben und ich glaube nicht, dass sie je wiederkommen, wenn auch einzelne gelehrte Männer sich große Mühe geben. Ja, ja, das ist nun einmal so in der Welt! Wie vieles, was uns dazumal Spaß machte, haben sie uns genommen! Ich möchte wohl mal wissen, wie lange das Turmblasen noch dauert. Da räsonieren sie ja alle naselang drüber, wenn sie mal ein paar Schwaren dafür hergeben sollen. Das könnten wir wahrhaftig noch erleben, dass die Klugschnacker uns dies noch vor der Nase wegnehmen, dass uns dies letzte Stück der guten alten Zeit noch flöten geht! Es ist so, wie ich sage: Wir leben in einer undankbaren Welt ...«

Da klopfte es an die Tür und mit seinem Schlummer war es jetzt vorbei.

Seine Haushälterin kam herein und sagte, draußen stünde eine Dame, die ihn sprechen wolle. Und dabei sah sie so schnippisch aus, als wollte sie sagen: »Auch dieses Unglück muss ich noch erleben!«

»Eine Dame?«, fragte Thießen. »Was für eine Dame?«

»Ja«, sagte sie, »das müssen Sie doch wohl am besten wissen! Bekannt kommt sie mir vor, ich kenne sie aber nicht. Sie hat blaue Federn auf dem Hut. – Vielleicht«, setzte sie hinzu, »erkennen Sie den Vogel ja an seinen Federn!« Und dabei schüttelte sie ihren Kopf, dass ihre lila Haubenbänder hin- und herwehten.

»Was gehen mich die blauen Federn an! Warum fragt Sie die Person nicht gleich, wer sie ist?«

Nun trollte sich die Alte nach draußen.

»Blaue Federn! Dummes Gerede! Was weiß ich von blauen Federn«, sprach Thießen vor sich hin.

Die Haushälterin brachte die Nachricht, dass sich die Dame Fräulein Nickel genannt habe.

»Das ist Becka! Was will das ahnungslose Weib schon wieder von mir?«, brummte er in seinen Bart.

»Soll reinkommen!«, sagte er zu seiner Haushälterin.

Becka trat in die Stube. Sie war im vollen Staat und brachte ihm die Nachricht, dass sie erst einmal das Theater verlassen wolle und wieder bei Scheermanns in den Dienst käme. Sie solle aber erst antreten, wenn Scheermanns zu ihrem Gut reisten, weil sie sich Am Dobben vor den anderen Bediensteten nicht mehr sehen lassen könne. Sie fragte Thießen auch, ob er von ihrem Malheur noch nichts gehört habe? Die Feuergeschichte kannte Thießen wohl und von dem Gastspiel in Verden hatte er auch etwas mitbekommen. Er wusste aber noch nicht, dass Becka zwei Tage als Choristin am Stadttheater gewesen war, und weil er gerade Zeit hatte, ließ er sich alles von ihr berichten.

»Sie haben ganz recht, Herr Thießen«, sagte sie, »das Theater hat auch seine Schattenseiten. Unter den Schauspielern gibt es eigentlich ganz gute Menschen, aber es gibt auch welche, die taugen zu nichts. Sie schikanieren andere auf die unmöglichste Weise, wenn sie merken, dass man besser spielen kann als sie. Wahrhaftig, Herr Thießen, Sie können es mir glauben, es ist so! Eine ist auf jede andere neidisch, ja neidisch sind sie beinahe alle. Sie gönnen einander nicht das Schwarze unter den Fingernägeln. Denken Sie mal, was ich vorgestern erlebt habe: Die Frau, bei der ich wohne, hatte mir bei einem Direktor ein Engagement für Chor- und Statistenrollen besorgt. Der Musikdirektor wollte aber erst meine Stimme bei der nächsten Chorprobe begutachten. Er tippte mit seinem Finger auf das Klavier und sagte, ich solle das hohe C singen. Kaum hatte ich einen Ton herausgebracht, als er mich anschrie: ›C! C habe ich gesagt!‹ Und dabei stieß er mit dem Finger immer auf das Klavier. Ich begann erneut, ob ich aber das hohe C getroffen hatte, weiß ich nicht genau. Plötzlich sagte er, ich solle mein Maul halten! Ich bitte Sie, Herr Thießen, jemanden so anzublaffen! Das konnte ich mir doch nicht gefallen lassen! Wenn ein ungebildeter Mensch so etwas sagt, kann man das begreifen. Nur, jemand mit Manschetten und einer goldenen Brille auf der Nase, so einer sollte sich doch wahrhaftig schämen, mich so anzuranzen, nur weil ich das hohe C nicht finden konnte.«

»Warum bist du denn nun zu mir gekommen?«, fragte Thießen. »Soll ich dir vielleicht das hohe C suchen helfen?«

»Nein, Herr Thießen, ich wollte doch nur Bescheid sagen, dass ich wieder bei Scheermanns in Dienst treten will.«

»Weißt du, Mädchen, es geschieht dir ganz recht, dass du alle Augenblicke so etwas erlebst«, sagte Thießen. »Warum gehst du immer wieder zu diesen streitsüchtigen Theatern, wo du nichts verloren hast? Ich habe dich genug gewarnt, aber bei dir geht es in ein Ohr rein und zum anderen wieder hinaus.«

»Herr Thießen, ich bitte Sie, wenn unser Herrgott mir nun mal das Talent dazu gegeben hat.«

»Ach was«, sagte Thießen, »der Teufel hat es dir gegeben und nicht unser Herrgott! Momentan«, sagte er weiter, »wenn einer ein Lied nur jaulen kann, will er ans Theater gehen. Da hättest du mich früher mal hören müssen. Wenn ich sang, blieben die Leute auf der Straße stehen, aber deshalb bin ich doch nicht zum Theater gegangen. Keine zehn Pferde hätten mich da hinbekommen. – Hier bei mir auf der Nachbarschaft wohnte früher auch so eine Donna. Morgens um sieben öffnete sie alle Fenster und grölte bis abends um elf. Die suchte auch das hohe C und als sie es gefunden hatte, wusste sie nicht, wohin damit. Arbeiten konnte sie nicht und zuletzt musste sie hungern, weil sie kein Geld hatte.«

»Nirgendwohin damit?«, fragte Becka. »Warum ist sie so dumm gewesen und nicht zum Theater gegangen?

*Holdlächelnd, wie Aurora,*
*Öffnest du die gold'nen Tore*
*Der Verlass'nen, heil'ge Kunst!*«

»Still!«, schrie Thießen. »Kein Wort mehr oder ich öffne die Stubentür und werfe dich hinaus! Das ist ja ein wahres Unglück mit so einem theatralischen Durchfall! Schäme dich, in meinem ehrbaren Haus herumzuspringen wie ein junges Kalb!«

»Schimpfen Sie nur nicht, Herr Thießen, ich will es nicht wieder tun, ich bin ja schon still.«

»Na, dann ist es gut«, sagte Thießen. »Hör mal, was ich dir noch zu sagen habe, alles andere ist ja Larifari. – Du brauchst mir nicht mehr zu berichten, was in von Geerens Haus passiert. Ich habe einen Freund, der Kolwey heißt und in Bücken wohnt. Das Nest liegt nur eine Stunde vom Gut entfernt, der gibt mir von Zeit zu Zeit Nachricht. Aber die 100 Taler, die ich dir versprochen habe, sollst du trotzdem jedes Jahr von mir haben, das heißt, solange du vom Theater wegbleibst. Jeden Monat gehst du selbst zu Kolwey und holst dir 8 Taler ab und 4 Taler zu Weihnachten extra. Das sind gerade 100 Taler. Hast du mich verstanden?«

»Ja, Herr Thießen, ganz gut. Ich danke auch vielmals!«

»Und nun mach, dass du nach Hause kommst«, sagte Thießen und drehte ihr seinen Rücken zu, »ich habe zu schreiben.«

Als Becka die Stubentür öffnete, stieß sie mit der Tür gegen die spitze Nase der Haushälterin. Das alte Mädchen hatte in einem Anfall von Eifersucht draußen durch das Schlüsselloch geschaut.

## *Das Nest kann gebaut werden*

Wenn man dem Teufel den kleinen Finger gibt, nimmt er gleich die ganze Hand, das ist richtig. Das Gleiche, nur umgekehrt, kann zuweilen auch von Glück sein. Hat dir das Glück erst einmal die Hand geboten und du hast verstanden, diese Hand festzuhalten, kannst du erleben, dass es sich dir ganz und gar an den Hals wirft! Wenn man erst einmal das große Los gewonnen hat, dann hat es das zweite Mal nicht mehr so schwer.

Heinrich Scheermann in Glasgow ging es so mit dem Glück. Dass er auf solch schlimme Art aus seinem Elternhaus hatte gehen müssen, war für ihn ein Unglück gewesen, ein großes Unglück. Der Kummer darüber wurde aber hundertmal aufgewogen durch seine Liebe zu Marie und dieses Glück konnte ihm niemand nehmen. Dann war er nach Glasgow gekommen und hatte er bisher schon Glück gehabt, hier kam es noch dicker. Er konnte nun zufrieden in die Zukunft sehen. Er hatte eine Stelle gefunden, wie es wohl in seinem Beruf nicht viele gibt. Es war ihm geglückt, auf einer der größten Werften als Ingenieur angestellt zu werden. Sein Vertrag, den sie erst nach längerer Probezeit aufgesetzt hatten, war so gehalten, dass er, wenn er wollte, mit der Zeit sogar Teilhaber der Firma werden konnte. Nun konnte er für seine Marie einen Hausstand einrichten, der weit über die Ansprüche hinausging, die das

bescheidene Kind an das Leben stellte. Er freute sich so recht herzlich auf die Zeit, wenn er zusammen mit ihr das Nest einrichten würde.
Er schrieb an Marie, dass er all das Glück noch gar nicht richtig fassen könne und dass es für ein Herz viel zu viel sei. Sie solle nur schnell sehen, dass sie herüberkäme, um ihm dabei zu helfen. Er für seinen Teil wolle ihr dafür auch beistehen, all den Kummer zu vertreiben, den sie gehabt hatte und wohl noch haben würde, wenn sie der guten alten Vaterstadt Adjüs sagen müsse. Sie solle aber nicht glauben, dass sie nun beide draußen in der weiten Welt ganz verlassen dastehen würden. Der Direktor und seine Familie, schrieb er, seien gute Leute. Er sei bei ihnen im Haus angenommen wie ihr eigenes Kind und es sei auch schon abgemacht, dass Marie bis zur Hochzeit in der Familie Aufnahme finden solle. In dem Brief stand sonst noch allerlei, wie er eingerichtet sei, was er alles zu tun habe, wie sich Marie bei Seekrankheit verhalten solle und Ähnliches.
Onkel Thießen saß am Morgen, als dieser Brief in Bremen angekommen war, bei Marie und frühstückte. In der Zeit, in der das Mädchen den Brief vorlas, säbelte er an einem westfälischen Schinken herum.
»Ein ganz infamer, niederträchtiger Bengel ist dein Heinrich«, sagte er, als Marie fertig war. »Von mir schreibt er nichts!«
»Du hast doch gehört«, sagte Marie. »›Hunderttausend Grüße an meinen guten Onkel Thießen.‹«
»Ach was«, sagte Thießen, »davon wird keine Gans fett! Ich meine, dass ich mitkommen soll, davon schreibt er heute nichts, der Schlingel.«
»Mein lieber Onkel«, meinte Marie, »das hat er dir doch schon geschrieben, das versteht sich doch von selbst. Wie soll ich,

ein junges Mädchen, wohl so eine lange Reise allein machen können und wie sollten wir beide uns wohl ohne dich in Glasgow einrichten?!«

»Das ist wahr«, meinte Thießen, »und ich mach das ja auch, weil es nicht mehr als meine Schuldigkeit ist. Es ist mir zwar sehr schwer«, dabei tat er, als ob eigentlich zehn Pferde dazugehörten, ihn mit der kleinen Marie auf die Reise zu bringen, »aber was sein muss, muss sein und geändert kann daran nichts werden. Ich habe auch schon dem Schlachter Goosmann gesagt, dass er uns zwei Pfund geräucherte Mettwurst für unterwegs herschicken soll.«

So weit sei es jetzt noch nicht, sagte Marie. Sie hätte noch erst dies und das und hier und da etwas zu besorgen. Der Kopf und das Herz, sagte sie, seien ihr von all der großen Freude und von all den frohen und lieben und wieder auch wehmütigen Gedanken so voll und schwer!

»Ich freue mich ja so«, sagte sie, »dass ich nun bald bei meinem Heinrich bin und dass ich dich, mein lieber Onkel, mitnehmen kann. Das Einzige, was ich mit schwerem Herzen verlasse, ist das Grab meines Vaters.« Und als sie das sagte, hielt sie ihre kleine weiße Hand über die Augen.

»Weine nicht, Mädchen!«, sagte Thießen, ging zu ihr und nahm ihren blonden Kopf in seine Hände. »Das ist nun mal so im Leben«, und damit gab er ihr einen Kuss auf die Stirn und erzählte ihr, dass er sich schon eine schottische Mütze mit langen Bändern habe machen lassen und dass er von dem gleichen Stoff auch eine Hose haben wolle, und ob sie wohl meine, dass ihm so ein englischer Kotelettenbart gut stehen würde.

Als er Marie so nach und nach wieder in ihre Alltagsstimmung hineingeredet hatte, besprach er mit ihr, wann die Reise losgehen sollte und was bis dahin noch zu tun wäre. Mit den Häusern war alles in Ordnung gebracht. Ein Freund von Thießen hatte dessen Haus und auch die alte Gesche übernommen und das Haus von Bruhns und das Geschäft mitsamt allen Sachen hatte der Altgeselle gekauft. Sobald Marie abreiste, wollte er Hochzeit halten und mit seiner jungen Frau in die Jakobistraße ziehen. Onkel Thießen hatte seine Wertpapiere bei der Bremer Bank deponiert und Marie ihre Handfesten ebenfalls.

»Was mich selbst betrifft«, sagte Thießen, »so muss ich auch noch etwas für meine eigene Sicherheit tun.«

»Ist es denn wirklich so gefährlich auf einem Schiff?«, fragte Marie.

»Ach«, sagte Thießen, »was ist daran gefährlich? Als alter Fahrensmann denke ich gar nicht daran und ich will ja auch keine Schwimmgürtel kaufen. Ich will von etwas ganz Anderem sprechen. Ich habe so nachgedacht und da ist mir eingefallen, dass ihr beide, wenn ihr erst in den Flitterwochen seid, an einem schönen Nachmittag mal zu mir sagen könntet: ›Lieber Onkel Thießen, du bist ein ganz charmanter Kerl, aber wir sind ein junges Ehepaar und in deiner Anwesenheit schämen wir uns ein wenig!‹«

»Aber«, sagte Marie, »bester Onkel, wie kannst du dir so etwas in den Kopf setzen? In unserem ganzen Leben werden wir das niemals sagen!«

»Mein gutes Mädchen«, sagte Thießen, »du kannst vorher gar nicht wissen, wie es nach der Hochzeit wird! Ich habe nun aber einen alten Bekannten, Karl Holthusen, auch ein Bremer Kind, der ist in – in – Leeds, ja – so heißt das Ding wohl, das liegt auch an jener Seite des Kanals. Mein alter Freund besitzt eine große Wollspinnerei und hat mir schon einige Male geschrieben, dass ich ihn mal besuchen soll. Das will ich jetzt tun und heute noch an ihn schreiben, dass er sich nicht wundern soll, wenn ich demnächst bei ihm anklopfe.«

Marie wollte partout nichts davon wissen.

»Lass mich das ruhig machen«, sagte Thießen, als er seinen Hut nahm, »und mach du, dass du mit deinem Gepäck fertig wirst. Vor allen Dingen bleibe ruhig und denke nicht so viel an deinen Heinrich. Bilde dir ein, du wärest eine alte Jungfer und solltest mit mir zum Nordpol fahren. Adjüs, Marie!«

# *Der Einsiedler auf dem Kaiserhof*

Bauen kostet Geld und wer baut, muss Lehrgeld zahlen, das ist eine alte Geschichte. Auch von Geeren hatte schon viel Geld ausgegeben. Kolwey half ihm und sorgte dafür, dass das Lehrgeld nicht gar zu hoch ausfiel. Er sah immer nach dem Rechten und passte auf, dass von Geeren nicht übers Ohr gehauen wurde.

Die vielen Arbeiter, die sie anfangs angestellt hatten, waren bald vermindert worden. Kolwey hatte gesehen, dass sie einander nur im Weg standen und dass weniger mehr schafften, wenn nur alles gut eingeteilt wurde. Der milde Winter kam ihnen beim Bauen gerade recht. Die Arbeit brauchte keinen Tag ganz eingestellt zu werden. Ging es draußen mal nicht mehr, wurde drinnen geschafft, und so kam bis zum Frühjahr alles in die Reihe. Der Kaiserhof schaute wieder gesund aus den Augen, aus einer Schlossruine war wieder ein Schloss geworden und auch Kuh- und Pferdeställe, ja selbst die Schweineställe waren musterhaft eingerichtet.

Kolwey half auch, die Wirtschaft einzurichten. Er reiste mit von Geeren im Lande umher, um Einkäufe zu machen, und sie hatten das große Glück, auf einer Auktion in Eystrup prächtige Kühe und Pferde für einen billigen Preis einzuhandeln. Auch das nötige Futter war besorgt und eine tüchtige Großmagd für die Milchwirtschaft. Von Geeren gönnte sich keine

Ruhe. Er war überall und die Leute merkten bald, dass er etwas von dem Krempel verstand und dass sie ihm kein X für ein U vormachen konnten.
Er hatte sich nicht gleich auf einen großen Viehbestand eingelassen. Der konnte später noch vergrößert werden, wenn sie das nötige Futter von seinem eigenen Land holen konnten. Er hatte extra dafür gesorgt, dass das Ackerland zur rechten Zeit bestellt worden war.
Auf dem Wirtschaftshof fehlten auch die zweibeinigen Bewohner nicht. Ein prächtiger großer Hahn von der Art, die auf unseren Bauernhöfen zu finden ist, führte die Aufsicht über eine lange Reihe Hühner. Wenn er auf dem kleinen Misthaufen stand, pflegte er immer seine grün und gelb schimmernden Flügel zusammenzuschlagen, wohl vor Verwunderung, dass auf einem so großen Hof kein größerer Misthaufen zu finden war. Er krähte laut und vergnügt und die Hühner hörten genau hin, wenn er Kikeriki rief, als wären sie Studenten und er der Professor.
Innen sah das Schloss inzwischen ganz anders aus. Die alte Wendeltreppe war entfernt und eine stattliche breite Treppe führte nach oben. Das bunte Pflaster auf der Hausdiele war neu verlegt und der große Saal und die anderen Stuben hatten neue Fußböden bekommen. Die großen Eichentüren waren ausgebessert und aufpoliert und die meisten Räume hatten funkelnagelneue Fenster. Was von den alten noch zu gebrauchen gewesen war, hatten sie in den Wirtschaftshäusern und in den Tagelöhnerwohnungen eingebaut.
Die Maler und Tapezierer waren noch nicht fertig, liefen noch immer mit Kleister- und Farbtöpfen hin und her. Sie mussten sich aber ranhalten, wenn sie etwas verdienen wollten, Kolwey

hatte alles aufs Genaueste eingeteilt. Sie bekamen ihre Arbeit gut bezahlt, fürs Faulenzen gab es hier jedoch nichts.
Das Rondell vorm Schloss war umgegraben worden und alle Bäume, die hier zu viel waren oder die verkümmert aussahen, waren mitsamt ihren Wurzeln ausgegraben. Sie hatten es sich gefallen lassen müssen und nichts hatte ihnen geholfen, als sie sagten, dass sie auch mal schöne Kronen getragen hätten, unter denen die Menschenkinder so manches liebe Jahr Schatten gesucht und gefunden hätten. Die alten Bäume mussten fallen und die anderen, die stehen blieben, konnten sich daran ein Beispiel nehmen. Sie nahmen sich dann auch vor, noch lange fest und gesund zu bleiben, diese alten mächtigen Eichen und Buchen. Und sie mochten wohl recht haben, dass die große stolze Platane noch lange hätte mitmachen können, wenn sie nicht immer so piepelich gewesen wäre und bei dem kleinsten Nachtfrost die Blätter hätte hängen lassen.
Die Tagelöhnerkaten sahen wieder wie freundliche Arbeiterwohnungen aus. Alles war abgedichtet, Fenster und Türen waren bemalt und die Wände innen und außen geweißt. Friedrich, der mit seiner Frau und seinen Sachen in eines der Häuser gezogen war, hatte die Leute rausgeworfen, die vorher in den Häusern gehaust hatten.
Von Geeren war seit dem Besuch bei Onkel Thießen nur einmal in Bremen gewesen, zu Weihnachten. Sonst hatte er eisern auf dem Kaiserhof ausgehalten und die langen Winterabende meistens allein verbracht. Hin und wieder kamen der Pastor oder Kolwey zu ihm und manchmal besuchte er seine Nachbarn. Zu tun gab es für ihn auch abends immer genug und zum Briefeschreiben für seine Dora war oft kaum genug Zeit zu finden.

Darum mochte es zu Weihnachten, als er in Bremen gewesen war, auch recht hoch hergegangen sein. Scheermanns Dienstmädchen erzählte acht Tage nach Weihnachten beim Bäcker, dass der Baron von Geeren die ersten beiden Feiertage bei seiner Braut gewesen und dass die Küsserei die zwei Tage großartig gewesen sei. Vor ihren Augen hätte der Herr Baron Fräulein Dora geradezu ins Gesicht geküsst. Und nach seiner Abreise hätte Dora ganze zwei Tage lang Lippenpomade gebraucht. – Ob das nun alles wahr war, sei dahingestellt, man muss auf so ein Gerede nicht unbedingt etwas geben!

Von Geeren bewohnte im Schloss eine Erkerstube, die er sich recht behaglich eingerichtet hatte, die aber zurzeit auch als Wohn-, Ess- und Arbeitsraum dienen musste. Wer die Kaffeemaschine aus Messing da stehen sah, konnte sich einbilden, dass die Stube auch als Küche genutzt wurde. Und wer schlecht sein wollte, konnte gar an einen Hundestall denken, denn Hektor, der große Jagdhund, streckte sich auf dem Bärenfell aus, das vor dem Bett lag.

Heute Abend saß von Geeren wieder an seinem Schreibtisch, auf dem eine große grüne Lampe stand. Er schrieb wieder Briefe und der, der gerade vor ihm lag, war für seine Braut in Bremen. Er schrieb an Dora, dass er sich noch einmal freimachen wolle, um zu ihrem Geburtstag nach Bremen zu kommen. Er habe ja nun einen guten Verwalter eingestellt und der alte Wehmeyer sei ja auch noch da. Es solle wohl ein paar Tage ohne ihn gehen.

Der Kopf stand ihm nicht danach, lange Briefe zu schreiben, er hatte zu viele Sorgen. Darum machte er es so kurz, wie es eben ging. Mit Dora war es etwas anderes. Sie lebte ohne Sorgen in den Tag hinein und ihre Briefe waren immer lustig und fidel geschrieben. Es blieb ihm denn auch nichts anderes übrig, als genauso kreuzfidel wieder zurückzuschreiben, auch wenn es in seinem Herzen oft ganz anders aussah. Er schrieb dann immer, als sei er der glücklichste Mensch der Welt. Seinen Kummer glaubte er allein tragen zu müssen. Seine kleine Braut und auch andere sollten davon nichts erfahren.

Mittags war ein Brief von Dora angekommen. Den nahm er nun beim Schreiben noch einmal in die Hand und las ihn zum zweiten Mal durch. Er wollte sehen, ob er bei der Antwort noch etwas vergessen hatte. Dora schrieb, dass das weiße Atlaskleid jetzt fertig genäht sei. Sie hatte es von ihm zu Weihnachten als Brautkleid bekommen. Es sei Stoff genug gewesen für zwei Rosenrüschen und eine große Schleppe. – Ob zwei oder drei Rosenrüschen daran waren, dass war nun von Geeren ganz egal, er wollte seine Braut und nicht das Kleid heiraten. Er schrieb aber trotzdem ein paar Zeilen über das weiße Kleid.

Ihre Mutter, schrieb Dora, habe ein grauseidenes Moirékleid gewählt und Teerosen für ihre Frisur. Das war von Geeren ebenso einerlei, ob seine Schwiegermutter ein seidenes oder ein Tarlatan-Kleid trug, aber es konnte ja nichts helfen, er schrieb auch ein paar Worte über das grauseidene.

Dann stand in dem Brief, dass Ernestine, Andersens Tochter, Brautjungfer sein wolle und dass sie von ihrem Schatz ein seegrünes Kleid dazu bekommen habe, das viermal mit Blumen besetzt und mit Wasserlilien besteckt sei. Viermal oder zehnmal und wenn sie die auch noch hätte vergolden lassen, das war ihm nun aber doch vollends einerlei. Ernestine Andersen und ihr Kleid überschlug er, darüber wusste er bei Gott nicht das Geringste zu schreiben.

Die Hochzeit sollte in der »Union« gefeiert werden, also nicht bei Hillmanns. Das war ihm nur recht. »Je einfacher, desto lieber«, dachte er, aber das durfte er nicht schreiben.
Weiter unten schrieb Dora: »Viele Familien freuen sich auf unsere Hochzeit und haben schon jetzt angefangen, sich darauf einzurichten.« Er musste nun so tun, als ob er sich auch darüber freute. Dora hatte aber recht, einige hatten sich schon eingerichtet. Sechs oder sieben Familien hatten die Kästen mit den silbernen Dessertmessern schon zurechtgestellt, um sie aufputzen zu lassen, weil sie als Hochzeitsgeschenk das junge Brautpaar beglücken sollten. – Dessertmesser! Lieber Gott, sie blinken ja, das ist wahr, die armen Dinger sind aber darum doch schlimm dran. Wer sie bekommt – und davor ist kein Mensch sicher –, sucht sie schnell wieder loszuwerden. Wo sie hinwandern, ruft niemand »Willkommen!«, und wo sie Abschied nehmen, wird keine Träne vergossen. Ohne Heimat wandern sie von einem Hochzeitstisch zum nächsten und der Hausvater sagt: »Das ist ein wahrer Segen, dass wir Gelegenheit haben, die verdammten Dinger wieder loszuwerden!«
Von Geeren war mit seiner Schreiberei fertig. Er nahm noch ein Buch zur Hand, stellte den Tisch mit der grünen Lampe vor das Bett und las noch eine Stunde im Bett.
So gingen die Tage, so die Abende auf dem Kaiserhof für ihn dahin.

## *Adjüs Bremen*

Unser menschlicher Organismus ist ein Wunderwerk, er ist einzigartig! Nur einen Konstruktionsfehler hat er doch: Herz und Magen liegen gar zu nahe beieinander.
Wenn so ein großes Schiff voller Menschen aus dem Hafen läuft und dahinsegelt, der großen grünen See entgegen, und die anderen, die zurückbleiben, stehen an Land und schwenken die weißen Taschentücher, die nass von Tränen sind, wenn Liebe, Erinnerung, Wehmut und Hoffnung uns durch Blut und Adern schießen, dann ist das Herz das Zentrum, um das sich unser Lebensrad dreht, und der Magen hat damit nichts zu tun. Nur sobald das alte Schiff erst über so ein paar kurze Salzwellen gewippt ist und vom Land nichts mehr zu sehen ist, tritt der Magen sein schreckliches Regiment an. Er beginnt, grässlich zu rumoren, und wirft alles aus dem Haus hinaus. Und dann ist plötzlich das Zentrum vom Herz hinuntergerutscht – eine Handbreit tiefer auf den Magen! So war es auch auf dem großen Dampfer, der heute Bremerhaven verließ und unsere Marie und unseren Onkel Thießen aus dem Bremer Land wegtrug.
Es hatte Onkel Thießen einige Anstrengungen gekostet, ein Schiff zur Überfahrt nach Glasgow zu finden. Zwischen Bremerhaven und Glasgow gab es keine direkte Schiffsverbindung und über Hamburg oder England wollte er nicht gern reisen.

Er wollte auf direktem Wege nach Glasgow oder, wenn es nun gar nicht anders ging, nach Greenock oder Port Glasgow fahren. Da traf es sich nun, dass der Bremer Lloyd einen seiner großen Dampfer, die nach Amerika fuhren, nach Greenock schickte, um ihn dort bei Caird und Kompanie umbauen zu lassen. Und Onkel Thießen brachte es fertig, dass sie ihn und Marie mit hinübernahmen. Er hatte ein wenig Angst gehabt, dass es Marie unterwegs langweilig werden könnte, weil er glaubte, dass sonst keine Passagiere an Bord sein würden, und freute sich, als sie in Bremerhaven doch eine ganz nette Gesellschaft, meistens Damen, an Bord trafen. »Nun läuft nichts falsch«, sagte er zu Marie, »nun bin ich zufrieden.«

Thießen kannte sich aus mit der Seefahrt. Als Schiffszimmermann der alten Schule war er in jungen Jahren auf Bremer Schiffen gefahren und später oft als Meister nach England und Schottland gereist. Als Meister hatte er es sich angewöhnt, auf See immer ein paar Zoll Rotspon[24] im Magen zu haben, dann hatte er keine Probleme mit der Schaukelei des Schiffes. Marie war ein wenig blass geworden, als das Schiff ablegte. Sie half sich aber bald darüber hinweg und bekam wieder ihre roten Wangen. Als nun von Tante Leidjens weißem Taschentuch, mit dem sie noch eine Viertelstunde winkte, nichts mehr zu sehen war, war auch die letzte der vielen Tränen verschwunden, die sie zum Abschied geweint hatte. Die Vergangenheit mit Leid und Freude war hinter ihr verschwunden und die Zukunft lag im hellen Sonnenlicht vor ihr.

Thießen war heute ein unruhiger Gast. Er konnte es bei Marie auf dem Achterdeck nicht lange aushalten. Er musste erst

24 Ein roter Fasswein.

einmal eine Inspektionsreise durch das Schiff machen. Der Kapitän war ein guter Freund von ihm, Thießen wusste aber, dass der noch viel zu viel zu tun hatte. Er konnte nicht mit ihm reden und so erzählte er sich selbst, wenn ihm etwas in den Weg kam, was ihm nicht passte.

Alles sah er sich genauestens an und hin und wieder fiel er auch mal über einen Matrosen her, wenn der etwas nicht ordentlich gemacht oder einen falschen Kinken im Tauwerk hatte sitzen lassen. Er studierte auch das Reglement, das ausgehängt war, ließ sich Maries Koje und seine eigene zeigen und nickte zufrieden über die Einrichtung. Der Steward musste ihm genau sagen, wann an Bord gearbeitet wurde, und er war gar nicht damit zufrieden, als er das große Menü las, das sie heute durchexerzieren sollten, Erbsen mit Speck wären ihm lieber gewesen. Plötzlich schlug es vier Glasen und nun fielen ihm alle seine Sünden ein: Er hatte seine kleine Marie gute anderthalb Stunden allein gelassen.

»Ja, ja«, sagte er sich, »die Zeit läuft verteufelt schnell dahin, wenn man so ein großes Schiff kennenlernen will, und ich habe noch nicht einmal alles gesehen.«

Marie hatte sich unterdessen ganz gut mit sich selbst über ihre Zukunft unterhalten. Sie hatte den Onkel nicht vermisst. Erst als er wieder bei ihr war, fiel ihr ein, dass er ihr gefehlt hatte. Da war allerlei vor ihren Augen vorbeigeflogen, was sie nicht kannte, große Fische sprangen im Wasser herum, Kirchtürme hatte sie an Land gesehen und hätte gerne gewusst, in welchem Ort sie standen. Und auch große und kleine Schiffe waren vorbeigefahren. Nun war Onkel Thießen wieder da und, ohne dass sie ihn aufforderte, begann er ihr alles zu erklären: Der Turm, den sie jetzt zu Gesicht bekamen, war der Bremer

Feuerturm und nun würden sie auch bald das Feuerschiff und die Schlüsseltonne zu sehen bekommen. Und die Fische, die immer den Schwanz aus dem Wasser steckten und kopfüber ins Wasser schossen, waren Schweinswale. Dann musste Marie mit ihm über das Schiff gehen. Er lehrte sie, dass Backbord die linke und Steuerbord die rechte Seite vom Schiff ist, zeigte ihr das ganze Vorgeschirr mit dem Bugspriet und auch Wanten, Pardunen, Stengen, Ankerspills und so etwas bekam Marie zu sehen, die ein großes Interesse dafür hatte, weil ihr Bräutigam ja auch Schiffe baute. Sie kletterte unverdrossen mit Onkel Thießen überall herum.

Wer hinter den beiden ging, hätte glauben können, dass Marie als Schiffsjunge angestellt werden sollte, so eifrig war Thießen beim Erzählen, so genau setzte er ihr alles auseinander. Wenn es ans Segelsetzen gegangen wäre, vermutlich hätte Marie mithelfen können, sie wusste nun Bescheid. Ja, selbst die Windverhältnisse erklärte ihr Onkel Thießen: Wie das wäre, wenn der Wind rechtsherum ging oder wenn er einschlief. Er freute sich Maries wegen, dass das Schiff so schnell und steif im Wasser lag. Sie sollte sich, wenn es nun aber doch mal zu schaukeln begänne, nur immer in der Mitte des Schiffes halten und keine Angst haben. An Deck säße sie am allerbesten an der Leeseite.

Als er von der Disziplin an Bord erzählte, arbeitete er sich so in einen Eifer hinein, dass Marie glaubte, sie sei gemeint, als er davon sprach, dass die Schändlichkeit, Widerworte zu haben, gar nicht genug bestraft würde, wenn der Verbrecher nur in die Koje kommandiert würde.

»Onkel, ich habe ja gar keine Widerworte gehabt, ich höre doch ganz genau zu«, sagte sie.

»Das weiß ich doch, mein Mädchen«, sagte Thießen und schlug wieder einen anderen Ton an. »Habe ich denn von dir gesprochen? Nein! Also sei wieder vergnügt, du sollst keine Strafwache haben. Aber komm, wir müssen auch noch die Kombüse und die Kojen ansehen. Und dann wird es wohl auch Zeit, dass wir uns mal mit der anderen Gesellschaft bekannt machen!«

Sie gingen nun zuerst in die Kombüse, wo Marie sich über die famose Einrichtung vom Herd und auch darüber freute, dass alles so proper war. Dann ging es in die Kajüte und hier ruhten sie sich einen Augenblick von dem langen Herumziehen aus. Onkel Thießen sprach derweil von seinen Seereisen als Schiffszimmermann und erzählte Marie ganz grässliche Geschichten vom Klabautermann.

»Du weißt, ich bin nicht abergläubig, aber mit dem Klabautermann hat es seine Richtigkeit. Ich habe selbst gesehen, wie er sich den fixesten Kerl der ganzen Mannschaft holte, den alten Bootsmann Krischan Hilgerloh, Gott habe ihn selig. Er war ein guter Bursche, er hätte nur nicht so saufen sollen.«

Da kamen einige der anderen Passagiere in die Kajüte und nun war bald Bekanntschaft gemacht und Marie bei den Frauen gut untergebracht. Onkel Thießen konnte wieder an Deck gehen. Er sorgte noch dafür, dass die Frauen Unterhaltung hatten. Er fragte sie so nebenbei, ob es wahr sei, dass die Engländerinnen so sehr große Füße hätten. Die Antwort wartete er nicht ab und er hätte auch noch lange darauf warten können, denn die Streiterei, die nun unter den Frauen begann, hörte so schnell nicht wieder auf.

Mittags beim Essen und abends spielte Thießen den verfluchten Kerl und war bald der Mittelpunkt der Gesellschaft. Die

Frauen konnten gar nicht mehr ohne ihn sein und bedauerten alle, dass die Reise sie »nordenum«[25] und nicht durch den Kanal führte, weshalb sie nur etwa vier Tage dauern würde.
Am nächsten Morgen, als die Damen sich erhoben hatten, war Thießen verschwunden. Marie suchte ihn überall. Er war nicht zu finden und von den Matrosen hatte ihn kürzlich niemand gesehen. Marie ängstigte sich, der Leichtmatrose Hinnerk Meyerdierks aber meinte, sie solle sich um den nicht sorgen, Thießen sei ein erfahrener Seefahrer, er würde sich wohl wieder anfinden. Er sei schon bei Sonnenaufgang mit der langen Pfeife auf Deck herumgelaufen und habe sich nun wohl ein wenig aufs Ohr gelegt. Es war aber ganz anders. Thießen hatte Appetit auf ein Glas Bier bekommen und saß mit einer Flasche Bier in der Kajüte des Kapitäns. Der Kapitän hatte mit der Nautik zu tun und musste ihn allein lassen. Aus Langeweile holte Thießen ein Buch aus der Tasche, das ihm in einem Hafen so ein Kolporteur[26] aufgeschnackt hatte. Auf dem Buch stand geschrieben: »Die Kunst, in fünf Stunden Englisch zu sprechen«, und Thießen, der sein Englisch nicht mehr gebraucht hatte, seit er keine Schiffe mehr baute, glaubte, seine Kenntnisse doch ein wenig auffrischen zu können. Er setzte seine Brille auf die Nase und sagte zu sich: »Schaden kann es ja nicht, nur fünf Stunden halte ich es wohl aus.«
Gleich auf der ersten Seite standen Vokabeln: »a man, a boy, a house, a garden«.
»Gottverdori!«, sagte er. »Ich kann wahrhaftig noch mehr, als ich gedacht habe. Da können wir ja gleich ein wenig nach hinten in die Konversation blättern!« Und nun schlug er dies

25 Gemeint ist: um die Nordspitze Schottlands herum, nicht durch den Ärmelkanal.
26 Vom Französischen »colporteur«: Hausierer.

wichtige Kapitel auf. Da waren nun eine ganze Reihe Unterteilungen. Die erste war überschrieben mit »Bei der Putzmacherin«.

»Das ist nichts für mich, ich habe noch nie etwas mit Putzmachern zu tun gehabt.«

»Beim Zahnarzt« – »Gott soll mich bewahren, nur nicht!«, meinte Thießen.

»Im Konzertsalon« – »Da bin ich ja in meinem Leben nicht gewesen.«

»Essen und Trinken« – »Das ist etwas anderes!«, sagte er und setzte sich recht bequem auf dem Sofa zurecht. »Das ist doch ein vernünftiger Schnack, damit wollen wir unsere Sprachforschung beginnen! – ›beef, roastbeef, beefsteak, pudding‹«, las Thießen. »Der Kerl, der das Buch gemacht hat, hat gar keinen schlechten Geschmack«, sagte er, als er so fünfundzwanzig Gerichte gelesen hatte. »Will doch gleich mal sehen, was denn Pellkartoffeln und Hering auf Englisch heißt!«

Er suchte und suchte – fand es aber nicht.

»Ich glaube wahrhaftig«, meinte Onkel Thießen, »der Kerl macht sich nichts daraus, denn das ist doch wohl nicht menschenmöglich, dass es in England keine Pellkartoffeln und Heringe gibt, die Dinger sind da ja zu Haus!«

Als er aber auch keine Klöße mit Pflaumen und kein Labskaus fand, warf er das Buch von sich und sagte, das Ding sei nichts wert.

Er trank sein Bier aus und begab sich wieder an Deck. Marie sah ihn zuerst und nun ließen ihn die Frauen den ganzen Tag nicht wieder weg. Er musste bei ihnen bleiben und erzählen und nachmittags schafften sie es sogar, ihn zum Tanzen zu bewegen.

Die Pellkartoffeln und Heringe wollten ihm aber nicht wieder aus dem Sinn und er fragte eine alte gemütliche Engländerin, die mit an Bord war, ob es denn bei ihnen nicht einmal Pellkartoffeln und Heringe gäbe?
Jawohl, sagte die, er solle sie in Glasgow mal besuchen, dann sollte er das bei ihr essen.
»Do you speak English?«, fragte ihn nun eine andere.
»Yes«, sagte Thießen, »ich habe es eben in der Kajüte gelernt«. Nun zeigte er auf sein Buch. »Sehen Sie hier: I love you.«
Die Damen meinten dann auch einstimmig, Thießen hätte unverschämt viel Sprachtalent.
Der Wind drehte nicht, das Wetter blieb schön und jeden Tag wurde auf Deck ein recht fideles Leben geführt. War es mit dem Tanzen nichts mehr, dann spielten sie Pfänderspiele und Thießen musste, merkwürdig, seine Pfänder fast immer durch einen Kuss einlösen. Die anderen Herren an Bord hatten dies Glück nicht, die mussten »den Ofen anbeten« oder »in den Brunnen« fallen. Nur dem jungen hübschen Untersteuermann und dem Kapitän glückte es ein paarmal, dass sie auch einen Kuss von den Damen bekamen.

»Heute Nachmittag um vier sind wir im Hafen«, sagte der Kapitän am vierten Morgen und nun wurde Onkel Thießen doppelt so lustig wie vorher. Er sang seine besten Lieblingslieder, das von »Rosabella Fridolin« und das alte Bremer Seemannslied »Hinab zum Meeresstrande eilt Doris heute hin« musste er zweimal wiederholen, denn die ganze Gesellschaft sang im Chor mit.
Marie war von Stunde zu Stunde aufgeregter geworden. Sie kümmerte sich um nichts mehr und dachte nur noch an ihren

Heinrich. Kaum waren sie im Hafen, als Heinrich auch schon an Bord kam, und nun war Marie endlich da, wo sie sein wollte. Sie hing an Heinrichs Hals und wollte ihn gar nicht wieder loslassen.

Onkel Thießen hatte alles besorgt, was zu erledigen war. Vom Kapitän, der, solange das Schiff umgebaut wurde, in Greenock blieb, nahm er Abschied und verabredete mit ihm ein Treffen in Glasgow. Dann stand er hinter Marie und Heinrich, in der rechten Hand trug er eine Reisetasche, im linken Arm zwei Umschlagtücher, zwei Mäntel und zwei Regenschirme – und in den Augen zwei helle Freudentränen.

# *Dora hält Hochzeit*

Als Doras Brautkleid fertig war, ging es an die Planung für die Hochzeit. Und das war wahrhaftig keine Kleinigkeit. Frau Scheermann und Dora hatten manch schlaflose Nacht, die Einladungen machten ihnen große Sorgen. Es gab Leute, die sie nicht übergehen konnten, die aber nicht zu der neuen adligen Verwandtschaft passten. Drei-, viermal hatten sie die Liste schon aufgesetzt und immer noch konnten sie nicht zu einem Entschluss kommen. Das Beste wäre nun wohl gewesen, wenn sie die Geschichte ganz klein abgemacht hätten, aber Dora sagte, das ginge partout nicht. Alle ihre Freundinnen freuten sich auf eine große Hochzeit mit Tanz und hatten ihre Kleidung bereits danach ausgesucht. Frau Scheermann gab ihr darin recht, sie mussten in den sauren Apfel beißen.

Doras Bräutigam, dem sie die vierte Liste schließlich geschickt hatten, hatte geschrieben, dass er ihnen alles überlassen wolle und keine besonderen Wünsche habe, wenn sie nur Kolwey aus Bücken einladen wollten. Und das taten sie dann auch.

Frau Scheermann hatte eigentlich geglaubt, dass von Geeren noch eine ganze Reihe von Adelsfamilien aufschreiben würde. Sie musste sich nun eingestehen, dass ihr gewissermaßen ein Stein vom Herzen gefallen war, als er nichts davon schrieb.

Der alte Scheermann war während der ganzen Zeit verdrießlich gewesen und wegen seines Rheumatismus schon vier

Wochen nicht aus dem Haus gekommen. Er hatte sich um nichts kümmern wollen und mischte sich doch immer wieder ein, wenn bei Tisch die Rede auf die Hochzeit kam. Er wollte unbedingt Thießen einladen und hörte nun erst, dass der aus Bremen abgereist war. Wohin, konnte Frau Scheermann ihm jedoch nicht sagen. Becka, hatte sie nur gemeint, habe erzählt, dass er nach Afrika gereist sei – und ihr konnte es gerade recht sein, je weiter weg desto besser!
Heinrich hatte seit seiner Abreise aus Bremen nichts von sich hören lassen. Er existierte für die Scheermanns nicht mehr. Die Ursache kannte der Alte nicht genau. Er wusste auch nichts von Doras Brief an Marie und hatte seit der Verlobung in Andersens Haus sowieso nichts über Heinrichs Braut zu hören bekommen. Aber Frau Scheermann hatte es ihm auch eingebläut: Um den Bengel kümmerten sie sich nicht.
Die Leutnants von Robinsky und von Präsik waren auf Reisen und nicht aufzufinden und das gnädige Fräulein meldete sich krank. Wenn sie Doras Bräutigam gefragt hätten, hätte er ihnen sagen können, warum. Herr von Geeren hatte ihr einen Brief geschrieben, den sie nicht hinter den Spiegel stecken durfte. Seine Braut und seine Schwiegereltern wussten nichts davon, die wussten nicht einmal, dass er Onkel Thießen einen Besuch gemacht hatte. Er sagte sich, dass dadurch nichts besser gemacht würde, wenn er ihnen schon jetzt auf die Nase band, dass seine Tante ihn übers Ohr gehauen hatte.
Die adlige Dame war jedoch klug genug, um sich in ihrer Antwort auf die Einladung nichts von dem Brief anmerken zu lassen. Sie schickte ihre hochadligen Segenswünsche und gleich ein Hochzeitsgeschenk mit. Es waren einige alte Inventarstücke aus der Familie, eine Bibel, ein hannöversches Ge-

sangbuch und ein Stammbaum. Über den Stammbaum freute sich Frau Scheermann am meisten, es war für sie das beste Hochzeitsgeschenk, das kommen konnte. Scheermann hatte eine andere Meinung, er behielt sie jedoch für sich.
Er muckte aber ganz böse auf, als Dora immer wieder darauf bestand, im Dom getraut zu werden. Sie mochte sagen, was sie wollte, selbst ihre blanken Tränen halfen nicht. Scheermann sagte, diese neue Mode mache er nicht mit. Wenn er dabei sein sollte, müsste die Trauung in der Union sein. In der Union an der Ecke von Wall und Ostertorstraße haben schon viele glückliche Brautpaare ihre Hochzeit gefeiert. Ja, der Alte konnte auch widerspenstig sein. Wenn er mal seinen Dickkopf aufsetzte, war tatsächlich schlecht mit ihm umzugehen.

Doras Kranzbinden hatte bei Andersen stattgefunden und es war da hoch hergegangen. Heute nun war ihr Hochzeitstag und um zwei Uhr sollte die Trauung sein. Gleich nach eins ging schon das Wagenfahren los. Wenn eine Hochzeit in der Union gefeiert wird, ist vor der Tür immer ein Zelt aufgestellt. Das ist für neugierige Leute stets ein Zeichen, dass sie etwas zu sehen bekommen. Als der erste Wagen anrollte, war der Platz vor dem Haus schwarz von Menschen, meist Frauen und Kinder. Es gibt in Bremen einen besonderen Schlag Frauen, die es sich nicht nehmen lassen, bei einer Hochzeit vor der Tür zu stehen und die Kleidung zu begutachten. Ganz egal welches Wetter ist, siebenundzwanzig Grad Hitze halten sie ebenso wenig ab wie Regenwetter oder fußhoher Schnee. Auch wenn es Pickelsteine friert, sodass ihnen die Schuhsohlen durch das lange Stehen an den Pflastersteinen hängen bleiben, sie müssen hin und gehen nicht eher wieder weg, bis sie die Braut in ihrem

Staat gesehen haben. Schlecht behandelt werden sie vor der Haustür eigentlich nicht, die Nase ausgenommen. Die kriegt allerlei zu riechen: Jasmin, Reseda, Kölnisch Wasser und so etwas, heute noch extra Moschus, damit hatte Andersen sich eingeschmiert. Die Mäuler gingen nicht schlecht, als die Gäste aus den Wagen stiegen und nun, wie auf Helgoland die ankommenden Gäste, durch so eine »Lästerallee« mussten. Alle bekamen etwas hinterher, Scheermann und seine Frau nicht weniger als andere.

So ein alter Bäckermeister hatte sich ganz vorne aufgestellt. Er wollte nur Andersen sehen und fuhr nun, als der ausstieg und ihn ansehen musste, immer mit dem Zeigefinger zwischen seinem Hals und seinem Hemdkragen herum. Es sah aus, als wolle er sich den Hals abschneiden, was in der Taubstummensprache »Krawattenfabrikant« heißen soll. Andersen mochte es wohl merken, konnte aber nichts dagegen unternehmen. Der Kerl machte das immer, wenn er ihm auf der Straße begegnete. Es war eine bittere Pille, bei ihm schlug sie aber nicht mehr an, er hatte einen zu guten Magen.

Scheermann und seine Frau waren die Ersten gewesen, dann kamen die Brautjungfern, die Brautführer und die anderen Gäste. Um Viertel vor zwei standen die Wagen in der Ostertorstraße dicht hintereinander. Die guten Leute konnten sich nicht sattsehen an all den seidenen Kleidern und Schleppen, die sich, eine noch mächtiger als die andere, aus den Wagen herauswickelten.

Die Union war üppig mit großen Myrten- und Lorbeerbäumen, mit Palmen und Blumen geschmückt. Es begann beim Eingang und hörte im Saal noch nicht wieder auf. Die ganze Treppe war zu beiden Seiten mit Blumentöpfen bestellt und der Wirt hatte seinen besten Treppenläufer legen lassen. Lohndiener mit weißen Handschuhen halfen den Gästen aus den Wagen und oben an der Treppe standen zwei junge Herren, die sie in Empfang nahmen und in den Versammlungssaal führten.

»Nun kommen sie, nun kommen sie«, ging es plötzlich vor der Tür. Und richtig, der wichtigste Augenblick war da: Das Brautpaar war vorgefahren. Alle reckten ihre Hälse und nun gab es eine Drängelei und Schubserei wie auf dem Freimarkt, wenn Musche Piro, der Kasper, sein ganzes Theater auf den Rücken nimmt und damit auf Wanderschaft geht.

»Ein strammer Kerl!«, sagte die Wesemannsche ganz laut, als von Geeren aus dem Wagen stieg und seiner Braut, seiner Dora, beim Aussteigen half. Als sie Doras weißes Atlaskleid sah, sagte Fräulein Wollgarn, die heute ihre gute Kundschaft im Stich gelassen hatte, um bei der Union die Kleider zu begutachten: »Davon kostet die Elle mindestens 3 Taler!« Und es wird wohl so gewesen sein, denn Trintjen Wollgarn verstand etwas davon, sie war immerhin schon dreißig Jahre Wollnäherin.

»Was sie für eine lange Schleppe hinten baumeln hat, das ist ja die reinste Verschwendung!«, sagte Antjen Drettmanns. Die verstand davon aber nichts, sie war nur eine Leinennäherin.

Dora sah mit ihrem Myrtenkranz und dem langen kostbaren Spitzenschleier, in den sie sich eingewickelt hatte, wirklich wie eine Prinzessin aus.

Der Trausaal der Union war zu dieser Hochzeit ganz besonders hergerichtet. Ein Altar war aufgebaut, die prächtigsten Blumen waren zu beiden Seiten aufgestellt worden und wohl fünfzig Kerzen brannten drumherum.

Die Gäste standen vereinzelt am Eingang und warteten auf die Dinge, die da kommen sollten. Keiner sprach ein Wort, es war eine ganz feierliche Stimmung.

Eben hatte die Uhr zwei geschlagen, als Pastor Petri in den Saal trat. Der altehrwürdige Herr hatte Dora getauft und konfirmiert. Er war nicht mehr so gut beieinander und hatte alle Trauungen abgegeben. Bei Dora hatte er jedoch eine Ausnahme gemacht. Er sprach über den Text »Ich und mein Haus wollen dem Herrn dienen« und was er sagte, konnten sich alle, die es hörten, zu Herzen nehmen.

Als die Trauung vorüber war, sprach der Pastor noch lange mit dem Brautpaar, zum Essen blieb er aber nicht.

Der Pastor war weg, das junge Ehepaar und die alten Scheermanns hatten das Gratulieren, das von allen Seiten begann, als die Trauung zu Ende war, glücklich überstanden. Ihnen taten nur die rechten Hände von der vielen Drückerei ein wenig weh, mit einem Wort: Das Geistliche war zu Ende und das Weltliche sollte beginnen, das Essen und Trinken.

Die Gesellschaft war allmählich von dem Trausaal wieder in den Versammlungssaal zurückgekehrt und dort war nun ein Gewühl wie bei einem Promenadenkonzert in der Börse. Die Paare gingen immer auf und ab und aneinander vorüber. Plötzlich wurde ein Tusch geblasen und Scheermann bat die Gesellschaft, mit ihm in den großen Saal zu kommen.

Dieser Saal wirkte prächtig, er war von Woltjen wieder einmal auf eine ganz besondere Art dekoriert worden, mit Flaggen und Kränzen hatte er nicht gespart. Die »leitende Idee« für die Dekoration war die Gegenüberstellung von Jugend und Alter – und das alles nach den Regeln der Wappenkunde ausgeführt. Frau Scheermann hatte Woltjen noch auf die hannöver-

schen Farben aufmerksam gemacht, aber zu den deutschen, preußischen und bremischen Flaggen passte das hannöversche Gelb gar nicht und als Mann von Geschmack ließ er sich auf so einen Zauber nicht ein. Hinten im Saal war eine Bühne aufgebaut und davor standen die langen Tische, die so zusammengestellt waren, dass es wie ein Hufeisen aussah.
Kapellmeister Asche, der mit seinen Militärmusikern oben auf der Tribüne saß, ließ, als die Gesellschaft in den Saal strömte, den Hochzeitsmarsch aus dem »Sommernachtstraum« blasen und ärgerte sich, dass alle, die da unten herummarschierten, immerzu »Ahs« und »Ohs« in die Musik hineinriefen. Als der Marsch zu Ende war, hatte jeder seinen Platz gefunden und in bunter Reihe saß die Gesellschaft um die Tische herum.
Nun aber mussten die armen Lohndiener dran glauben. Sie kamen total aus der Puste. Als sie kaum die Korken aus den Flaschen gezogen hatten, klingelte es im Vorsaal und nun schossen sie dahin, um die Suppe zu holen. Als die Schüsseln verteilt waren, hielt ein junger fixer Mann eine kurze Rede. Herr und Frau Scheermann hatten ihn gebeten, das Tafelmeisteramt zu übernehmen, und im Namen der Gastgeber hieß er die Gesellschaft willkommen und bat sie, Küche und Keller Ehre zu erweisen und fröhlich zu sein.
Am Beginn war es ein wenig steif, es wollte so recht kein Leben hineinkommen. Andersen hatte schon ein Hoch auf das junge Ehepaar ausgebracht und dabei mit so süßen Worten um sich geworfen, dass man glauben konnte, der ganze Kerl bestände aus Zucker. Eine Hochzeitszeitung war auch schon verteilt, jedoch konnte man nicht viel Neues darin finden. Aber, du lieber Gott, wie konnte es auch anders sein, mit solchen Hochzeitsblättern ist es ein eigenes Ding. Sie wandern

immer von einer Hochzeit zur nächsten und oft werden nur die Namen von Braut und Bräutigam geändert.
Das zweite Hoch galt den »verehrten Eltern der Braut, unseren liebenswürdigen Gastgebern«. So ein junger Schnauzbart hatte sich dazu gemeldet und machte seine Sache auch ganz gut, nur Leben brachte er auch nicht ins Haus.
Herr von Geeren hatte schon vor dem Hoch gedankt, das sie auf seine Frau und ihn ausgebracht hatten. Und nun musste auch Scheermann sich etwas einfallen lassen. Sein alter Freund, der Reepschläger Jann Schwäpe, war schon bei ihm gewesen und hatte gedrängelt. Scheermann klopfte denn auch an sein Glas, seine Frau bekam Todesangst, er klopfte noch einmal, dann erhob er sich und sagte: »Ach Gott, Kinners, ich will euch mal was sagen, wenn ich wollte, könnte ich ja auch eine große Rede halten, das ist ja man ebenso viel, aber kurz und gut ist besser: Meine lieben Gäste leben alle hoch!«
»Hoch! Und noch mal hoch!«, schallte es durch den Saal, die Musik blies einen Tusch mehr als sonst und das Hochrufen hielt auch länger an. Scheermann hatte Stimmung in die Gesellschaft gebracht. Sein Freund Heinemeyer kam eigens mit seinem Glas zu ihm und sagte: »Junge, was hast du für eine famose Rede gehalten, das hätte ich dir gar nicht zugetraut!«
»Ja«, sagte Scheermann, »was meinste wohl, wenn wir es nur wollen, können wir es immer noch, das ist ja ebenso viel.«
Andersen hatte schon eine ganze Weile nachgedacht. Er wollte sich ein Hoch auf die Damen zurechtlegen. Plötzlich aber schnappte ihm ein Elsflether Kapitän, der in Nord, Ost, Süd und West als der beste Damenredner bekannt war, es ihm vor der Nase weg. Und das war auch gut, denn die anderen hatten noch genug von dem Zuckerwerk, das er vorher ausgekramt

hatte. Kapitän Neyn aus Elsfleth machte seine Sache auch heute wieder gut, seine Schnacks, man wusste gar nicht, wo der Kerl sie alle herbekam, schlugen durch und brachten die Gesellschaft in eine recht fidele Hochzeitsstimmung. Der Rheumatismus des alten Scheermann schien durch das Lachen vertrieben zu sein. Es hielt ihn nicht mehr auf seinem Platz. Er lief mit einem Glas in der Hand an den Tischen entlang und stieß mit jedem an, mit den jungen Mädchen sogar zweimal.

»Kinners«, sagte er immer zu seinen alten Bekannten, »seid vergnügt, lasst es euch an nichts fehlen und lasst euch nicht lange nötigen. Genug ist ja da und den Weinkeller schaffen wir heute sowieso nicht mehr.«

Er hatte ja recht, genug war da, der Wirt hatte alles reichlich und gut ausgerichtet, nur mit der Herumlauferei ärgerte er seine Frau. Schon zweimal hatte sie an seinen Frackschößen gezogen, damit er doch endlich sitzen bliebe.

Eine Hochzeitsmutter hat ihre Augen ja überall, bald ist ihr hier etwas nicht recht, bald da nicht. Diese kleinen Verdrießlichkeiten konnten bei Frau Scheermann das freundliche Gesicht aber nicht vertreiben. Sie hatte in ihrem Leben schon schlimmere Sachen durchgestanden und doch das Gesicht in der Gewalt behalten. Auch der Gedanke, dass die Hochzeit so ganz anders ausfiel, als sie es sich gedacht hatte, dass nämlich von der adeligen Verwandtschaft niemand dabei war und dass gute Freunde, mit denen sie ganz bestimmt gerechnet hatte, nicht zur Hochzeit gekommen waren, konnte ihr nicht viel anhaben; die Sache lag tiefer: Zwei Abende vor der Hochzeit hatte ihr Schwiegersohn im Vertrauen mit Dora gesprochen und ihr gesagt, dass der Lebensweg nicht immer durch einen Rosengarten, dass er auch manchmal über Dornen und

Disteln führe. Er konnte und wollte ihr nicht verschweigen, dass er große Sorgen im Herzen trug. Dora hatte es ihrer Mutter weitererzählt und Frau Scheermann hatte die Dummheit begangen, ihren Schwiegersohn zu bitten, er möge doch in Zukunft Dora mit solchen »Geschäftsangelegenheiten« verschonen. Wenn der Mann Sorgen habe, brauche seine Frau nichts davon zu wissen. Damit war sie aber ganz schlecht angekommen. Von Geeren dachte ganz anders darüber und sagte, dass Dora erst recht etwas davon wissen müsse. Ein Mann, der eine Frau habe, der gegenüber er sein Herz nicht ausschütten könne, habe nur eine halbe Frau – und er wollte eine ganze Frau haben. Da hatte ein Wort das andere gegeben und zuletzt hatte Herr von Geeren ihr geradezu gesagt, wie es mit ihm stand und dass er noch lange zu krabbeln habe, ehe er über den Berg sei. Die 15.000 Taler, die er von Scheermann zum Renovieren von Haus und Hof bekommen hatte, seien verbraucht, und dass er Vieh und Inventar für die Wirtschaft hätte besorgen können, verdanke er einem guten Freund, der ihm 5.000 Taler als Hochzeitsgeschenk für Dora gegeben habe. Nun seien auch die Handwerker, die auf dem Gut gearbeitet hatten, noch nicht alle bezahlt und im Moment würden sie keine großen Sprünge machen können. Das Ende vom Lied war gewesen, dass Mutter Scheermann ihrem Schwiegersohn ihr eigenes Sparbuch über 6.000 Taler gegeben hatte. Das mochte ihr wohl durch den Kopf gehen. Wenn Scheermanns auch mehr Geld hatten als Andersen taxierte, nun war es doch sehr zusammengeschmolzen. So oft sie aber darüber nachdenken mochte, wenn es sein musste, fand sie ihr freundliches Gesicht gleich wieder und stieß rechts und links vergnügt mit an.

Nun fanden auch allerlei Vorführungen statt. Zuerst kam ein Bauernmädchen, das Matten zu verkaufen hatte und die Gelegenheit wahrnahm, allerlei gute Ratschläge an die jungen Eheleute zu verteilen. Als sie wieder verschwunden war, öffnete sich der Vorhang der Bühne und ein schönes lebendes Bild stand da. Weil es Elsa und Lohengrin sein sollten, ließ Kapellmeister Asche die nötige Musik dazu spielen. Dann wurde ein kleines Gelegenheitsstück aufgeführt. Hermann Maneck war Regisseur. Er hatte es verstanden, überall ein wenig Salz und Pfeffer dazwischenzustreuen, und der Beifall wollte kein Ende nehmen. Nun kam wieder ein Bild. Es war nach altgriechischem Muster und gewiss gut gelungen. Leider verstanden es nicht alle. Jann Schwäpes Frau meinte, dass es wohl Adam und Eva sein sollten.
»Dummes Mädchen«, sagte Schwäpe, »sie haben ja Bettlaken umgehängt und davon haben Adam und Eva in ihrem Leben nichts gewusst und von der Schlange und dem Apfelbaum ist auch nichts zu sehen.«
Zwischendurch war ab und zu ein Soloquartett gesungen und auch Reden waren noch gehalten worden. Dann hatte das Ehepaar von Geeren auf einem Rundgang mit jedem Gast angestoßen. Ernestine Andersen hatte Dora dabei ins Ohr geflüstert, dass sie einen großen Weinfleck in ihr seegrünes Kleid bekommen hatte. Aber nun war es zu Ende. Alle gingen wieder in den Versammlungssaal und während sie hier Kaffee tranken, wurde der große Saal zum Tanzen hergerichtet. Essen und Trinken, Tische und Stühle waren bald hinausgebracht und im Vorsaal war ein großes Buffet aufgebaut.
Das Brautpaar hatte sich bald nach Tisch ganz heimlich verdrückt. Die Tanzerei machte es nicht mehr mit. Auch Scheer-

mann zog sich mit ein paar Freunden in die Spielstube zurück. Nur der Elsflether Onkel wollte nicht mit, er blieb bei den jungen Mädchen und den alten Müttern, weil er noch Lust aufs Tanzen hatte. Frau Scheermann dankte ihrem Schöpfer, dass die anderen alten Kerle unter den Füßen weg waren.

So etwa zehn alte Herren saßen nun mit Scheermann um die Spieltische herum. Das Solospielen wollte heute nicht recht gehen, dazu hatten sie alle miteinander die Köpfe zu stark angeraucht. Sie schoben dann auch bald die Tische zusammen und warfen die Karten weg.

»Kinners«, sagte Scheermann, »was soll auch das Kartenspielen, wir können hier ja sonst unter uns fidel sein, hier stört uns niemand. Hier brauchen wir nicht Angst zu haben, dass uns die Frauen stören. Meine kommt ganz gewiss nicht!«

Und damit hatte er vollkommen recht. So leicht wagte sich keiner hinein, denn als sie eine halbe Stunde da zusammengesessen hatten, war so viel Tabakqualm in der Stube, den man nicht mit einem Säbel hätte durchschlagen können, dass einer kaum den anderen sehen konnte. Lustig waren sie doch geworden, diese Alten. Sie kamen bei ihrem Reden vom Hundertsten ins Tausendste und machten ihren Herzen Luft, sie waren ja unter sich. Und so konnten sie auch einen beliebten alten Rundgesang zum Besten geben, den die Damen bei Tisch nicht zugelassen hatten. Außerdem wurden Döntjes erzählt, über die sie alle herzhaft lachten. Korßen wusste viel von der guten alten Zeit zu berichten, wo noch auf Tafel und Buch geschworen wurde, und meinte, dass all der neue Kram nur Unheil gebracht habe. Er habe es schon 1848 kommen sehen und darum sei er nicht ein einziges Mal in die demokratischen Versammlungen gegangen. Die Fremden, die sich nun in Bre-

men breit machten, brächten nur Unheil. »Kinners«, schloss er seine Rede, »wir sind ja unter uns, wir sind fast alle Bremer Kinder und können ja vernünftig darüber reden.«
Bremer Kinder waren sie in der Tat beinahe alle, sie hatten aber zu viel Rotwein getrunken und wenn sie auch einen ordentlichen Stiefel vertragen konnten, mit vernünftigem Reden hatte es jetzt nicht mehr viel zu tun.
»Ja«, sagte Scheermann, »das ist ja, was ich sage, das ist ja mein Reden. Wenn sie sich bei uns erst ein Nest gebaut haben, wenn sie warm sitzen, dann schimpfen sie auf alles, an dem wir Bremer seit alten Zeiten mit Leib und Seele hängen!«
Die meisten stimmten Scheermann zu. Nur Tietjen wollte nicht richtig etwas davon wissen, er war ein Demokrat. Er sprach von Fortschritt und wollte ihnen nun lang und breit auseinandersetzen, dass die Zeiten nicht schlechter, sondern besser geworden seien, aber da wurde er lauthals zum Schweigen gebracht. Stattdessen wurde über die Bürgerschaft geschimpft, die nichts Gesundes mehr zustande bringe, seit die Ämter aufgehoben waren, und der alte Seidenkrämer Drönemeyer vergaß sich so weit, dass er sagte, alle, die für die Gewerbefreiheit gestimmt hätten, seien reif für das Tollhaus.
Auch über die Bremer Kost wurde gesprochen. Schwäpe meinte zuletzt, wenn er in der Bürgerschaft säße, würde es ganz anders sein. Er wolle wohl dafür sorgen, dass bessere Zeiten kämen. Das nahm ihm Müller, der nun schon jahrelang dies wichtige Amt innehatte und immer mit Theodor Garbarde gestimmt hatte, ziemlich krumm.
»Nimm es mir nicht übel«, sagte er, »aber das verstehe ich besser als du. Weißt du, wenn du in der Bürgerschaft einen Antrag stellst, dann musst du ihn auch modellieren können,

verstehst du wohl? Und das kannst du nicht und so weit können wir auch nicht wieder zurückgreifen, wie du willst. Wir müssen mit der Zeit vorwärtsgehen! Ich bin ja selbst für das Konservieren, das wisst ihr ja alle, aber so weit darf das Konservatorium denn doch nicht gehen.«

»Sieh, da haben wir es ja wieder«, sagte Heinemeyer, »gegen alles, was uns die guten alten Zeiten zurückbringen könnten Opposition!«

Schwäpe war vom vielen Rauchen und Trinken ganz schwindelig im Kopf geworden. Bei ihm ging alles, was geredet wurde, durcheinander und als er ihnen nun den alten Bürgereid, den er noch hatte schwören müssen, hersagen wollte, vermischte er ihn mit allerlei anderen Dingen. »Ich will dem Rat gehorsam sein«, sagte er, »auch braunen Kohl mit Pinkeln essen, auch in allen Nöten und Gefahren, so dieser guten Stadt begegnen, treu und hold sein, auch große Bohnen nicht verachten. Ich will holen Tafel und Buch, Schaden und Nachteil von mir abwehren und nach meinem Vermögen Granat essen.«

Darauf fiel er wieder in seinen Stuhl zurück und es war ein wahrer Segen, dass er bald danach einschlief. Die anderen alten Knaben tranken, redeten und rauchten weiter, solange sie es konnten und wie es irgend möglich war. Nachher schliefen auch sie einer nach dem anderen ein und dass sie nicht gestört wurden, dafür sorgte Frau Scheermann.

Als sie erwachten, war es helllichter Tag, die Hochzeit war längst vorüber und die anderen Gäste waren schon seit ein paar Stunden nach Hause gegangen.

# *Der Einzug in den Kaiserhof*

Als von Geeren acht Tage vor der Hochzeit nach Bremen reiste, war das Nest für Dora und ihn fast fertig. Scheermanns hatten die neuen Sachen und schon einen großen Teil ihrer alten Möbel zum Kaiserhof schicken lassen und beim Aufstellen waren Handwerker von Geeren behilflich gewesen. Doras Wohnstube, das Esszimmer und das Schlafzimmer für die jungen Leute waren fix und fertig und nun kam auch Becka herüber, um die Aufsicht zu führen. Die alten Scheermanns wollten erst vierzehn Tage nach der Hochzeit kommen und mussten ihre Möbel und Behältnisse deshalb noch so lange in Bremen behalten.

Becka hatte genug damit zu tun, sie musste vom Morgen bis zum Abend fleißig sein, wenn sie bis zum Einzug der jungen Herrschaft das, was die Handwerker zu tun übrig gelassen hatten, fertigbringen wollte. Und eines musste man ihr bei all ihrem vogeligen Theaterkram lassen: Sie war in ihrer Arbeit sehr fleißig. Ja, tatsächlich hätte sich so manches Mädchen, das nicht so vogelig, aber gern ein wenig bequem war und lieber die Herrschaften für sich arbeiten ließ als umgekehrt, ein Beispiel daran nehmen können. Becka verstand nicht nur in der Küche zu regieren, sie war auch in der Hausarbeit schnell und in der Stadt hatte sie sogar das Gardinenaufstecken besorgt. Als sie auf den Kaiserhof kam, war das vom Sattler schon erledigt worden und sie brauchte sich eigentlich nur noch um das Saubermachen und Putzen zu kümmern. Aber das war ihr nicht genug. Da sie nun einmal vorausgeschickt war, fand sie allerhand, was nicht in Ordnung war, und Betten, Sofas, Tische und Stühle mussten sich noch allerlei von ihr gefallen lassen.

Ein Kummer nagte bei all der Arbeit aber an ihrem Herzen. Sie hatte vorausgesetzt, dass sie bis zur Hochzeit in Bremen bleiben würde, und erst hatte es ja auch so geheißen. Plötzlich aber war die Hochzeitsreise in die Schweiz auf von Geerens Wunsch aufgegeben worden und nun musste sie früher anreisen. Sie hatte große Pläne gemacht, wollte sich im Geheimen auch zu einer Aufführung vorbereiten und die Hochzeitsgäste als »Jungfrau von Orleans« überraschen. Ihr Kostüm hatte sie genäht und den Monolog »Lebt wohl ihr Berge, ihr geliebten Triften« hatte sie auswendig gelernt. Sie hatte sich, wie gesagt, ganz heimlich vorbereitet. Nur als Scheermanns Waschfrau sie einmal in ihrer Wohnung besuchte, hatte sie nicht länger schweigen können. Sie hatte die alte Quasselstrippe nicht nur mit ins Vertrauen gezogen, nein, sie hatte ihr die ganze Jungfrau vorgespielt und dabei ihr neues Kostüm angezogen, sogar die Fahne hatte sie in der Hand gehalten. Das alte Waschweib hatte vor Verwunderung nichts sagen können, bis sie wieder bei Scheermanns gewesen war.

Sie erzählte Frau Scheermann alles, was sie wusste, und die freute sich sehr, dass sie nun einen Grund hatte, Becka Hals über Kopf zum Kaiserhof zu schicken, damit sie das Unglück mit der Jungfrau nicht erleben musste.

Becka konnte sich derweil mit vielerlei Arbeit von der geplatzten Vorstellung ablenken und bekam auch noch welche

dazu, als die Leinenaussteuer für Dora geschickt wurde. Sie packte den Leinenschrank voll und überzog auch die Betten, soweit es nötig war. Dann aber machte ihr die Dekoration des Schlosses noch viele Sorgen. Alle Leute, die sie auftreiben konnte, mussten helfen, Kränze zu binden, und zuletzt hatte sie glücklich das ganze Haus von innen und außen mit Kränzen behängt, selbst Ehrenpforten fehlten nicht. Damit diese Ehrenpforten allerlei Inschriften bekamen, war ihr der Lehrer des Dorfes behilflich. Er malte, was sie von ihm verlangte. Das Wort »Willkommen!« hatte er wohl zwölfmal, eines größer als das nächste, fertiggestellt. Nur mit Versen musste sie ihm vom Hals bleiben, das machte ihm zu viel Arbeit. Sie musste zufrieden sein, wenn er den einen Spruch, der über den Eingang sollte, fertigbekam. Flaggen waren im ganzen Ort nicht zu finden. Sie wusste sich aber zu helfen, sie steckte ihre »Jungfrauenfahne« vom Hahnenbalken aus durch das Eulenloch.
Heute war alles fertig geworden, Becka musterte das Schloss noch einmal von innen und außen, von unten bis oben und war zufrieden. Sie konnten kommen, sie war darauf eingerichtet. Als nichts mehr zu tun war, lief sie in ihre Kammer und kleidete sich um. Feierlich, sagte sie, wollte sie die Herrschaft empfangen und weil sonst keine Ehrenjungfern da waren, zog sie selbst ein weißes Kleid an, steckte Blumen in ihre Haare und nahm einen gewaltigen Blumenstrauß in die eine und einen Kranz in die andere Hand. Dann trat sie vor die Tür, wo sich der Lehrer mit den Jungen schon aufgestellt hatte und wo auch die anderen Dienstboten, der Inspektor und die Tagelöhner standen. Der Inspektor lachte still vor sich hin, als er Becka in diesem Aufzug sah, die anderen äußerten sich nicht, sie glaubten, es müsste so sein.

Kurz bevor der Wagen mit den jungen Leuten eintraf, war auch Kolwey aus Bücken gekommen, der keine Zeit gehabt hatte, die Hochzeit in Bremen mitzufeiern, und nun hier die jungen Leute begrüßen wollte.

Aber auch das halbe Dorf war zur Stelle. Beckas Vorbereitungen hatten alle Leute neugierig gemacht.

»Sie kommen!«, rief plötzlich ein Junge, der in einen Eichbaum geklettert war. Und richtig: Der Wagen rollte die Allee entlang auf das Schloss zu. Becka war die Erste, die an das junge Ehepaar herankam. Dora wusste gar nicht, wie es dazu kam, als sie plötzlich wie ein Klosterochse bekränzt war, und von Geeren drehte verlegen den großen Blumenstrauß in der Hand, den Becka ihm zugesteckt hatte. Mit ihrem Gedicht kam sie aber nicht an, denn als sie den Mund öffnete, begannen die Jungen zu singen, und als die fertig waren, riefen alle: »Hurra!« Und noch einmal »Hurra!«

Von Geeren dankte nach allen Seiten und beeilte sich, mit seiner kleinen Frau ins Haus zu kommen. Kolwey und den Inspektor zog er mit hinein. Becka lief hinterher.

Der Spruch, den der Lehrer über der Haustür angebracht hatte, lautete: »Gesegnet sei Euer Eingang!« Doch es ist bekannt, dass der Eingang das eine ist, Mann und Frau aber erst einen Scheffel Salz zusammen gegessen haben müssen, bis jeder von ihnen weiß, was er von dem anderen zu halten hat. Wir wollen von Geeren mitsamt seiner Frau und den Schwiegereltern diesen Scheffel Salz in Frieden verzehren lassen, das junge Paar mag die Flitterwochen ungestört genießen. Wenn das Salz alle ist, wollen wir sehen, ob die, die da von Bremen zum Kaiserhof gekommen sind, das Glück gefunden haben, das sie sich davon versprochen haben.

# Gute Menschen

Auf die Familie, die Heinrichs Braut als Kind in ihrem Haus aufnehmen wollte, schien die Sonne Gottes mit Wohlgefallen. Der Herrgott, der aus seinem blauen Himmel auf die Erde herunterblickt, der schickt das Glück auf die Menschen herab, gerade so und auch nicht ein bisschen anders, als sie es verdienen.

Die schlechten Menschen, die gar nicht einsehen wollen, wie schlecht sie sind, können nicht begreifen, wie es kommt, dass sie sich so unbehaglich fühlen. Die wollen auch nichts davon wissen, dass die schweren und schwarzen Gedanken, die sie quälen, aus ihrem eigenen verpesteten Herzen aufsteigen. Darum können sie auch keine Ruhe finden und quälen nun sich und andere Menschen – und oft die am meisten, die es mit ihnen am besten meinen. Statt sich vor den Kopf zu schlagen und, wie sie es immer tun, Himmel und Erde für ihr Unglück verantwortlich zu machen, sollten diese mal in ihr Herz schauen. Dann würden sie bald finden, dass es darin aussieht wie in einem Schweinestall und dass viel Spülwasser zum Reinigen nötig ist. Nur an so etwas denken sie nicht.

Wenn also ein Spruch in der Bibel wahr ist, dann ist es der, wo unser Heiland sagt, dass die Menschen selig sind, die ein reines Herz haben. Und so bestimmt das wahr ist, so bestimmt ist es auch wahr, dass die anderen, bei denen es im Herzen schlecht aussieht und die das partout nicht ausspülen wollen, von einem Tag zum anderen unglücklicher werden, bis sie zuletzt aus Angst und Verzweiflung die Wände hochgehen möchten. Leider Gottes gibt es noch immer viel dummes Volk von dieser Sorte und das wird wohl auch so bleiben, so lange die Welt steht. Nur, und das ist für andere Menschen in Not und Kummer schon oft ein Trost gewesen, es gibt doch noch viel mehr Menschen von der anderen Sorte, gute Menschen mit einem reinen Herz.

Zu der Art gehörten auch die Leute, bei denen Heinrich sich bald so glücklich gefühlt hatte und die nun seine Marie zu sich nehmen wollten, bis das eigene Nest fertig war. Alle miteinander waren sie gut: Vater, Mutter und Kinder, die alte Großmutter nicht zu vergessen. Der Direktor und seine Frau waren zwei stolze adlige Naturen, von dem Adel meine ich, über den der liebe Gott selbst das Stammregister führt. Und wenn Onkel Thießen sie später immer »ein Paar Prachtexemplare« nannte, so hatte er recht. Wer nur eine Stunde in das Haus des Direktors hineinschaute, konnte es sehen.

Wenn der Direktor nach Feierabend mit seiner Frau, seiner alten Mutter, seinem Sohn und seiner Tochter am Teetisch saß, erzählte er aus seiner Kindheit und von seinen Reisen oder er sprach mit seinem Sohn über die Zukunft und gab ihm gute Ratschläge. Alle hörten ihm gern zu und wenn auch mal die eine oder andere der Frauen ein Buch zur Hand genommen hatte, legte sie es bald wieder zur Seite und lauschte dem, was gesprochen wurde, oder lachte mit, wenn etwas Lustiges erzählt wurde. Wenn sie dann ab und an auch mal dazwischenredeten, so war es immer gerade so, als würde Zucker zum Kaffee gegeben. Und besonders jetzt, wenn das Gespräch auf

Miss Ellens Bräutigam kam, der sich in London aufhielt! Das Gesicht des lieben Kindes überlief eine leichte Röte und aus ihren Augen leuchtete helle Freude und reines Glück! Ja, es war die Glückseligkeit, die der liebe Gott für gute Menschen geschaffen hat.

Wenn sich dann Miss Ellen an das Klavier setzte und spielte und sang:

*»Ich kann's nicht fassen, nicht glauben,*
*es hat ein Traum mich berückt;*
*wie hat er doch unter allen*
*mich Arme erhöht und beglückt?«*,

dann nahm der Direktor die Hand seiner Frau in seine Hände. Beide sagten nichts, sie dachten an die Jahre, die nun schon lange vergangen waren, an die schöne, schöne Zeit, als sie sich kennen- und lieben gelernt hatten, und aus ihren Augen leuchtete es still und glücklich. Sie waren zufrieden mit ihrem Geschick wie alle Menschen, die ein reines Herz haben.

An einem solchen Abend hatte unser Heinrich auch mal von seiner Liebe und seiner Sturmzeit erzählt und alle hatten ihm gerne zugehört, auch die alte Großmutter, die nicht mehr weit von den achtzig entfernt war. Sie saß daneben auf einem Sofa. Dieses Mal war sie länger geblieben als sonst und nahm nun, um sich wach zu halten, einen Apfel und begann ihn zu schälen. Sie kam aber nicht damit zu Ende, wurde immer langsamer und langsamer und zuletzt fielen ihr die Hände mitsamt dem Apfel in den Schoß. Nun dauerte es nicht lange und sie träumte von ihrem seligen Georg. Sie sah ihn wieder in seinem blauen Frack mit den blanken Knöpfen und dem weißen Schal. Er war noch genauso hübsch wie damals, als er noch Bräutigam war. Er saß bei ihr und legte seinen Kopf an ihre

Wange. Er gab ihr ganz leise einen Kuss und sie hielt still. Sie wollte ihm sogar auch einen Kuss geben und spitzte im Schlaf schon ihren Mund. Plötzlich schoss sie zusammen, so hatte sie sich erschreckt, ein ganz fremdes Gesicht hatte ihr im Traum den Mund hingehalten. Sie riss die Augen auf und schaute ihre Kinder der Reihe nach an, ob sie wohl von dem Kuss etwas gemerkt hätten? Nein, Gottlob, sie unterhielten sich immer noch! Aber der Traum war doch schön gewesen. Sie schlief wieder ein und suchte ihren Georg im Traum. Vielleicht konnte sie ihn wiederfinden, sie wollte ihm doch so gern den Kuss noch geben.

Heinrich hatte erzählt, wie lieb ihm seine kleine Marie war. Er hatte eines Tages sein ganzes Herz ausgeschüttet, nicht ein Winkel war seinen Freunden verschlossen geblieben. Er hatte es getan, weil er wusste und nun auch wieder sah, dass sie alle ebenso Anteil an seinem Glück nahmen, wie sie es ihm möglich gemacht hatten, teilzunehmen an ihrem Glück. Frau Jennig hatte sich zuletzt erhoben, hatte Heinrichs Hand genommen und ihm gesagt, dass sie ihm alle miteinander beistehen wollten, wie gute Freunde und Brüder es tun. Der Direktor aber hatte sich an seinen Sohn gewandt und ihm gesagt, dass er an sich arbeiten solle, um auch mal ein so resoluter Kerl zu werden wie Heinrich, der für seine Liebste durch dick und dünn gegangen war.

Ein Seemann hat den anderen lieb, weil er weiß, dass sie beide ein Schicksal zu tragen haben, dass sie beide unter Donnern und Krachen auf ihrem Posten aushalten müssen und als tüchtige Seeleute auch aushalten werden. So ging es auch dem Direktor. Heinrich war ihm noch viel lieber geworden, seit er wusste, dass der sich in seinem Leben auch schon den Wind um die Nase hatte wehen lassen. Er selbst, der Direktor, war auch nicht immer auf Rosen und Schwanenfedern gebettet gewesen. Nein, noch keine zehn Jahre war es her, da hatte seine Zukunft an einem seidenen Faden gehangen. Und doch war er nicht ängstlich gewesen, war sein Vertrauen nicht zugrunde gegangen. Man hatte es ihm nicht einmal angesehen, was in ihm vorging. Erst als sein Schiff wieder flott und unter gutem Wind war, hatte er zu seiner Frau, als sie mittags bei Tisch einen Ochsenbraten tranchierte, gesagt, dass er vor vierzehn Tagen nicht an Ochsenbraten, sondern eher an ein Stück trockenes Brot gedacht hatte.

Heute nun war in Jennigs Haus alles in großer Aufregung, alle freuten sich, denn Herr Scheermann konnte jeden Augenblick mit seiner Braut vorfahren. Der Wagen stand schon längst am Bahnhof für sie parat.

# *Unsere Landsleute in Glasgow*

Heinrich und Marie hatten endlich den Weg aus ihrem Liebeshimmel zur Erde zurückgefunden und waren mit Onkel Thießen zur Eisenbahn gegangen. Als sie alle gut untergebracht und mit dem Zug nach Glasgow abgefahren waren, ging das Unterhalten erst richtig los. Du lieber Gott, wie konnte es auch anders sein! Verliebte sprechen sich ja nicht aus, wenn sie auch jeden Tag zusammenkommen, und diese beiden hatten sich so lange, lange Zeit nicht gesehen! Wie klopften ihnen die Herzen und wie groß mochte die Freude und die Seligkeit der beiden sein! Onkel Thießen saß fortwährend am Fenster und schaute hinaus, er kam sich ganz verlassen vor.

Als sie aber im Wagen saßen, der am Bahnhof bereitgestanden hatte und durch Glasgows prächtige Vorstadt sausten, hing ihm doch wieder der Himmel voller Geigen. Heinrich fuhr selbst und stolzer ist noch kein Römer in seinem Siegeswagen durch die Porta Triumphalis gefahren als Heinrich mit seiner Marie nach Glasgow hinein. Wenn er auch keinen Lorbeerkranz auf dem Kopf hatte, so einen Schatz wie er hatte doch von all den römischen Kerlen noch keiner mitgebracht.

Auf dem Greenplatz hielt der Wagen vor einem prächtigen Palast. In der ersten Etage wohnte der Direktor Jennig mit seiner Familie und unten im Haus waren ganze Reihen Büros. Menschen aller Nationen kamen und gingen ein und aus und heute war es besonders lebendig. Als Heinrich sich mit seiner Marie durch die vielen Kaufleute, Schiffsmakler und Schiffer hindurchgedrängt hatte und mit ihr Arm in Arm die große Marmortreppe hinaufging, fühlte er, dass seine Marie bebte. Ja, sie war ängstlich, es kam ihr vor, als gehöre sie nicht hierhin, als sei das Haus für sie zu vornehm.

Der weißhaarige Diener, der oben an der Treppe stand, öffnete die Eingangstür weit und ließ das Paar eintreten.

Onkel Thießen war noch unten geblieben, er hatte ja genug Zeit. Er musste sich das Gewühl erst einmal genau ansehen.

Heinrich und Marie wurden in die schöne Familienstube geführt, in der die ganze Familie schon versammmelt war, um das Brautpaar in Empfang zu nehmen. Heinrich machte seine kleine Marie mit allen bekannt und alle schüttelten ihr die Hände und hießen sie freundlichst willkommen.

Zuerst war Marie ein wenig befangen gewesen. Sie hatte Angst gehabt, ob sie sich auch so benehmen könnte, wie es sich schickte. Es dauerte jedoch nur einen Augenblick und die Angst war verflogen. Die Lehren von Vater und Mutter, die gute Schulbildung und die Winke, die sie von Heinrich bekommen hatte, diese drei zusammen hatten in ihr gesundes Herz ein Zeichen gesetzt, das ihr in allen Lebenslagen sagte, was sie tun und was sie lassen sollte. Sie traf gleich das Richtige, als sie auf die alte Matrone zuging, die in einem Lehnstuhl saß, und diese zuerst begrüßte. Vornehm wie die ganze Einrichtung saß die alte Dame da. Sie musste wohl ein wenig nervenschwach sein, denn sie schüttelte andauernd ihren Kopf mit den schneeweißen Locken.

Dass Marie zuerst zu ihr gegangen war, darüber freuten sich alle, denn die Großmutter war der Mittelpunkt des Hauses,

um den sich alles drehte. Was sie ihr an den Augen ablesen konnten, wurde getan. Großmutter fand aber auch Gefallen an Marie. Sie gab ihr freundlich die Hand und zog sie an sich, dann drehte sie langsam ihren weißen Kopf und schaute sich nach Scheermann um, hielt ihm die andere Hand hin und gratulierte ihm von ganzem Herzen zu seiner Braut. Seine Marie, sagte sie, sei ein liebes, liebes Kind.
Auf Heinrich machten diese paar Worte einen mächtigen Eindruck. Nichts hätte ihm eine größere Freude machen können als das Urteil der guten alten Frau. Er nahm ihre Hand und drückte sie an seinen Mund.
Nun kam Onkel Thießen angeschlendert. Auch er wurde freundlich aufgenommen. Sie kannten ihn schon gut durch Heinrichs Beschreibung. Und gute Menschen erkennen einander auch an den Augen, so wie sich Hofdamen an ihrem Parfüm erkennen. Gute Menschen schließen sich so leicht einander an wie unschuldige Kinder und darum hatten es unsere Bremer Auswanderer nicht schwer, sich in Glasgow zu Hause zu fühlen. Marie und Miss Ellen hingen wie Freundinnen zusammen, die sich von klein auf gekannt haben. Und weil Ellen gerne Deutsch sprach, war auch bald eine richtige Mädchenfreundschaft mit all dem Reden und Erzählen von Hunderttausenden Wichtigkeiten und Kleinigkeiten, über die Frauen sprechen, so lange die Welt besteht, in vollem Gange. Beide laborierten ja auch an ein und derselben süßen Krankheit – an heißer, heißer Liebe – und das musste doch ausgesprochen werden, sonst könnte es ihnen noch das Herz brechen. Ihre süßen Münder standen denn auch, wenn sie beieinander waren, nicht einen Augenblick still. Sie gingen, wie Onkel Thießen sich ausdrückte, hin und her wie ein Entenschwanz.

Onkel Thießen wurde, das verstand sich von selbst, bald der Vertrauensmann der beiden, denn es gibt ja auf Gottes Welt keinen Grad von Verwandtschaft, der so viele Beschützer hervorbringt wie die richtige Onkelschaft – und Onkel Thießen bildete sich darauf auch nicht schlecht etwas ein.

Er war in seinem ganzen Leben immer sehr schlicht gewesen und zu Hause in Bremen würde ihn so leicht niemand dazu gekriegt haben, mit hellen Glacéhandschuhen auf den Straßen herumzulaufen. In Glasgow war das etwas anderes. Thießen war und blieb ein schlichter Kerl und ein echter Bremer, aber er wusste, wie dumm und unausstehlich es ist, wenn Fremde nach Bremen kommen und, weil sie, ob zu Recht oder Unrecht ist ja egal, noch an den Einrichtungen ihrer Heimat hängen und auf alles schimpfen und herumkritteln, was hier anders ist. Er nahm sich vor, ganz nach der Landessitte zu leben und nichts zu kritisieren.

»Wie oft«, sagte er sich, »hast du so einem hergelaufenen Kerl in Bremen die Wahrheit gesagt, dass er doch dahin gehen soll, woher er gekommen ist, wenn es ihm in Bremen nicht gefällt, und nun willst du anders sein? Nein, Thießen, das geht nicht!«

Und weil er das wusste, wollte er leben, wie es in Jennigs Haus Mode war. Bei seiner Natur wurde es ihm wohl ein wenig schwer, aber er half sich darüber hinweg und so kam es auch, dass er sich bald ganz wie zu Hause fühlte und dass sie ihn andererseits alle zusammen gern leiden mochten, die beiden jungen Mädchen am meisten.

Schon am dritten Tag spazierte er mit ihnen durch die Straßen Glasgows. Stolz wie ein Spanier trug er den neuen schwarzen Zylinder auf dem Kopf und an der rechten Hand einen gelben Handschuh. Der Handschuh für die linke Hand war ihm aufgeplatzt. Marie am linken und Miss Ellen am rechten Arm ließ er sich von seiner »kleinen Engelschen«[27] alle Denk- und Merkwürdigkeiten der Stadt und im Hafen auseinandersetzen. Die große Hauptkirche, die Universität, das große Krankenhaus, das Magdalenenstift, die Sternwarte, alles wurde besichtigt, zuletzt auch ein großes Denkmal.

»Wenn sie mich nach meinem Tod aus Stein hauen und auf so ein Postament stellen wollen«, sagte Thießen, als sie vor der Säule standen, »dann protestiert nur gleich dagegen – oder ihr lasst euch auch mit aushauen. Allein mag ich da oben nicht stehen, wenn ihr euch aber mit freundlichen Gesichtern auf beiden Seiten zu mir stellen wollt, lass ich es mir gefallen!«

Marie begann laut zu lachen und Ellen stimmte mit ein.

Solche Spaziergänge machten sie nun jeden Tag und die konnten ihm gar nicht zu lange dauern. Unterstand sich ab und an mal ein Einheimischer stehen zu bleiben, um ihn und seine beiden jungen Mädchen anzugaffen, oder drehte sich jemand nach ihnen um, na, der merkte bald, was die Uhr geschlagen hatte, und verschwand ganz schnell. Onkel Thießen sagte nichts, aber er schaute sie an wie ein scharfer Hund.

Für Marie war alles, was sie auf solchen Spaziergängen zu sehen bekam, großartig und wunderbar und Onkel Thießen freute sich darüber. Für ihn war es ja nicht immer etwas Neues und im Stillen sagte er sich auch, dass das eine oder andere in Bremen und Bremerhaven doch viel besser war.

Nachmittags gingen beide Mädchen meistens allein auf Wanderschaft. Onkel Thießen hatte dann zu Hause allerlei zu kramen oder ging auch gern mal zu den Docks. Den Mädchen

27 Verniedlichende Form für »Engländerin«.

war das auch ganz recht, sie hatten allerhand zu besorgen, bei dem sie den Onkel nicht immer gebrauchen konnten. Beide standen ja kurz vor ihrer Hochzeit.
Miss Ellens Wohnung wurde prachtvoll eingerichtet. Ihr Vater hatte ihr das für die Aussteuer bestimmte Geld gegeben und ihr ganz überlassen, wozu sie es verwenden wollte. Es gefiel ihr sehr gut, dass Marie ihr überall mit ihrem Rat zur Seite stand und nicht müde wurde, mit ihr durch die Kaufhäuser zu ziehen. Sie nutzten jeden Augenblick bis zum Abend, wenn die Familie wieder zusammenkam. Bis zur Hochzeit war schließlich noch viel zu tun, wenn alles fertig werden sollte. Na, das ist nun überall auf der Welt so, eine Braut hat vor der Hochzeit wochenlang viel zu tun, dass ihr oft die Zeit fehlt, sonntagmorgens die Kirche zu besuchen. Trotzdem ist die Aussteuer oft nicht zur rechten Zeit fertig! Das ist schon immer so gewesen und wird wohl auch immer so bleiben.
Marie war Ellen überall behilflich und da wird nun mancher fragen, was tat sie denn für ihr eigenes Nest? Gar nichts tat sie dafür. Ihr Leinenzeug hatte sie von Bremen mitgebracht. Alles lag hübsch verpackt in einer Kiste und für all das andere, was zum Hausstand gehört, sorgte Heinrich. Er hatte gebeten, sie möge ihm die Freude machen, sich um gar nichts zu kümmern. Wenn alles geregelt war, sollte sie überrascht werden. Marie war darauf eingegangen und so hatte sie nicht mal eine Ahnung davon, wo sie eigentlich wohnen würden. Heinrich hatte ihr gesagt, dass er in Port Glasgow gemietet hatte, weil es ihm da gelegener war als in Glasgow selbst. In der Altstadt und Vorstadt passte es ihm nicht, da war es zu dreckig, und in der Neustadt, nein, mit einem Wort: Port Glasgow, sagte er, sei am besten. Marie hatte nichts dagegen einzuwenden, auch

wenn sie bedauerte, dass sie dann so weit entfernt von den guten Jennigs wohnten. Sie war glücklich bei dem Gedanken, dort ganz mit ihrem Heinrich vereint zu sein.

Wenn sie Miss Ellens prächtige Wohnung und all die schönen Möbel sah, kam ihr nicht ein einziges Mal ein Gedanke des Neids. Sie freute sich mit ihrer Freundin über alles Neue, was sie in ihr Nest packte, und war immer ganz glücklich, dass sie so ganz und gar den gleichen Geschmack hatte und immer auf ihre Ratschläge hörte. Missgunst kannte sie nicht.

Wir Menschen sind von Natur aus nicht gerade mit viel Geduld ausgestattet und darum war Heinrich und Marie auch gar nicht zu verargen, dass sie ungeduldiger wurden, je näher der Tag heranrückte, der ihr Paradies auftun und sie beide mit Myrten bekränzt in den Ehehimmel führen sollte. Bei all ihren Tätigkeiten kam es ihnen oft so vor, als würde die Zeit stillstehen. Und doch erschrak Marie, als sie merkte, wie schnell die Zeit vergangen war, die ihr kürzlich noch so unendlich lang erschienen war! Morgen schon sollte die Hochzeit sein!

Ein Sturm von Gedanken fiel über sie her und wühlte in ihrer Seele hohe Wellen auf. Sie saß in ihrer Stube, hatte das kleine Bild ihres guten alten Vaters in der Hand und träumte ihre Kindheits- und ihre Liebesgeschichte noch einmal durch, vom ersten Gruß zum ersten Kuss und vom ersten Kuss bis auf den heutigen Tag. Da trat ihr Heinrich in die Stube und in seinem Arm machte sie ihrem Herzen mit Tränen Luft.

Heinrich blieb bei ihr. Er war gekommen, um in den letzten Stunden seines Bräutigamstandes Vergangenheit und Erinnerung ihr Recht zu geben. Er wollte sein und seiner Liebsten Herz auf das Allegro für die Zukunft einstimmen. Eine Träne nach der anderen küsste er von Maries Wangen und Augen.

In Onkel Thießens alter Zimmermannsseele ging heute auch so eine Art symphonische Dichtung vor sich, eine Art Hochzeitsvorfeier. Er saß heute Morgen allein im Büro des Direktors, hatte die Arme verschränkt und schaute angestrengt in die Welt hinein. In tiefen Gedanken saß er da und sein rotseidenes Taschentuch lag vor ihm auf dem Tisch. Ob er sich damit über die Augen gewischt hatte, weiß ich nicht. Auf seinem Gesicht lag nichts anderes als ein knurriger Trotz, ansehen konnte man ihm nicht, dass es ihm weich ums Herz war. Er wollte nicht weich werden, auch nicht an solch einem Tag, wie er ihm morgen bevorstand.
So ganz leicht musste es ihm doch nicht sein, denn morgen kam die Stunde heran, die er als einen Meilenstein am Scheideweg, einen neuen Wendepunkt in seinem Leben bezeichnen sollte. Morgen würde die Verschwörung zum Abschluss kommen, die er, der Kompagnon des alten Scheermann, mit angestiftet und durchgeführt hatte, die Verschwörung, die zwei Menschen glücklich machte und die ihn selbst, den einsamen alten Junggesellen, das Beste kostete, was er gehabt hatte, nämlich die Ruhe seiner alten Tage. Von morgen an wollte der alte Verschwörer wieder allein in der Welt stehen, denn wenn Heinrich und Marie es auch nicht wussten, morgen sollte auch sein Abschied sein. Sich wie ein altes Stück Möbel in einen jungen Hausstand setzen, nein, das passte ihm nicht. Alle sollten sehen, dass der alte Thießen diese Heirat nicht gestiftet hatte, um eine Heimat für sich zu haben, nein, dass er es einzig und allein aus gutem Herzen getan und dass er sich mit gesundem Verstand klargemacht hatte, was der Bruch mit seinem alten Freund für seine Vergangenheit und Zukunft zu bedeuten hatte. Jawohl, er gab es zu, er war ein Verschwörer,

aber so einer, der sein eigenes Glück für eine gute Sache hingeben kann.
Morgen Abend noch wollte er nach Leeds fahren, um seinen Jugendfreund Holthusen zu besuchen, und wohin es dann gehen sollte, ob nach Süden, Norden, Osten oder Westen, das wusste er noch nicht, darüber dachte er eben nach.
Plötzlich steckte Miss Ellen ihren Kopf zur Tür herein und schrie auf vor Freude, als sie Onkel Thießen dort sitzen sah. Sie hatte das ganze Haus nach ihm durchsucht und ihn endlich gefunden. Er sollte gleich zum Frühstück kommen, weil sie schon alle auf ihn gewartet hatten.
Thießen schüttelte aber den Kopf, nahm Ellens kleine Hand und streichelte sie. Sie solle ihn bei ihrer Mutter entschuldigen, er könnte nicht kommen, sagte er, er sei proppenvoll.
»Sie müssen!«, meinte Ellen und wollte ihn vom Stuhl ziehen. »Lieber Onkel, Sie müssen, es gibt auch Speckaal!«
Hätte es etwas anderes gegeben, wäre er vielleicht hingegangen, heute aber Speckaal essen, vielleicht einen Cousin vom letzten Speckaal bei Scheermanns?! Nein, das ging nicht, das war ihm beim besten Willen nicht möglich!

Eine Stunde später saß Onkel Thießen in seiner Stube. Sein alter Freund Docke aus Bremen hatte geschrieben, dass er für das Haus Am Dobben, welches Thießen gehörte, einen Käufer habe, und wenn er ihm raten solle, dann möge er nur zuschlagen. Der Preis war gut, Onkel Thießen verdiente sogar ganze 1.000 Taler und so schrieb er zurück, dass Docke es abmachen möge, die nötigen Vollmachten hatte er. Docke hatte ihm auch sonst noch allerlei geschrieben, dass Scheermann, als er vor drei Tagen mit seiner Frau aus Bremen abreiste, gar nicht gut gestellt gewesen sei und ihm immer wieder vorgejammert habe, dass ihm vor dem Leben in der Fremde graue.

»Na«, schrieb Docke, »du weißt ja, Hinnerk, der ist in seinem Leben noch nicht hinter Mutters Kochtopf weg gewesen. Das ließ sich ja denken, dass er die Mundwinkel hängen lässt, wenn es mal Ernst wird!«

»Wenn der Docke wüsste«, sagte Thießen zu sich, »wie die Sachen eigentlich liegen, dann würde er die Ursache des Mundwinkelhängens kennen.«

Docke schrieb auch, er solle Thießen von Scheermann einen Gruß bestellen, aber Frau Scheermann, die dabei gewesen sei, als er die Schlüssel des Hauses geholt hatte, habe scheinbar nichts zu bestellen gehabt. Über die Hochzeit in der Union stand auch etwas in dem Brief. Docke selbst war nicht da gewesen, aber Bittermann hatte etwas bei Bachler erzählt. Dann schrieb er auch, dass es mit der Bauspekulation noch immer so weiter ginge und ihm bange sei, dass das noch einmal schief abliefe. Und wenn Docke erst mal ans Schreiben kam, konnte er kein Ende finden. Er schrieb noch lang und breit darüber, wie viel besser es wäre, wenn Thießen in Bremen geblieben wäre oder wenn er zurückkäme, und dass mit den alten Freunden nicht mehr auszukommen sei, seit Thießen ihnen nicht mehr die Stange hielte.

Doch Thießen konnte die Nachrichten nicht mehr richtig aufnehmen. Er hatte andere Dinge zu bedenken. Trotzdem schrieb er noch ein paar freundliche Worte für die alten Jungens, ehe er seine Antwort abschloss und den Brief zulackte.

# *Das Nest ist fertig*

In Glasgow gibt es weit über hundert Gotteshäuser, große und kleine, und wenn auch viele darunter sind, die eigentlich nichts zu bedeuten haben, wer sich mit dem lieben Gott unterhalten will, kann es da genauso gut wie in einer großen, schönen Kirche. In einer der kleinen Kapellen in der Neustadt sollte auch die Trauung von Heinrich und Marie sein und Miss Ellen und ihre Mutter hatten dafür gesorgt, dass alles recht hübsch geschmückt war. Immergrün und Blumen hatten an den Wänden und auf dem Altar Platz gefunden und vom Eingang bis zum Altar hatten sie Rosen gestreut. Die jungen Brautleute sollten so wenig wie möglich davon merken, dass sie nicht in der Heimat waren. Die Traurede hielt der Pastor der deutschen Gemeinde in Edinburgh, die Trauung selbst wurde durch den Prediger der kleinen Neustädter Kirche vollzogen.

Blumen und Sonnenschein wünschen sich junge Brautleute an ihrem Hochzeitstag. Sie sehen darin ein gutes Omen für ihr zukünftiges Leben. Nur, der Sonnenschein hatte sich den ganzen Morgen noch nicht blicken lassen, die Sonne spielte Verstecken. Als aber Heinrich und Marie mit der kleinen Hochzeitsgesellschaft vor dem Altar standen und der Prediger zu sprechen begann, kam die Sonne plötzlich zum Vorschein und nun sah die kleine freundliche Kirche doppelt schön aus.

Die Blumen leuchteten in allen Farben und das Ganze machte einen sehr feierlichen Eindruck. Und wer genau hinsah, konnte es deutlich erkennen, dass auch aus Maries Augen Glück und Sonnenschein strahlten.
Die Hochzeitsgesellschaft war nur klein, der Direktor Jennig mit Frau und Kindern, ein paar von Heinrichs Kollegen, ein alter Buchhalter und einige Deutsche, die in Glasgow im Büro arbeiteten, hatten sich zu der Trauung eingefunden. Die Hauptperson aber, in einem schwarzen Frack und mit einer steifen weißen Halsbinde, war Onkel Thießen. Der alte Junge gab sich nun alle mögliche Mühe, sein Herz zu bezwingen. Er wollte standhaft bleiben wie der gute Bremer Roland, der ja seit Jahrhunderten noch nicht einmal das Gesicht verzogen hat, obwohl er doch so oft Grund dazu gehabt hätte. Der Prediger sprach gut, Onkel Thießen hörte ihm aber kaum zu. Er hielt in seinem alten Herzen seine eigene Predigt. Und als nun die Ringe gewechselt waren und der junge Ehestand eingesegnet war und Onkel Thießen Frau Scheermann an sein Herz gedrückt und sie dann wieder in Heinrichs Arm gelegt hatte, wo war da der steinerne Roland geblieben! Onkel Thießen weinte, weinte aus vollem Herzen. All die Tränen, die er tagelang zurückgedrängt hatte, machten sich plötzlich Luft und stürzten über seine Wangen. Eine Zeit lang ließ er sie ruhig fließen, dann wischte er sich die Augen und sagte: »Muss ich alter Schafskopf euch noch das Herz schwer machen! Kommt mit, Kinners, nun soll ja das Vergnügen erst losgehen.«
Vor der Kirchentür stiegen alle wieder in die Wagen, die so lange gewartet hatten. Das Hochzeitsessen sollte bei Jennigs sein. Die Wagen fuhren aber einen ganz anderen Weg. Und wenn Marie es nicht merkte, so kam es daher, dass sie immer-

fort ihren Mann anschaute. Sie konnte sich gar nicht da hineinfinden, dass sie nicht mehr Marie Bruhns hieß. Plötzlich hielten sie in einer der breiten Straßen der Neustadt vor einem Haus mit Veranda.

»Mein Gott, Heinrich«, sagte Marie, »das ist ja Miss Ellens zukünftige Wohnung und wir wollen doch zu Jennigs zum Greenplatz fahren!«

»Dahin fahren wir noch, zuerst wollen wir uns mal unser Nest ansehen. Marie, ich bin dir noch eine Überraschung schuldig: Das Haus ist nicht für Miss Ellen eingerichtet, nein, es ist unser Haus und ich freue mich, dass du dir solche Mühe gemacht hast, es so fein einzurichten.«

Lieber Gott, war das eine Freude! Marie konnte es kaum fassen. An der Haustür empfing sie ein nettes junges Dienstmädchen mit einem Blumenstrauß in der Hand. Das ganze Haus war innen mit Kränzen und Blumen geschmückt. Alle miteinander, Onkel Thießen als Hauptmatador an der Spitze, besahen nun das Haus von unten bis oben. Die Stuben, die Kammern, die Küche, alles war aufs Prächtigste eingerichtet und es fehlte heute tatsächlich nichts mehr. All die hunderterlei Dinge, die Marie selbst mit ausgesucht hatte und nur die schönsten Stücke, weil sie glaubte, dass es für ihre Freundin sei, fand sie hier wieder und all das sollte für sie selbst sein! Bald lachte sie, bald weinte sie vor Freude. Und erst die Küsserei – alle, alle, auch Onkel Thießen, Miss Ellen und Frau Jennig bekamen davon etwas ab. Der Direktor stand im Hintergrund und auf seinem Gesicht war zu lesen, dass er an all der Freude und dem Jubel von ganzem Herzen Anteil nahm.

Es war aber kaum zu beschreiben, mit welch gutem Geschmack alles eingerichtet war. Nichts stand am falschen Platz

und alles passte zusammen. Marie wurde es ganz schwindelig, als sie in ihre eigene kleine Stube kam, die sie vorher noch gar nicht gesehen hatte, weil Ellen immer gesagt hatte, dass diese ganz zuletzt an die Reihe kommen solle. So etwas Niedliches hätte sie sich nicht denken können. Frau Jennig und Onkel Thießen hatten das besorgt. Onkel Thießen hatte auch die Küche eingerichtet und da fehlte es an nichts, Bratpfannen und kupferne Kessel, lauter Sachen, mit denen er in seinem Leben noch nichts zu tun gehabt hatte, waren ebenso da wie hölzerne Löffel und Schaumkellen. Er war zwar nie verheiratet gewesen und hatte doch alles selbst besorgt.
Wie bei einem richtigen Feuerwerk das größte Spektakel, der Donner und die Kanonenschläge immer zuletzt kommen, so kam auch hier der eigentliche Knall zuletzt. Onkel Thießen führte die Gesellschaft in die Speisekammer, zu der er den Schlüssel noch nicht abgegeben hatte. In der Mitte stand ein Tisch mit Schüsseln voller Salz und ein großes Bremer Schwarzbrot lag daneben, das er eigens hatte kommen lassen. Als Marie nun genau hinsah, fand sie in dem Salz noch einen 1.000-Taler-Schein. Onkel Thießen hatte für seine Marie 5.000 Taler ausgesetzt, genauso wie für Dora. 4.000 Taler hatte er für die Hauseinrichtung angewandt und die 1.000 Taler sollte Marie als Notgroschen ganz für sich behalten. Er erzählte nicht, dass er das Geld in das Salz hineingesteckt hatte, Marie aber wusste, dass nur Onkel Thießen dies getan haben konnte. Sie sagte nichts, der alte Onkel aber hatte das Glück, dass die junge Frau ihm um den Hals fiel und ihm einen Kuss aufdrückte, wie er ihn seit vierzig Jahren nicht bekommen hatte.
Onkel Thießen hatte nun wieder an sich zu arbeiten. Sein altes Herz wollte rein mit ihm durchgehen und er griff darum

schnell nach seinem Hut und verabschiedete sich. Er sagte, er wolle sich erst ein wenig Appetit zum Essen holen, als Heinrich und Marie ihn zurückzuhalten suchten, und weg war er. Auch Jennigs und die anderen Gäste gingen jetzt und Ellen schärfte Marie und Heinrich noch einmal ein, dass sie nicht zu spät zum Essen kommen sollten, denn Großmutter würde sonst ungeduldig werden. Sie versprachen es und jetzt waren beide ganz allein.

Wenn die Schwalben sich ein Nest gebaut haben und es nun fix und fertig ist, kann man deutlich hören, dass sie voller Freude piepen. Und wenn die Alte dann den ersten Strohhalm ins Nest legt, küsst ihr Mann ihr dafür wohl zehnmal den Schnabel, und bringt er nun gar noch Daunen oder Pferdehaar ins Haus, dann ist die Freude auf beiden Seiten so groß, dass die Schnabbelei gar nicht wieder aufhören will. Oft soll es so weit gehen, dass sich die grauen Spatzen schon darüber unterhalten haben.

Genauso wie in einem Schwalbennest sah es nun in Scheermanns Wohnung aus, als die anderen gegangen waren. Das Nest war wohl fertig, aber es gab für beide doch noch allerlei zu tun und es schien ihnen Spaß zu machen, gleich weiterzuarbeiten. Maries Kisten und Kasten hatte Scheermann in das Gästezimmer bringen lassen. Wie ich schon gesagt habe, hatte sie fast nur Leinenzeug mitgebracht, aber sie hatte auch Sachen eingepackt, die für sie als Andenken großen Wert hatten, und dazu gehörte der altmodische Lehnstuhl, in dem ihr Vater nachmittags sein kleines Schläfchen zu machen pflegte. Sie hatte sich von dem alten Möbelstück nicht trennen mögen und ein Platz dafür war auch bald in Heinrichs Büro gefunden.

Nun ging es ans Auspacken großer Kisten und die Küsse, die es dabei gab, waren gar nicht zu zählen. Es ging immer Schicht um Schicht. Beinahe waren sie schon mit den Kisten fertig, als Heinrich, der eben einen Arm voller Tischtücher und Ähnlichem zum Leinenschrank getragen hatte, fragte, wohin denn der Mahagonikasten gekommen sei, der auf dem Fußboden gestanden hatte, und was darin sei?
Marie wollte nicht recht mit der Sprache heraus. Zuletzt sagte sie, dass sie ihn schon zur Seite gebracht hätte. Es läge etwas darin, was für niemanden sonst einen Wert haben könnte, und es sollte ihr Geheimnis bleiben.
Nun wollte Heinrich seine kleine Frau ein wenig ärgern. Er sagte, dass er nicht geglaubt hätte, dass sie Geheimnisse vor ihm haben könnte und dass er es sich hinter die Ohren schreiben und ihr in Zukunft auch nicht alles erzählen würde. Er wollte nicht schlechter sein als sie und nun auch seine Geheimnisse haben.
Marie machte große Augen. Sie glaubte, dass es wohl gar sein Ernst sein könnte, und holte schnell den Kasten. Heinrich wollte es nun nicht gestatten, dass sie ihn öffnete, und sagte, dass er es nicht ernst gemeint habe. Marie aber schloss den Kasten vor seinen Augen auf. Und was lag darin? – Putzkram? Nein, in ein sauberes weißes Tuch war das pechschwarze Schürzenfell des alten Bruhns eingeschlagen.
»Hinter diesem Schürzenfell, mein lieber Heinrich, hat mal das beste Vaterherz der Welt geschlagen. Für mich, für seine Tochter hat es geschlagen. Mit diesem Schürzenfell hat der alte Mann viele, viele Jahre für mich gearbeitet. Ich will es in Ehren halten. Es soll mir zu jeder Zeit ein Andenken sein und mir helfen, mich vor Übermut zu bewahren!«

Heinrich nahm seine kleine Frau in den Arm. Er wollte etwas sagen, nur er konnte es nicht anders aussprechen als mit einem heißen, heißen Kuss auf ihren zuckersüßen Mund. Marie dachte in diesem seligen Augenblick, ob ihre lieben Eltern oben im blauen Himmel das wohl sehen konnten und ob sie wohl wüssten, wie glücklich, wie von Herzen glücklich sie war.

Heinrich und Marie hielten Wort. Sie gingen eine halbe Stunde früher als ausgemacht zu Jennigs, um vor dem Essen noch die alte Dame zu begrüßen, die ihre lieben Kinder, wie sie Heinrich und Marie nannte, freundlich aufnahm und ihnen Gottes reichen Segen wünschte.

Beim Essen kamen alle wieder zusammen, die am Morgen in der Kirche gewesen waren. Und wenn es auch nur eine kleine Gesellschaft war, die nach dem Essen die Gläser klingen ließ, so waren doch alle miteinander Menschen, die von ganzem Herzen Anteil an dem jungen Glück nahmen. Und darum schickte der liebe Gott ihnen vom Himmel herab, was schöner ist als die schönste Hochzeitstorte: Seine himmlische Glückseligkeit, ja, er selbst war mitten unter den Gästen.

Spätabends fuhr ein Wagen das junge Paar nach Hause zurück. Onkel Thießen gab beiden das Geleit bis zur Haustür. Hier nahm er sie noch einmal in seine Arme, dann schloss sich die Tür ihres Paradieses hinter ihnen.

Und da war Thießen nun allein. Er blieb noch im Mondenschein auf Scheermanns Veranda sitzen und wohl zu keiner Zeit hat ein treuerer Onkel vor der Tür glücklicher Menschen Wache gehalten.

# *Der Wollspinner in Leeds*

Als am nächsten Morgen die Sonne ihre freudlichen Strahlen in die Kammer der jungen Scheermanns und über das breite Himmelbett schickte und die Kirchturmuhr den Morgen ansagte, mussten sich auch die beiden im Bett klarmachen, dass es höchste Zeit zum Aufstehen und zum Kaffeetrinken war. Und als sie nun beim Kaffee zusammen auf dem Sofa saßen und Marie zum ersten Mal als »Frau« ihrem »Mann« ein Butterbrot geschmiert hatte, das gut schmeckte, wenn darauf auch kein Bremer Zwieback war, wurden sie beide unverhofft daran erinnert, dass süß und bitter im Leben der Menschen schnell aufeinander folgen können. Der Happen blieb ihnen im Mund stecken, als das Dienstmädchen einen Brief hereinbrachte, der, man konnte es schon an den dicken Buchstaben auf der Adresse sehen, von niemand anderem sein konnte als von Onkel Thießen. Und richtig, so war es!

»Meine guten Kinder!«, schrieb er. »Hin ist hin, sagte das Mädchen, da war ihr ein Floh durch die Lappen gegangen. Jawohl, hin ist hin und wenn ihr bei eurem Kaffeepott sitzt, dann ist euer alter Onkel auch hin! Ein Floh ist er nicht, aber über alle Berge ist er doch. Wohin? Zuerst nach Leeds, zu seinem Freund, dem Wollspinner. Danach? Das weiß er selbst noch nicht. Er will es euch in ein paar Tagen schreiben. Wie lange es dauern wird, bis er zurückkommt, das weiß er auch nicht.

Er hat nur einen Wunsch, dass es nicht gar zu lange währt und dass ihr bis dahin glücklich und gesund bleibt und dass er dann nicht nur als Onkel, dass er dann auch als Großonkel wiederkommt. Bis dahin behüte euch beide der liebe Gott! Denkt so, wie ich mein Leben lang gedacht habe:

*Unser Leben besteht aus Last und Lust,*
*genieße, was du hast, und trage, was du musst!*

Euer Onkel Thießen.«

Ja, über alle Berge war er. Er hatte seine Absicht nur dem Direktor anvertraut und der hatte Thießens Koffer gestern heimlich zum Bahnhof bringen lassen.

Während sie bei Scheermanns und Jennigs alle traurig über seine Abreise waren, saß Onkel Thießen in seiner Reisekleidung fertig zur Abfahrt auf dem Bahnhof im Wartesaal, um nach Leeds zu fahren. Er plagte sich mit der englischen Münze ab, die er auf sein Goldstück zurückbekommen hatte. Er war ziemlich unleidlich heute Morgen und hatte schon einige Male einem Gepäckträger, der partout seine Hutschachtel nehmen wollte, alle Kraftwörter an den Kopf geworfen, die ihm aus seinen Zimmermannsjahren in Erinnerung geblieben waren, ja, einmal hatte man ganz deutlich das Wort »Donnerwetterhund« hören können. Er war böse auf den Gepäckträger, auf die Passagiere, die an seine Hutschachtel stießen, böse auf die ganze Welt – und am allermeisten auf sich selbst!

Wenn ihm der Gedanke kam: »Hinnerk, was willst du eigentlich in Leeds machen? Bleib doch hier!«, dann sagte er zu sich: »Nun gerade nicht!« Und er knurrte weiter vor sich hin.

Als er schließlich in den Zug stieg, sagte er zu sich selbst: »Nun beruhige dich, Hinnerk!« Er drückte sich in eine Wagenecke und er beruhigte sich dann auch. Er hatte lange nicht ordentlich geschlafen und als der Zug Fahrt aufnahm, forderte die Natur ihr Recht, er schlief ein. Er fuhr erster Klasse, die anderen Klassen taugen auf englischen Bahnen ja nichts, wenn man ein wenig bequem sitzen will. Er saß allein in einem Abteil, weil der Schaffner Onkel Thießens Sprache nicht verstanden hatte und dafür sorgte, dass ihn kein anderer Passagier störte. Nur seine eigenen Träume ärgerten ihn.

Bald stand Becka vor ihm und deklamierte und wenn er sie weggejagt hatte, sah er wieder einen jungen Bengel mit einem Klemmer auf der Nase. Der war stehen geblieben, um sich die beiden Mädchen an seinem Arm anzusehen. Wenn er den wieder auf Trab gebracht hatte, hing vor seiner Nase plötzlich ein großer Speckaal, doch wenn er danach greifen wollte, war er wieder weg. So ging es ihm auf der ganzen Reise.

In Leeds besserte sich seine Laune. Ja, er wurde wieder ganz munter, ließ sich gleich zu seinem »Baumwoll-Freund«, wie er ihn nannte, fahren und nach einer Viertelstunde hielt der Wagen vor der großen Wollspinnerei seines Landsmannes Holthusen. Nach einem langen Irrweg durch Arbeitssäle, Büros und Korridore, den er machte, weil er sich erst mal ein wenig umsehen wollte, kam er in das Büro seines Freundes.

»Hinnerk, mein guter, alter Hinnerk«, rief der lange Wollspinner, »ist es denn wirklich wahr, bist du es? Ja, hol mich der Teufel, du bist es!«

War das eine Freude der beiden alten Kerle, die sich seit so langen Jahren nicht gesehen hatten und sich doch sofort wiedererkannten.

»Komm mal ans Tageslicht«, sagte Thießen und zog seinen Freund ans Fenster, »lass dich mal ordentlich ansehen! Ja«, sagte er dann, »die lange Nase sitzt noch immer mitten im

Gesicht und der Mund ist auch nicht kleiner geworden! Aber, Bengel, verdammt viele Falten hast du im Gesicht. Darin sind ja mehr als in meiner alten Atlasweste!«

Nun drehte Holthusen Thießens Gesicht dem Fenster zu.

»Na, hör mal, Hinnerk«, sagte er dann, »Falten hast du auch genug, an dir sind schon mehr als an einem zugeklappten Regenschirm. Aber Kerle von gutem Schlag sind wir doch! Was?«

»Ja, das stimmt«, meinte Thießen, »wir sind aus gesundem Holz, kein solcher Klöterkram!«

Holthusen ließ nun einen Diener Wein und Gläser bringen, Zigarren holte er selbst aus dem Schrank. »Prost, mein Junge!« – »Prost!«, ging es und die Gläser stießen aneinander.

»Junge, du bist ziemlich fein eingerichtet«, meinte Thießen, als er sein Glas absetzte, »du musst viel Glück gehabt haben!«

»Na, Hinnerk, daran hat es dir doch auch nicht gefehlt. Ich meine, du kannst bestimmt auch zufrieden sein. Scheermann & Co. hat immer einen guten Namen in der Welt gehabt und ein solides Geschäft wirft etwas ab. Und das weißt du ja: Solide bin ich auch mein Leben lang schon gewesen.«

»Ja, das weiß ich wohl, mein Junge, die Geschichte mit dem hübschen Tappelmädchen[28] auf der Wachtstraße, das war ja nur Larifari.«

»Was für ein Tappelmädchen? Davon weiß ich ja nichts mehr. Aber sei nur still, damit meine Frau es nicht hört!«

»Na, nun mal Spaß beiseite«, sagte Thießen, »meinen Brief hast du doch bekommen?«

»Ja, aber an dein Kommen wollte ich nicht recht glauben. Wenn du früher mal in Geschäften nach England kamst, hast

28 Eine Frau/ein Mädchen, das Bier vom Fass zapft und verkauft.

du dich auch mehr als einmal angemeldet, nur Wort hast du doch nicht gehalten. Oft genug haben wir auf dich gewartet – und das will ich dir nur gleich sagen: Da du einmal hier bist, lassen wir dich so schnell nicht wieder weg!«

»Meine Geschäfte«, sagte Thießen, »sind bald abgemacht.«

»Hast du hier denn auch Geschäfte?«

»Ja, ich habe noch eine alte Schuld an dich zu bezahlen.«

»Davon weiß ich aber nichts!«

»Ich weiß es aber. Ich bin dir noch eine Tracht Prügel schuldig! An die fünfzig Jahre habe ich bei dir in der Kreide gestanden und es wird wahrhaftig Zeit, dass ich davonkomme.«

»Ach, wenn es weiter nichts ist«, sagte Holthusen, »das hat ja nicht so große Eile!«

»Ja, zum Donner auch!«, meinte Thießen. »Das läuft mir sonst mit den Zinsen zu hoch auf und ich habe mich nun mal darauf eingerichtet. Schau dir mal hier diesen Knüppel an!«

»Ja, der ist fein! Stopp mal, nun fällt mir ein, was du meinst, nun erinnere ich mich! Als du noch für deinen Vater Wolle einkauftest, habe ich sie dir mal vor der Nase weggeschnappt!«

»Ja«, sagte Thießen, »ja das stimmt, das meine ich. Ich Schafskopf habe dir abends erzählt, bei welchen Bauern ich am nächsten Tag Wolle kaufen wollte, und als ich nun am nächsten Morgen hinkam, warst du schon zwei Stunden früher da gewesen und hattest mir alle Wolle vor der Nase weggekauft. Dafür habe ich dir damals die Tracht Prügel versprochen.«

»Ja«, sagte Holthusen, »nun weiß ich es ganz gut, das ist in Ordnung. Ich kam dir zuvor. Ich stand frühmorgens um zwei auf und du alte Schlafmütze kamst erst um vier hoch. Aber, mein bester Junge«, setzte er hinzu, »du willst mich bezahlen, doch ich habe mit dem Einkassieren schon lange nichts mehr zu tun, das wird momentan alles im Büro erledigt. Dahin gehe morgen früh und mache es mit den jungen Leuten ab, die können dir auch gleich eine Quittung darüber ausstellen!«

»Nein, den Donner noch mal«, sagte Thießen, »da könnte ich doch an einen Unrechten geraten!«

»Davor habe nur keine Angst, an den Unrechten kommst du nicht. Die jungen Kerle sind heutzutage alle miteinander ein wenig trübsinnig und so eine kleine Tracht Prügel kann niemandem schaden.«

»Du Schwerenöter warst früher so hinter den hübschen Mädchen her«, sagte Thießen, um das Thema zu wechseln.

»Langsam, Hinnerk, langsam, dass meine Alte das nicht hört!«

»Hast dir wohl eine hübsche Frau ausgesucht, Jann, was?«

»Nein, mein Junge, gerade das Gegenteil, sie ist so hässlich wie die Nacht.«

»Was?«, fragte Thießen. »Wie kommst du dazu?«

»Ja, das sag nur. Ich habe eine von der längsten Art, weißt du, so eine lange Latte. Durch die Stubentür kann sie kaum herein und gelb ist sie wie eine Ausländerin. Zähne hat sie keine mehr und ihr Mund sieht aus wie ein abgebranntes Dorf, nur ein paar Stummel sind noch stehen geblieben und die sind so lang gewachsen, dass sie wie Elefantenzähne immer zu sehen sind.«

»Gott bewahre!«, sagte Thießen.

»Ich will sie dir gleich einmal holen, du kannst sie ja selbst ansehen.«

»Das hat gar keine Eile, Jann, ich will dir etwas sagen, wenn sie so hässlich ist, lass sie lieber draußen! Wo ist mein Hut?«

»Den ganzen Tag, sage ich dir, macht sie kein freundliches Gesicht.«

»Ich bitte dich, Jann, lass sie draußen! Gib mir meinen Hut.«
»Schiefäugig ist sie auch.«
»Meinetwegen«, sagte Thießen. »Gib mir nur meinen Hut!«
»Und doch bin ich ihr gut, ich bin glücklich mit ihr, der glücklichste Mann von der Welt! Was sagst du dazu, Hinnerk?«
»Ja, was soll ich dazu sagen, Jann, das ist Geschmackssache. Der eine mag Vanille und der andere lieber Limburger Käse.«
»Dabei singt dir die Alte die schönsten Opernarien.«
Thießen dachte an Becka und sagte: »Ich bitte dich, um Gottes willen, Jann, lass sie draußen! Gib mir meinen Hut.«
»Was ich dir von ihr gesagt habe, ist ja von außen, Hinnerk, im Innern, sage ich dir, ist sie besser. Sie hat das beste Herz der Welt.«
»Wenn sie innen besser ist als außen, dann lass sie doch wenden. Aber sag, wo ist mein verfluchter Hut geblieben?«
»Wohin willst du denn? Bleib doch gleich bei uns und frühstücke erst ein wenig, sollst mal sehen, es gibt Beefsteaks. Das war doch immer dein Futter und ein paar Knochen von einer jungen Gans zum Abpulen sind auch noch da. Und dann, meine Frau weiß Bescheid, sie muss gleich hereinkommen. Weißt du, mit einem solch alten Gestell dauert es ein bisschen länger, sie muss sich erst zurechtmachen.«
»Ich muss doch noch zum Bahnhof, Jann, und nach meinen Sachen sehen, ich habe keine Zeit, ich will –«
Plötzlich öffnete sich die Stubentür und herein kam eine junge patente Frau, so ein kleines Dickerchen. Sie schaute Onkel Thießen aus munteren Augen freundlich an, ging auf ihn zu und schüttelte ihm die Hand.
»Na, Hinnerk, was sagst du zu meiner Frau? Habe ich sie dir nicht gut beschrieben?«

Thießen machte noch immer große Augen, die kleine putzmuntere Person hätte er eher für eine Tochter seines Freundes halten mögen. Die Frau musste an die zwanzig Jahre jünger sein als ihr Mann. Und als sie ihn nun so freundlich ansah, wurde ihm ganz sonderbar zumute. Er war nun einmal, wie er war: In Gesellschaft hübscher Frauen fühlte er sich stets wohl.
Frau Holthusen war Engländerin, sie sprach aber doch so viel Deutsch, dass sie sich ganz gut auf Deutsch unterhalten konnte. Sie sagte zu Thießen, dass sein Zimmer schon lange für ihn bereitstünde und dass sie sich freue, dass ihr Mann mal wieder einen Landsmann und einen alten Freund gefunden habe, mit dem er sich über Bremen und alte Bekannte unterhalten könne. Sie wisse ja, wie gern er das täte, und wollte nur wünschen, dass Thießen immer bei ihnen in Leeds bliebe.
Das ginge nicht, sagte Thießen, er sei nur gekommen, um mit ihrem Mann etwas abzumachen, denn »wissen Sie wohl, er hat bei mir noch einen Schinken im Salz liegen, darüber wollen wir uns erst verständigen!«
Sie bat Thießen nun um seinen Arm und zog ihn mit hinaus und ins Wohnhaus hinüber. Das Frühstück wartete schon lange, sie könnten sich ja später mehr erzählen. Thießen ging mit und hielt den Arm der kleinen Frau so fest, als hätte er seine eigene Frau am Arm.
»Thießen«, sagte Holthusen, der hinterherging, »hier ist dein Hut! Ich denke, du Racker willst zum Bahnhof und deine Sachen holen?«
»Merken Sie was?«, fragte Thießen seine kleine Engländerin. »Der Schlingel ist schon eifersüchtig auf mich!«
»Geben Sie mir den Gepäckschein«, sagte Frau Holthusen, als sie bei Tisch saßen, »ich lasse Ihre Sachen gleich holen!«

Thießen reichte ihr den Schein und die kleine Dame lief schnell zur Tür, klingelte und gab dem Diener, der hereinkam, den Auftrag, die Koffer sofort vom Bahnhof zu holen.
Die kleine Engländerin lief nun hin und her und ließ die beiden alten Freunde zusammen sitzen, die sich so viel zu erzählen und zu fragen hatten: Was sie an Glück und Unglück seit ihren Jungensjahren durchgemacht hatten und wo der und der hingekommen war und lauter solche Sachen. Thießen erzählte dann auch, welches Glück er als Onkel gehabt hatte und wie anders es nun gekommen war und wie viele traurige Tage ihm nun in Einsamkeit bevorständen.
»Was hast du dir denn vorgenommen«, fragte Holthusen, »wo willst du deine alten Tage denn eigentlich beschließen? Sage mir zuerst einmal, wohin willst du denn von hier aus?«
»Weiß ich nicht! In die weite Welt – nach Hongkong oder auf den Popocatépetl oder am Ende doch wieder nach Bremen. Mich hält ja nichts auf, ich kann es machen, wie ich will. Ich zähle es mir nachher an den Westenknöpfen ab. Am liebsten möchte ich Arbeit haben, nur keine Langeweile!«
Der Wollspinner ließ noch ein paar Flaschen anfahren und ging damit auf Thießens schwarze Gedanken los und wusch sie, einen nach dem anderen, mit Rotspon aus Thießens Seele.

Acht Tage war Thießen schon in Leeds gewesen und von Tag zu Tag hatte es ihm besser gefallen. In Jann Holthusen hatte er wiedergefunden, was er an dem alten Scheermann verloren hatte, einen Freund, der ihn verstand und der ihn genauso lieb hatte wie er ihn. Ganze Abende hatten sie über die alten Zeiten und über Bremen geredet und Thießen hatte haarklein erzählen müssen, wie es sich zu Hause verändert hatte und

wo Bremen immer größer geworden war. Holthusen hatte das zwar schon oft auch von anderen Bremern gehört, aber nicht von einem alten Freund, der mit ihm die Jungenjahre erlebt und mit ihm auf der gleichen Schulbank gesessen hatte. Sie wanderten zusammen das ganze Landgebiet ab, erzählten sich von der alten Oberneulander Kirche und von der neuen, von den alten Eichen an der Riensberger Straße und den Kohlhökern vor dem Oster- und dem Bischofstor und Holthusen sagte immer wieder: »Hinnerk, ich muss da doch mal wieder hin und meine Frau muss mit. Aber zum Freimarkt muss es sein, das ist doch noch die beste Zeit in Bremen.«
So saßen sie an einem Abend mal wieder bei einer Flasche Wein und unterhielten sich und Thießen hatte eben wieder davon gesprochen, dass es für ihn Zeit sei weiterzureisen. Er hielte Holthusen nur von der Arbeit ab und so allein den ganzen Tag herumzulaufen und nichts zu tun, das passe ihm auch nicht mehr, er müsse sich Arbeit suchen, als Holthusen sagte: »Ich will dir mal einen Vorschlag machen, Hinnerk! Du weißt, ich lass in meiner Spinnerei Hunderte Menschen arbeiten …«
»Das weiß ich. Soll ich auf meine alten Tage auch noch das Spinnen lernen oder Wolle kratzen?«
»Nein, mein Jung, du könntest Einkäufe für mich machen. Du verstehst dich ebenso gut auf Wolle wie ich.«
»Aber von Baumwolle verstehe ich nichts.«
»Das lernst du noch! Und glaubst du denn, dass ich nur in Baumwolle arbeiten lasse? Ich brauche mehr Wolle als Baumwolle. Und auf Wolle verstehst du dich, denn was man als Kind gelernt hat, vergisst man nicht wieder.«
»Nein, da hast du recht. Und dann habe ich ja mein Leben lang viel mit Schafsköpfen zu tun gehabt.«

»Na, umso besser. Sieh mal, bei meinem Geld und Gut bin ich doch oft in einer fatalen Lage. Wenn ich auch viele Leute habe, die mir in meinem Geschäft beistehen, so kann ich doch keinem so mein Vertrauen schenken wie dir, dich kann ich überall hinsehen lassen.«

Und nun redete er wieder auf Thießen ein, dass er sein Geld gerade jetzt nicht besser anlegen könnte als in Wolle und dass er, wenn er nur wollte, noch auf seine alten Tage viel Geld damit verdienen würde. Zuletzt meinte er sogar, dass der Himmel es wohl so eingerichtet hätte, dass sie mit ihren grauen Köpfen noch einander zu Hilfe kommen könnten, gerade so, wie sie sich als Schuljungen geholfen hätten, wenn sie sich unter der Bank die schweren Rechenaufgaben zusteckten oder die Gesänge, die sie nicht auswendig wussten, zugeflüstert hatten.

Hin und her ging das Reden und Überlegen und endlich hatte sich Onkel Thießen doch wohl herumkriegen lassen, denn noch am gleichen Abend schrieb er an Heinrich einen Brief, in dem stand:

»Liebe Kinder!

Ich bin bei meinem Baumwollfreund untergekommen. Wenn Briefe für mich angekommen sind, namentlich einer von Kolwey in Bücken, dann schickt sie hierher. Ich nehme nun Unterricht in einer Spinnerei, vielleicht glückt es mir noch auf meine alten Tage, dass ich nicht nur Baumwolle, sondern dass ich sogar noch ein wenig Seide dabei spinne. Kommende Weihnachten besuche ich euch oder ihr mich.

Euer Onkel Thießen«

# *Frühling auf dem Lande*

*»Storch, Storch, Guter*
*bring mir nen kleinen Bruder!*
*Will ihn auch fleißig wiegen,*
*will ihn auch nicht betrügen.*
*Storch, Storch, Bester,*
*bring mir ne kleine Schwester.«*

So sang die kleine Lene im Garten des Lehrers. Sie klatschte dabei in ihre Hände und schaute zum blauen Himmel empor. Nur die Störche, die eben von der Winterreise zurückkamen und in einem langen Schwarm über die Scheunen und Strohdächer hinwegzogen, kümmerten sich nicht um Lenes Singsang. Sie hatten auch gar keine kleinen Brüder und Schwestern im Schnabel und flogen immer weiter, wer weiß wohin. Lene sang ihren Vers noch einmal und noch einmal, denn sie wusste wohl: Von nichts kommt nichts und wenn man einen kleinen Bruder oder eine kleine Schwester haben will, darf man sich das Singen nicht verdrießen lassen.

Der ganze Vogelzug war schon weit, weit entfernt und sah nur noch aus wie ein Mückenschwarm. Lene wollte schon anfangen zu weinen, weil sie keinen Storch abbekommen hatte, da kam plötzlich noch etwas hinterher. Es sauste über den Hof des Lehrers und klapperte vor Freude. Da kam er, da war er, Lenes guter Bekannter vom letzten Jahr, Musche Storch mitsamt seiner lieben Frau. Beide zogen einen großen Kreis durch die Luft, zuerst um den Hof, dann um den Giebel des Hauses. Nun setzten sie sich auch auf die beiden hölzernen Pferdeköpfe, die oben angebracht waren, nun noch ein kleiner Hüpfer und schon standen beide in ihrem Nest.

»Schwerenot«, sagte der Storch zu seiner Frau, »sieh dir nur mal den Schweinkram hier an. Das sind doch wieder die verdammten Krähen gewesen.« Dabei warf er alte Plünnen, tote Mäuse, Papier, verschimmeltes Stroh und lauter solch Kram von oben aus dem Nest in den Hof. »Kaum ist man angekommen, hat man wieder seinen Ärger.«

»Ach, Vater«, sagte die Alte, »schimpf doch nicht gleich, es ist wie in jedem Jahr und dagegen lässt sich nichts ausrichten. Lass mich nur machen, ich werde schon aufräumen. Fliege am besten erst einmal zum Deich und schaue dich da um, dann kommst du auf andere Gedanken. Du kannst mir ein paar fette Frösche mitbringen, wir wollen morgen Mittag Würmer und Frösche essen. Um das Saubermachen kümmere dich nicht weiter, das machst du ja sonst auch nicht. Es wäre tatsächlich ein Wunder, wenn du mal nicht stöhnen und kritisieren würdest! Jedes Jahr hast du gestöhnt und jedes Jahr habe ich noch zur rechten Zeit meine Eier legen und unsere Kinder glücklich aufziehen können.«

»Das ist wohl wahr, Mutter«, sagte der Alte. »Ich sage es dir nur, damit du nachher nicht schimpfst, wenn ich nicht den ganzen Tag zu Hause bleibe. Ich kann es wahrhaftig in einem solchen Schweinestall nicht aushalten und wir verderben uns beide die roten Strümpfe.«

Nicht weit entfernt vom Haus, am Pferdestall, wo die Schwalben jedes Jahr ihre Sommerwohnung aufschlugen, war es auch schon lebendig geworden. Und nicht nur lebendig war es da, nein, es hörte sich an wie Mord und Totschlag. Die Schwalben und die Spatzen lagen sich mal wieder in den Federn. Die Schwalben wollten die Nester, die ihnen so viel Mühe und Arbeit gemacht hatten, für sich behalten. Mal wieder hatten sich die Spatzen darin breitgemacht und wollten nicht einsehen, dass sie wieder ausziehen mussten. Das Takelzeug machte einen ganz grässlichen Krach und schimpfte und schalt wie die schlimmsten Buttjer. Sie verhielten sich gar nicht, wie es anständigen Vögeln zukommt, nein, wie die schlimmsten Straßenjungen, und man kann es darum dem anderen Vogelvolk nicht verdenken, wenn es nicht gern mit Spatzen etwas zu tun haben will.

Aber Recht muss Recht bleiben und so kam es auch hier. Nach einer Stunde saßen die Schwalben wieder in ihrem Nest und niemand konnte sie daraus vertreiben. Sie hatten es selbst gebaut und hatten es auch noch nicht nötig gehabt, sich dafür Handfeste ausstellen zu lassen.

Auch draußen auf den Wiesen war der Frühling wieder eingezogen und der liebe Sonnenschein sprang lustig über die grüne Erde hinweg. Er war ein alter Schelm und kitzelte die vielen Blumen, die vor Müdigkeit ihre Augen nicht öffnen konnten, mit seinem warmen Strahl so lange unter den kleinen Nasen, bis sie niesen mussten und ihre Augen ganz klar wurden. Mit den Blumen geht es genauso wie mit den Menschen. Manche erwachen gleich am frühen Morgen und sind sofort munter und bei anderen dauert es lange, bis sie richtig wach werden. Die Schneeglöckchen, die Krokusse und die kleinen Veilchen waren wie immer die Ersten, aber die Malven und Butterblumen und all die anderen, die hatten erst ordentlich gekit-

zelt werden müssen, ehe sie erwachten, sich guten Morgen wünschten und einzelne sich auch einen Kuss gaben.
Und als nun all die Blumen munter waren und all die kleinen Vögel sangen, da schmolz aus Vogelsang und Blumenduft ein Frühlingslied zusammen, so schön und so süß, wie es niemand erzählen und auch kein Dichter singen kann.
An der Landstraße, die vom Kaiserhof nach Hoya führt, stand an einem so wundervollen Frühlingsmorgen Großvater Scheermann mit seinem Enkelkind, der kleinen Lowise von Geeren. Der Alte war den ganzen Tag schon nervös gewesen. Es ging ihm nicht sehr gut, er stöhnte den lieben langen Tag und schalt auf das verdammte Nest, in das sie ihn hineingesetzt hatten, genau wie Napoleon auf die Insel Elba. Heute tat ihm sein Kreuz weh und seine Frau hatte gesagt, das sei gar kein Wunder und käme nur daher, dass er sich zu wenig Bewegung verschaffe, dabei müsse er ja krank werden. Er solle doch mal an die frische Luft gehen und die Kleine mitnehmen, dann würde es wohl anders werden. Und zuletzt hatte sie ihn auch glücklich aus dem Haus geredet.
Nun stand er an der Straße, in der einen Hand hatte er seine Mütze, in der anderen sein Taschentuch und wischte sich damit den Schweiß vom Gesicht, als hätte er die schwerste Arbeit getan.
»Was ist das heute für ein heißer Tag, es ist ja gerade wie an den Hundstagen«, sprach er vor sich hin und legte sich die Hand ins Kreuz.
Die kleine Lowise ließ ihn aber nicht lange stillstehen und zog immer wieder an seiner Jacke. Sie hatte im Straßengraben Butterblumen und Malven gesehen und daneben blaue und lilafarbene Krokusse und alle sollte Großvater ihr pflücken.

Dass sein Kreuz schmerzte, half ihm nicht, was fragte die kleine Lowise nach Großvaters Kreuz. Sie hielt ihre Schürze auf und hörte nicht auf mit Betteln, bis der Alte zu pflücken begann und seine süße Lowise ihre Schürze voller Blumen hatte.
Die Glocken der Kirche riefen die Leute schon zum zweiten Mal zum Gottesdienst. Von allen Seiten kamen Menschen in ihrem Sonntagsstaat, um zu Gott zu beten. Und ob nun bewegt vom Glockenläuten oder davon, dass die Sonne ihm so freundlich in die Augen schien, wurde Vater Scheermann ganz weichherzig. Er stand ganz still und es war ihm zumute, als müsse auch er seine Hände falten, als müsse auch er dahin gehen, wohin die alte Mutter mit ihrem Krückstock und ihrem Gesangbuch unter dem Arm wollte, die gerade vorbeihumpelte: in die Kirche.
Das furchtbare Heimweh, das ihn die ganzen vier Jahre, die er nun auf dem Kaiserhof war, nicht verlassen hatte, brach heute wieder einmal mit aller Macht aus.
»Schön ist es ja auf dem Land«, sprach er vor sich hin, »es ist wahr, aber in Bremen ist es doch noch viel, viel schöner!«
Er schaute die Wolken am Himmel an, sie drängten sich wie Schafe aneinander und alle, alle zogen nach Norden. Nur er konnte nicht mit nach Bremen, er musste zurückbleiben.
Die kleine Lowise wurde ungeduldig, sie riss wieder an Großvaters Jacke. Sie war heute gar nicht zufrieden mit ihm, er beschäftigte sich gar zu wenig mit ihr. Nicht einmal eine Kette konnte er aus ihren Butterblumenstängeln machen und das konnte doch ein Enkelkind mit Recht von einem Großvater verlangen. Nun wollte Lowise weiter und Großvater Scheermann nahm sie an die Hand und wollte mit ihr langsam durch die Allee nach Hause schlendern. Mit dem Laufen war es aber

vorbei, Lowise konnte nicht mehr, sie war noch schwach auf den Füßen, noch nicht ganz drei Jahre alt und Großvater musste sie tragen. Lange konnte Scheermann das nicht aushalten. Er freute sich, als sie die schiefe Steinbank an der Landstraße erreichten, auf der sich sonst wohl die Handwerksburschen von ihrem Marsch ausruhen. Dahin setzten sich beide.

Dass Scheermann sein Enkelkind lieb hatte, wusste nicht nur seine Familie, das wusste das ganze Dorf. Dass das Kind bei ihm aber Singstunde hatte, wusste niemand. Das machte er mit ihr unter vier Augen ab. Bald war es nun so weit, dass sie das erste Lied auswendig wusste, und Großvater freute sich schon, wenn er daran dachte, welches Gesicht seine Frau wohl machen würde, wenn er seine kleine Nachtigall vorführte. Als sie nun so allein auf der Bank saßen, wurde wieder Unterricht abgehalten und die beiden sangen zusammen:

*»Beim Freimarkt, beim Freimarkt,*
*denn geht mein Vater zur Stadt,*
*denn kauft er uns einen Hering,*
*denn kriegen wir alle was ab.*
*Knecht und Magd kriegen Kopf und Schwanz,*
*Vater und Mutter das Mittelstück,*
*die Kinder kriegen den Rogen,*
*den können sie gut vertragen.«*

Die Singstunde dauerte viel länger als sonst. Die Leute verließen schon wieder die Kirche, als sie noch übten. Nun mussten sie auch nach Haus.

Herr von Geeren und seine Frau kamen auch aus der Kirche. Der Pastor hatte eine schöne Predigt gehalten und ihre Herzen froh gemacht. Das herrliche Wetter hatte mitgeholfen. Beide verspürten noch keine Lust, nach Hause zu gehen, und

machten erst einen Spaziergang über ihre Weiden und Felder. Der Frühling hatte seine warme Hand auch auf ihr Land und ihre Saat gelegt. Das Winterkorn war dick aufgegangen, schon konnte sich eine Krähe darin verstecken, und die Obstbäume an der Straße, die ihnen gehörten, waren mit Blüten übersät.
Von Geeren drückte den Arm seiner Frau an sich. »Noch ein paar Jahre, liebe Dora, dann ist die größte Not überstanden. Glaube mir, ich fange erst jetzt an aufzuatmen. Habe nur noch ein paar Jahre Geduld, dann sollst du auch wieder die Annehmlichkeiten der Stadt genießen! Wenn erst unsere Lage geklärt ist, ziehen wir ein paar Wintermonate in die Stadt und dann sollst du wieder Theater und Konzerte besuchen, dann sollst du alles haben, was du hier so oft vermisst hast.«
»Glaube nicht«, sagte Dora, »dass ich hier noch irgendetwas mit Bedauern vermisse. Die Zeit der Klagen ist vorüber! Ich bin ja auch älter und vernünftiger geworden. Habe ich nicht dich, habe ich nicht meine Kinder, meine Eltern? Einen Wunsch habe ich aber, nur den einen: Dich, lieber Mann, sorgenfreier zu sehen!«
»Auch die Zeit wird hoffentlich kommen«, sagte er und drückte seine Frau fester an sich.
Ja, heute Morgen war überall Freude und Glück, im Himmel, auf der Erde und auch in diesen beiden Herzen hatte die Hoffnungsblume neue Blätter bekommen, der herrliche Sonntagmorgen hatte sie ausgetrieben!
Die kleinen Vögel in der Luft sangen »Halleluja« und aus Tausenden und Abertausenden Menschenherzen klang das Echo zurück: »Halleluja! Halleluja!«

# *Eine schlimme Nacht*

Im »goldenen Hirsch« wurde seit alten Zeiten um Pfingsten herum ein Fest gefeiert, das sie »Kleinostern« nannten und das von Bauern und Bediensteten aus dem Dorf und aus der Umgebung immer gern besucht wurde. Die Leute freuten sich den ganzen Winter schon auf das Fest und alles, was Kopf und Kragen hatte, war am Kleinosterabend im »goldenen Hirsch«, wo im Saal und im Zelt, das immer extra dazu aufgebaut werden musste, getanzt wurde. Niemand blieb am Kleinostertag zu Haus. Alt und Jung, wer nur irgendwie freikommen konnte, musste hin.

Wenn Ahlke und Geschmargret sich Ohrringe gekauft hatten, zeigten sie sie zuerst im »goldenen Hirsch«. Sie wollten nicht hinter den jungen Burschen zurückstehen, die ihre feuerroten, blauen oder gelben Halstücher auch immer an diesem Tag zuerst umbanden, um Eindruck auf die Mädchen zu machen, wenn sie sie zum Tanzen aufforderten.

Schon wochenlang vor dem Fest ließen sich die jungen Mädchen von den älteren so eine Art Tanzstunde geben, auf dem Hof, auf dem Boden, in der Scheune, ja sogar im Kuhstall hielten sie die Proben ab und vereinzelt kam es auch vor, dass so eine junge Magd darüber das Melken vergaß.

Acht Tage nach dem Sonntag, an dem Großvater Scheermann mit der kleinen Lowise an der Landstraße Blumen gepflückt hatte, war Kleinostern. Und dieses Mal hatten sich alle ganz besonders darauf eingerichtet. Kaum dass die neuen Petroleumlampen im Saal und im Tanzzelt die alten Kronleuchter mit den Stearinlichtern angesteckt waren, ging es los: Im Saal tanzten die Bauern, im Zelt die Bediensteten; alle, alle waren sie gekommen und schon von der Straße aus konnte man das Gejuche und die Musik hören.

Auch die Dienstboten vom Kaiserhof waren da, selbst der Kutscher Heini, der seinen neuen Sonntagsanzug mit dem hohen Kragen im »goldenen Hirsch« einweihen wollte. Nur Becka hatte nicht mitgewollt, es war ihr da »zu gemischt«, hatte sie zu Heini gesagt, der sie mithaben wollte. Nur: Der wahre Grund war das nicht! Sie hatte aus der Leihbibliothek in Hoya gestern den fünften Band der Geschichte bekommen, bei der ihr immer die Haare zu Berge standen: »Die Entführung der Gräfin Edelgunde oder der Ritter Kunz von Rabenstein«. Das Lesen war für sie ein viel höheres Vergnügen als im »Hirschen« herumzuspringen.

»Das Lesen«, hatte sie zu Heini gesagt, »ist meine Lieblingslektüre!«

»Jedem sein Mögen! Ich gehe in den ›goldenen Hirsch‹«, hatte Heini nur geantwortet und auch ohne Becka war nun die Freude groß und nichts konnte stören, nicht einmal, dass die Stearinlichter auf Heinis neue Jacke tröpfelten und er zuletzt aussah, als wäre er mit weißen Pfefferkuchen bestreut.

Die Herrschaften vom Kaiserhof waren nicht hingegangen, das verstand sich von selbst. Der Einzige, der wohl Lust dazu verspürt hätte und der früher schon zweimal dabei gewesen war, der alte Scheermann, konnte heute nicht. Er hatte zu kleben und zu kleistern. Es hieß, er wolle eine Stube tapezieren, allerdings nur eine Puppenstube für seine kleine Lowise, weil sie am nächsten Tag Geburtstag hatte. Bei dieser ungewohnten Arbeit pustete er nicht schlecht, der Schweiß lief ihm in Strömen vom Kopf. Trotz der Mühe ließ er es sich aber nicht verdrießen, er quälte sich ja für seinen Augapfel, für seine allerliebste Lowise. Wenn er auch mehr Kleister an seinen Rock schmierte als an die Puppenstube, er bekam sie doch fertig.

In von Geerens Büro brannte noch Licht. Er saß an seinem Schreibtisch und hatte den Kopf auf eine Hand gestützt. Sein Gesicht war bleich und das kam nicht von dem grünen Lampenschirm. Die Ursache war eine andere. Vor ihm lag ein großer Brief mit zwei mächtigen Gerichtsstempeln, einer befand sich im Brief und der zweite außen und dieser furchtbare Brief hatte all sein Blut zum Herzen getrieben. Das letzte Geld in seinem Gut, die 40.000 Taler, die er seiner Tante noch schuldig war, wurden ihm in diesem Unglücksbrief gekündigt, und weiter stand darin, dass Andersen der rechtmäßige Inhaber dieser Hypothek geworden war.

Von Geeren dachte an Onkel Thießens Wort, dass Andersen ihn mitsamt seiner Tante noch einmal über den Löffel barbieren würde. Er hatte es damals nicht begreifen können und auch bis zum heutigen Tage nicht geahnt, dass er noch einmal auf eine solche Art mit Andersen zu tun bekommen könnte. Der Mensch war ja bis in die letzte Zeit immer katzenfreundlich zu ihm gewesen. Seine Tochter, mit deren Verlobung es wieder vorbei war, hatte jeden Sommer eine Zeit lang auf dem Kaiserhof gewohnt und noch ganz kürzlich um Ostern hatte Andersen ihn besucht und war die Freundlichkeit selbst gewesen. Er wusste sich gar keinen Reim darauf zu machen, dass es nun plötzlich anders kam. Steuern und Zinsen hatte er immer auf Heller und Pfennig bezahlt und wenn seine Tante nach all seinen Vorwürfen auch nichts mehr mit ihm zu tun haben wollte und schon seit Jahr und Tag in Wien war, über die Zinszahlung hatte sie sich nicht einmal beklagen können. Aus seinem Gut hatte er die Zinsen zwar noch nicht erwirtschaften können, das hatte er Andersen auch gesagt. Seine Schwiegereltern hatten sie noch immer bis auf bessere Zeiten für ihn ausgelegt. Ja, was hätte er wohl ohne seine Schwiegereltern anfangen sollen? Sie hatten so nach und nach alles hergegeben, was sie besaßen, und nun war das Geben vorbei, nun ging es nicht mehr. Sie konnten mit dem besten Willen nicht mehr helfen, ihr Vermögen war aufgebraucht.

Als er vor acht Tagen mit seiner Frau aus der Kirche gekommen war, hatte er noch zu sich gesagt, wie gut es war, dass er endlich keine Zuschüsse mehr brauchte, dass das Gut nun so instand war, dass es etwas abwerfen musste. Noch ein paar gute Jahre und er könnte den größten Teil des Geldes, das die Alten ihm gegeben hatten, zurückzahlen. Und nun plötzlich, wo er eben geglaubt hatte, dass das Schwerste überwunden war, kam dieser Unglücksbrief ins Haus. Das hatte ihn eiskalt ans Herz gepackt und darum war sein Gesicht so bleich.

Er schrieb sofort an seinen Anwalt in Verden, schickte ihm den Kaufvertrag und fragte an, was dabei zu tun war. Er wollte noch immer nicht die Hoffnung aufgeben und glaubte immer noch, das Unglück abwenden zu können, obwohl er wusste, dass augenblicklich von anderer Seite sehr schlecht letzte Gelder zu haben wären. Er wollte auch erst die Antwort abwarten, ehe er seiner Frau und seinen Schwiegereltern einen Schreck einjagte. Den zweiten Briefbogen hatte er schon vollständig beschrieben und immer noch fiel ihm etwas ein, was er sei-

nem Anwalt noch mitteilen musste. Heini, sein Kutscher, sollte gleich morgen früh den Brief zur Bahn bringen.
Nun war es ihm heute Abend zwar ganz lieb, dass ihn niemand bei seiner Arbeit störte, wundern musste er sich aber doch, dass ihn seine Frau noch nicht aufgesucht hatte. Nur, es hatte seinen guten Grund, warum die Frauen nicht zu ihm kamen: Sie hatten genug mit sich selbst zu tun. Sie saßen im Kinderzimmer und nähten. Aus Doras weißem Musselinkleid hatten sie eines für die kleine Lowise geschneidert und das musste heute Abend noch fertig werden, morgen war ja ihr Geburtstag.
Mutter und Tochter saßen vor den Betten der Kinder. Der kleine Heinrich schlief schon seit zwei Stunden, aber Lowise, die kleine Krabbe, wollte gar nicht zur Ruhe kommen. Sie musste wohl eine Ahnung von ihrem Geburtstag haben, denn alle Augenblicke drehte sie den Kopf ihrer Mutter zu. Endlich schien der Sandmann doch zu kommen, das Kind faltete die kleinen Hände und betete:

*»Müde bin ich, geh zur Ruh,*
*Schließe meine Augen zu. Amen!«*

Weiter kam sie meistens mit ihrem Gebet nicht, sagte dann »Nacht« und schlief ein.
Nun war das Kleid beinahe fertig, Dora und Frau Scheermann waren sich einig, dass auf jeder Schulter noch eine Schleife sitzen musste, und daran nähten sie gerade, als Lowise plötzlich zu husten begann. Es war, als ob ein Hund bellen will und nicht kann, so hörte es sich an. Die Frauen bekamen es mit der Angst zu tun und die Großmutter klingelte nach Becka. Sie solle eine Tasse Milch erhitzen, man könne ja nicht wissen, es könnte schlimmer werden.

Becka kam das Klingeln bei ihrem Lesen gar nicht gelegen. Sie las gerade die grässliche Beschreibung, bei der Kunz von Rabenstein zum Schafott geführt wurde und wo es hieß: »Fünf vermummte Männer mit Fackeln in der Hand führten ihn im Mondenlicht zum Richtplatz. Schwarze Nachtvögel mit heiserem Gekrächz umkreisten ihn. Raben, Adler und Aasgeier wetzten bereits ihre Schnäbel, mit denen sie ihr Opfer zu zerfleischen gedachten. Kunz, der schreckliche Kunz, saß zitternd auf dem Armesünderstuhl. Schon hatte der grimmige Henkersknecht mit teuflischem Lachen sein haarscharfes Schwert unter seinem blutroten Mantel hervorgebracht, schon holte er zu dem furchtbaren Hiebe aus, da –«, ja, da klingelte es schon zum zweiten Mal und Becka konnte nun partout nicht weiterlesen, wenn auch der Kopf des Kunz noch nicht ab war.

Sie legte ihre Schere ins Buch und ging ins Kinderzimmer. Und, lieber Gott, was sah sie da! Die kleine Lowise würgte gewaltig und konnte keine Luft bekommen. Hals über Kopf erhitzte Becka Milch und brachte auch einen Schwamm mit.

Von Geeren drückte gerade seine Pittschaft auf seinen Brief, als er das laute Klingeln hörte. »Da muss etwas passiert sein«, dachte er und ging schnell ins Kinderzimmer. Da sah er, was los war. Er sah die bleichen Gesichter seiner Frau und Mutter. Er sah, wie sich sein Kind quälte und der Angstschweiß von dem kleinen Lockenkopf tropfte. Wenn die Angst, die nun plötzlich in seinem Herz wühlte, eine Strafe sein sollte für die Dummheiten und den Leichtsinn in seinem Leben, dann war er mit dem Himmel quitt.

Endlich, endlich war wieder Luft in den kleinen Hals gekommen und das Kind legte sich zurück in die Kissen, es war todesmatt.

Alle drei konnten sich gar nicht wieder von ihrer Angst erholen und Becka machte sie durch ihr Gerede noch größer. Es sei ein Hühnerhusten, sagte sie, daran könnte das Kind ersticken, sie kenne das. Und nun legte sie einen heißen Schwamm auf den kleinen weißen Hals. Das Kind jammerte fürchterlich und Dora und ihre Mutter weinten bitterlich.
Von Geeren überlegte nicht lange, schnell ging er in den Stall und weil Heini noch nicht zu Hause war, spannte er selbst die Pferde vor den Wagen, um den Doktor aus Hoya zu holen. Fort jagte er, dass das Feuer aus den Steinen flog. Es würde aber zwei Stunden dauern, bis er zurück sein konnte.
Zwei Stunden! Lieber Gott, welches Leid kann in zwei Stunden über die Menschen kommen, so viel, dass sie es zeitlebens nicht überwinden können. Zwei Stunden! Für glückliche Menschen gehen sie viel zu schnell vorüber, für unglückliche können sie entsetzlich lange dauern! Das sollten auch die beiden Mütter heute Nacht noch spüren.
Schwer, sehr schwer ist es, den Jammer zu beschreiben, der wie ein Blitz aus heiterem Himmel in das von Geeren'sche Haus gekommen war. Allmächtiger Gott, was war das für ein Abend, was war das für eine Nacht! Was musste die arme Dora durchstehen! Ihr Kind, ihr Herzblatt, ihre kleine, süße Lowise wehrte sich unter Angst und Schmerz gegen den bitteren Tod! »Mein Kind, mein armes Kind!«, schrie es auf in Doras Herz. Mehr konnte diese furchtbare Folter nicht herauspressen, all ihre Angst und Qual lag in diesen wenigen Worten. Sie beugte sich über ihr Mädchen und die kleinen Wangen wurden nass von ihren Tränen. Was aber fragt der Tod in solchem Augenblick nach Tränen? Und wenn es die beste Mutter ist, die sie weint, ist seine Zeit einmal gekommen, klammert er seinen

eisernen Finger immer fester um sein Opfer, immer fester! Dora musste zusehen, wie ihr Kind die kleinen Arme nach ihr ausstreckte, und sie konnte nicht helfen! Der Kampf begann immer von Neuem! Plötzlich rief das Kind: »Mama! Mama!« Das waren seine letzten Worte, dann war es vorbei. Der Tod hatte das kleine süße Wesen in seine Arme genommen!

Noch keine zwei Stunden waren vergangen, die Uhr war halb zwei, als von Geeren mit dem Arzt in die Tür trat – und doch kamen sie zu spät. Ihre liebe Lowise war schon gestorben. Ihr Geburtstag war auch ihr Todestag geworden, das weiße Kleid, das Mutter und Großmutter genäht hatten, ihr Totenhemd!

Mutter und Kind sind miteinander verwachsen wie zwei Blumen an einem Stängel. Wenn man eine davon abreißt, lässt die andere schwach und traurig den Kopf hängen, stirbt ab oder braucht lange, lange Zeit, den Schmerz zu überstehen. Auch Dora war mit ihrem Kind verwachsen und tief saßen die Wurzeln in ihrem Herzen. Der Tod, der ihr das Kind genommen hatte, hatte auch ein Stück ihres Mutterherzens weggerissen. Und Herzblut ist schwer zu stillen! Eine Mutter, die ihr Kind in den Sarg legen muss, verliert nicht nur ein Menschenleben, nein, eine ganze Welt legt sie in den Sarg.

Scheermann erfuhr erst am nächsten Morgen von dem Unglück. Sie hatten ihn schlafen lassen, helfen konnte er ja doch nicht. Er drückte seinen Kopf tief in die Kissen und weinte wie ein Kind, als seine Frau an sein Bett trat und sagte, dass sein Enkelkind ihm heute nicht die Hausschuhe vor sein Bett bringen könnte, dass seine liebe Lowise ein kleiner Engel geworden war.

# *Sturm und Gewitter*

Im ganzen Dorf war Trauer um die kleine Lowise und Groß und Klein war es, als ob die kleine Nachtigall, die zum Himmel geflogen war, wieder zurückkommen müsste. Als der Pastor in der Kirche das liebe Kind in seinem weißen Engelskleid einsegnete, weinten nicht nur die alten Frauen, da lief auch manch hartem Kerl eine Träne in seinen Stoppelbart.

Noch lange Zeit blieb über von Geerens ganzem Haus und über all den Menschen, die darin wohnten, der schwarze Trauermantel hängen, den der schlimme Knochenmann darübergeworfen hatte.

»Zeit heilt alle Wunden«, sagt man, aber für eine Mutter ist das kein Trost, sie will gar nicht, dass die Wunde in ihrem Herzen heilen soll, sie reißt sie immer von Neuem wieder auf.

Von Geeren war der Einzige, der den Kopf noch oben behielt, wenn er auch eine Menge Briefe bekommen hatte, von denen der eine immer noch trostloser war als der andere. Jeden Tag passierte ein neues Malheur und stürmte auf ihn los und er hatte doch schon vorher genug zu tragen gehabt, mehr, als er seiner Frau und seiner Schwiegermutter mitteilen konnte.

Von Geerens Notar hatte gemeldet, dass er gegen die Kündigung Protest eingelegt hatte. Er glaubte allerdings nicht, dass es etwas helfen würde, und gab ihm den Rat, sich mit Andersen zu verständigen. Vielleicht würde er sich mit Geld oder höheren Zinsen abfinden lassen. Leute, hatte er geschrieben, die dergleichen Geschäfte betrieben wie Andersen, die machten häufig solche Manöver, um Geld herauszupressen. Er hatte den Rat befolgt und an Andersen geschrieben. Vierzehn Tage hatte der ihn ohne Antwort gelassen, dann endlich war sie eingetroffen. In kurzen Worten hatte er geantwortet, dass er sich leider auf nichts einlassen könne, dazu sei es schon zu spät, weil er die Zwangsversteigerung beantragt habe. Das war ein Schlag!

Dennoch schrieb von Geeren noch ein zweites Mal an Andersen, er wolle ja gern alles tun, wenn er sein Gut nur behalten könne. Und die Kanaille anwortete ihm auch.

Er schrieb, dass ihm von Geerens Unglück ja durchaus zu Herzen ginge und dass es ihm schwergefallen sei, so gegen ihn vorzugehen. Aber er selbst habe große Verluste erlitten und beim besten Willen nicht anders gekonnt. Er sei gezwungen worden, um sich zu decken, von Fräulein von Geeren die Hypotheken auf den Kaiserhof zu nehmen, und er habe sich auch Mühe gegeben, sie wieder zu verkaufen. Aber niemand habe sie kaufen wollen. Alle Welt hielt sie nicht für sicher und wenn es heute vielleicht noch ginge, aus dem Kaiserhof mehr als 100.000 Taler herauszuschlagen, nach einem Jahr ginge das gewiss nicht mehr. Eine Krise sei in Aussicht und wenn er nicht jetzt zu retten suche, was zu retten sei, müsse er noch einmal alles verlieren. Er glaube so kaum, dass er mit einem blauen Auge davonkäme, und wolle nur wünschen, dass bis zu einem Verkauf noch die heutigen Preise, die ja unverschämt hoch seien, bestehen blieben. Von Geeren würde ihm sicher recht geben, dass er es unter solchen Umständen nicht verantworten könne, wenn er sein Geld auf der letzten

Hypothek stehen ließe. Zudem müsse er versuchen, mehr damit zu verdienen als die sechseinhalb Prozent, die von Geeren ihm geboten hatte. Er müsse sein Geld aus den Grundstücken ziehen, wenn er einigermaßen wieder gewinnen wolle, was er verloren habe. Er wollte aber Herrn von Geeren gern behilflich sein, ihm auf die zweite Hypothek die 40.000 Taler zu besorgen, und wenn der seine Schwiegereltern herumkriegen könne, dass sie mit ihren Geldern zurückständen, glaube er, dass es ihm gelingen könne, bei all dem Geldmangel die 40.000 Taler zu fünf Prozent zu besorgen. Dazu käme dann nur noch eine kleine Provision von fünf Prozent, er selbst wollte für seine Arbeit nichts haben – und dann die Kosten für das Gerichtsverfahren.

Von Geeren wusste nun, woran er war. Er sah jetzt, dass Andersen ein Halsabschneider der schlimmsten Sorte war und dass Onkel Thießen recht gehabt hatte. Der Kerl hatte erst seine Tante barbiert und nun wollte er nicht nur ihn, nein, auch seine Schwiegereltern unters Messer kriegen. Er selbst saß nun fest, daran konnte er nichts mehr ändern, aber seine Schwiegereltern sollten vor Prellerei bewahrt bleiben. Mit Andersen war er nun fertig, ein drittes Mal wollte er nicht schreiben.

Vater Scheermann war ziemlich zusammengefallen und klapperig geworden. Ja, dass seine kleine Lowise nicht mehr da war, hatte ihm einen schweren Schlag gegeben. Er ging im Haus herum wie einer, der in allen Ecken sucht, was er verloren hat, und es doch nicht wiederfinden kann.

Heini, der jeden Morgen Scheermanns Jacke abbürsten musste, fand alle Augenblicke etwas darin, was nicht hineingehörte. Bald ein kleiner Schuh von Lowise, bald einer ihrer Strümpfe oder ihr Halstuch oder sonst etwas. Oft, wenn sie

Vater Scheermann suchten, fanden sie den alten Mann weinend vor Lowises kleiner Puppenstube.
Doch wie Ärzte an einem Krankenbett ein Gift gegen das andere anwenden, so kuriert oft auch das Schicksal einen Kummer mit einem anderen Kummer. Vater Scheermann wäre wohl ganz und gar in der Trauer um sein liebes Enkelkind untergegangen, wenn sich nicht plötzlich ein anderes Leid in sein altes Herz gebrannt hätte. Der Weinvertreter aus Bremen, den er vor Weihnachten gebeten hatte, sich doch einmal nach Thießen zu erkundigen, war vorgestern auf dem Gut gewesen, um Geschäfte zu machen. Der erzählte ihm, dass Thießen, der gute Onkel Thießen, ganz und gar heruntergekommen sei. Er habe all sein Geld verspekuliert und sei nun in Glasgow bei den jungen Scheermanns, wo er sein Gnadenbrot bekomme. Bei Wollspekulationen habe er einen tüchtigen Klapps bekommen, ja, sein ganzes Geld sei flöten gegangen.
Was der Weinvertreter redete, hatte er vom Hörensagen. Kürzlich war er mit einem Dampfer nach Vegesack gefahren und hatte dabei die Unterhaltung dreier Bremer Herren, die bei ihm auf Deck saßen, mit angehört und deutlich verstanden, dass sie vom alten Thießen sprachen, nach dem er sich erkundigen sollte. Er hatte die Herren nun gefragt, ob sie von dem früheren Schiffsbaumeister Thießen sprächen und ob sie ihm über den wohl Auskunft geben könnten. Das war auch die einzige Nachfrage, die er nach Thießen getan hatte.
»Ja, von dem sprechen wir gerade«, hatte der eine gesagt, »wir wissen alle miteinander nicht, wo der geblieben ist. Er hat schon seit langer Zeit nichts mehr von sich hören lassen. Wir haben nur so viel erfahren, dass er sich vor einigen Jahren auf große Spekulatitonen mit Wolle eingelassen hat und dabei

mag er nun hereingefallen sein. Soviel wir gehört haben, soll sich der junge Scheermann seiner angenommen haben.«
»Schuster, bleib bei deinem Leisten«, hatte der eine dazu gesagt, und der andere: »Kluge Hühner legen auch mal in die Nesseln und verbrennen sich den Po.« Und der Dritte: »Was deines Amtes nicht ist, davon lass deinen Fürwitz.«
Auf das, was der Weinvertreter auf dem Dampfschiff gehört hatte, hatte er sich nun seinen eigenen Reim gemacht. Und dieser unglückliche Umstand war es, der nun dem alten Scheermann so mächtig viel Herzensleid bereitete.
Becka hatte schon lange gemerkt, dass im Hause Schlimmes vorging. Sie wusste auch, dass die Leute im »goldenen Hirsch« schon davon geredet hatten, zuerst nur leise, zuletzt ganz laut, dass von Geerens Gut verkauft werden solle, weil er die Zinsen nicht mehr bezahlen könne. Becka hatte aber dagegen angestritten, sie hatte gesagt, dass es schlechte Menschen seien, die so etwas von ihrem Herrn unter die Leute brächten. Vor einer Stunde nun hatten ihr dieselben Menschen die »Weser-Zeitung« vor die Nase gehalten, in der mit großen Buchstaben geschrieben stand, dass das von Geeren'sche Gut zwangsversteigert werden solle. Der Postbote, der das Blatt in den »goldenen Hirsch« brachte, hatte auch eine Zeitung bei Herrn von Geeren abgegeben.
Von Geeren hatte das Unglücksblatt nun in der Hand. Er las es und las es immer wieder und seine Hand bebte gewaltig. Es war so, wie sein Anwalt ihm geschrieben hatte: Das Gericht hatte Andersen recht gegeben. Ein paar Worte in Paragraf 15 seines Vertrages hatten ihm dazu verholfen. Diesen Paragraf hatte Thießen beim Vertragmachen vielleicht übersehen, vielleicht auch hatte er ihn selbst nicht verstanden.

Von Geeren war zumute, als hätte ihn mit dieser Nachricht der Schlag getroffen. Nun aber half es nichts, nun mussten auch die Frauen es erfahren. Er sprang auf und wischte sich den kalten Schweiß von der Stirn. Es war der schrecklichste Moment, den er in seinem Leben gehabt hatte. Die eine Wunde war bei den Frauen noch nicht verheilt, nun musste er die zweite schlagen. Er holte tief Luft. »Mut, Mut!«, sprach er vor sich hin, bevor er in die Stube ging. Er schloss hinter sich ab und einige Stunden vergingen, ohne dass man jemanden von der nun armen Familie zu sehen bekam.

Wenn auch Becka nicht mit in der Stube war, sie wusste genau, was da besprochen wurde. Auch sie hatte schwere Sorgen und wusste nicht, bei wem sie ihre Angst ausschütten sollte. Endlich kam ihr ein Gedanke: Sie wollte zu Kolwey nach Bücken gehen, von dem sie sich jeden Monat das Geld von Thießen holte, 8 Taler, außer im Januar, dann bekam sie 12. Nicht um das Geld zu holen, wollte sie hin. Bei ihr stand fest, sie wollte Thießens Geld nicht mehr haben. Nun wusste sie, wie es um ihn stand. Nicht sie allein wusste es, alle in von Geerens Haus wussten es, der Weinvertreter hatte es deutlich genug gesagt.

»Nein«, sagte sie, »es wäre ja Sünde, wenn ich dem armen Mann noch sein Geld abnehmen sollte!«

Sie hatte heute einen anderen Grund, warum sie zu Kolwey gehen wollte. Heini, der Kutscher, hatte ihr gesagt, dass es möglicherweise so schlimm kommen könnte, dass alle Sachen verkauft würden.

»Meine Sachen doch wohl nicht?«, hatte sie gefragt.

»Nein«, hatte Heini gesagt, »nicht, wenn du nachweisen und beschwören kannst, dass die Sachen dir gehören.«

Um nun allem Verdruss und Ärger aus dem Wege zu gehen, hatte unsere Becka ihre Theatergarderobe in einen Schließkorb gepackt und sich abends damit auf den Weg nach Bücken gemacht. Sie kam mit ihrer »Preziosa«, ihrer »Marie«, »Hedwig« und mit allem, was zu der »Jungfrau« gehörte, um zehn Uhr in Bücken an. Für den Weg hatte sie sehr viel Zeit gebraucht und oft stillstehen und sich erholen müssen.
Bei Kolwey war schon abgeschlossen, alle lagen bereits in den Betten. Doch das störte Becka nicht!
»Bumm, bumm!«, klopfte sie von außen an die Haustür und Kolweys hatten es auch gleich gehört, denn Becka war ein forsches Mädchen und klopfte nicht schlecht. Als sie nun ihren großen Korb glücklich in die Tür geschoben hatte, dauerte es einige Zeit, bis sie sich erholt hatte und den Kolweys ihre Not und ihr Elend klagen konnte. Der weite Weg und der schwere Korb hatten sie ganz erledigt, sie pustete wie eine Lokomotive und beim Erzählen kullerten ihr die Tränen über die Wangen, dass sie so blank wurden wie das Leder einer Droschke, wenn sie im Regen steht.
Kolwey sagte ihr nun, dass er bereits wisse, dass das Gut verkauft würde, und es auch schon an seinen Freund Thießen geschrieben habe. Aber dass Thießen selbst so arm geworden sei, wäre ihm ganz etwas Neues. Er schüttelte seinen Kopf und wunderte sich, dass Thießen ihm davon noch nichts geschrieben hatte.
»Dazu ist er zu stolz«, meinte Becka, »das schreibt er nicht. Ich kenne ihn, das lässt sein männlicher Charakter nicht zu!«
Becka band Kolwey zu guter Letzt noch auf die Seele, dass er ihren Korb mit dem Theaterkram gut aufbewahren und vor Nässe schützen solle.

Sie solle ohne Sorge sein, ihr könnte nichts passieren, sagte Kolwey. Er meinte aber, den Korb hätte sie ruhig bei sich behalten können.
»Besser ist besser«, sagte Becka, »behalten Sie nur den Korb, hier ist er in guten Händen. Ich glaube, ich ginge ins Wasser, wenn mir meine Garderobe genommen würde!«
Das Geld von Thießen wollte Becka aber partout nicht mehr haben.
»Auf keinen Fall!«, sagte sie. »Gott soll mich bewahren! Das wäre Sünde. Mir wird unser Herrgott wohl weiterhelfen. Wir werden ja sehen, wie es bei uns nun kommt. Wenn alle Stricke reißen, gehe ich nach Amerika. Da wird ja auch Kömödie gespielt. Wer weiß, was mir noch bevorsteht und ob nicht alles zu meinem Besten so gekommen ist. Vielleicht soll ich meinen Theobald da wiederfinden!«
Allein, bei Nacht und Nebel, ging sie zurück nach Hause. Todmüde und mit dicken Blasen an den Füßen erreichte sie den Kaiserhof. Erst gegen zwei Uhr legte sie sich in ihr Bett. Geduldig wie ein Lamm trug sie ihr Elend. Ihre Trösterin war die Kunst und die ganze Nacht träumte sie von Flitter, Sprungfedern und Perlen!

# *Der Teufel blitzt ab*

Frau Scheermann stand in ihrer Stube vor dem geöffneten Fenster. Sie schaute zum Himmel hinauf und auf die Wolken, die wie Berge schmutziger Baumwolle nur langsam wie ein Leichenzug vorüberzogen. Heute lagen nicht Stolz und Hochmut, heute lagen Demut und Ergebung auf ihrem Gesicht. Das hatten Kummer und Sorge vollbracht. Sie weinte still vor sich hin. In diesem Augenblick dachte sie nicht an sich selbst, sie dachte an Doras Zukunft und die ihres Enkelkindes. Sie dachte auch zurück an das verschwundene Glück und an Bremen. Dort hatten sie alle völlig sorgenfrei gelebt. Auch an Onkel Thießen dachte sie, der nun triumphieren konnte, dass es so gekommen war, wie er es prophezeit hatte. Kaltes Grausen lief ihr über den Rücken, sie zog ihr Umschlagtuch fester an sich und schloss das Fenster.

Die Zeit, als sie sich mit Wohlgefallen im Spiegel betrachtet hatte und die Leute sie immer zehn Jahre jünger geschätzt hatten, war schon lange vorüber. Wenn sie ihr Leid auch nicht laut klagte und ihr trauriges Los im Stillen trug, ansehen konnte man es ihr doch, wie tief das Unglück ihr zu Herzen ging. Ihre Haare waren seit den letzten Wochen ganz ergraut, ihre Wangen eingefallen und die Augen hatten vom vielen Weinen einen roten Rand bekommen. In ihrem lila Baumwollkleid sah sie wohl proper aus, aber doch recht spießbürgerlich. Die stolze

Rentnerin, die sie noch vor vier Jahren gewesen war, konnte man heute nicht mehr in ihr wiederfinden.
Sie trat an die Wiege, in der ihr Enkelkind schlief. Für eine Nacht hatte sie das Kind in Pflege genommen, weil ihre Dora gestern Mittag nach Bremen gefahren war. Der kleine Junge hatte ihr eine unruhige Nacht beschert, es ging ihm nicht sehr gut. Das war auch kein Wunder, er hatte seit gestern Morgen die Brust der Mutter vermisst, denn die Flasche wollte ihm gar nicht schmecken. Doch vor allem der riesige Kummer war wohl schuld daran, dass sie keinen Schlaf gefunden hatte.
Ihr Mann war nach Lowises Tod für alles, was den anderen Kummer bereitete, total gleichgültig und abgestumpft. Nur, wie hatte sie sich die ganze letzte Zeit gegrämt!
Vier Wochen waren es nun gerade her, als sie bei ihrem Schwiegersohn in die Stube getreten war und ihre Dora halbtot und blass wie eine Leiche und mit verweinten Augen in seinen Armen gefunden hatte. Was sie da gehört hatte, war ihr durch Mark und Bein gezogen, hatte ihr die weißen Haare beschert. Sie hatte schließlich doch gehört, was ihre Kinder ihr so lange verschwiegen hatten: Ihr Schwiegersohn war bankrott!
Vier Jahre hatte er sich geplagt, um das Gut in die Höhe zu bringen, und der Segen auf Feld und Wiesen war auch nicht ausgeblieben. Die Aussicht auf die Ernte war gut und trotzdem war nun alles vergebens, war alles verloren! Schon in vierzehn Tagen sollte das Gut gerichtlich verkauft werden und der es unter den Hammer bringen ließ, war der Bankier Andersen, den sie immer für einen noblen Mann gehalten hatten! Sie konnte es nicht begreifen, dass dieser Mensch, der immer so fromm tat und keinen Sonntag, den Gott kommen ließ, in der Kirche fehlte, so an ihnen handeln konnte. Ihr Schwiegersohn

hatte festgestellt, dass er Fräulein von Geerens Hypotheken für ein Ei und ein Butterbrot in seine Hände gebracht hatte, ja, dass er sie meistens mit Zinsen- und Provisionsquittungen bezahlt hatte. Bares Geld hatte seine Tante verdammt wenig dafür bekommen, durch die ewigen Prolongationen[29] war es zuletzt so aufgesummt.

Ein letzter Versuch zur Rettung war nun gestern gemacht worden. Dora war immer das Schoßkind des Bankiers Andersen gewesen. Er hatte ihr oft die Wangen gestreichelt und gesagt, dass sie sein »Liebling« sei, in all seinen Briefen hatte er sich ihr »väterlicher Freund« genannt. Und darum war sie selbst zu ihm gereist, ohne dass ihr Mann es wusste. Frau Scheermann hatte ihm erst nach der Abreise den wahren Grund genannt, sonst würde er es nicht zugelassen haben. Dora wollte Andersen bitten, sein Geld noch ein paar Jahre in dem von Geeren'schen Gut zu lassen, und hatte den schweren Weg nach Bremen in der Hoffnung angetreten, dass er seinem »Liebling« die Bitte nicht würde abschlagen können.

Dora hätte jetzt schon wieder zurück sein können. Ihre Mutter hatte inzwischen etwa zehnmal das Fenster geöffnet, um zu hören, ob sich ein Wagen näherte, doch alles blieb still. Von Geeren war seit ein paar Stunden unterwegs, um seine Frau vom Bahnhof abzuholen. Frau Scheermann setzte sich wieder ans Fenster und schaute zum Himmel hinauf, als ob sie von oben Trost und Hilfe holen könnte. Sie sah dort oben aber nur dicke schwarze Wolken.

Die Mittagszeit war schon vorüber, als ein Einspänner in die Allee einbog, die zum Gut führte. Das Pferd trottete ganz

29 Verlängerung z. B. eines Wechsels.

langsam, als wäre es vor einen Krankenwagen gespannt. Es sah nicht so aus, als brächten sie frohe Nachrichten mit nach Hause. Der Wagen fuhr in den Hof, von Geeren half seiner Dora beim Aussteigen und gab ihr einen Kuss. Der Kutscher nahm seinem Herrn die Zügel ab. Ein Gerichtsdiener, der schon eine Stunde gewartet hatte, ging mit von Geeren ins Haus und übergab ihm einen großen Brief.

Dora ging zu ihrer Mutter in die Stube. Doch war das wirklich Dora, die stolze, hübsche Frau von Geeren? Wie viel Kummer musste wohl dazugehört haben, das ehemals frische Gesicht so bleich, so elend zu machen? Wo waren die roten Wangen geblieben? Wer hatte ihr die Augen so tief in den Kopf gedrückt? Allein die Strapazen der Reise konnten nicht schuld daran sein, auch der heftige Wind nicht. Er hatte wohl ihre Haare in Unordnung bringen, aber doch die roten Wangen nicht wegblasen können.

Dora wankte auf ihre Mutter zu. Kein Wort kam über ihre blauen Lippen, die fest zusammengepresst waren. Frau Scheermanns Herz wollte stehen bleiben, als sie ihr Kind, ihre Dora, so vor sich sah. Sie brauchte nicht erst zu fragen, welche Nachricht ihre Tochter brachte, sie sah es ihr an den Augen an. Sprechen konnte Dora nicht, sie weinte nur. Zuletzt verließ sie die Kraft, sie fiel ihrer Mutter in die Arme.

Eine ganze Stunde brauchte sie, um sich so weit zu erholen, dass sie von ihrer Reise berichten konnte.

Nachdem sie bei Andersen in Bremen ihre Karte abgegeben hatte, war sie in den Empfangssaal geführt worden. Etwa eine halbe Stunde hatte sie dort sitzen müssen, bis Andersen zu ihr gekommen war. Der Empfang war kalt, eiskalt gewesen. Als sie ihn gebeten hatte, die Kündigung wieder zurückzunehmen, und ihm beschrieben hatte, dass ihr Mann sich vier Jahre gequält hatte, um das Gut in Ordnung zu bringen, habe er in einem Buch geblättert und nur gesagt, dass ihr Mann ja die Bedingungen kenne, wenn er ihm helfen sollte. Mit Engelsworten hatte sie ausgemalt, dass er die ganze Familie unglücklich machen würde, wenn er auf seine Kündigung bestünde. Doch nichts half, nichts, er blieb unerbittlich. Dora hatte kein Mittel unversucht gelassen, sie hatte nach seiner Tochter Ernestine gefragt, da sie glaubte, die würde für sie ein gutes Wort einlegen. Andersen hatte geantwortet, seine Familie sei verreist, war ans Fenster getreten und hatte mit seiner Uhrkette gespielt. Dora wusste aber, dass Ernestine im Haus war! Untertänigst hatte sie ihn noch einmal gebeten und sich dann schwach und elend auf einen Stuhl gesetzt.

Plötzlich war der alte Graukopf freundlich geworden. Er war an ihren Stuhl herangetreten und hatte ihr tief in die Augen gesehen.

»Liebes Kind«, hatte er gesagt und ihr wie früher die Wangen gestreichelt, »ich wüsste wohl ein Mittel, wenn mein kleiner Liebling ein klein wenig gnädig sein wollte!« Dann hatte er Dora etwas zugeflüstert, schreckliche Worte, die ihr noch immer in den Ohren klangen. In dem Verbrecher war der Teufel zum Vorschein gekommen.

Dora hatte ihn aber nicht aussprechen lassen. »Schurke!«, hatte sie gerufen, war aufgeprungen und, ohne Adjüs zu sagen, aus dem Haus gelaufen.

Gerade war Dora mit dem Erzählen fertig, als ihr Mann in die Stube trat. Man sah sofort, mit ihm war eine sonderbare Veränderung vorgegangen. Jahrelang hatte er mit Schrecken daran gedacht, dass es mal ein so trauriges Ende nehmen könnte, mit Angst und Grauen hatte er die Gefahr auf sich zukommen sehen und nun plötzlich, wo die Not und das Elend mit voller Wucht über ihn gekommen war, stand er da wie ein Mann, er hatte nicht den Kopf verloren. Als er seine Frau wieder in Tränen vorfand, ging er auf sie zu, nahm sie in den Arm und sagte: »Sei standhaft, weine nicht, liebe Dora! Das Unglück ist nicht so groß, wie du es dir vorstellst. Nicht alles ist verloren. Wir sind noch reich, denn wir haben einander noch!«

So brachte er ein wenig Trost in die Herzen von Mutter und Tochter.

»Euer hypothekarisch eingetragenes Kapital«, sagte er weiter, »wird jedenfalls, dank der Vorsicht unseres guten Onkel Thießen, gerettet werden. Es ist genug, um euch vor Not zu schützen, und hoffentlich werde ich in nicht allzu ferner Zeit eine Stellung finden, in der ich Frau und Kind ernähren kann. Lasst uns standhaft bleiben! Weint nicht und macht mir meine Lage nicht noch schwerer als sie schon ist. Lasst mich Herr der Verhältnisse bleiben, damit nicht die Verhältnisse Herr über mich werden!«

»Die rotbunte Kuh hat gekalbt!«, rief Scheermann da in die Stube hinein. »Wenn du kannst, komm doch mal nach draußen, Kuno!«

Herr von Geeren erhob sich und ging hinaus, als befände er sich in einem Traum.

# *Der Kaiserhof wird verkauft*

Der Tag war herangekommen, mittags um zwölf sollte der Kaiserhof verkauft werden. Auf der Landstraße vor dem »goldenen Hirsch« parkte eine lange Reihe Wagen, herrschaftliche Kutschen und alte Rumpelkarren standen durcheinander. So viele Menschen zur gleichen Zeit waren in dem alten Nest noch nie beisammen gewesen.

Der Wirt im »goldenen Hirsch« wusste heute Morgen nicht, wo ihm der Kopf stand, und seine Frau hatte noch mehr zu tun. Sie kam gar nicht aus dem Schweiß heraus, seit drei Stunden war ihre Pfannkuchenpfanne nicht vom Feuer gekommen. Sie hatte einen großen Schinken aufgeschnitten und trotzdem schrien alle Gäste nach mehr.

Schon wieder kam eine altmodische Pastorenkutsche angerattert und hielt wie die anderen vor dem »goldenen Hirsch«. Ein Mann stieg aus, der wohl nicht weit von den siebzig entfernt sein konnte, nur, der kam nicht ins Haus. Er ließ nur den Kutscher und sein Gespann einkehren. Er fragte den Wirt, welchen Weg er zum Kaiserhof einschlagen müsse.

Er solle nur die Allee hinaufgehen, sagte der Wirt, dann käme er genau auf das Herrschaftshaus zu.

Als Thießen, denn er war es, fort war, meinte der Wirt zu seinem Knecht: »Der sieht nicht danach aus, als ob er das Gut kaufen will.« Und damit hatte er ganz recht. Der alte Thießen, der doch früher immer so schnieke gewesen war, sah nicht danach aus. In seiner Reisekleidung sah er aus wie ein Ochsentreiber, wenn er auf einen Viehhandel ausgeht.

Nach fünf Minuten stand Thießen vor dem Herrschaftshaus und besah es sich von unten bis oben.

Scheermann schaute gerade aus dem Fenster. Er hatte Thießen kommen sehen und sprach nun seinen Schwiegersohn an, der hinter ihm am Sekretär saß und einen Brief schrieb.

»Kuno«, sagte er, »schau mal! Da steht ein Mensch, sieht der nicht gerade so aus wie Thießen?«

Doch Kuno war mit seinen Gedanken beim Schreiben.

»Hinnerk, Hinnerk!«, schrie Scheermann da aufs Geratewohl hinaus. »Junge, alter Fent, Thießen, bist du das?«

»Jawohl«, rief Thießen, »das bin ich.«

»Wahrhaftig, das ist Thießen«, sagte Scheermann zu seinem Schwiegersohn, warf das Fenster zu und stürzte zum Hof.

»Bengel, wo kommst du denn her?«, fragte Scheermann.

»Ja, das sag nur, mein Junge«, sagte Thießen.

Wie fest hielten sich die beiden alten Kerle umschlungen. Scheermann vergaß ganz, was für ein trauriger Tag heute für ihn war, ein Tag, an dem er mit Frau und Kindern von Haus und Hof gehen musste.

Von Geeren kam nun auch nach unten und drückte Thießens Hand. »Seien Sie herzlich willkommen, lieber Thießen«, sagte er. »Leider, leider kommen Sie zu einer recht traurigen Stunde, vielleicht zu der letzten, die ich hier als Herr im Hause verlebe. Schlimm, dass es so ist, aber wir wollen uns trotzdem die Freude des Wiedersehens dadurch nicht verderben lassen und – die wahren Freunde lernt man ja auch erst kennen, wenn es einem schlecht geht.«

Beide nahmen sie nun Thießen und brachten ihn ins Haus. Während Scheermann seine Leidensgeschichte auskramte, saßen Frau Scheermann und ihre Tochter hinten in ihren Kammern. Sie hatten die Rollos heruntergelassen, denn sie schämten sich und wollten auch nichts von den vielen Menschen und dem Lärm sehen und hören. Dass Onkel Thießen gekommen war, ahnten sie beide nicht. Wie konnten sie auch denken, dass der, der so lange nichts von sich hatte hören lassen, sie gerade heute in dieser traurigen Stunde besuchen würde. Darum bekamen sie auch einen Schreck, als von Geeren hereinkam und sagte, Onkel Thießen sei gekommen.

Dora legte schnell ihr Kind in die Wiege und flog in die Stube und auf Thießen zu. Sie glaubte, er würde sie wie früher in seine Arme nehmen und zu ihr »meine gute Dora« sagen, aber er stand still, öffnete die Arme nicht. Sein Gesicht war ernst, so traurig, als wäre ihm das Weinen näher als das Lachen. Hatte er sich über ihr schmales Gesicht erschreckt oder dachte er an die Zeit, als sie ihm gesagt hatte, sie habe keine Zeit ihn anzuhören, sie müsse sich die Haare wickeln lassen?

Dora hielt ihm beide Hände entgegen.

»Onkel«, sagte sie, »kannst du mir verzeihen?«

Einen Augenblick war der alte Mann still, dann sagte er mit bebender Stimme: »Dora, ich möchte dir wohl gern einen Kuss geben, aber ich denke an die Zeit, wo du aus der Pension kamst, da wollte ich das auch tun, aber da hieltest du mir nur eine Wange hin. Als ich dich an mein Herz drücken wollte, sagtest du, ich sollte dein Kleid nicht kraus machen.«

»Onkel, mein bester Onkel«, sagte Dora, »sprich nicht mehr davon, ich war ja damals noch ein dummes Mädchen, heute bin ich Mutter! Bitte, Onkel, sag dass du mir vergeben hast!«

Diese Worte huschten in sein Herz.
»Dora«, sagte er, »meine gute Dora!« Und nun gab er ihr die Hand.
»Nein, Onkel, nicht nur die Hand, küss mich, schlinge deinen Arm wieder um mich, wie du es tatest, als ich noch ein kleines Mädchen war!«
Nun zog er Dora an sein gutes altes Herz und weinte.
»Sei nun auch mit meiner Mutter wieder gut, bester Onkel, sie ist so schwach und krank«, flüsterte Dora, als sie an seinem Hals hing.
»Ach, was für ein Schnack, wieder gut sein!«, schluchzte Onkel Thießen es unter Tränen heraus. »Ich bin ihr nicht böse! Wo ist sie denn? Lass sie doch mal hereinkommen!«
Im selben Augenblick trat Frau Scheermann in die Tür. Als sie sah, dass Dora ihren Arm um Thießen geschlungen hatte, hielt sie ihm auch ihre Hände hin.
»Herr Thießen«, rief sie.
»Herr Thießen?«, fragte der Alte.
»Darf ich denn wieder Onkel Thießen sagen?«
»Na, das versteht sich«, sagte Thießen, »das bitte ich mir aus und das ›Sie‹ lass auch bloß weg!«
»Höre zuerst von mir, dass ich in vielen kummervollen, schlaflosen Nächten dir Abbitte getan habe. In traurigen Stunden habe ich erfahren müssen, dass all der äußere Glanz und die Pracht der vornehmen Welt, an denen mein Herz so sehr hing, nichtig sind.«
»Sei ruhig, ich bitte dich, sei still«, sagte Thießen. »Das kann ich nicht mit anhören. Du hast mir nichts abzubitten!«
Sie sprach aber weiter: »Ich habe einsehen gelernt, dass ein treues, liebendes Herz weit, weit mehr gilt. Thießen, sage mir,

dass du mir verziehen hast und dass du unser treuer Freund geblieben bist!«
Das war zu viel für den alten Thießen, er weinte wie ein Kind. Hätte Frau Scheermann ihn einen »Grobsack« genannt, er hätte es leichter ertragen können. Lange war es her, dass er so freundliche Worte von ihr gehört hatte. Er sagte nichts, nahm sie beim Kopf und meinte es mit seinem Schütteln so gut, dass ihr nach und nach die Mütze auf das eine Ohr rutschte.
Die Herzen hatten sich wiedergefunden! Doch Kummer und Sorge hatte es gebraucht, um sie wieder zusammenzubringen.
»Nicht eine Stunde«, sagte Thießen, »habt ihr den Freund verloren. Nun will ich euch auch sagen, warum ich eigentlich gekommen bin. Mein Herz ist so voll, ich bin … Ich kann es nicht länger verschweigen – ich bin …«
»Sei ruhig!«, fiel ihm der alte Scheermann ins Wort. »Wir wissen alles, du bist arm. Aber sei still davon, der Weinvertreter aus Bremen hat uns alles erzählt und das tut nichts zur Sache, du bleibst bei uns! Als er uns das erzählte, haben wir gleich gesagt: ›Thießen muss zu uns kommen. So lange wir etwas haben, hat er auch etwas.‹ Ist das nicht wahr?«
»Gewiss!«, sagte seine Frau.
»Onkel, du bleibst bei uns!«, rief nun auch Dora.
Thießen schwieg.
»Hinnerk, sei nur nicht traurig, du weißt wohl, das ist doch nur eben so viel, das versteht sich doch von selbst«, ergriff Scheermann das Wort. »Wir lassen dich nicht wieder los. Aber das will ich dir sagen, hier bleiben wir nicht. Wir ziehen alle miteinander nach Bremen – und wenn ich auch zum Buntentorsteinweg ziehen muss, das ist mir ganz egal, ich muss wieder Bremer Luft haben!«

Thießen schaute auf den Boden, er kratzte sich hinter den Ohren und überlegte, was er darauf sagen sollte. Becka half ihm aus der Not.

»Was?«, rief sie. »Herr Thießen ist da? Da muss ich rein!«

Die Tür öffnete sich und Becka stürzte in die Stube und auf Onkel Thießen zu. Das Mädchen freute sich riesig, sie drückte ihm fast die Hand kaputt.

»Mein lieber Herr Thießen, was machen Sie noch?«

»Sieh da, Becka!«, sagte Thießen. »Das ist recht, dass du bei deiner Herrschaft ausgehalten hast. Du hast die guten Tage genossen, du musst die schlechten mit in Kauf nehmen. Dafür habe ich dir auch etwas mitgebracht, warte nur bis heute Nachmittag um vier.«

Plötzlich bekamen alle einen Schreck, als wäre der Blitz zwischen sie gefahren. Ein Wagen fuhr auf den Hof und Andersen stieg mit zwei Personen vom Gericht aus.

Dora und ihre Mutter zogen sich in ihre Stuben zurück, von Geeren biss die Zähne zusammen und wurde ganz weiß um die Nase. Er bebte vor Wut, als er Andersen sah. Thießen beobachtete es.

»Ruhig«, sagte er zu von Geeren, »immer ruhig Blut! Wer einen Streit mit kaltem Blut führt, hat schon halb gewonnen.«

Ins Haus kam Andersen mit den beiden Beamten nicht. Sie ließen Stühle und Tische auf den Hof bringen. Weil das Wetter so prächtig war, sollte der Verkauf draußen auf dem Hof abgehalten werden. Andersen ging dem Notar dabei zur Hand. Als von Geeren das sah, sprang er auf, er konnte sich nicht länger beherrschen. Doch Thießen merkte es.

»Sie bleiben hier«, sagte er, »Sie dürfen mit dem Kerl nicht zusammenkommen!«

Thießen wusste noch gar nicht, dass Andersen sich auch gegen Dora so schlecht benommen hatte, von Geerens Brust ging auf und ab, er schwieg. Thießen ließ aber nicht nach, von Geeren musste ihm die Hand darauf geben, in der Stube zu bleiben.
Die alte Kirchenglocke schlug zwölf. Die Gerichtspersonen hatten sich um den Tisch gesetzt, Andersen auch. Von allen Seiten strömten die Menschen zusammen, Alt und Jung, Kind und Kegel, die meisten nur aus Neugierde.
Der Gerichtsvogt schlug mit einem Hammer auf den Tisch und sagte, dass nun der Verkauf seinen Anfang nehmen sollte. Alle waren still wie in einer Kirche, wenn die Orgel aufhört zu spielen und der Pastor seine Predigt beginnen will. Manchem mochte wohl das Herz klopfen, wenn er daran dachte, dass sein Hab und Gut auch mal in solche Hände kommen könnte.
»Ich biete 60.000 Taler!«, sagte Andersen.
»61.000!«, rief der Bierbrauer aus Hoya.
»65.000!«, bot Andersen wieder und es schien, als hätten nur die beiden die Absicht, das Gut zu kaufen, denn nur diese beiden trieben sich in die Höhe. Bis zu 100.000 Taler hatten sie das Gebot so gebracht und Andersen führte nun.
»Pass auf«, sagte der Stellmacher aus Bücken zu seinem Nachbarn, dem Bäcker, »der Kerl kriegt das Gut. Das ist der gleiche Hund, der auch den Amtmann Schierstein von Haus und Hof getrieben hat!«
»100.000 Taler!«, rief der Gerichtsvogt aus.
Alles blieb still.
»Wenn niemand mehr bietet«, sagte der Gerichtsvogt, »so werde ich zum Schluss übergehen. Zum Ersten ...«
»Halt! Mal stopp!«, rief da jemand – und das war Thießens Stimme.

Andersen bekam einen Todesschreck, als er Thießen hörte. Der aber trat an den Tisch heran und sagte: »Das ist ja gar nichts – 100.000 Taler. Mir hat mal ein Halsabschneider, so ein Krawattenmacher gesagt, vor etwa fünf Jahren, das Gut wäre unter Brüdern zwei mal 100.000 Taler wert.«
Andersen flüsterte dem Gerichtsvogt etwas zu und der sagte nun zu Thießen: »Sie haben sich aller Nebenbemerkungen zu enthalten.«
»Wem der Schuh nicht passt, der braucht ihn sich ja nicht anzuziehen. Kurz und gut, ich gebe 111.000 Taler«, knurrte Thießen.
Alle reckten die Hälse, um zu sehen, wer das geboten hatte. »Was mag das für einer sein?«, fragten die Leute und ein Flüstern und Summen begann. Der Notar und Andersen steckten wieder die Köpfe zusammen und der alte Scheermann kam zu Thießen und sagte: »Hinnerk, du bist wohl nicht klug, was fällt dir ein? Meinst du, das geht einfach so? Du hast ja kein Geld, du darfst ja nicht mitbieten! Menschenskind, mach dich doch nicht unglücklich!«
Der Gerichtsvogt, der mit Andersen eine Weile leise gesprochen hatte, stand nun auf und sagte, dass Fremde, die ein Gebot abgeben, auch das nötige Geld nachweisen müssten.
»Habe ich dir's nicht gesagt«, sagte Scheermann, der es mit der Angst bekam. »Nun sitzt du in der Patsche!«
Thießen sagte nichts. Er zog seine Brieftasche hervor, schlug sie auf und legte einen Kreditbrief auf den Tisch.
Der Gerichtsvogt studierte ihn lange. Er schien ein solches Ding nicht zu kennen und fragte nach dem Wert.
»100.000 Taler«, sagte Thießen. »Wollen Sie noch mehr sehen?«

»Schwerenotskerl«, sagte Scheermann hinter ihm, »woher hast du das Geld?«
»Gestohlen«, sagte Thießen.
»Ich biete 115.000 Taler«, rief Andersen und sah sich um, als wollte er sagen: »Ich will euch mit meinem Geld wohl das Maul stopfen.«
»120.000 Taler!«, rief Thießen und blieb ungerührt dabei, als handelte es sich um ein Butterbrot.
Andersen lief der Schweiß vom Kopf, seine Augen funkelten vor Wut. Er sagte: »121.000 Taler!«
»122.000 Taler!«, sagte Thießen.
Da erhob sich Andersen, warf den Stuhl zur Seite und trabte vom Hof. Er wusste nicht mehr, was er tat, sonst würde er Thießen höher getrieben haben, wenigstens so hoch, dass seine Hypotheken hätten eingelöst werden können.
»122.000 Taler«, rief der Notar, »zum Ersten, zum Andern und – zum Letzten!«
Der Hammer fiel herunter und Thießen hatte das Gut.
Der Notar hatte gesagt, dass er über den Kauf ein Protokoll aufsetzen müsse. Es hätte aber nicht so große Eile, sie wollten sich beide erst ein wenig ausruhen. Der Hof leerte sich nach und nach und umso voller wurde es im »goldenen Hirsch«. Da wimmelte es, kein Stuhl war mehr frei. Alle krakeelten so laut durcheinander, dass man sein eigenes Wort nicht verstehen konnte.
So viele Schnäpse wie heute waren im »goldenen Hirsch« an einem Tage noch nicht getrunken worden, so etwas hatte der Wirt noch nicht erlebt.
Andersen mussten die Ohren klingen, denn über ihn ging es am schlimmsten her. Welche Schandtaten wussten sich die

Leute von diesem Menschen zu erzählen! Er hatte sich in der Schenke gar nicht sehen lassen, er war gleich vom Hof gegangen und in seine Kutsche gestiegen. Zu seinem Unglück hatte der Knecht des Bauern die Pferde aber nicht ordentlich angeschirrt und als sie anzogen, rissen die Stränge kurz und klein. Um ein Haar wäre die ganze Kutsche umgefallen. Die Bauern sahen es und wollten dem Kutscher zu Hilfe kommen, aber sobald einer gesagt hatte: »Kinners! Da ist ja der verdammte Kerl, der Halsabschneider drin!«, war es mit der Hilfe vorbei. Keiner legte Hand an und hätte es einer tun wollen, sie hätten ihm wohl den Rücken grün und blau geschlagen. Sie hätten auch wohl den Bankier Andersen aus dem Wagen gezerrt und ihm die Jacke vollgehauen, wenn der Ortsvorstand nicht dabei gewesen wäre und sich das verbeten hätte.
In von Geerens Stube ging es auch bunt zu. Der Notar hatte das Protokoll so weit fertig, nur den Namen des Käufers hatte er noch nicht geschrieben. Er wusste nicht, ob Thießen das Gut für sich oder für einen anderen gekauft hatte. Er fragte ihn nun, auf welchen Namen er es schreiben sollte.
Von Geeren mit seiner Frau, Scheermanns, alle miteinander standen um Thießen herum und wussten nicht, was sie von ihm denken sollten.
»Schreiben Sie man«, sagte Thießen, »›Scheermann und Kompanie!‹«
Alle rissen die Augen auf, war das Ernst oder Spaß?
»Himmlischer Vater!«, rief Frau Scheermann.
»Ja, ja, Kinners«, sagte Thießen, »das ist mein Ernst. Der Weinvertreter hat euch belogen. Wir sind nicht arm, wir sind reich! Unsere Firma hat gute Geschäfte gemacht, sie ist nicht ›erloschen‹, wie ihr mal gesagt habt, hier«, und dabei schlug er sich

vor die Brust, »hier in meinem Herzen steht die Firma Scheermann und Kompanie mit großen Buchstaben eingeschrieben. Das Gut mach' ich schuldenfrei. Unsere Kinder werden sich, wenn wir mal vorbeikommen, darum vertragen.«

Frau Scheermann saß auf dem Stuhl und hielt ihr Taschentuch vors Gesicht, sie weinte, diesmal aber waren es Freudentränen. Thießen, der gute alte Junge, konnte nicht weitersprechen, sie drückten ihm ganz die Luft ab. Wenn der eine ihn losließ, hatte der andere ihn wieder beim Kragen. Als die Scheermannsche ihn nun beim Wickel kriegte, sagte sie: »Womit kann ich das wieder vergelten, lieber Thießen?«

»Rede doch nicht so ein dummes Zeug«, sagte er nur. »Back mir heute Abend einen Buchweizen-Pfannkuchen und gut ist es!«

Becka kam auch herein, um zu gratulieren. Bei all der Not hatte sie doch daran gedacht, etwas zu essen zu kochen. Die Herrschaften hatten aber noch keinen Appetit. Thießen sagte, er wolle noch bis um vier warten.

Von Geeren hatte Wein eingeschenkt und nun saßen alle um den großen Tisch herum. Thießen erzählte, dass er durch glückliche Spekulationen in Wolle zu dem vielen Geld gekommen sei, dass er lange Zeit bei seinem Heinrich in Glasgow gewesen sei und wie glücklich der mit seiner Frau lebe, dass sie zwei Kinder hätten, einen Jungen und ein Mädchen, die Heinrich und Marie hießen.

Da erhob sich Dora und holte ihren Jungen. Sie sagte, sie könnte auch mit einem kleinen »Heinrich« dienen. Dass Doras erstes Kind auf dem Friedhof lag, wusste Thießen von Kolwey, nur von dem kleinen Heinrich hatte er noch nichts gehört. Groß war seine Freude. Er nahm den Jungen auf den

Arm, ließ ihn tanzen und der kleine Bengel strampelte mit Armen und Beinen. Von Geeren sagte, dass sein Junge, wenn er Lust hätte, mal werden sollte, was Onkel Thießen gewesen war: Schiffsbaumeister. Das war nun etwas für den Alten, nun kam er wieder in sein richtiges Fahrwasser. Nun war er wieder ganz der alte fidele Thießen.

Becka ließ sich nicht mehr zurückweisen. Die Uhr wäre vier, sagte sie, sie müsse jetzt das Essen bringen, es würde ihr sonst ganz zusammenkochen.

»Warte noch ein wenig!«, sagte Thießen und schaute auf seine Uhr. Richtig, die Uhr war vier. Er schaute den Hof entlang, noch sah er nichts. Kaum hatte Becka jedoch die Teller auf den Tisch gestellt, als eine Extrapost auf den Hof fuhr und ein Herr und eine Dame mit zwei kleinen Kindern ausstiegen. Ein Kerl mit einem gelben Knebelbart sprang vom Bock, das musste wohl ein Diener sein.

Mit einem Ruck sprangen alle in der Stube auf.

»Heinrich, Heinrich!«, schrien sie alle. Ja, Heinrich Scheermann war es mit seiner Frau, mit seiner Marie und seinen Kindern. Sie waren mit Thießen aus Glasgow gekommen. Noch ein paar Minuten und die Herzen, die jahrelang getrennt gewesen waren, waren wieder vereint und die Freude, die so lange Zeit nicht auf dem Kaiserhof eingekehrt war, war wieder eingezogen.

Frau Scheermann drückte ihren Heinrich immer wieder ans Herz und war glücklich, über die Maßen glücklich, dass sie ihren verlorenen Sohn zurückhatte und dass er auch nicht den leisesten Schatten von Vorwurf in ihre Freude fallen ließ. Auch seine kleine, liebe Frau, die so frisch aussah wie eine junge Rose, hatte bei dem Wiederfinden durch all ihre schlimmen Erinnerungen einen dicken Strich gemacht. »Vergeben und vergessen« war in alle Herzen und auf alle Gesichter geschrieben. Aus einem Arm ging es in den nächsten, von den Jungen zu den Alten und von einem Großvater zu den kleinen Enkeln. Alle waren wieder zu einem schönen Kranz zusammengebunden. Die kleinen Krabben waren die Rosenknospen und Thießen und der alte Scheermann saßen dazwischen wie ein paar große Dahlien.

Als Dora ihren Bruder aus ihrem Arm gelassen hatte, zog sie ihre Mutter und Marie mit sich in eine andere Stube, die drei hatten allein zu sprechen. Was sie einander sagten, hörte allein der liebe Gott – und er wird seinen Gefallen daran gehabt haben. Alle drei hatte das Wiederfinden weich gemacht. Das konnte man an den verweinten Augen sehen, als sie wieder hereinkamen.

Nur Becka stand betrübt an der Tür. Kam es davon, dass sie das Essen noch immer nicht auftragen konnte oder dachte sie an ihr Unglück in der Liebe?

»Sei nicht traurig«, sagte Thießen, der sie da stehen sah, »du kommst nicht zu kurz!« Dann zog er sie ans Fenster: »Sieh dir mal den Kerl an! Ich meine den da, mit dem gelben Knebelbart. Kennst du den wohl?«

»Herrje!«, schrie Becka da. »Herr Thießen, wie haben Sie das möglich gemacht? Theobald, mein Theobald!« Und dann stürzte sie zur Tür hinaus. Ja, das musste wohl Theobald sein, denn beide liefen einander in die Arme.

»Kinners«, sagte Thießen in der Stube, »Kummer und Sorgen sind nun vorbei, die schlimme Zeit liegt hinter uns. Nun wollen wir aber auch diesen Augenblick, wo der liebe Gott wieder seine freundliche Sonne in unsere Herzen scheinen lässt, wahrnehmen und gleich heute an unsere Zukunft denken. Du, mein lieber alter Scheermann, deine Frau und ich, wir ziehen wieder nach Bremen. Am Buntentorsteinweg brauchen wir nicht zu wohnen. Gegenüber an der anderen Seite der Weser, am Osterdeich, gibt es schöne Häuser genug, davon wollen wir uns eines zulegen. Ich wohne gar zu gern am Wasser. Jedes Jahr aber, wenn die Bickbeeren reif sind, fahren wir zum Kaiserhof und helfen pflücken. Und zur Weihnachtszeit kommen alle unsere Kinder nach Bremen. Heinrich und Marie müssen auch aus Glasgow kommen und das ganze kleine Volk auch. Mit diesem Vorschlag seid ihr doch wohl alle einverstanden?«

Das wäre nun nicht so, Dora und ihr Mann meinten, ihre Eltern müssten auf dem Kaiserhof bleiben und Onkel Thießen auch.

»Hinnerk, tue das nicht!«, sagte der alte Scheermann. »Hier ist es ja ganz schön, aber ich sage dir, das verfluchte Heimweh wirst du doch nicht los. Bremen bleibt Bremen! Ich muss wieder dahin! Und ohne mich können sie hier ja auch ganz gut fertig werden, das ist ja man eben so viel.«

Becka kam wieder herein. Sie wischte sich mit der weißen Schürze die Augen und wollte sich bei Thießen für ihren Flitzebogen, für ihren Theobald bedanken.

»Wo hast du denn deinen Schatz?«, fragte Thießen.

»Der ist in der Küche«, sagte Becka, »er mochte nicht mit hereinkommen.«

»Dann lass ihn draußen«, sagte Thießen, »pflege ihn nur gut und fütter ihn ein bisschen heraus, dass er sich erholt.«

»Ich bin schon dabei!«, sagte Becka und das stimmte: Sie hatte ihm schon beim Anrichten, als der Sturm in ihrem Herzen sich ein wenig gelegt hatte, eine große Schüssel voll heißer Bouillon aus dem Topf gefüllt und, damit niemand zu kurz kam, dafür eine Kelle voll kochendes Wasser wieder in den Topf hineingegossen.

»Habe ich meine Sache gut gemacht?«, fragte Thießen.

»Ja, Herr Thießen, das haben Sie!«, sagte Becka.

»Weißt du auch, wie es mit deinem Bräutigam steht?«

»Ja«, schluchzte Becka unter Freudentränen, »er ist Theaterschneider geworden.«

»Hat er dir auch schon erzählt, wo ich ihn gefunden habe?«

»Jawohl, auf einem Dampfschiff, als er nach Bremen gereist ist.«

»Nun will ich dir noch etwas sagen«, sagte Onkel Thießen, »die verrückten Theaterschrullen kommen dir ja doch nicht aus dem Kopf und weil dein Schneider dich nun heiraten will, habe ich mit dem Direktor gesprochen, dass er dir auch eine Stelle beim Theater geben soll.«

»Herr Thießen!«, rief Becka. »Ich falle um vor Freude! Eine Stelle! Als was denn?«

»Als Kartenkontrolleurin auf dem dritten Rang!«

Einen Augenblick stand Becka still, dann sagte sie: »Es ist doch sonderbar! Also hat die alte Peymannsche doch recht gehabt, wenn auch nicht genau so, wie ich mir gedacht habe. Sie hat mir immer gesagt, ich würde beim Theater noch einmal recht hoch aufsteigen!«

»Kinners, was ist da los?«, rief Scheermann plötzlich aus und zeigte aus dem Fenster. »Was wollen all die Menschen auf unserem Hof?«

Plötzlich ging es draußen los: »Vivat – lebet hoch! Baron von Geeren soll leben und der Goldonkel auch! Vivat! Hoch!«

Die Nachricht, dass von Geeren Gutsherr blieb, war wie ein Lauffeuer durch das Dorf gegangen und weil ihn die Bauern alle gern leiden mochten, war die Freude groß. Im »goldenen Hirsch« hatten sie eine Fahne gehisst, die lustig hin und her wehte, als ob sie sich mitfreute und erzählen wollte, was passiert war. Alle, die vorher bei der Auktion gewesen waren, kamen vor das Schloss und stimmten in das Vivat-Rufen mit ein. Vier Musiker, die sie auf der Landstraße aufgegabelt hatten, machten einen Heidenlärm und der mit der Klarinette machte den meisten. Er spielte mit voller Puste und so laut, dass der große Hofhund sich wie ein Wurm auf der Erde krümmte.

Thießen öffnete das Fenster. »Ist gut, ist gut, Kinners«, rief er, »geht nun nach Hause und heute Abend kommt alle zum ›goldenen Hirsch‹, da wollen wir zusammen ein Fass Bier trinken!« Das war etwas für die Leute, ein Hurra nach dem anderen kam und so laut schrien sie, dass das Vieh im Stall rebellisch wurde und auch mit einstimmte. Erst als sie sich heiser geschrien hatten, zogen die Bauern wieder ab. Die meisten gingen gleich zum »goldenen Hirsch«.

In der Stube standen wieder alle um Onkel Thießen herum. »Kinners«, sagte der und nahm den alten Scheermann an die eine, Frau Scheermann an die andere Hand, »lasst uns in Einigkeit zusammenbleiben, bis unser Herrgott, der ja bis zu dieser Stunde geholfen hat, uns ruft. Dann erst klappen wir unsere Bücher zu und dann mag er sie auflösen, die alte Bremer Firma ›Scheermann und Kompanie‹.«

*__Wilhelm Rocco__*
*wurde am 22. März 1819 in Bremen geboren. Sein Vater, ein italienischer Reitlehrer, der Oberstallmeister beim französischen Gesandten war, verstarb 1831 und Rocco kam in ein Waisenhaus. Ab 1838 war er als Schauspieler unter anderem in Jever, Aurich und Hamburg aktiv. Nach 1849 ging er als Universitäts-Tanzlehrer nach Halle. Ab 1880 verfasste Rocco mehrere Bücher, alle in plattdeutscher Sprache. Das vorliegende Buch erschien erstmals 1881 unter dem Titel »Scheermann & Co.« im Carl Schünemann Verlag.*

*__Rita Schloendorff__*
*(geboren 1943) hat nicht nur eine große Liebe zu ihrer norddeutschen Heimat, sondern auch zur Sprache des Nordens. Beides konnte sie in der Übersetzung dieses Buches wunderbar miteinander verbinden.*

Die Deutsche Nationalbibliothek verzeichnet diese Publikation in der Deutschen Nationalbibliografie; detaillierte bibliografische Daten sind im Internet über http://dnb.dnb.de abrufbar.


www.schuenemann-verlag.de

1. Auflage 2019



Autor: Wilhelm Rocco
Übersetzerin: Rita Schloendorff
Lektorat: Caroline Simonis
Satz und Buchgestaltung: Karin Hannemann

Printed in EU 2019 | ISBN 978-3-7961-1048-1